JOHN GALSWORTHY

The Man of Property

有产者

[英] 约翰·高尔斯华绥 著　钱佼汝 译

上海文艺出版社

图书在版编目(CIP)数据

有产者/(英)约翰·高尔斯华绥著;钱佼汝译.
—上海:上海文艺出版社,2017
(企鹅经典丛书)
ISBN 978-7-5321-6324-3

Ⅰ.①有… Ⅱ.①约… ②钱… Ⅲ.①长篇小说-英国-现代 Ⅳ.①I561.45

中国版本图书馆CIP数据核字(2017)第103346号

John Galsworthy
The Man of Property

Simplified Chinese Copyright © Shanghai 99 Culture Consulting Co., Ltd. 2017

"企鹅经典"丛书由上海文艺出版社联合上海九久读书人文化实业有限公司及企鹅图书有限公司共同策划。

"企鹅"、🐧®和相关标识是企鹅图书有限公司已经注册或者尚未注册的商标。未经允许,不得擅用。

总 策 划:黄育海 陈 征
责任编辑:曹 晴
特约策划:邱小群
封面绘图:杨 猛
封面设计:汪佳诗

有产者
〔英〕约翰·高尔斯华绥 著
钱佼汝 译
上海文艺出版社出版、发行
地址:上海绍兴路74号
新华书店经销 上海利丰雅高印刷有限公司印刷
开本890×1240 1/32 印张12.5 插页6 字数335,000
2017年8月第1版 2017年8月第1次印刷
ISBN 978-7-5321-6324-3/I·5047 定价:65.00元

企鹅经典丛书
出版说明

这套中文简体字版"企鹅经典"丛书是上海文艺出版社携手上海九久读书人与企鹅出版集团（Penguin Books）的一个合作项目，以企鹅集团授权使用的"企鹅"商标作为丛书标识，并采用了企鹅原版图书的编辑体例与规范。"企鹅经典"凡一千三百多种，我们初步遴选的书目有数百种之多，涵盖英、法、西、俄、德、意、阿拉伯、希伯来等多个语种。这虽是一项需要多年努力和积累的功业，但正如古人所云：不积小流，无以成江海。

由艾伦·莱恩（Allen Lane）创办于一九三五年的企鹅出版公司，最初起步于英伦，如今已是一个庞大的跨国集团公司，尤以面向大众的平装本经典图书著称于世。一九四六年以前，英国经典图书的读者群局限于研究人员，普通读者根本找不到优秀易读的版本。二战后，这种局面被企鹅出版公司推出的"企鹅经典"丛书所打破。它用现代英语书写，既通俗又吸引人，裁减了冷僻生涩之词和外来成语。"高品质、平民化"可以说是企鹅创办之初就奠定的出版方针，这看似简单的思路中植入了一个大胆的想象，那就是可持续成长的文化期待。在这套经典丛书中，第一种就是荷马的《奥德赛》，以这样一部西方文学源头之作引领战后英美社会的阅读潮流，可谓高瞻远瞩，那个历经磨难重归家园的故事恰恰印证着世俗生活的传统理念。

经典之所以谓之经典，许多大学者大作家都有过精辟的定义，时间的检验是一个客观标尺，至于其形成机制却各有说法。经典的诞生除作品本身的因素，传播者（出版者）、读者和批评者的广泛参与同样是经典之所以成为经典的必要条件。事实上，每一个参与者都可能是一个主体，经典的生命延续也在于每一个接受个体的认同与投入。从企鹅公司最早出版经典系列那个年代开始，经典就已经走出学者与贵族精英的书斋，进入了大众视野，成为千千万万普通读者的精神伴侣。在现代社会，经典作品绝对不再是小众沙龙里的宠儿，所有富有生命力的经典都存活在大众阅读之中，它已是每一代人知识与教养的构成元素，成为人们心灵与智慧的培养基。

处于全球化的当今之世，优秀的世界文学作品更有一种特殊的价值承载，那就是提供了跨越不同国度不同文化的理解之途。文学的审美归根结底在于理解和同情，是一种感同身受的体验与投入。阅读经典也许可以被认为是对文化个性和多样性的最佳体验方式，此中的乐趣莫过于感受想象与思维的异质性，也即穿越时空阅尽人世的欣悦。换成更理性的说法，正是经典作品所涵纳的多样性的文化资源，展示了地球人精神视野的宽广与深邃。在大工业和产业化席卷全球的浪潮中，迪士尼式的大众消费文化越来越多地造成了单极化的拟象世界，面对那些铺天盖地的电子游戏一类文化产品，人们的确需要从精神上作出反拨，加以制衡，需要一种文化救赎。此时此刻，如果打开一本经典，你也许不难找到重归家园或是重新认识自我的感觉。

中文版"企鹅经典"丛书沿袭原版企鹅经典的一贯宗旨：首先在选题上精心斟酌，保证所有的书目都是名至实归的经典作品，并具有不同语种和文化区域的代表性；其次，采用优质的译本，译文务求贴近作者的语言风格，尽可能忠实地再现原著的内容与品质；另外，每一种书都附有专家撰写的导读文字，以及必要的注释，希望这对于帮助读者更好地理解作品会有一定作用。总之，我们给自己设定了一个绝对不低的标准，期望用自己的努力将读者引入庄重而温馨的文化殿堂。

关于经典，一位业已迈入当今经典之列的大作家，有这样一个简单而生动的说法——"'经典'的另一层意思是：搁在书架上以备一千次、一百万次被人取下。"或许你可以骄傲地补充说，那本让自己从书架上频繁取下的经典，正是我们这套丛书中的某一种。

上海文艺出版社编辑部
上海九久读书人文化实业有限公司
二〇一四年一月

目 录

第一篇

第一章 老乔里昂家的大团圆   3
第二章 老乔里昂去听歌剧   22
第三章 斯威辛家的晚宴   39
第四章 索姆斯的建房计划   54
第五章 索姆斯家事难言   64
第六章 詹姆斯亲自出马   71
第七章 老乔里昂一时冲动   81
第八章 博西尼的设计方案   89
第九章 安姑奶奶命归黄泉   98

第二篇

第一章 新建别墅的进展   109
第二章 琼的伤心之夜   117
第三章 斯威辛驱车兜风   124
第四章 詹姆斯亲临看察   136
第五章 索姆斯与博西尼书信往来   147
第六章 老乔里昂祖孙同游动物园   163
第七章 蒂莫西家的午后   169

第八章　罗杰家的舞会　　　　　　　　　　183

第九章　里士满的黄昏　　　　　　　　　　191

第十章　对福赛特这类人的剖析　　　　　　204

第十一章　博西尼险中圈套　　　　　　　　213

第十二章　琼登门造访　　　　　　　　　　218

第十三章　新居锦上添花　　　　　　　　　227

第十四章　索姆斯独坐楼梯上　　　　　　　236

第三篇

第一章　麦坎德夫人的见证　　　　　　　　243

第二章　公园之夜　　　　　　　　　　　　255

第三章　植物园里的幽会　　　　　　　　　259

第四章　走进炼狱　　　　　　　　　　　　273

第五章　开庭　　　　　　　　　　　　　　284

第六章　索姆斯道出实情　　　　　　　　　292

第七章　琼的胜利　　　　　　　　　　　　303

第八章　博西尼惨死轮下　　　　　　　　　311

第九章　艾琳无奈暂归　　　　　　　　　　320

插曲　　　　　　　　　　　　　　　　　　327

导读　　　　　　　　　　　　　　　　　　383

献　给
爱德华·加尼特[①]

[①] 英国作家、评论家、举足轻重的文学编辑（1868—1937）。其父、其妻、其子均为英国文坛名人。曾为推出康拉德、劳伦斯、高尔斯华绥等英国作家的作品作出重要贡献，也曾帮助过斯蒂芬·克莱恩、罗伯特·弗罗斯特等美国作家。

"那你们就会回答说:这些奴隶是属于我们的!"

——莎士比亚(《威尼斯商人》 第四幕 第一场)

第一篇

第一章　老乔里昂家的大团圆

有幸参加福赛特家族家庭盛会的人都目睹过那个令人陶醉又发人深省的场面。他们看到的是一个如日中天的上层中产阶级家庭的无限风光。不过这些幸运者当中，凡是善于察言观色的（一种毫无金钱价值的本领，自然是福赛特家族的人不屑一顾的），都能看出这一景象不单有欢乐的一面，而且还说明了人性中一个颇难解释的现象。简单地说，他从这一家人的聚会中，察觉到了一股神秘而又坚韧的力量，居然能使这样一个家庭——一个各房之间没有一丝好感，任何三个人之间都毫无同情心可言的家庭——成为如此强大的一个社会单位和如此鲜明的一个社会缩影。他隐隐约约看到了社会发展走过的道路，多少领略到了宗法社会的生活，野蛮部落的集聚和民族的兴亡是什么样子。他也好比一个看着一棵树种下去后不断生长的人，有一天发现它长得欣欣向荣，枝繁叶茂，却多少招摇得让人生厌。在这一过程中，无数不够结实、不够茁壮、不够坚强的树木纷纷死去，而这棵树则成了坚毅、超拔和成功的象征。

一八八六年六月十五日下午四时光景，正巧在斯坦厄普门老乔里昂·福赛特家做客并注意观察的人，一定会亲眼目睹福赛特家族最辉煌的一刻。

这是一次"大团圆"，庆祝老乔里昂的孙女琼·福赛特小姐与菲利普·博西尼先生喜定终身。全家的人都到了，一个个身着盛装，绚丽夺目——纤巧的手套、牛皮背心、各种羽饰、长短大衣，应有尽有。这一天就连安大姑奶奶也来了。她老人家现在已难得离开她弟弟蒂莫西家那间绿色客厅的一角,成天坐在一只浅蓝色花瓶中一束染了颜色般的蒲苇下看书打毛线,周围挂满了福赛特家三代人的肖像。是的,今天就连安姑奶奶也来了,她那笔直的腰板和威严沉着的面孔活生生地体现了这一家巧取豪夺、毫不心慈手软的家风。

福赛特家只要有人订婚,结婚或生孩子,全家都必定到场。要是有人死了……不,福赛特家还没有死过人,他们是不会死的。由于死亡有悖于他们的信条,所以他们都防死于未然,就像神经过敏,生怕别人抢占自己财产的人那样,本能地提防着这一手。

这一天,福赛特家族的人在大批宾客中来回穿梭。他们一个个异乎寻常地衣冠楚楚,显得神气十足,信心万分,却又时刻保持警觉,仿佛今天这身打扮本身就是一种示威,连索姆斯·福赛特脸上经常挂着的那副对什么都嗤之以鼻的表情也跑到了其他家人的脸上。显然,他们处于一种戒备状态。

他们这一态度表明他们的潜意识中有一种要和某样东西较量一番的冲动,使得老乔里昂家的这次"大团圆"成了福赛特家族史上的一场心理大战,也拉开了他们这出家庭戏剧的序幕。

福赛特家的人确实对某件事情十分反感,不是个别人,而是全家所有的人。这种反感今天表现为衣着穿戴更加一丝不苟,相互之间格外亲密无间,家族荣誉显得分外重要,当然还有人人脸上那副高傲和不屑的表情。险情最能使一个社会、一个群体或任何个人显露出自己的本性,而福赛特一家今天就嗅到了险情。面临危险的预感使他们个个厉兵秣马,严阵以待。这是他们第一次全家上下一起意识到一种无名的不安。

靠在钢琴上的是一个身材魁梧的人,宽阔的胸膛上穿了两件西装背心,别了一枚红宝石胸针,而在一般的场合他只穿一件缎子背心,别一枚钻石别针。缎子硬领托着他那张剃了胡须、像皮革一样发青的四方脸,加上一对青灰色的眼睛,使他显得高贵端庄。这是斯威辛·福赛特。他的孪生兄长詹姆斯则在窗口,为的是多呼吸一些新鲜空气。他们的大哥老乔里昂管这兄弟俩叫"一肥一瘦一对宝"。跟又高又大的斯威辛一样,詹姆斯也身高六尺有余,只是骨瘦如柴,似乎天生就要他来和弟弟搞个折中和平衡似的。他永远躬着背,此时正没精打采地望着大家,仿佛在想心事,一对灰色的眼睛似乎全神贯注地盯着只有他自己明白的伤心事,半天才向周围发生的事情扫上一眼。他的脸上有两道平行的褶皱,加上刮得干干净净的上唇与鼻子之间的距离较长,所以他那张两侧留着络腮胡子的脸便显得更加瘦削。他的双手不停地摆弄着一件瓷器。离他不远的是他的独生子索姆斯,正在听一位身穿棕色衣服的女士说话,苍白的脸上也剃尽了胡须。他已开始谢顶,但头发依然很黑。他的下巴向一侧微微翘起,鼻子做出前面所说的那副对什么都不屑的表情,仿佛对一个自知吞咽不下去的鸡蛋耿耿于怀。他的背后是他的堂弟乔治,是老五罗杰·福赛特的儿子。此人身材高大,胖乎乎的脸看上去酷似奎尔普[1]。这时他正琢磨着说一两句挖苦人的俏皮话,这是他的拿手好戏。

今天这次聚会本身就有点蹊跷,让福赛特家的这几位都有些局促不安。

紧挨着坐成一排的是三位老太太,她们是大姑奶奶安、三姑奶奶赫斯特(她们是福赛特家的两位老姑娘)和二姑奶奶朱莉(朱莉亚的简称)。朱莉在已非青春妙龄的时候糊里糊涂地嫁给了塞普蒂默斯·斯摩尔,一个体质十分虚弱的人。如今她已守寡多年,只好和她的大姐三妹一起住在贝斯沃特街,那是老六,也是她最小的弟蒂莫西的家。三位老太太每人手里摇着一把扇子,脸上化了淡妆,还戴了醒目的羽饰和胸针,可见今天这次聚会绝对非同小可。

老乔里昂是这个大家庭的老大,今天作为主人,理所当然地站在房

---

[1] 英国作家查尔斯·狄更斯(1812—1870)的长篇小说《老古玩店》(1841)中的人物,以诡谲狡诈著称。

间中央一盏大吊灯下。他已八十高龄,一头白发非常好看,高高的额头像个大圆屋顶,深灰色的眼睛略小,两撇大白胡子一直垂到刚劲有力的下巴下才向左右分开。他有一族之长的气概,尽管两颊瘦削,太阳穴也不够饱满,但一点也不显老。他的腰总是挺得笔直,一双机警敏锐又镇定自若的眼睛依然炯炯有神,因此他没有小人那种犹疑猥琐的样子。多少年来,事无巨细,都由他一言定夺,时间一长,这就成了他不争的权利。在他看来,没有任何事情用得着惶惶不安或摆出不以为然的架势。

老乔里昂的四个弟弟——詹姆斯、斯威辛、尼古拉斯和罗杰今天也在场,老乔里昂和他们之间有许多不同的地方,也有许多相似之处,而那四个兄弟之间虽各有特点,却也十分相似。

在这五张相貌和神情各异的脸上,还是可以在表面差异的背后发现一些共同之处,那就是他们的下巴,看上去都是那么坚定有力。这是这个家族的一个印记,虽然它的历史悠久得无法追溯,遥远和长久得无从说起,但这正是这一家财运亨通的标志和保证。

在年青的一代中,无论是身材高大、粗壮如牛的乔治,脸色苍白、行动吃力的阿奇博尔德,还是脾气稍犟,但犟得讨人喜欢的小尼古拉斯,或者是一本正经、虚饰坚定的尤斯塔斯,他们的脸上也都有这一印记,也许没有那么明显,但绝对错不了。这一特征标志着这家人身上具备一种不可磨灭的精神。

这天下午,这几张相貌迥异又十分相似的脸上都不时流露出将信将疑和不敢掉以轻心的神情,而他们要防备的对象正是他们今天聚集在这里要认识和打交道的那个人。

他们都听说菲利普·博西尼不是什么富家子弟,不过福赛特家的姑娘过去也跟这样的人订过婚,甚至结合过。因此,他们不完全是因为这一点而感到不安。其实他们自己也说不清这种不安从何而来,只是家里流传着一些事情,无疑给这种不安平添了一层迷雾。据说博西尼曾按规矩拜见过三位姑奶奶——安、朱莉和赫斯特。那天,他戴了一顶灰色的、软绵绵的帽子，还不是新的，而是一顶脏兮兮的、已经走了样的帽子。三位老太太见了，都说："真少见，天啊，太怪了！"赫斯特的眼睛本来有点近视，当她走过光线较暗的小门厅时看见椅子上有样东西，心想自己家的猫咪汤咪有几个不太像话的伙伴，准是哪只不要脸的野猫又溜进来了，于是她嘘了一声，想把它赶下椅子，可是那玩意儿一动也不动，令她非常纳闷。

就像一名艺术家总要刻意寻找能够集中体现一处景色、一个地方或一个人的全部特征的重要细节一样，福赛特家这些不自觉的"艺术家"凭直觉抓住了这顶帽子。这就是他们找到的，能够说明整个问题的重要细节。他们每人都这样问过自己："让我想想，我会戴那种帽子去进行这样的拜访吗？"回答都是："不会的！"有几个喜欢发挥的还要添上一句："这种事我连想都想不到！"

乔治听说这件事后咧着嘴笑了。戴这样的帽子去做客显然是恶作剧嘛！他本人就精于此道。

"真是太放肆了！"他说，"简直是个无法无天的小土匪！"

于是"小土匪"这个绰号便传开了，最后大家都喜欢用它来暗指博西尼。

琼的三位姑奶奶事后就这顶帽子的事还说了琼几句。她们说："亲爱的，我们觉得你不该让他戴那样的帽子。"

琼是个心直口快的人，跟往常一样满不在乎地回答道："那有什么了不起，菲尔从来不知道身上穿的是什么。"

谁能想到竟有如此荒唐的回答！一个人居然不知道自己穿着什么？不可能！不像话！

那么这位竟有本事跟老乔里昂既定的继承人琼小姐订婚的年轻人到底是个什么样的人物呢？他是个建筑师，但这并不等于说他就有理由戴那种帽子。福赛特家虽然没有一个是干这一行的，但有人认识两位建筑师。他们是绝不会在伦敦的社交季节戴着那种帽子去作礼节性拜访的。

太可怕了！这个人太可怕了！

琼当然不这么看。尽管还不满十九岁，她可是出了名的不好对付。索姆斯夫人总爱穿戴得漂漂亮亮，可是琼不是对她说过羽饰这东西很俗气吗？被亲爱的琼如此直截了当地指责后，索姆斯夫人还真的不好意思再戴羽饰了。

尽管心存疑虑，极不赞成，甚至压根儿反对这门亲事，但福赛特家的这些人还是应邀来老乔里昂家团聚了。在斯坦厄普门"大团圆"是很难得的，已经有十二年没有团聚了。的确，老乔里昂夫人去世后还没有举行过，这是头一回。

这次大团圆到场的人特别齐，尽管相互之间有种种不和，却不可思议地团结起来了。他们拿起了武器，要去对付一个共同的威胁，就像羊群看见一条狗闯进牧场时会齐头并肩地站在一起去撞倒这个入侵者，并把它踩死。当然，他们今天来这里还有另外一个目的，那就是互相摸摸底，看看小两口将来结婚时到底送些什么好。婚礼的标准一般是这么定下来的：只要有人问"你送什么？听说尼古拉斯打算送些羹匙"，大家心里就有数了。不过礼物的贵贱在很大程度上要看新郎是什么样的人物。要是他穿着考究，时髦潇洒，风度翩翩，像个有钱人的样子，那就得送他一些精美的东西，因为他也指望大家赠送这样的礼物。于是，就像在证券交易所里确定股价一样，一家人通过协商调整，达成一致意见，最后每个人送的礼物都会非常得体。当然，这种调整的细枝末节总是在贝斯沃特街蒂莫西那幢宽敞的、面朝公园①的红砖宅子里进行的，因为安、朱莉和赫斯特三位姑奶奶都住在那里。

福赛特家的人一提到那顶帽子心里就不是滋味，这是完全可以理解的。上层中产阶级的家庭必须时刻注意仪表，这样的家庭要是对此不感到不舒服，反倒是不可思议的，也是完全不应该的。

---

① 指海德公园，位于伦敦西部威斯敏斯特，面积约一点五平方公里。

让大家感到不舒服的这个人一头鬈发，乱蓬蓬的，此时正站在远处一扇门的门口跟琼说话。他似乎也察觉到了周围的动静有些异常，心里直觉得好笑。

乔治侧身对他的弟弟尤斯塔斯轻声说：

"瞧那家伙，像要夺门而逃的样子，真是个亡命之徒！"

这个后来被斯摩尔夫人称之为"怪模怪样的人"中等身材，非常结实。黄里泛白的脸上留着一撮灰褐色的八字胡，他颧骨高耸，两颊深陷，前额向后倾斜，直至头顶，而眼睛上方却有两块隆起的眉骨，酷似能在动物园的狮子圈里见到的那种额头。他的眼睛呈雪莉酒①的颜色，眼神恍惚，让人捉摸不定。老乔里昂的马车夫把他和琼送去看戏回来后曾对管家说："我说不上他长得啥样，不过挺像一头野性未改的豹子。"

每隔一会儿就有一个福赛特家的人走上前去，挨到他身边，再朝他看上一眼。

琼站在他前面，想挡住这些十分好奇却装得漫不经心的人的视线。她的个头不高，有人曾说她是个"只见头发，风风火火"的丫头。她有一双天不怕地不怕的蓝眼睛，一个坚毅的下巴和一脸欢快的气色，只是她的脸和身子似乎都太纤弱了一点，承受不住那一头火红的金发。

一名个子高挑、身材苗条的女人似笑非笑地站在那里望着这对恋人。福赛特家曾有人把这个女人比作异教女神。她戴着浅灰色的手套，双手上下交搭着，庄重而富有魅力的脸庞偏向一侧，吸引了周围所有男士的目光。她摆动身子时，稳重而又飘逸，恰似随风而动。她的双颊虽有生气，但没有多少血色，一对又黑又大的眼睛十分柔美。不过男人看得最多的还是她的嘴唇。无论她发问也好，回答也好，那两片感情丰富、十分甜美、令人倾倒的芳唇总是挂着一丝微笑，散发着鲜花般温馨的气息。

---

① 原产于西班牙南部的一种葡萄酒，呈淡黄或深褐色。

那对新人最初并未意识到这位不动声色的女神在注视着他们。后来博西尼先注意到了她,便跟琼打听她的名字。琼把自己的未婚夫领到这个苗条女人面前。

"艾琳是我最要好的朋友,"她说,"你们俩也成为好朋友吧!"

听到这位小少奶奶的命令,三个人都笑了。就在此时,索姆斯·福赛特悄悄从他妻子,也就是那个苗条女人的背后走了过来,说:"啊!也介绍介绍我呀!"

的确,在人多的社交场合,索姆斯几乎寸步不离妻子,即使有时为了应酬不得不离开一下,他的目光也始终追随着她,并流露出一种难以捉摸的神情,既像在监视,又像是垂涎。

在窗口,他的父亲詹姆斯还在仔细查看手上那件瓷器上的标记。

"我真不知道乔里昂怎么会同意这门亲事的,"他对安姑奶奶说,"听说他们要好几年后才能结婚。博西尼这小子(他说博西尼这三个字时把第一个字说得很重,拉得很长)一无所有啊。当初威尼弗雷德嫁给达尔蒂时,我逼着达尔蒂把每一个铜板都拿出来定亲。亏得我这么做了,要不然他们现在啥也没有!"

安姑奶奶坐在一张丝绒椅子上,抬头看了他一眼,一串串灰白的发卷挂在她前额的上方和两侧。几十年来,这些发卷从未变过式样,让这一家人几乎忘却了时间的流逝。她没有吭声,因为她现在难得开口说话。人老了,要少用嗓子。不过对心里一直感到别扭的詹姆斯来说,她这一眼就是再明白不过的回答。

"当然,艾琳也没什么钱,"他接着说,"可我有什么办法呢。索姆斯太着急了,那个时候他成天围着艾琳献殷勤,人都瘦了一圈。"

他没好气地把那只瓷碗放到钢琴上,同时把目光转向门口那几个人身上,冷不防地说:"我看也只能这样了。"

安姑奶奶没要他解释这句没头没脑的话是什么意思,她知道他心里在想什么。艾琳要是真的没钱,就不应该愚蠢到做出那种不该做的事情来。听说,当然只是听说,艾琳一直要求单独有一间卧室,不过索姆斯当然没有……

詹姆斯打断了她的沉思,问道:

"蒂莫西在哪儿?他没跟你们一块儿来吗?"

安姑奶奶抿着嘴和蔼地笑了笑。

"是的,近来害白喉的人那么多,他想想还是不来为好;再说他这个人很容易染上疾病。"

詹姆斯说道:

"哼,他倒会保重。我可没他那种自我保护的本事。"

他这句话说不清是羡慕,是忌妒还是鄙夷。

蒂莫西的确很少露面。他是几个兄弟中最小的一个,是个出版商。几年前,生意做得火红时,他就嗅到了一点不景气的味道,虽说当时尚未出现,但大家都知道这是迟早的事。于是他抛售了一家以出版宗教书籍为主的公司的股份,将为数不菲的一笔所得买了年利三厘的公债①。这件事立刻使他与众不同,因为福赛特家不会有第二个人肯满足于四厘以下的年利。他这一不同凡响的举动渐渐地,但毫无疑问地改变了福赛特家那种小心谨慎、一点不肯吃亏的心态。他几乎成了神话,成了福赛特这家人无时无刻不在求稳求保险的精神的化身。他不结婚,不让生儿育女这种事来拖累自己。这样的错误他是不会犯的。

詹姆斯轻轻弹了弹那只瓷碗,接着说:

"这不是货真价实的老伍斯特瓷器②。我想乔里昂大概跟你说起过那个年轻人。据我所知,他一无生意,二无收入,也没有值得一提的亲朋好友。当然了,我什么也不知道,反正谁也不跟我说什么。"

安姑奶奶摇了摇头。那张方下巴、鹰钩鼻的脸微微颤动了一下。

---

① 指英国政府于一七五一年开始发行的统一公债,是最可靠的金边债券之一。
② 英格兰中西部的伍斯特所出产的优质瓷器。

她把蜘蛛腿一般的十指紧紧扣在一起,仿佛在暗下决心,让自己坚强一些。

她是福赛特家最年长的一个,比她的弟妹要大出好几岁,因此在家中享有特殊的地位。家里那些想趁机捞一把的,只顾自己不顾别人的(当然并不一定比周围的人坏到哪儿),一个个在她一身正气面前都不敢轻举妄动。实在抵挡不住占便宜的诱惑时,他们只好背着她去干。

詹姆斯来回挪动着两条瘦长的腿,接着说:

"乔里昂爱怎么做都可以,反正他没有孩子……"他突然刹住不再往下说,因为他想起了老乔里昂的儿子小乔里昂,也就是琼的父亲还在。这个人抛弃了老婆孩子,带着那个外国女家庭教师私奔了,把好端端的一个家搞得乱七八糟,自己也身败名裂。"当然,"他匆匆接着说,"他能这么干,我看是他折腾得起。他会给琼多少呢?我想大概每年一千吧,反正他也没有别的人可给。"

这时,他伸出手去拉了拉另一个人的手。此人衣着笔挺,胡须剃净,头上的头发已所剩无几,鼻子又塌又长,嘴唇丰厚,两道浓眉下露出一对冷峻的灰眼睛。

"怎么样,尼克,"詹姆斯喃喃道,"还好吗?"

这个尼古拉斯·福赛特看上去像个特别聪明的神童,而且动作敏捷,像只小鸟。他在向他伸过来的一只冰凉的掌心中放入了他更加冰冷的指尖,然后立刻抽了回来。他是好儿家公司的董事长,靠着自然是正当的手段发了大财。

"很不好,"他噘着嘴说,"整整一个礼拜了。夜里睡不着觉,连医生也说不出个所以然来。他这个人挺有本事的,要不我也不会找他看病,可我从他那儿什么也没得到,只有账单。"

"这些个医生,"詹姆斯咬牙切齿地说,"伦敦城里给你们看病的医生我都请过,可没有一个让我满意的。他们一会儿说这,一会儿说那。就拿斯威辛说吧,他们给他解决什么问题啦?他现在更胖了,简直是个庞然大物。他们没能让他瘦下来。你们瞧!"

肥硕高大、虎背熊腰的斯威辛挺胸凸肚,朝着他们一步一颠走过来,活像一只凸胸鸽,只是羽毛变成了鲜艳的马甲。

"嗨!你们好啊?"他一副自鸣得意的样子,说"好"的时候哈了一大口气。这个难发的音对他来说简直易如反掌。"你们好吗?"

三兄弟你看我,我看你,个个面色凝重,因为他们知道跟以往一样,谁都会说自己的病痛比别人重。

"我们刚才在说你怎么一点儿也瘦不下来。"詹姆斯说。

斯威辛瞪圆了眼睛,想要听听清楚似的。

"瘦一点?我这不挺好的吗?"他把身子向前稍稍一倾,接着说:"哪像你们这些细长条子。"

由于生怕身子前倾会埋没他那宽阔的胸膛,他立刻往后一仰,不再动弹。他最喜欢的就是这种威风凛凛、不可一世的样子。

他们的大姐安来回看着这三兄弟,目光慈祥而又威严。他们也望着自己的大姐,发觉她真的有点老态龙钟了。真是个了不起的女人啊!足足八十六岁了,虽然身体一直不算太好,但再活十年绝无问题。斯威辛和詹姆斯这对双胞胎才七十五岁,而尼古拉斯不过是七十刚出头的小娃娃。他们都非常健壮,这样一想,就绝对放心了。在各色各样的财产中,他们最关心的自然是自己的健康。

"我身体挺好,"詹姆斯说,"就是神经有点问题,一点儿小事就让我发愁,烦得要死,我想到巴思①去住一阵子。"

"巴思!"尼古拉斯说,"我去过哈罗盖特②,那个地方不行,我要的是海风,再也没有比雅茅斯③更好的地方了。我一到那里就睡得……"

"我的肝脏有问题,"斯威辛慢吞吞地插嘴道,"这里疼得要命,"一

---

① 英格兰西南部一城市,以其温泉著称,是疗养胜地。
② 英格兰北部一旅游度假胜地。
③ 英格兰东部一港口城市,又称大雅茅斯,是海滨游览胜地。

面说一面把手按着身子的右侧。

"缺乏运动。"詹姆斯喃喃道,眼睛仍盯着手里那只瓷碗,但他马上又说:"我这儿也疼。"

斯威辛涨红了脸,活像只火鸡。

"运动!"他说,"我运动得够多了,在俱乐部我从不坐电梯。"

"这我可不知道,"詹姆斯忙说,"别人的事我一概不知道,也没人跟我说。"

斯威辛瞪了他一眼,问道:

"你用什么办法止疼了?"

詹姆斯顿时兴奋起来。

"我呀,"他说,"我喝一种合剂……"

"叔公,您好!"

琼突然出现在他面前。由于个子矮小,她只好仰起她那张坚定的小脸跟他说话,一面向他伸出手去。

詹姆斯脸上的高兴劲儿一下消失了。

"你也好吗?"他弯着腰对琼说,"你明天要去威尔士见你未婚夫的姑妈,是吗?那儿雨多。"他轻轻敲了敲手上那只碗,说,"这不是真正的伍斯特瓷器,你妈妈结婚时我送的那一套才是真货。"

琼跟三位叔公一一握手之后便转向安姑奶奶。老太太露出慈祥的笑容,颤巍巍地亲吻了一下琼的面颊,说:

"亲爱的,这么说你要去整整一个月!"

安姑奶奶望着琼慢慢离去的娇小身影。她铁灰色的眼珠上已开始像小鸟的眼睛那样蒙上一层薄翳。她若有所思地望着琼穿梭在急急忙忙准备告别的宾客中,双手的指尖用力地互相顶着,似乎又在狠下决心,要跟自己最终不得不永远告别这里作一番斗争。

"今天不错,"她心想,"大家很给面子,来向她道喜的人不少,她应该心满意足了。"

这时门口已聚集了不少人，都是些衣着十分讲究的人。他们当中有的是律师，有的是医生，也有的做股票或从事上层中产阶级的各行各业。这些人当中大约只有五分之一是福赛特自己家的人，不过在安姑奶奶眼里，他们似乎都是她家的人。的确，他们之间没有太大的区别，而她心目中也只有自己家的亲骨肉。这个家就是她的天地，除此之外，她一概不知。也许她根本就不知道天外有天。家里所有人的点滴隐私，大小病痛，男婚女嫁，彼此的关系和生意的好坏……这些就是她的财富，她的乐趣，她的一切。除此之外，则是一片朦胧，人也好，事也好，对她来说都无关紧要。这一切曾使她暗暗自喜，觉得自己是这个家中不可或缺的人物。这种感觉十分重要，没有它，我们恐怕都活不下去。然而这一切恰恰又是她寿终正寝时不得不抛开的东西，所以她要拼命抓住不放，贪婪的程度一天胜似一天。生命在消逝，但不到最后一刻，她是不肯撒手的。

她想到了琼的父亲小乔里昂，就是那个带了一个外国女人离家出走的人。唉！这件事对他的父亲和对大家都是一个沉痛的打击。好好一个小伙子，本来是很有前途的。幸亏他妻子没有提出离婚，否则一定会闹得满城风雨，不过这打击确实够大的。那是好多年前的事了！六年前，琼的妈妈去世后，乔就跟那个女人结了婚，听说现在已经有了两个孩子。不管怎么说，他是自作自受，是没有资格来参加今天这次聚会的，但他的缺席使老太太的家庭荣誉感大打了折扣，也使她因无法见到和亲吻这个侄儿而感到遗憾，因为她一直以这个很有出息的年轻人引以为豪。想到这里，加上长期以来压在她心头的那块心病，老人家心中不免一阵苦涩，眼睛里泛起了星星泪花，不得不用一块上等细麻手绢偷偷拭去。

"怎么啦，安姑姑？"这是从她背后传来的声音。

原来是索姆斯·福赛特。这个肩膀、面颊、腰身都又扁又平的人却给人一种圆滑又诡谲的感觉。他斜眼往下瞟着他的安姑姑，似乎想把目光从鼻子的这一边穿到那一边去看他的姑妈。

"您觉得这桩婚事怎么样?"他问道。

安姑姑得意地看着他。小乔里昂出走后,他就是她的大侄儿了,而且是她最欣赏的一个,因为她信得过他,觉得能把自己快要抓不住的这个家托付给他。

"对那个年轻人来说当然很好,"她说,"他长得挺神气的,可是我怀疑他跟琼是否真的般配。"

索姆斯用手摸了摸喷了一层金漆的烛台。

"她会把他调教好的,"他说,一面偷偷舔了舔手指,在一个个圆鼓鼓的饰坠上轻轻擦拭,"这是真正的老漆,现在这种东西不多见了,在乔布森拍卖行准能卖个好价钱。"他津津乐道地说着,以为他的老姑妈听了会高兴似的。他是很难得这么亲近地跟人说心里话的。"我倒愿意把它买下来,"他接着说,"老漆器很值钱。"

"你对这些东西最内行了,"安姑姑说,"艾琳好吗?"

索姆斯立刻收起了笑容。

"还不错,"他说,"她老说睡眠不好,其实她睡得比我香多了。"说着,他看了一眼正在门口跟博西尼聊天的妻子。

安姑姑叹了一口气说:"还是让她少跟琼来往为好,琼这孩子的个性太强了。"

索姆斯一有心事就脸红,而且这红晕会很快掠过他平塌的双颊,集中到他的眉间,并停留在那里。

"我真不知道她看上那个疯疯癫癫的小丫头哪一点。"他激动地说,但发现有人过来,便转身又去察看那个烛台。

"他们说乔里昂又买了一幢房子,"索姆斯的父亲在边上说,"他一定很有钱,多得不知道怎么花好。听说就在蒙彼利埃广场,离索姆斯家很近。他们从没告诉过我——艾琳什么也不跟我说。"

"好地段啊!离我家不到两分钟,"这是斯威辛在说话,"从我家坐马车到俱乐部也只要八分钟。"

对福赛特家的人来说,房子和地段都非常重要。这当然不奇怪,因为他们家就是这样发迹的。

他们的父亲是农民出身,快到本世纪初的时候才从多塞特郡[1]来到伦敦。

这个被好朋友们亲切地称呼为"了不起的多塞特·福赛特"的人本是个石匠,后来当上了建筑包工头。他晚年移居伦敦,去世前一直干着老本行,死后葬在海格特公墓[2],给十个子女留下了三万多英镑。老乔里昂很少提到他这位父亲。就算提到的话,总少不了说他是"一个粗人,没什么教养"。福赛特家的第二代人甚至觉得这位前辈让他们有失脸面。他们发现他身上唯一的贵族习气大概就是爱喝上几口马德拉白葡萄酒[3]了。

赫斯特姑奶奶是福赛特家族史的权威,讲起自己的父亲时,她是这么说的:

"我想不起他做过什么大事,至少在我生下来之后没做过。他嘛,呢——有几处房子,头发的颜色跟你们斯威辛叔叔差不多,长得很结实。个子高不高呢?不算高;"(他是个身高五英尺五英寸,满脸斑斑疤疤的人)"气色很好,挺有精神的一个人,我记得他经常喝点马德拉白葡萄酒。不过,还是问问你们的安姑姑吧。他的爸爸又是干什么的呢?他呀,呢——他是多塞特郡跟黄土打交道的庄稼汉,就在海边。"

詹姆斯曾去过那个地方,想亲眼看看他们的原籍地是个什么样子。他看到的是两座破落的农庄,一条红褐色的土路被车轮压出了一道深深的印子,一直通到海边的一座磨坊。他还看到了一座灰蒙蒙的、外面有一道加固墙的教堂和一座更小、更灰的小礼拜堂。用来推磨的小溪分

---

[1] 英格兰东南部濒临英吉利海峡的一个行政区。
[2] 伦敦北郊著名的公墓,马克思及家人亦安葬于此。
[3] 原产于东大西洋上的马德拉群岛的一种白葡萄酒。

成十几道细流潺潺而下，几头小猪在水边觅食。到处笼罩着一层蒙蒙灰雾，但就是在这块洼地上，福赛特家的先辈们面朝大海，脚踏污泥，日复一日，毫无怨言地来来回回走了好几百年。

不管詹姆斯去的时候是否希望找到一笔遗产或者发现什么值得炫耀的东西，反正他回城时一无所获，但还是极力装出不虚此行的样子。

"那个地方没什么可看的，"他说，"就是普普通通的乡下小地方，不过年代倒是不短了。"

当然，年代悠久也算是个安慰。老乔里昂不时有一种实话实说、一吐为快的冲动。这种时候他会坦承他的祖上是"自耕农①，是一些微不足道的人"，而且还要重复一下"自耕农"这三个字，似乎这样他才觉得舒服一点。

现在福赛特家的这些人个个事业有成，都成了所谓"有身份的人"。他们拥有各色各样的股票，但除了蒂莫西外，还没有哪一个敢买统一公债，因为他们平生最不愿意看到的就是仅为三厘的年息。他们还收藏名画，资助那些在他们的仆人生病时能够给予救济的慈善机构。从他们的泥瓦匠老子身上，他们继承了一种本领，对砖瓦和砂浆十分在行。他们的先人也许信奉过什么原始宗教，但他们自然都是英国国教的教徒，还要求他们的妻子儿女定期到伦敦城里比较体面的教堂去做礼拜。谁要怀疑他们的虔诚，他们一定会感到冤屈和不解。他们当中不是有人出钱给教堂添置过长椅的吗？这可是服膺基督教义最实际的行动啊！

他们的住宅大多建在海德公园周围，每隔一定的距离就有一座，仿佛一个个哨兵把守着伦敦这一美丽的心脏地区，也是他们魂牵梦萦的地方，生怕它从他们的指缝间漏掉，从而丢失自己的身价。

老乔里昂住在斯坦厄普广场，詹姆斯一家住在公园路。斯威辛是单

---

① 英国历史上耕作自己拥有的土地的农民，中世纪后成为英国农村的主要社会阶层。

身，他是决不结婚成家的，所以独自住在海德公园大厦那些橘红色和淡蓝色的豪华公寓里。索姆斯一家离骑士桥不远有一处舒适的安乐窝，罗杰一家则住在王子花园。罗杰可真了不起，福赛特家只有他一个人不仅想到，而且真正做到让自己的四个儿子都去从事一种全新的职业。他常说："赶紧购置房产！啥都比不上这个，我自己就只干这一行！"

当然还有海曼一家。海曼夫人是福赛特家已出阁的小妹妹，住在坎普敦山一座形似长颈鹿的房子里，高得让抬头仰望的人脖子发酸。尼古拉斯一家住在拉德布洛克街一幢宽敞的大房子里，是以很划算的价钱买下来的。最后当然是蒂莫西，他住在贝斯沃特街，保护着跟他住在一起的三位姐姐安、朱莉和赫斯特。

詹姆斯一直在想心事，这会儿他开了腔，问今天这次聚会的主人，也就是他的大哥老乔里昂花了多少钱买下了蒙彼利埃广场那幢房子。两年来，他自己也一直看中那儿的一幢房子，只是嫌价钱太贵。

老乔里昂把购房的经过一五一十地说了一遍。

"要二十二年才还清？"詹姆斯重复道，"我看中的正是那一幢。不过你买贵了！"

老乔里昂皱起了眉头。

"我不是说我要买那幢房子，"詹姆斯赶紧说，"这个价钱我嫌贵。索姆斯知道那座楼，他也会说太贵的，他的意见值得一听。"

老乔里昂说："我才不在乎他的什么意见呢！"

"行，"詹姆斯咕哝道，"随你的便吧，反正我是好意。再见了，我们马上要去赫林汉姆①。听说琼要去威尔士，明天你就会感到寂寞的。你一个人打算怎么办？上我们家来吃饭吧。"

老乔里昂谢绝了他的好意。他陪他们走到大门口，又把他们送上一

---

① 伦敦泰晤士河畔一游览消遣地，有大片草地，是打马球、高尔夫球和门球的好去处。

辆四轮四座马车,还对他们挤了挤眼睛,刚才那点不快早已忘得一干二净。个子高高、一头褐发的詹姆斯夫人面朝马车前进的方向正襟危坐,她的左边是艾琳。詹姆斯父子若有所思地坐在前排,面对着他们的妻子。老乔里昂望着这一家子默不作声地坐在弹簧垫子上,随着车身的颠簸摇来晃去,在阳光下渐渐远去。

一路上无言的沉默是由詹姆斯夫人打破的。

"你们谁见过这么多不三不四的人?"福赛特家任何一房的人告别老乔里昂家的"大团圆"之后,在回家的车上恐怕都会这么问。索姆斯耷拉着眼皮瞥了她一眼,点了点头,同时发觉艾琳又用她那深不可测的目光偷偷朝他看了一下。

最后告辞的宾客中有老四尼古拉斯和老五罗杰兄弟俩,他们一起沿着海德公园向普里德大街地铁站走去。跟福赛特家上了年纪的其他人一样,他们都有自己的马车,而且不到万不得已的时候是不会叫出租马车的。

这一天天气晴朗,六月中旬,公园里的树木已是一片葱茏。兄弟二人对此良辰美景却似乎无动于衷,不过能在这样的环境里边走边聊,仍是快事。

"说真的,"罗杰说,"索姆斯的老婆长得真好看。听说两口子关系不太好。"

这个老五额头很高,是福赛特家中气色最好的一个。他边走边用他浅灰色的眼睛打量着沿街的房子,还不时举起阳伞,目测房子的高度。

"可她没什么钱。"尼古拉斯说。

尼古拉斯自己就是靠结婚获得一大笔钱的。那个时候还是《已婚妇女财产法》[①]公布前的黄金时代,所以他才有机会利用这笔钱发了大财。

[①] 一八八二年英国议会在自由党领袖威廉·格莱斯顿(1809—1898)第二届首相任期内(1880—1885)通过的一项法律,规定已婚妇女和未婚女子一样,享有拥有自己的财产的权利,可以从自己的父亲那里接受礼赠或遗赠。

"她父亲是干什么的?"

"他叫赫伦,听说是位教授。"

罗杰摇了摇头。

"那是个赚不了钱的行当。"他说。

"听说她的外公是做水泥生意的。"

罗杰的脸上顿时一亮。

"可后来破产了。"尼古拉斯接着说。

"唉,"罗杰叹了口气,"索姆斯会有麻烦的。你等着瞧吧,他要吃苦头的。那个女人一看就跟别的女人不一样。"

尼古拉斯舔了舔嘴唇。

"不过长得很可人。"他说,一面把手一挥,要扫街的清道夫给他让道。

"索姆斯是怎么把这个女人弄到手的?"罗杰又问,"光给她买衣服就得花不少钱吧!"

"我听安说,"尼古拉斯说,"索姆斯像丢了魂似的,都快想疯了。她拒绝过他五次,连詹姆斯也着急了,我看得出来。"

"唉,"罗杰又说,"詹姆斯真可怜,他的女婿达尔蒂也没让他少操心。"罗杰走了一阵,气色更好了,频频把伞举到齐眼的高度。尼古拉斯也兴致勃勃。

"我觉得她苍白了一点,不合我的胃口,"他说,"但身材没得说。"

罗杰没搭腔。过了一会儿,他说:"我觉得她气质很好。"这在福赛特家的语汇中算是最高的赞誉了。"我看博西尼那小子成不了大器。听说在伯基特建筑行那里,他也是那帮异想天开、所谓有艺术细胞的人之一,扬言要改造英国的建筑。这是没钱的买卖啊!我倒想听听蒂莫西有什么高见。"

两人进了地铁站。

"我坐二等,你呢?"

"我不坐二等,"尼古拉斯说,"没准会染上什么病的。"

他买了一张去诺丁山门的头等票;罗杰买了去南肯辛顿的二等票。一分钟后车子进了站,兄弟俩分手后各进各的车厢,但心里都在责怪对方不肯改一改老习惯,否则可以多陪自己一会儿。罗杰在想:

"尼克这家伙,不可救药的顽固分子!"

尼古拉斯心里也在嘀咕:

"罗杰这家伙,总是跟人唱反调。"

福赛特家的人本来就不是重感情的人。在这个已被他们征服,已与他们融为一体的大伦敦城里,他们哪来工夫顾及手足之情呢?

第二章　老乔里昂去听歌剧

第二天下午五时,老乔里昂独自坐在家中,嘴上叼着一支雪茄,身旁的桌上放着一杯茶。他累了,烟还没抽完就进入了梦乡。一只苍蝇飞了一阵之后落脚在他的头发上。在这催人入眠的寂静中,他的呼吸声显得格外深沉,白胡子下那片上唇,随着他的呼吸一起一伏。那支雪茄已从他布满青筋和皱纹的手的手指间掉落到空荡荡的壁炉旁,自己烧尽了。

这是一间半明不暗的小书房,窗上装了彩色玻璃,用来遮挡外面的景色,屋里摆满了雕饰华丽的红木家具,窗帘和座椅的垫子都是用墨绿色的天鹅绒做的。老乔里昂常说:"我敢说这套家具将来一定能卖个好价钱!"

想到身后还能从生前的东西中得到比付出的更多,他心里总是乐滋滋的。

福赛特家的房子的里屋都比较晦暗，颇有伦勃朗①深褐色的油画所渲染的那种气氛。今天这位把头靠在高背椅子的靠背上的白发老人还真有一点伦勃朗笔下人物肖像的神态，美中不足的是他的两撇胡子让他看上去多少像个武夫。五十年前他还没结婚时就有的一只旧钟滴答滴答个不停，小心翼翼地记录着从它的老主人身旁流失的分分秒秒。

　　其实，他从未真正喜欢过这间屋子，一年当中除了要从墙角边那只日本式柜子中取出一些雪茄之外，几乎从不进来。现在是这间屋子向他报复的时候了。

　　他凹陷的太阳穴上贴着一些头发，像两个茅草盖子盖着下面两个窟窿。他的颧骨和下巴尖，在他睡着的时候显得更加嶙峋，让你不得不承认这张脸确实老态毕露了。

　　老乔里昂一觉醒来时，琼已经走了。詹姆斯说过琼走后他会感到寂寞的。詹姆斯这个人向来没什么出息，想到自己抢在他前头买下了那幢房子，他心里好不得意。活该！谁叫他在价格上一点不肯通融呢？这家伙满脑子都是钱。不过，话又说回来，自己是不是真的买贵了呢？要他操心的事和花钱的地方还多着呢……他觉得在琼的婚事还没有办完之前，他得多留些钱才是。唉！他根本就不该同意这门婚事。琼是在贝恩斯那里，也就是贝恩斯和比尔德博伊那两个建筑师的公司里认识这个博西尼的。他本人也认识贝恩斯这个有点婆婆妈妈的人，而且觉得他就是博西尼的舅舅。此后琼就跟博西尼形影不离。这孩子一旦想干什么，谁也拦不住。她总喜欢结交一些不三不四的人，三教九流，无所不包。这次倒好，干脆是个穷光蛋，还偏要跟他订婚。这小伙子轻率浮躁得很，一点不踏实，今后麻烦的事情多着呢！

　　一天，琼跟往常一样，风风火火跑来告诉他想跟博西尼订婚的事，

---

① 荷兰画家（1606—1669），擅长人物画和以宗教、历史为题材的作品，画面色彩丰富，色调深沉，明暗对比鲜明。

还加了一句"他真了不起,常常一个礼拜什么也不吃,光喝可可茶",仿佛她爷爷听了这话会放心一些。

"那么他是不是也要你靠喝可可茶过日子呢?"

"那倒不是,他是在赶时髦。"

老乔里昂把雪茄从沾着咖啡沫子的白胡须底下抽出来,看着这个让他打心眼里喜欢的小宝贝。要说什么是"时髦",他可比她懂得多。可是还没等他开口,琼已经把双手搭在他的膝盖上,用下巴在他身上蹭来蹭去,还小猫般地发出呜呜声。老乔里昂弹掉烟灰,突然怒气冲冲地说:

"你们都一个样,不达目的就缠个没完。你要自讨苦吃,就随你的便吧。这事我不管了。"

他真的没再管过此事,只要求他们在博西尼的年收入至少四百英镑时才能结婚。

"我给你的钱不会很多,"他常对琼说,可是这话在琼听来已是老生常谈了,"也许那个,那个叫什么来着的人会给你可可茶喝的。"

此后他就几乎见不到琼的人影了。这件事显然不妙,他可不想给她一大笔钱,让一个他一无所知的人坐享其成。这种事他见过,都没有好结果。最糟糕的是他无法动摇她的决心。这孩子倔犟得像头骡子,从小就如此。他无法预料他们今后会怎样,但他们必须学会量入为出。在没有看到博西尼的的确确能够自食其力之前,他是不会轻易松口的。这个人在钱的问题上一窍不通,琼将来会吃他的苦头,这是明摆着的。眼下,两人又急急忙忙去威尔士看他的什么姑妈,他相信那两个姑妈也不是什么好东西。

老乔里昂凝视着面前的墙壁,一动不动,要不是眼睛睁着,就跟睡着了一样。哼,真可笑,詹姆斯居然以为索姆斯这个乳臭未干的小子能给他出什么好主意!别看他趾高气扬的样子,他还嫩了点!下一步他大概想成为大房产主了吧?在郊外盖上一幢别墅什么的。哼,什么大房产主！跟他老子一样，一个一心想占便宜，六亲不认的小混账！

他站起来，走到柜子前，把刚买的一扎雪茄一支一支放进烟盒。这个价钱能买到这样的雪茄就算不错了。如今上好的雪茄实在难觅，没有哪一种能跟汉森—布里杰那家的老牌特级雪茄相媲美。那才叫真正的雪茄哩！

想到这里，仿佛有一阵雪茄的醇香隐隐飘来，把他带回到他在里士满①度过的那些美好的夜晚。那个时候他跟尼古拉斯·特雷菲里、特拉奎尔和杰克·赫林，还有安东尼·桑沃思常在晚饭后一起坐在"皇冠和皇权"酒店②的平台上吞云吐雾。啊，那个时候的雪茄可真叫好！现在，可怜的尼克已经死了；杰克·赫林也不在人世了；特拉奎尔死在他老婆手里；桑沃思则已风烛残年，摇摇欲坠——就他那欲念，这一点不奇怪。

当年那帮老伙计现在恐怕只剩下他一个人了。当然，斯威辛还在，可他已胖得不成样，简直拿他没办法，跟他在一起一点意思也没有。

很难相信这已经是多年前的往事了，可他并不觉得自己老。他站在那里数着雪茄，回想起许多事情，觉得最让他挠头的就是这件事。尽管头发已白，也很孤独，可他童心未泯。记得他常在礼拜天下午跟小乔里昂一起在汉普斯特德公园③散步，沿着西班牙人大道一路走到海格特，走到蔡尔德山，再折回原地去"杰克·斯特劳城堡"④吃晚饭。那时的雪茄真香啊！天气也好！现在的天气糟透了。

---

① 英格兰大伦敦地区西南部泰晤士河流经的一住宅区，又称泰晤士河畔的里士满，有著名的里士满公园和基尤植物园等景点。
② 位于伦敦肯辛顿荷兰街34号的一家老牌美食酒吧。
③ 伦敦北部一风景区，有大片树林和草地，是郊游远足的好去处。
④ 伦敦北部有名的老酒店，取名于一三八一年农民起义的一名领袖。

当五岁的琼蹒跚学步那会儿,他每隔一个星期天便要带她上动物园去玩,让她暂时远离那两位好心的女人——琼的妈妈和奶奶。祖孙俩常在关着棕熊的栏圈上面,用伞尖戳着面包去喂琼最喜欢的那几只小熊。那个时候的雪茄味道好极了!

雪茄啊雪茄!如今他的品赏力丝毫不减当年。五十年代的时候,他的这一能力就远近闻名,个个推崇备至。一提到他,人们交口称赞道:"福赛特可是全伦敦数一数二的品赏家啊!"可以说,正是凭借这一出众的才能,他发了家,致了富。他和特雷菲里是赫赫有名的两名茶商。他们的茶叶跟别的茶行的就是不一样,有一股浪漫的清香,一种只有真正的极品才有的魅力。于是位于伦敦商业区的福赛特与特雷菲里商号也就蒙上了一层冒险和神秘的色彩,让人觉得他们的生意,他们所用的运输船只和港口,以及与他们打交道的东方商人都非同寻常。

他在这门生意上可是费了不少心思的。那个时候,人很勤奋,不像现在这些毛头小伙子,连勤奋这两个字是什么意思都不懂。他事无巨细,事必躬亲,对一切了如指掌,有时一干就是通宵达旦。有些事情,譬如找什么人做代理,都由他亲自定夺。对此,他一直引以为豪,常说他看人很准,从不走眼,这正是他成功的秘诀。其实他真正喜欢做的就是发挥自己善于用人这份才能。当然,对于他这样一个能干的人来说,这门生意不可能是他毕生的事业。如今这家公司已改为有限责任公司,生意每况愈下,他也早已把自己的股份抽了出来。但一想起那段时光,他心里还是老大不痛快。他完全可以干得更加出色,如果去当律师,也一定会非常成功。他甚至考虑过参选国会议员。尼古拉斯·特雷菲里不是常对他这样说:"你要不是这么前怕狼后怕虎的话,什么都干得成!"唉,尼克老伙计,是个好人啊,就是太放纵了,弄得声名狼藉。他这个人从来管不住自己,结果断送了性命。老乔里昂用稳健的手数着雪茄,心里在想,和尼克相比,自己是不是真的过分拘谨,过分谨小慎微了呢?

他把雪茄烟盒塞进上衣胸口的袋子里,再把扣子扣上,然后扶着栏杆,一摇一摆地爬上长长的楼梯,向自己的卧室走去。这房子太大了,等琼成婚后——如果她真的像他估计的那样嫁给那个家伙的话——他就把这房子租出去,自己再租几间屋子住住就行了,干吗要白白养六七个好吃懒做的仆人呢?

管家听到他叫唤的铃声后走了进来。此人块头很大,下巴上留了一撮胡子,走起路来蹑手蹑脚,话也特别少。老乔里昂叫他把礼服准备好,说要上俱乐部去吃晚饭。

"车子送琼小姐去车站后回来多久了?两点钟就回来啦?那就叫车夫六点半过来吧。"

七时整,老乔里昂步入了他的俱乐部,这是英国上层中产阶级那些今非昔比的政治社团之一。尽管还有人在议论它,但或许正因为有人议论,它并不像人们想象的那样有生气。现在大家已经懒得再说"四分五裂"①快要完蛋这样的话了,可是老乔里昂还在说,而且显得满不在乎的样子,令那些铁杆会员大为恼火。

"你为什么不退出呢?"斯威辛常不耐烦地问他,"为什么不参加我们的'万国语'呢?我们那儿不到二十先令就能买到一瓶海德希克②,这么价廉物美的好酒你上哪儿去找?"接着他会压低着嗓门说,"只剩下五千打了。我每天晚上都喝。"

"让我考虑考虑再说吧。"老乔里昂总是这么回答,但每次考虑时,他总是犹豫再三,因为入会必须缴纳五十畿尼③的入会费,还必须等上四五年才能正式批准,所以他一直没有考虑好。

他这把年纪怕是很难成为真正的自由党人了。其实他早就不相信他的俱乐部所奉行的那套政治主张了,有人甚至听他说过这些主张好比

---

① 和后文中的"万国语"、"大杂烩"一样,都是俱乐部的名字。
② 一种法国高档香槟酒,味干爽口。
③ 英国货币单位,等于二十一先令或一镑一先令。

"一堆废话"。让他十分得意的是他能公然蔑视跟自己的信念格格不入的这些主张,却还能留在这个俱乐部里。他一向瞧不起这个地方。好几年前,"大杂烩"俱乐部以他是"生意人"为由拒绝他入会,他一气之下便加入了这个"四分五裂"俱乐部。哼,难道"大杂烩"那帮人他一个也比不上?这样,吸收他入会的"四分五裂"反倒遭到他的鄙视。这个俱乐部的会员都是些层次不太高的人,大多是商业区的那伙人,有证券经纪人、律师、拍卖商等等。跟大多数心志很高却又碌碌无为的人一样,老乔里昂不大把自己所属的那个阶级放在眼里。其实他跟这些人没有什么两样,不管在社会习俗还是其他方面一贯循规蹈矩,不敢越雷池一步,但他心里却暗暗把他们比作"芸芸众生"。

岁月和阅世让老乔里昂渐渐淡忘了他在"大杂烩"遭到的挫折,如今这家俱乐部在他心目中反而贵为"俱乐部之冠"了。其实,要不是他的介绍人杰克·赫林办事草率,这些年来他早该是那个俱乐部的会员了。他们把他拒之门外,实在是大错特错。不过也怪,他们怎么不假思索就接纳他的儿子小乔入会了呢?他相信小乔现在仍是那里的会员。八年前,他收到过小乔从那里发出的一封信。

他已有好几个月没来"四分五裂"了。他看到房子虽已装饰一新,却显得斑驳陆离,就像急于脱手的旧房子和旧船舶常常被漆得花花绿绿一样。

"这吸烟室的颜色难看死了,"他心想,"不过餐厅的还不错。"

他喜欢这深巧克力底色和浅绿色图案相搭配的效果。

他点了晚餐,坐到二十五年前他跟小乔里昂常坐的那个角落里,也许就是那张桌子旁。"四分五裂"虽说是个相当激进的俱乐部,里面的变化却不大。那时他常在儿子放假后带他去德鲁瑞街剧院[①]看戏,总要

[①] 位于伦敦西区,是伦敦最老的剧院之一,始建于一六六三年,两度焚毁,一八一二年翻造之后沿用至今。

在这儿先吃上一顿。

这孩子喜欢看戏。老乔里昂不由得想起儿子坐在饭桌对面,满心喜欢却装得满不在乎的样子。

他给自己点了儿子常点的几道菜——汤、小鲱鱼、炸肉排和一块果子馅饼。唉,要是他现在也坐在对面该有多好啊!

父子俩已有十四年未见面了。十四年来,老乔里昂不止一次想过在儿子这件事情上他自己是否也有一定的责任。在跟安东尼·桑沃斯的女儿,那个风流轻佻的女人达娜·桑沃斯(现在叫达娜·佩琉)的一段恋情失败后,他的儿子一下投入了另一个女人的怀抱,这个女人后来成了琼的妈妈。他也许不该同意他们那么快就结婚,他们都太年轻了。可是想到乔遭受的感情挫折,他又巴不得他早一点成家。四年后,这场婚姻就彻底破裂了。要他认可儿子在这件事情上的所作所为当然是不可能的。理智和教养是他立身处世的原则的两大支柱,而这两点都告诉他不能原谅儿子,尽管他的心在流泪。这种事情是很残酷的,一点情面也不给。好在还有琼,这个头发像一团火似的小家伙成天在他身上爬上爬下,扭来扭去地缠着他,同时也揪住了他的心,那颗天生喜欢可爱又可怜的小东西的心。凭着他惯有的判断力,他知道在儿子和孙女之间他只能二者舍其一。这种情况下要想两全其美是不可能的,悲剧也就在于此。最后,那个可爱又可怜的小精灵占了上风,在鱼与熊掌不可兼得的情况下,他决定跟儿子分手。

不料这一别就是十四年,至今未能见上一面。

他曾提出继续贴补小乔里昂,数额可以少一些,但遭到了儿子的拒绝。这也许比其他任何事情更让他伤心,因为这一拒绝切断了他用以表达深埋在内心的父爱的最后一条渠道。父子从此决裂是显而易见和不可避免的了,在财产继承的问题上,只要看一个给不给,一个受不受就足以说明这一点。

这顿晚饭他食而不知其味,连香槟酒也又苦又涩,完全不像从前的

"凯歌香槟"①那样醇香。

喝咖啡的时候,他忽然心血来潮,想去听一场歌剧,于是在《泰晤士报》(他从不相信别的报纸)上翻阅当晚上演的剧目,发现有《费德里奥》②。

谢天谢地,幸亏不是那个叫瓦格纳③的家伙那些别出心裁的德国哑剧!

他戴上一顶老式大礼帽。这帽子特别大,戴得多了,帽檐几经下塌,但仍不失昔日的风光。他又从口袋里抽出一副薄薄的、淡紫色的旧羊皮手套。由于经常和上衣口袋里的雪茄烟盒放在一起,手套散发出一股很重的俄国皮革的气味。接着,他一头钻进了一辆双轮马车。

马车在街上轻快地疾驶,发出嘎啦嘎啦的响声。街上热闹非凡,老乔里昂颇感意外。

"这一带的旅馆生意一定很好。"他心想。几年前这些大旅馆可是连一家也没见过啊!想到自己在附近也有房产,而且价值必定水涨船高,他心里说不出有多高兴。瞧这车水马龙!

接着他开始思考起一个与己无关,却十分深奥的问题,这在福赛特家的人当中是极为罕见的,但这正是他比其他家人高出一等的奥秘所在。他在想人是多么渺小,却又如此众多,将来一个个会怎么样呢?

他下车时不慎绊了一下,如数付了车费后,径直走到售票处去买正厅前排的戏票。他手里拿着钱包站在那里,他随身的钱总是放在钱包里的,他向来不赞成现在许多年轻人那种把钱随便塞在口袋里的习惯。售票窗口的人像只狗窝里的老狗那样把头探了出来。

---

① 一种优质法国香槟酒,上市于一七七二年。
② 德国作曲家贝多芬(1770—1827)创作的唯一一部歌剧,描写十八世纪发生在西班牙塞维利亚的一桩妻子女扮男装营救蒙冤入狱的丈夫的动人故事,首演于一八〇五年,一八一四大改后成为各大剧团保留剧目之一。
③ 德国作曲家(1813—1883),所作历史神话歌剧场面恢弘,气势雄伟,在音乐处理方面也有突破,被认为是对欧洲歌剧传统的革新。

"哟,"他诧异地说,"是乔里昂·福赛特先生吧!没错!多年没见了,先生。唉,时代变了,那个时候您跟您兄弟,还有那个拍卖商特拉奎尔先生和尼古拉斯·特雷菲里先生,你们每年在演出季里都少不了订六七张前排的好票。您好吗,先生?我们都老了。"

老乔里昂听了这番话,深受感动,眼圈都红了。原来大家还记得他。他立刻付了钱,像一匹老战马重返战场一样,在序曲声中阔步走进剧场。

他把礼帽叠好,坐了下来,又跟往常一样脱下羊皮手套,拿起眼镜把剧场四周好好巡视了一圈。最后他把眼镜放在叠好的帽子上,愣愣地望着舞台的大幕。此时此刻,他越发深切地感到一切都已大江东去,自己也不中用了。那些女人,那些漂亮的女人都到哪儿去了?过去这里到处可以见到她们的身影。那种急切等待大明星登台的心情到哪里去了?那种醉心生活,还会享受生活的感觉又到哪里去了?

想当年,他是个十足的歌剧迷,可现在没什么可听了。那个叫瓦格纳的家伙把一切都毁了,旋律没了,嗓子好能唱的人也没了。唉,那个时候有几个唱得真棒,可惜都不在了。他坐在那里,眼前闪过一幕幕看过的旧戏,内心一片麻木。

他上至耳边那卷白发,下至穿着松紧鞋帮漆皮皮鞋的双脚摆出的姿势,丝毫没有老态龙钟的样子。他还是跟从前天天晚上来听歌剧时那样挺拔,至少不相上下。他的视力也一如既往,几乎没变,可就是多了这份厌倦和失落的感觉。

他这一辈子乐于享受生活,即使是一些不太好的东西(这种东西可多了),他也不放过。但是他能掌握分寸,从不纵情无度,只求保持年轻的心态。可现在他已失去行乐的能力,就连行乐的欲望也没有了,剩下的只有这无可奈何花落去的苍凉心情。《囚徒合唱曲》[①]也好,《弗洛

[①] 歌剧《费德里奥》中囚徒放风时所唱的一首合唱曲。

瑞斯坦①咏叹调》也好，都无法驱散他内心深感孤独的阴云。

今晚若是乔也坐在这里该有多好啊！这孩子现在该四十岁了吧！他耽误了他这个独生子足足十四年之久！不过乔现在已不再是千夫所指的人了，他结了婚。为了表示赞许，老乔里昂忍不住给儿子寄去了一张五百英镑的支票。可是支票不久就在一封发自"大杂烩"俱乐部的信中退了回来，信上写道：

父亲大人：

　　感谢厚礼，表明您尚未把我想得太坏，现如数奉还。不过倘若您认为可以将其记在与我俩同名（我们叫他乔利），也有幸同姓的小儿名下，将不胜感激之至。

　　衷心祝福您永远健康！

爱子　乔敬上

真是文如其人啊！这孩子一向和善可亲。老乔里昂的回信是这样写的：

亲爱的乔：

　　此款（五百英镑）目前在我账上，但已记在你的孩子乔里昂·福赛特的名下，年息为五厘。想必你一切均好，我目前尚且健康无恙。

慈父　乔里昂·福赛特白

此后每逢元月一日，他都要给那笔钱添上一百英镑和应计的利息。

---

① 歌剧《费德里奥》中的男主角，蒙冤被囚禁的政治犯，后被其妻莱奥诺拉乔装男狱卒巧妙救出。

几年下来，这笔钱越滚越大，到明年元旦将达一千五百来英镑之多！每年做这件事情的时候，他心里不知有多高兴，可是跟儿子的书信往来却没再有过。

尽管他心疼儿子，但总觉得有点想不通。他有一种本能，也许是天生的，也许是因为跟他那个阶级许多见多识广的人一样，他习惯于从事物的实际结果而不是按事物理应如何去评判一个人的行为。按理说，他儿子在这种情况下早该走投无路了。这是必然的，他读过的小说，听过的布道和看过的戏剧都是这么说的。

在收到退回的支票后，他总觉得不大对劲。他的儿子怎么就没有陷入绝境，没有狼狈不堪呢？不过这也难说。

当然，他曾听说（实际上是他想方设法打听到的）乔住在圣约翰斯·伍德区①，在威斯塔里亚大街有一幢带花园的小房子，常带着妻子参加一些社交活动（当然是一些不三不四的社交圈子），有两个孩子，一个就是取名为乔利的那个小家伙（在这种情况下给孩子取这个名字，不啻是一种嘲讽，而老乔里昂最害怕，也最不喜欢的就是冷嘲热讽）。还有一个是他们婚后所生的女儿，叫霍利。谁也不知道他儿子现在的境况究竟如何。靠着从他外公那里继承的一笔钱，他做了劳埃德保险社②的一名承保商。有时他还画几幅画，是水彩。老乔里昂知道这一点是因为他有一次在一个画商的橱窗里见到一幅描绘泰晤士河景的画下面有他儿子的签名。后来，他不声不响地又买过几幅，但总觉得画得不好，加上有签名，所以他没把它们挂出来，一直锁在柜子里。

老乔里昂人在歌剧院，突然思子心切起来，恨不能马上见到他。他想起了当年身穿一套咖啡色麻布衣服的儿子在他胯下钻来钻去的日子，想起了儿子骑在小马背上，他在边上一面跑，一面教他骑马的时候，也

---

① 伦敦西北部摄政公园以西的一个住宅区。
② 英国伦敦的保险商协会，也是世界最大的保险业机构之一。

想起了第一次送他上学的情景。小家伙那时候真可爱，真讨喜啊！后来他上了伊顿公学①，学会了老乔里昂认为只有花大钱送到那种地方才能学到的举止和风度，也许学过头了一点，不过他们依然相处得很好。即使在他上了剑桥大学之后，他们的关系还跟从前一样，可能稍微疏远了一点，不过那也是因为他确实比别人强嘛。老乔里昂对本国的中学和大学的看法始终如一，对这个只面向本国最优秀的人士，连他本人也无缘问津的教育制度保持着一种既敬重又怀疑的态度……现在琼走了，可以说是离他而去了。此时此刻，能与儿子重逢，该是一大快慰。但他觉得这个想法近乎荒唐，而且是对他的家族、他的原则和他的阶级的背叛，心里不免有些内疚，于是他干脆把思想集中到舞台上的演员身上。哎呀，不行啊！实在太差了！这个弗洛瑞斯坦简直像根木头。

戏演完了！现在的观众真是太容易满足了！

街上人很多，他从一个比他年轻得多的胖绅士的眼皮底下抢走了一辆那人满以为已经到手的马车。车子沿着蓓尔美尔大道前进，到了拐弯处却没有穿过格林公园而拐进了圣詹姆士街。老乔里昂这个人容不得任何改弦易辙的事，他转身把手伸出车外时，正好跟"大杂烩"俱乐部打了个照面。这时一晚上一直埋藏在心底的欲望再也按捺不住了，他叫车夫立刻停下，他要进去问问乔是否还是这里的会员。

他径直往里走去，发现大厅没有什么变化，跟他从前与杰克·赫林常在这里吃饭时一模一样。那时，这里的大厨可是伦敦城里的头块牌子！他机敏又大方地向四周看了看，这目光使他这辈子得到的伺候比大多数人更多更好。

"乔里昂·福赛特先生还是这里的会员吗？"

"是的，先生，在里头呢。先生。您贵姓？"

老乔里昂不禁吓了一跳，有点措手不及。

---

① 一四四〇年创办于英格兰南部约克郡伊顿的一所贵族中学。

"我是他父亲。"他说，然后背靠壁炉站着。

小乔里昂正准备离开；他已戴好帽子，刚要穿过大厅，门卫碰上了他。他也不年轻了，头发已开始花白，同样留着两撇下垂的大胡子，酷似他的父亲，只是稍微狭长的脸上显然多了一丝倦容。他的脸刷地一下白了。阔别这么多年之后猛然撞见自己的父亲让他十分尴尬，因为世上再也没有比当众出丑更难堪的事情了。父子俩见面后握了握手，但谁都没有说话。最后还是做父亲的用颤抖的声音开了腔：

"孩子，你好吗？"

儿子回答道："爸爸，您也好吗？"

老乔里昂戴着手套的手颤抖起来。

"假如你跟我同路，"他说，"可以搭我的车。"

两人走出俱乐部上了车，就像每晚都是这样一起回家的。

老乔里昂觉得儿子长大了。"更像个大人了。"他心里在想，但他发觉儿子天生和蔼可亲的脸上添了一层愤世嫉俗、看破红尘的面纱，似乎他觉得他目前这种处境需要这么一个保护层。他的长相无疑有福赛特家人的特征，但他的神情更有学者或哲学家惯于内省的特点。显然这十五年来他没少反省过自己。

小乔里昂第一眼见到父亲时，着实吃了一惊。父亲看上去衰老又憔悴，不过上车后，父亲似乎还是老样子，还跟从前一样沉着镇静，一样腰杆笔挺，一样目光敏锐。

"您气色很好，爸爸。"

"马马虎虎吧。"老乔里昂答道。

这个儿子一直是他放心不下的人，今晚既然见面了，他得把放心不下的事说出来了，问问他目前的经济状况如何。

"乔，我想听你说说你现在的境况，你大概背债了吧？"

他这样问是为了好让儿子说实话。

小乔里昂却反唇相讥回答说："没有，我没背债。"

老乔里昂看出儿子不太高兴,轻轻拍了拍他的手。他确实唐突了点,但这样问值得。乔以前可从没跟他生过气啊!此后父子一路无话,直到斯坦厄普门。老乔里昂请儿子进去坐坐,但小乔里昂摇了摇头。

"琼不在,"他父亲忙说,"今天走的,看亲戚去了。我想你也听说她已经订婚的事了吧?"

"已经订婚了?"小乔里昂低声问了一句。

老乔里昂下了车,付车费时竟平生头一回把一枚一英镑金币错当一先令给了车夫。

车夫赶紧把金币塞进嘴里,偷偷在马肚子底下抽了一鞭,一溜烟地跑了。

老乔里昂用钥匙轻轻把锁打开,推门进去,然后招了招手。他儿子见他一板一眼地将大衣挂起来,但脸上的表情倒像企图偷吃樱桃的小顽童。

餐厅的门开着,煤气灯调得很暗,茶盘上一只热茶用的酒精壶发出咝咝的响声,旁边的餐桌上躺着一只看上去十分乖戾的猫,睡着了。老乔里昂马上嘘了一声把它撵走。这一小插曲让他放松了许多,他还跟在猫后面拍了几下那顶大歌剧帽。

"它身上有虱子。"他说,一面追出房间,在门厅通往地下室的门口又嘘了几声,催促那猫赶快走开。就在此时,管家莫名其妙地出现在下面。

"帕菲特,你可以去睡了,"老乔里昂说,"我来锁门,熄灯。"

他回到餐厅时,不料那只猫已抢先一步进来了,它高高翘起尾巴,表明它早已看出它的主人要把管家支开的用意何在。

不知为什么,老乔里昂在家里耍的小花招总是被人揭穿。

小乔里昂忍不住笑了起来。他这个人深知什么叫被生活嘲弄,而这天晚上的每一件事——这只小猫的插曲,还有女儿订婚的消息——在他看来都充满讽刺意味。现在他跟女儿的关系并不比他跟这只猫的关系更加密切。他觉得这是报应,心里倒也坦然。

"琼现在长成什么模样了?"他问道。

"个头不大,"老乔里昂回答道,"大家都说她像我,这是瞎说。她更像你妈妈,眼睛和头发都一模一样。"

"噢,她长得好看吗?"

老乔里昂是十足的福赛特家的人,从不随便夸奖任何东西,尤其是自己真正喜欢的东西。

"不算难看吧,长了个典型的福赛特家人的下巴颏。她一走,这里就要冷清了。"

说这话时,他的脸色又一次让小乔里昂感到惊讶,跟他刚才第一眼见到他时一样吃惊。

"您打算怎么办呢,爸爸?我想她现在的心思全放在那个人身上了吧?"

"我怎么办?"老乔里昂重复了一遍,语气突然变得很激动,"一个人住在这里会很苦闷,我也不知道以后怎么办,我只希望……"他没往下说,改口道,"问题是这房子该怎么处理。"

小乔里昂朝房间四周看了看。这是一间又大又死气沉沉的屋子,墙上仍挂着他从小就见过的几幅巨幅静物画——几条狗躺着睡觉,把鼻子搁在一堆堆胡萝卜上,并排挂着的几幅是一些洋葱和葡萄,看上去有点别扭。这房子确实是个累赘,可他无法想象他父亲肯住在小一点的地方,这实在是莫大的讽刺。

老乔里昂坐在一把带有小书托的大靠背椅里,他的白发和穹隆般的头顶俨然是他这个家族、这个阶级及其全部信念的象征,代表着涵养、严谨和对财产的执着。但他又是一个孤独的老人,跟伦敦城里任何一个孤独的老人没啥两样。

在能够客观看问题的小乔里昂眼里,舒舒服服,但闷闷不乐地坐在这间屋子里的这个人只不过是一个受各种巨大的力量摆布的傀儡,这些力量其实从未管过什么家庭,什么阶级或什么信条,而只顾像机器一样以各种可怕的手段把人推向不可预测的境地。

可怜的老父亲啊!这就是你的下场!你一辈子兢兢业业,克勤克俭,最后落得孑然一身,日渐衰老,弄到巴不得有个人跟你说说话的地步。

老乔里昂也看着儿子。他想跟儿子聊聊这些年来一直没人可聊的事情。他没法跟琼一本正经地谈为什么他坚信索霍①一带的房产会升值,为什么对自己长期担任董事长的新煤炭公司的主管皮平杳无音信感到不安,为什么对美国高尔戈萨斯公司的股票持续走低感到忧虑,当然更加无法跟她商量如何通过一些安排来逃避他离开人世后不得不缴纳的死亡税。现在喝着他不停搅动的浓茶,他终于有机会谈这些事情了。生活中新的一页——有人跟他说话的一页打开了。在这里他可以在情绪大起大落时找到一个避风港,也可以有人商量如何妥善处理自己的财产,使自己死后唯一能够留下的这部分东西得以永存,从而不留遗憾。

小乔里昂听得很专心,这是他的一大优点。他一直注视着父亲的脸,不时提出一两个问题。

老乔里昂还没来得及说完,一点钟就敲响了。这钟声立刻让他记起自己的老规矩。他掏出怀表一看,吃了一惊。

"我该睡了,乔。"他说。

小乔里昂站起来,同时伸手去把父亲扶起来。老人的脸这时又显得特别苍老,消瘦。他故意把目光避开对方。

"再见了,孩子,你要好自为之。"

过了一会儿,小乔里昂转身走出房间。他的眼睛模糊了,表情似笑非笑。十五年前,他第一次体会到生活很不简单;十五年后,他第一次感到生活竟如此复杂。

---

① 伦敦市中心一热闹繁华街区,各种餐馆和夜总会集中于此。

第三章　斯威辛家的晚宴

在斯威辛家面朝海德公园，以橘红和淡蓝两种颜色为主调的餐厅里，一张圆桌上摆好了供十二个人用餐的餐具。

餐厅中央上方悬挂着一盏雕花玻璃大吊灯，上面插满了点燃的蜡烛，宛如一块巨大的钟乳石，把整个房间照得通亮。这里的每一件东西，不管是镶有金边的大镜子、边桌①的大理石桌面，还是刷了一层金漆、用绒线刺绣做垫子的那些笨重的大靠背椅，都透露出一种本性庸俗的审美情趣。这是每一个千方百计跻身上流社会的暴发户所无法褪去的深深烙印。斯威辛这个人就是见不得朴实无华的东西，对花里胡哨的东西却情有独钟，因此在朋友中享有"情趣高雅"，乃至"过于奢华"的美誉。他深知凡是踏进他家大门的人，没有一个不会不注意到他的富有。这给了他一种实实在在、又能久久回味的乐趣，恐怕是他生活中其他任何事情都无法做到的。

他认为他所从事的房产经纪，尤其是房产拍卖这一行，是不登大雅之堂的行当，所以他退休之后便一心一意去追求贵族生活的情趣。

退休后的奢华生活，让他像一只跌入糖缸的苍蝇那样舒适甜蜜，本来一天到晚就空空如也的脑子里就只剩下两个互相矛盾的怪念头——一个令他沾沾自喜，因为他觉得自己是靠奋斗发家致富的，另一个则正好相反，那就是像他这般高贵的人根本就不该为谋生而操心。

他穿了一件白马甲，大大的玛瑙扣子都镶着金边。他站在餐具柜

---

① 餐厅中靠墙的小桌子，用于上菜或放置替换的餐具和酒水。

旁，看着一名男仆把三瓶香槟酒的瓶颈使劲往冰桶里塞。他的竖领的尖角，紧紧夹着他下巴下那块白白的赘肉，让它动弹不得；只要他转动脖子，领尖就刮得他好生难受，可是他说什么也不肯换件衣服。他的目光不停地在那几瓶酒上来回移动，心里这样盘算着：乔里昂喝一杯，也许喝两杯，他很会保重自己，不会多喝的；詹姆斯呢，他现在不能喝酒了；尼古拉斯——对了，他和范尼两个都只喝白开水，这一点他毫不怀疑；索姆斯不足挂齿，这几个年轻的侄儿（其实索姆斯已经三十八岁了）根本不会喝酒！可是博西尼呢？这个人他不了解，超出了他熟悉的那套待人接物的方式的范围。想到这里，他不由得一阵惶惑。这个家伙能喝多少，他心里可没底！琼嘛，还是个孩子，再说还要忙着谈情说爱呢。詹姆斯的妻子埃米莉倒是喜欢喝上一两杯好香槟的。朱莉肯定会嫌苦，可怜的老妹子噢，只能怪你不识货了！至于哈蒂·切斯曼……一想到这位老朋友，他脸上顿时阴云密布，眼睛也失去了方才的光泽。这个人准能喝半瓶！

但想到还有一位客人时，他的脸上悄悄露出了猫咪轻轻呼噜时的那种表情。索姆斯夫人今晚要来！她不一定喝很多，但她是内行，她识货。用好酒招待她是一件快事！她不仅长得漂亮，对他也很好。

想到这个女人就如同喝上香槟酒一样舒爽！给一个长得这么俊俏，这么会打扮，举手投足这么高雅，这么迷人的年轻女人喝点好酒，好好款待一番，实在是一桩再开心不过的事。想到这里，他忍着痛，把脖子在硬领的尖角之间稍稍转动了一下，这是这天晚上的头一次。

"阿道夫，"他说，"再添上一瓶吧！"

他自己也许要喝不少。布莱特医生开的那个药方真叫灵，他现在的感觉极好，再说他还特意省了一顿午餐呢。他已经好几个礼拜没有像今天这么开心了。他把下唇一噘，下了最后一道指示：

"阿道夫，别忘了，火腿只能稍稍带点西印度风味。"

说完他便去了隔壁的前厅，坐在一把椅子的边缘上，双膝分开，庞大的身躯纹丝不动。他以这种古怪的姿势静候客人的到来,以便一有动静就可以站将起来。他已经好几个月没有举行家宴了,这一次是为了庆祝琼的婚事才操办的(福赛特家一直保持着用欢宴来庆祝婚事的习俗,就像宗教仪式一样)。起初他觉得意思不大,后来忙完发请帖和订菜肴这些事后,才慢慢起劲起来。

现在他就这么坐着,脑子里什么也不想,手里握着一块厚厚的、光溜溜的、金灿灿的怀表,活像一坨压扁了的黄油。

一个两腮留着髯须的高个子走了进来。此人曾在斯威辛家当过仆人,现在开了一间杂货铺。他提着嗓门喊道:

"切斯曼夫人、塞普蒂默斯夫人到!"

两位女士款款而入,前面一位一身红装,双颊上各有一大块同样是红红的、而且永不褪去的色斑,一只眼睛愣愣发直。她走到斯威辛跟前,向他伸出一只戴着浅黄色长手套的手。

"嘿,斯威辛,"她说,"好久不见了,你好吗?怎么,我的好兄弟,瞧你越来越胖了!"

斯威辛狠狠瞪了她一眼,这一眼足以说明他听罢此话之后心中又气又恼,只是不便发作。就算发胖很俗气,那么说别人发胖同样俗气!他不过胸脯宽了一点,那又怎样?他转向他的妹妹朱莉,一把抓住她的手,用命令似的口吻说:

"怎么样,朱莉?"

塞普蒂默斯·斯摩尔夫人在四姐妹中个子最高,一张原本不错的圆脸,老了以后常带愁容,而且布满了一块块鼓起的小疙瘩,好似这天晚上前来赴宴之前,脸上一直绷着一张铁丝网罩,突然取下后,留下了一排排因长时间受压迫而奋起反抗的皮肉,就连眼珠子也鼓了出来。她这副模样见证了她丧夫之后的长痛。

她只要一开口就说错话,这一点已小有名气,而且跟她同宗的所有人一样,她还十分固执,说错了话不仅死不认错,还要错上加错。丈夫死后，这种家传的执拗和认死理的毛病在她身上已变得无可救药。她十分健谈，一有机会，就喋喋不休，说个没完，可以一连几个小时不动声色地反复唠叨，抱怨命运如何一次又一次地捉弄她。可是她这个人也没多少心眼，总以为别人都会同情她，所以她从未察觉到她的听众无不认为命运并未亏待过她。

这个不幸的女人由于长期守在斯摩尔这个病鬼的病榻旁，养成了喜欢陪伴病人的习惯。后来她曾无数次去陪伴和安慰病人、儿童和其他无依无靠的人，一坐就是大半天。她觉得这个世界是最无情无义的地方，这个念头她始终挥之不去。每逢礼拜天，她都要坐在那位机智过人的牧师托马斯·斯考尔斯神甫的讲坛下听他布道，因此这位牧师对她的影响是可想而知的，但是她能让人相信连这一点也是她莫大的不幸。于是她成了全家的笑柄，只要有谁怨气冲天，大家就说他是"十足的朱莉"。像她这种精神状态的人，如果不是福赛特家的人，恐怕连四十岁也活不到，可她已经活到七十二岁了，而且气色从来没有这样好过，大家甚至觉得她身上还有继续享受生活的潜力尚未发挥出来。她养了三只金丝雀，一只名叫"汤咪"的小猫和半只鹦鹉。之所以这么说是因为那只鹦鹉是跟她的妹妹赫斯特合养的。这些可怜的小生命都被小心翼翼地呵护着，从不让它们靠近害怕动物的蒂莫西。它们倒跟人不一样，懂得主人为何如此憔悴，所以都跟她非常亲热。

这天晚上她穿了一件黑色的毛哔叽礼服，淡紫色的前胸开了一个含蓄的三角形领口，露出一条黑丝绒带子，围在她细细的脖子根部，显得庄重肃穆。福赛特家几乎所有人都认为黑色和淡紫色搭配的晚礼服最为纯洁典雅。

她噘着嘴对斯威辛说：

"安经常问起你，你好久没上我们那儿去了。"

斯威辛把两只大拇指扣在马甲的袖孔边上，回答道：

"安越来越虚弱了，应该请个医生看看。"

"尼古拉斯·福赛特先生,夫人到!"

尼古拉斯竖起两道浓眉,满脸堆笑走了进来。那天白天他办成了一件大事,从印度北部山区招募了一批苦力去锡兰开采金矿。这是他酝酿已久的一项十分得意的计划,终于在克服重重困难之后实现了,他自然欣喜万分。这下,他的金矿的产量准能翻上一番。他经常振振有词地说,一切的一切都表明人固有一死,到底是坚守故土,慢慢老死,还是客居他乡,夭折在阴湿的矿井底下,这都不重要,重要的是他的死活必须有益于大英帝国。

他能办成这件事,谁都不怀疑。他常常翘起断鼻梁的鼻子对人说:

"由于缺少几百号这样的人,我们已经好几年没有分红了。再看看股价吧,简直快一钱不值了。"

他刚去过雅茅斯,回来后感觉至少年轻了十岁。他握住斯威辛的手,用开玩笑的口吻高声说:

"瞧,我们又见面了!"

尼古拉斯夫人是个柔弱的女人,在丈夫背后紧张地扮着笑脸。

"詹姆斯·福赛特先生、夫人到!索姆斯·福赛特先生、夫人到!"

斯威辛赶忙起身,脚跟一并,做立正姿势,彬彬有礼地迎接来客。

"你好,詹姆斯!你好,埃米莉!你好,索姆斯!你好吗?"

他握住艾琳的手,双目圆睁。真漂亮!就是苍白了一点,可瞧那腰身,那眼睛,还有那牙齿!索姆斯这小子不配有这份艳福!

艾琳天生一对深褐色的眼睛和一头金发。这两种颜色的搭配极为罕见,因此特别招眼,尤其是男人的目光,但据说这是意志薄弱的标志。今晚她穿了一条金黄色的长裙,上面露出了洁白细嫩、丰满柔美的脖子和双肩,看上去更加迷人,更加神秘。

索姆斯站在妻子背后,紧盯着她的颈背。斯威辛手里还握着那块翻开的怀表,上面的指针显示八点已过,比他平时吃晚饭的时间晚了半小时。由于他没吃午饭,不由得焦急起来。

"乔里昂可是从不迟到的啊!"他对艾琳说,显然已经等得不耐烦了。"我看一定是给琼拖住了。"

"热恋中的人总是拖拖拉拉的。"她回答道。

斯威辛目不转睛地看着她,脸上泛起一片深深的红晕。

"他们没有理由迟到!纯粹是毫无道理的赶时髦!"

从他冒出来的这句话里,似乎可以听到尚不能用语言表达心情的原始人类愤怒时发出的咕哝声。

"斯威辛叔叔,您说我新买的这颗星星好看吗?"艾琳温柔地问。

一颗由十一枚钻石组成的五角星在她上衣胸口的花边中熠熠闪光。

斯威辛对宝石之类的东西最感兴趣,这个时候再也没有比问这个问题更能分散他的注意力了。他看着那颗星,问道:"谁送给你的?"

"索姆斯。"

艾琳说此话时面无表情。斯威辛瞪大了眼睛,一副恍然大悟的样子。

"我相信你在家一定很无聊,"他说,"什么时候想来我这儿吃饭,我请你喝全伦敦最好的酒。"

"琼·福赛特小姐、乔里昂·福赛特先生、博西尼先生到!"

斯威辛手臂一甩,大声喊道:

"开饭,开饭,马上开饭!"

他挽着艾琳步入餐厅,理由是自她结婚后,他还未曾有幸招待过她。琼和博西尼是不能分开坐的,所以博西尼被安排在艾琳和他的未婚妻之间。琼的另一侧是詹姆斯和尼古拉斯夫人,然后是老乔里昂和詹姆斯夫人,尼古拉斯和哈蒂·切斯曼,索姆斯和斯摩尔夫人,最后是斯威辛本人,正好围成一圈。

福赛特家的家宴有一定的规矩,比如从来不上餐前开胃小吃。原因何在,无人知晓。族中年纪较轻的几个认为这缘于过去牡蛎贵得吓人,但真正的原因也许是他们喜欢开门见山,喜欢一上来就进入正餐。这种讲求实惠的作风认定餐前小吃这类东西实在无聊，只有詹姆斯家偶尔破例，因为他家所在的公园路一带，几乎家家都有弄上几道餐前小吃的习惯，他们很难抗拒。

大家入席后，各人只顾自己享用，一时鸦雀无声，直到第一道菜吃了好一会儿之后才有人开腔，不过说的都是一些无关痛痒的话，比如"汤姆又不舒服了，我不知道它到底害了什么病""我想安现在早上一般不下楼了吧""范尼，给你看病的医生叫什么？叫斯塔布斯？这是个江湖骗子""威尼弗雷德？她生的孩子太多了，有四个，是不是？瞧她骨瘦如柴的样子""斯威辛，你这雪莉酒是多少钱买的？我觉得苦了点"。

喝到第二杯香槟酒时，交谈才热烈起来，才能听到嗡嗡低语的声音。撇开东拉西扯的闲聊之后，剩下的主要内容就是詹姆斯讲的一个故事。他没完没了，直到大家吃羊脊肉的时候，他还在不停地讲。这羊脊肉可是福赛特家的家宴上公认为画龙点睛的一道菜啊！

福赛特家的人请客，不管是谁，都少不了一条羊脊肉。这肉既鲜嫩又结实，只有"有身份"的人才有资格享用。它营养丰富，又美味可口，谁吃了都难以忘怀。就像存在银行里的钱一样，它也有来龙去脉，同时也是这个大家庭里争论不休的一个话题。

他们每一家都只认一个地方出产的羊肉——老乔里昂最相信达特穆尔①的羊肉，詹姆斯说威尔士的最好，斯威辛则说南丘羊②最鲜美。尼古拉斯说尽管别人可能笑话他，不过在他看来，哪儿的羊肉都比不上新西兰的好。至于罗杰这位诸兄弟中最喜欢别出心裁的一个，自然要编造出一个地方，以示他与众不同。这个精明得有办法让几个儿子都操一门新行当的人说，他发现有一家卖德国羊肉的铺子很不错。在众人的一片

---

① 英格兰西南部的高原。
② 英格兰南部丘陵地带的一种肉用羊。

哄笑声中，他不得不掏出一张肉铺的发票，以资证明。可是发票证明他买的羊肉比谁家的都贵。就在大家争论不休的时候，老乔里昂转身对琼说了一句意味深长的话：

"你要相信我的话，福赛特这家子人，个个都有毛病。你再长大一些就会明白的。"

只有蒂莫西一人不介入这场争论，因为他说他怕吃羊肉，尽管吃起来也一样津津有味。

对于有兴趣从心理学的角度来研究福赛特家族的人来说，这个吃羊脊肉的爱好极为重要。这一嗜好不仅说明这一家人个个因循守旧，丝毫不肯改变生活习惯，而且也表明他们骨子里就是那类只讲究美食和营养，而对真正美好的东西却无动于衷的人。

家里小一辈的人倒真的不想吃羊肉了。他们希望换换口味，来点珍珠鸡，或者龙虾色拉之类既赏心悦目又不那么肥腻的东西。不过有这种想法的大多是女眷，如果是男人，那肯定是受了妻子或妈妈的影响。这些人嫁到福赛特家后，吃怕了羊肉，不知不觉就把对羊肉的憎恶传给了自己的丈夫或儿子。

羊肉的争论结束之后，大家开始享用稍带西印度口味的杜克斯伯里① 火腿。这一道菜斯威辛细细品味了很长时间，大家只好停下来等他。为了更好地欣赏火腿的滋味，他连话都不说了。

坐在塞普蒂默斯·斯摩尔夫人边上的索姆斯一直注视着一个人。他肚子里有一个颇为得意的建房计划，所以一直盯着博西尼，心想这个建筑师也许是用得着的一个人。博西尼靠在椅子背上，正心不在焉地用面包屑垒起一道道小小的"城墙"。索姆斯觉得这个人看上去还算机灵，他还注意到他的衣服做工不错，只是小了一点，像是好几年以前做的。

他看见博西尼转身跟艾琳说了几句话，又看见艾琳脸上粲然一亮。

---

① 英格兰中西部格洛斯特郡一城镇。

他常常注意到她对别人都会有这种表情,对他则从未有过。他想听听他们在说什么,可朱莉又说开了。

索姆斯不是总觉得那件事很不寻常吗?就在上个礼拜天,斯考尔斯神父在布道时还那么风趣地挖苦说:"一个人保全了灵魂,却失去了全部财产,那还有什么意义呢?"他说这是中产阶级信守的格言。他说这话是什么意思?当然,也许中产阶级真是这么想的,她不太清楚,索姆斯对此有何高见啊?

索姆斯心不在焉地回答说:"我怎么会知道呢?斯考尔斯是个伪君子,您说是吗?"他看到博西尼的眼睛围着桌子转了一圈,似乎在对每个人评头论足。他不知道他说了些什么,不过从艾琳的笑容看,她显然同意他的话。哼,别人的话她好像都同意!

艾琳把目光转向了索姆斯,索姆斯立刻低头往下看,艾琳脸上的笑意也顿时消失了。

伪君子?索姆斯这话是什么意思?要是连斯考尔斯先生,一位神甫,也是伪君子的话,那么人人都可能是伪君子了。这太可怕了!

"您说得对,人人都是!"索姆斯说。

就在朱莉一时惊得瞠目结舌时,索姆斯仿佛听见艾琳在说:"一朝入此门,永世无希望!"①

这时斯威辛已吃完火腿。

"你上哪儿买蘑菇的?"他用献媚的口吻问艾琳,"你应该到斯奈里勃布那里去买,他那儿的蘑菇新鲜。他们这些人又无知又怕麻烦。"

艾琳掉头答话时,索姆斯注意到博西尼正注视着他的妻子,而且在暗自发笑。这家伙笑起来怪得很,有点像孩子开心时天真的笑容,可又不是很像。他觉得乔治给他取的"小土匪"这个绰号不太合适。当他看

---

① 这是意大利诗人但丁(1265—1321)的传世之作《神曲·地狱篇》第三章中写在地狱大门上的一句话。

到博西尼把头转向琼这一侧时,他幸灾乐祸地一笑,因为他发现琼此时的脸色不太好看。他本来就不喜欢琼。

琼不高兴,一点不奇怪,因为她刚跟詹姆斯进行过这样一段交谈:

"您听我说,詹姆斯叔公,我坐船回来时,发现一处地方,盖房子特别好。"

吃起东西来一向慢条斯理,喜欢细嚼慢咽的詹姆斯立刻停止了咀嚼。

"哦?"他说,"在哪儿?"

"离潘布恩①不远。"

詹姆斯往嘴里塞了一块火腿,琼只好等他咽下去后再说话。

"我估计你不会知道那儿的地皮是不是终身保有的,是吧?"他终于问道,"那儿的地价你大概也不会知道吧?"

"不,我知道,"琼说,"我打听过。"她那张不达目的誓不罢休的小脸,在一头黄铜色的头发下显得异常兴奋,急不可待,让你猜不出她到底想干什么。

詹姆斯像审讯官一样看着她。

"怎么?莫非你也想购置地产?"他突然冒出这句话,同时放下手中的叉子。

看到詹姆斯如此感兴趣,琼更加起劲了。她早就有意怂恿她的几位叔公在郊外盖几座别墅,这对他们,对博西尼都有好处。

"当然不是,"她说,"我只是想,要是您或者其他人想盖别墅的话,那个地方绝对好。"

詹姆斯歪着脑袋朝她瞥了一眼,又往嘴里塞了一块火腿。

"那儿的地价一定很贵。"他说。

琼满以为他真的对她的建议产生了兴趣,其实福赛特家的每一个

---

① 英格兰南部伯克郡泰晤士河畔离雷丁不远的一个城镇。

人，在听到一件好东西有可能落入旁人手中时，都会这样装得若无其事来掩饰自己的兴趣。琼不想轻易放过这个机会，继续紧追不舍。

"詹姆斯叔公，您应该住到郊外去。我要有钱的话，马上就离开伦敦，一天也不愿意多待。"

詹姆斯听了这话深受触动，没想到这位侄孙女会有如此坚定的想法。

"您为什么不住到郊外去呢？"琼又一次问他，"对您很有好处的！"

"怎么？"詹姆斯颇为激动地说，"要我买地？你说我买了地有什么用，盖房子？那我的钱就拿不到四厘的年利了。"

"那有什么关系！你能呼吸到新鲜空气啊。"

"新鲜空气！"詹姆斯大声说，"我要新鲜空气干什么……"

"我还以为人人都喜欢新鲜空气的呢。"琼不屑地说。

詹姆斯用餐巾在嘴上来回抹了几下。

"你不懂得钱的价值。"他说，一面避开她的目光。

"我是不懂，也永远不想懂！"可怜的琼无比扫兴地咬着嘴唇，一声不响。

为什么她的亲戚都这么富有，而菲尔却连明天的烟草钱都没有着落？他们为什么不帮他一把呢？他们太自私了！他们为什么不去乡间盖别墅呢？她就是这么天真地一厢情愿，天真得实在可悲，不过有时也很奏效。琼心里好生烦恼，转过脸去想跟博西尼说说话，可博西尼却在跟艾琳聊天。琼心里顿时凉了半截，她生气地瞪着眼睛，那眼神跟老乔里昂在别人跟他的意愿相左时的眼神一模一样。

詹姆斯心里也不是滋味，他觉得似乎有人想剥夺他以五厘的年息进行投资的权利。老乔里昂把这个孩子惯坏了。他自己的女儿都不会说出这种话来，尽管他对自己的子女也相当放任。想到这里，他感触更深，闷闷不乐地拨弄着面前的草莓，然后浇上许多奶油，一连几口就把它们吞下了肚。草莓是他无论如何也不会放过不吃的。

他如此心烦意乱，不是没有道理的。他是最早的注册律师之一，五十四年来，他干的就是帮人办抵押，帮人把投资利息保持在又高又保险的水平上，并且在确保客户和自身安全的情况下，在谈判中尽量从别人那里捞到更多好处。可以说，他无时无刻不在计算每一次跟人打交道能赚取多少钱。这使他最终只能用金钱来衡量一切。金钱成了他的光，他必须靠它才能看见东西；没有它，他就什么也看不见，什么也看不懂。可是现在竟有人当着他的面说"我最好一辈子都不要弄明白钱的价值"，这怎能叫他不感到痛心和气愤呢？他相信这准是胡说八道的气话，否则非把他吓死不可。这世道怎么啦？他突然想起了小乔里昂的事，心里才稍好受一点。毕竟有其父必有其女嘛！不过这又让他想起了令他更加烦恼的一件事。那些关于他儿子索姆斯和儿媳妇艾琳的流言蜚语到底是怎么一回事呢？

跟所有爱惜声誉的家庭一样，福赛特家也有一个无形的交换家庭秘密和给"家庭股票"估价的"交易市场"。在这个福赛特"交易市场"里，大家都知道艾琳对自己的婚姻不满，但都认为她的不满是没有道理的。她早该明白自己是怎么想的，有主见的女人是不会犯她这种错误的。

詹姆斯憋着一肚子气，心想儿子和媳妇在一个很好的地段有一栋很好的房子，尽管不算很大。他们没有孩子，也不缺钱。索姆斯虽然很少说起生意上的事，不过他一定相当富有，生意上的收入一定相当可观，因为跟他父亲一样，他也是著名的律师事务所福赛特-布斯塔德-福赛特的三巨头之一。他做事一贯小心谨慎，他经办的几桩抵押案子都干得非常漂亮，都及时取消了抵押品的赎回权，非常走运！

艾琳没有理由不感到幸福，可是听说她一直要求单独有一间卧室。他知道这会有什么结果。总不会是嫌索姆斯喝多了吧。

詹姆斯看了他儿媳妇一眼，这未被察觉的目光既冷峻又暧昧，既有恳求的意思，又有惧怕的成分，还带有对自己的不满。他干吗要操这份心呢?那些传闻很可能全是胡扯。女人都这么怪!她们喜欢夸张,让你不知道相信什么好。再说,谁也不跟他说什么,样样都得靠他自己去打听。他又偷眼看了艾琳一下,再把目光转到索姆斯身上。索姆斯虽然在听朱莉姑妈说话,目光却投向博西尼的方向。

"我知道他很爱她,只要看看他不停给她送礼物就知道了。"

想到这里,詹姆斯越发觉得艾琳的不满毫无道理,可她又偏偏这么讨人喜欢。只要她愿意,他詹姆斯也会一心一意对她好的。近来她跟琼很要好,这对她没好处,一点好处也没有。现在她也变得自说自话起来了。他实在想不通她这样做到底想干什么。她有一个舒适的家,可以说应有尽有。他觉得他应该告诉她跟什么样的人交朋友。现在这样下去是很危险的。

琼这孩子一贯喜欢打抱不平,她从艾琳口中套出她的心事之后,便大谈应该针锋相对,如果有必要,干脆分居之类的话。可是听了这些忠告之后,艾琳一直沉默不语,似乎觉得如此这般过于绝情。她对琼说索姆斯是不会放过她的。

"管它呢!"琼大声说,"他爱干什么干什么,只要你下决心就行了!"她在蒂莫西那里曾毫无顾忌地说过这样的话。詹姆斯听说之后,自然十分惊讶,也非常恼火。

要是艾琳真的想——他不知道如何表达才好——想跟索姆斯分手,那可怎么办?他觉得这太可怕了。他仿佛已经隐隐约约看到了这件事可能会引起的风波,听见了家里其他人的窃窃私语,感到了这种丑事发生在他身边,而且就在他自己的子女身上的奇耻大辱,吓得他赶紧抛开这一闪念。幸好她没多少钱,一年只有可怜巴巴的五十镑!他又想起了她已故的父亲赫伦。他很瞧不起这个人,因为他没给艾琳留下什么钱。他望着手里的一杯酒,呆呆地想着这些事,两条细长的腿窝在桌子底下,连女士们离开房间的时候,他也没能站起来。他一定得跟索姆斯谈谈,必须让他有所警惕。现在既然已经看到可能出现意想不到的事,他们就不能掉以轻心了。他看到琼连一口也没喝就撂下满满一杯酒，心里很不以为然。

"都是这小丫头惹的祸，"他心想，"艾琳自己是不会有这种念头的。"詹姆斯还挺有想象力。

斯威辛的声音把他从沉思中唤醒过来。

"这玩意儿我花了四百镑才买下的，"斯威辛说，"绝对是一件顶呱呱的艺术品。"

"四百镑！嚯！真够贵的！"尼古拉斯插嘴道。

他们正在谈论的是一组结构复杂、工艺精湛的意大利大理石雕像，矗立在一座高高的、同样是大理石做的架子上，使整个房间充满了艺术气息。六个陪衬的人物均为裸女，个个精雕细刻，一齐指向一个中心人物。这也是一个全身赤裸，但指着自己的女子。整座雕像令人赏心悦目，谁都不会怀疑这是一件珍品，无怪乎坐在它对面的朱莉整个晚上几乎没法把目光移开过它。

老乔里昂说话了，这个话题本来就是他刚才提起的。

"四百个鬼！你真的花了四百镑去买这么一个玩意儿？"

斯威辛当晚第二次忍着痛把下巴在领尖之间转动了一下。"是的，是四百镑，一个子儿也不少。我不后悔。这不是一般的英国货，是地地道道的现代意大利艺术品！"

索姆斯的嘴角微微一翘，淡淡一笑，并朝博西尼看了一眼。这位建筑师正在抽烟，躲在烟雾后面暗自发笑。这个时候他看上去真像个土匪。

"这东西做起来的确很费工夫。"詹姆斯抢着说。他觉得这组雕像这么大，很了不起。"在乔布森拍卖行肯定可以卖个好价钱。"

斯威辛接着说："那个外国工匠要我五百，我还他四百，实际上值八百。那个可怜的家伙像是没吃饱饭似的。"

尼古拉斯又插嘴道："是啊，这些艺术家都是穷光蛋。我真不明白他们是怎么过日子的。譬如那个叫弗拉基奥莱蒂的小伙子吧,就是范尼和我那几个宝贝女儿常请来拉琴的那个,他一年顶多也就赚个一百来镑吧。"

詹姆斯摇了摇头说:"唉,我也不知道他们是怎么活的。"

老乔里昂站了起来,嘴上叼着雪茄,走到雕像跟前细细端详。

"两百镑我也不会买!"他最后说。

索姆斯看见他的父亲和尼古拉斯两人面面相觑,站在斯威辛另一侧的博西尼仍笼罩在一片烟雾中。

"我倒要看看他有什么想法,"索姆斯寻思道。他很清楚这组雕像绝对是过时货,是上一代的东西,乔布森那里已不再拍卖这种东西了。

斯威辛终于开口反驳了。他说:"你对雕塑一窍不通,你不就是有那么几幅画吗?"

老乔里昂回到座椅上,继续抽他的雪茄。他才不会跟斯威辛这种顽固分子去争高低呢,蠢得像头驴,连什么是雕像,什么是草帽都分不清。

他只说了一句:"石膏像而已。"

斯威辛早已胖得再怎么生气也跳不起来了,他只好在桌子上猛击一拳。

"石膏像!我倒要看看你家里有什么宝贝值它的一半。"

他的话音中似乎又让人听到了原始人类愤怒时轰隆隆的咆哮声。

詹姆斯出来打了个圆场。

"博西尼先生,您的意见呢?您是建筑师,对雕塑之类的东西应该很懂行。"

大家的目光一齐转向博西尼,以一种好奇和怀疑的表情等着他回答。

索姆斯终于在这个问题上第一次开了口,问道:

"对,博西尼,你说说看。"

博西尼不慌不忙地回答道:

"我看这件东西很了不起。"

他这话是对斯威辛说的,眼睛却朝着老乔里昂狡黠一笑。索姆斯哪肯就此罢休,追问道:

"了不起在哪里呢?"

"在于它返璞归真。"

此话说完后一片寂静,只有斯威辛一人还在琢磨这算不算一句恭维话。

第四章　索姆斯的建房计划

斯威辛举行家宴后的第三天,索姆斯·福赛特从自己家的绿漆大门里出来。穿过广场后,他回头看了看,觉得这房子的确如他所想,应该重新刷一次了。

他离家时,妻子端坐在客厅的沙发上,双手交搭着放在两腿之间,分明是在等他出门。这样的情景一点不奇怪,其实天天如此。

他实在想不出他有哪一点让她不称心的。总不会是说他酗酒吧!那么难道是他背债了,赌博了,还是说脏话了?是他动粗了,他的朋友太胡闹了,还是他彻夜不归了?都不是!事实恰恰相反。

他觉得他妻子这种强压在心底的反感实在是个谜,也使他万分恼火。是她后悔了,不爱他了,还是想爱他,却又做不到?这些显然都不成其为理由。

的确,他要是能猜出妻子跟他合不来的真正原因,那他就不是福赛特家的人了。

因此索姆斯只能把一切归咎于他的妻子。他从未见过能让人如此动心的女人。他们无论到哪儿,他都会发现,所有的男人无一不被她的魅力所吸引。这些人的表情、神态和声音都无法掩饰这一点。不过,即使在这么多倾慕的目光的注视下,她的表现却始终无可指摘。她就是那种专为爱情而生,没有爱情就活不下去的女人,这在盎格鲁-萨克逊人①中是很少见的,所以他从未朝这方面去想过,只是把她视为自己的财产的一部分,而她的魅力自然就是她的价值所在。不过他也确实担心过,既然有那么多的人注意她,她自然也会去注意别人。可是她就从来没有注意过他呀!"那么她为什么要嫁给我呢?"这是他一直在琢磨的问题。他似乎已经忘了自己是怎么向她求婚的。足足有一年半的时间,他一直围着她,守着她,千方百计讨她欢心,送她各种礼物,三番五次向她求婚,并且寸步不离地缠着她,使得她的其他爱慕者不得不退避三舍。他也忘了有一天,她说她对自己的家庭条件极为不满,他就巧妙地利用了这一点,终于使他的一番苦心得到了回报。如果说他还记得什么的话,就只有这位金发乌珠的姑娘的撒娇和捉摸不透的态度。有一天,她忽然松口了,说愿意嫁给他,但是当时她脸上那种尴尬、被动和无奈的表情他是肯定回忆不起来了。

　　他的求婚就是书上和人们嘴上都赞不绝口的那种真心实意的求婚,最终无不因求婚者锲而不舍又趁热打铁而如愿以偿,而且婚后必定夫妻恩爱,就像婚礼上的铃铛一样悦耳,一样美好。

　　索姆斯往东走去。他小心择路,一步也不离开有树荫的一侧。

　　这房子是该整一整了,除非他决定搬到城外去住,在那里盖一栋房子。

　　一个月来,这个念头在他脑子里不知翻腾了多少回,不过万事不能

----

　　① 公元五至六世纪从北欧移居英格兰的日耳曼部落,后与土著的凯尔特人及来自欧陆的诺曼人和丹麦人结合成为当今的英格兰人,现泛指英国人及其在世界各地的移民和他们的后裔。

性急。他现在手头相当宽裕，尽管他的投资资本不一定有他父亲猜想的那么多，但他的收入在不断增加，已接近每年三千英镑。他父亲总喜欢把自己的子女想象得比他们实际上更富有。他常想："连我都可以轻而易举地筹个八千来镑，还不算罗伯逊和尼柯尔那两笔。"

途中，索姆斯进了一家画店。收藏名画是他的业余爱好。在他蒙彼利埃广场六十二号的家中有一间小屋子，沿墙摆放了大大小小的油画，因为墙上都已挂满了。他一般都是在天黑之后，从市中心商业区回家时把这些画捎回家的。礼拜天下午，他常常把自己关在这间屋子里，一连待上好几个小时，对着亮光仔细查看这些油画背后的标记和说明，偶尔还做点笔记。

这些画几乎都是前景中有人物的风景画，表明他对伦敦有一种无名的反感。他不喜欢他本人和他的同宗同类生活的这座城市，包括那些高楼大厦和没有尽头的街道。他坐车去市中心时，有时也会带上一两幅画，中途在乔布森拍卖行停一停。

他很少向别人展示他的藏画。尽管他暗暗佩服艾琳的鉴赏力，但也许正因为如此，他从不征求他妻子的意见。而艾琳也难得进这间屋子，除非进去做些妻子分内的事。他从不请她看画，她也从不瞅上一眼。这又是让索姆斯感到恼火的一件事。他恨她那股傲气，但心里又怕她三分。

他在画店的玻璃橱窗中看到自己的映像，正站在那里直愣愣地望着他。

那顶大礼帽的帽檐下露出了油亮亮的头发，跟他的帽子一样富有光泽。苍白平塌的双颊，剃净胡须后清晰可见的双唇和刮得发青的坚定有力的下巴，加上一件扣得严严实实的黑色外套，使他显得矜持沉稳，却不免有故作镇静之态。一对冷峻、紧张的灰色眼睛在紧蹙的双眉下若有所思地盯着他，似乎看出他有难言之隐。

他一一记下了橱窗里几幅画的标题和画家的名字，估了估它们的价值,但这一次他没有像往常那样在一番心算后流露出得意的表情,便移步走开了。

如果他决定盖新房,那么蒙彼利埃广场六十二号这地方还得住上一年,这应该是没有问题的。现在是大兴土木的大好时机,这些年,手上的钱从未像现在这么值钱。再说,他春天去罗宾山察看尼柯尔作抵押的那处房产时,见过那个地方,确实再理想不过了,离海德公园角不到十二英里,地价肯定会上涨,回报肯定会超过投入,因此在那里盖一幢像像样样的房子,绝对是桩一本万利的投资。

对于自己将成为整个家族中唯一拥有乡间别墅的人,他还没来得及想得太多,因为对一个真正的福赛特家的人来说,精神上的享受,包括对自己所处社会地位的自豪感,都只有在物欲得到满足之后才会去细细品味。

让艾琳搬出伦敦,不给她走动的机会,不给她见熟人的机会,让她远离她的朋友和那些专门给她出鬼点子的人!对,就这样!她跟琼打得火热,这太过分了!琼不喜欢他,他也不喜欢琼。其实他们两人的脾气倒十分相似。

最重要的是艾琳必须离开伦敦。她一定会喜欢这栋新房子的,一定会喜欢在里面东摸摸西摸摸,把新居一步步装点起来。她本来就是很有艺术气质的嘛!

这房子必须盖得很气派,必须任何时候都能卖个好价钱,必须跟帕克斯家最近盖的那栋带个小塔的房子一样,有鲜明的特色。不过帕克斯亲口跟他说过,他请的那个建筑师真会敲竹杠,能让你倾家荡产。跟这帮人打交道,你毫无办法,有了点名气,就让你没完没了地把钱扔进去,还个个自以为是,不可一世。

可是一般的建筑师又没有这个水平。想到帕克斯家的那座塔,他决计不能随随便便请个普通的建筑师。

于是他想到了博西尼。上次在斯威辛家吃饭之后,他一直在打听他的情况，尽管收获不大，却令人鼓舞。原来博西尼代表"一种新的流派"。

"人还聪明吗？"

"要多聪明有多聪明，就是有点——有点儿飘飘然。"

他没能打听到博西尼设计过哪些房子，收费多少，但他得到的印象是此人很有主见。他越想越觉得请博西尼是个绝妙的主意。一来，这件事成了家族内部的事情，肥水就不会外流了。这种想法几乎是福赛特家所有人的一种本能。再说，请博西尼设计的话，即使不会便宜到只需象征性地付点费用，至少也可以得到'最惠国'待遇。这很公平，因为他给了博西尼一次大显身手的机会，让他盖一座不同凡响的房子。

索姆斯决定把房子的设计交给博西尼之后非常得意，因为跟福赛特家所有的人一样，一碰到有利可图的事，心里就乐不可支。

博西尼的设计室就在斯隆街，可谓近在咫尺，这也便于他随时监督。

另外，如果艾琳知道他请的建筑师正是她最要好朋友的未婚夫，她就不大可能反对离开伦敦了，何况琼最后能否完婚，也许还要看这件事的成败。艾琳总不至于坏了琼的好事吧。她绝对不会这样做的，他对她非常了解。琼当然也会高兴。他越想越觉得此计大妙。

博西尼这个人虽然一副聪明相，但不像是很会替自己打小算盘的人。这也许正是他看中他的原因之一吧。这样的人在钱的问题上应该比较好对付。索姆斯这么想，倒不是他有意要占博西尼的便宜，这只是他的本性，是所有会做生意的人的本性，是他正在前往拉德盖特山的途中，与他摩肩接踵的许许多多能干的买卖人的本性。

因此，当他放心地觉得博西尼在钱的问题上很容易对付的时候，他体现的正是他这个阶级的人，也许是所有人的某种难以解释的本性。

他在人群中挤来挤去，继续前行。平时他只顾低头看脚下的路，今天却翘首仰望，并注意到了圣保罗大教堂的大穹顶。这个古老的圆屋顶在他眼中有一种特殊的魅力。他天天路过此地，而且每周要进去不止一次，而是两次，甚至三次，在边廊里站上五到十分钟，细细察看一个个纪念碑上的名字和铭文。这座大教堂为何对他有如此大的吸引力实在说不清，也许是因为他在这里能集中思想，思考一天要做的事情吧。因此，只要心里有什么不寻常的事，或者需要特别细心处理的事，他都会进去，像耗子一般战战兢兢地从一个纪念碑走到另一个，然后又同样蹑手蹑脚地走出来，沿着奇普塞德街继续前进。这时他的步子会更加自信，目标更加明确，仿佛他已经看到决心要买的东西。

今天上午他又进了这座教堂，但这一次他没有在纪念碑之间轻轻走来走去，而是站着不动，仰望着一根根柱子和一面面墙壁之间的间隔。

在这座庞大的建筑物中，他那张翘起的脸和所有进入教堂后都不免肃然起敬的脸一样，白得像涂了一层白垩粉。他戴着手套的双手紧紧握着身前的伞把，稍后，他又举起双手，似乎得到了神灵的启示。

"是啊，"他心想，"我得有个地方把我那些画挂出来才是！"

那天晚上，从市中心商业区回家的途中，他去了博西尼的设计室，发现这位建筑师穿着衬衫，叼着烟斗，正在一张图纸上用尺子划来划去。索姆斯谢绝了喝杯酒的邀请，开门见山就说：

"这个礼拜天，你有空的话跟我上罗宾山去一趟，给我说说你对一处建房地点的看法。"

"你打算盖房子啦？"

"就算是吧，"索姆斯说，"不过先别声张。我只想听听你的意见。"

"那好吧。"建筑师说。

索姆斯四下打量了一下这间屋子，说：

"你这个地方很不错嘛！"

他很想了解博西尼的事业做得好不好，大不大，哪怕了解到一丁点也好。

"目前对我来说已经够好了，"博西尼回答道，"你是看惯了大场面的人。"

他磕出烟斗中的烟灰,再把空烟斗放回上下牙齿之间,也许他觉得这样说起话来方便一些。索姆斯注意到他的两颊一缩,像是在吸吮。

"租这么一间办公室得花多少钱?"他问道。

"要不了五十镑。"博西尼回答说。

这一答复又给索姆斯留下一个极好的印象。

"我觉得挺贵的,"他说,"礼拜天我来叫你,大约十一点。"

这一天,他果真坐了一辆双轮马车去叫博西尼,一起赶到火车站。到了罗宾山之后,他们没能叫到车,只好步行一英里半,来到索姆斯所说的那个地方。

那天是八月一日,天气极好,阳光灿烂,万里无云。他们走在一条笔直而狭窄的上山小道上,脚下扬起不少黄土。

"这是沙砾土。"索姆斯说,同时斜眼瞟了一下博西尼身上那件外套,看到两侧的口袋里塞了好几卷纸,一只手臂夹着一根古里古怪的手杖。这一切索姆斯都一一看在眼里。

只有绝顶聪明的人,或者说,只有不折不扣的小土匪才会如此不修边幅。索姆斯虽然对他这副怪模怪样的打扮十分反感,但心里倒很得意,因为这表明在这样的人身上,他一定有空子可钻。此人只要会造房子就行,管他穿什么呢!

"我跟你说过,我要让这房子一鸣惊人,所以你先别声张。我做事喜欢在事成后才对别人说。"

博西尼点了点头。

索姆斯接着说:"什么事情让女人知道了就不好办了。"

"对,"博西尼说,"女人是魔鬼。"

索姆斯内心深处早就有这种感觉,只是从未这么说过。

"噢,"他嘟哝了一下,"这么说你已经开始对……"他没往下说,突然恶狠狠地改口道:"琼的脾气很坏,一向如此。"

"天使动怒,无可厚非。"

索姆斯从未把艾琳称作天使。他是绝对不会违逆自己的本性,去做不利于自己的事情的,决计不会让别人知道艾琳的价值和在他心目中的地位,所以他对博西尼这句话只当没听见。

他们踏上了一条横穿一片养兔场的小路。这是一条尚未成形的小道,与之直角相交的是一条车道,直接通往一个沙石坑,再往前就是一片浓密的树林,林边的树丛中冒出一间小屋的烟囱。高低不平的地面上覆盖着一簇簇茅草,不时有百灵鸟从中腾空而起,冲向阳光下朦胧的天空。远处,在一道道树篱和一片片田地后面的地平线上升起了一道山丘。

索姆斯走在前头,直到尽头才停下步子。这就是他的选址。现在要向别人透露这一秘密时,他反而不自在起来。

"经管人就住在那间小屋里,"他说,"他会给我们做点吃的,我们最好吃过午饭再谈这件事。"

说完他便领着博西尼来到小屋前。经管人名叫奥列佛,是个脸色阴沉、胡子灰白的高个子,看见有人过来,便走出小屋迎接他们。吃饭时,索姆斯几乎什么也没碰,只是一味盯着博西尼看,并偷偷用丝手绢擦了一两次前额。饭后,博西尼起身说:

"你们肯定有事要谈,我先出去转转。"没等索姆斯开口,他已出了大门。

索姆斯就是这块地产的事务律师,他花了近一个小时跟经管人一起一面看平面图,一面讨论尼柯尔和另外几桩抵押事务,直到最后他才提出他想要一块地皮盖房子的事,就像是临时忽然想起来似的。他还说:

"你们应当给我一点优惠,因为我是第一个打算在这里盖房子的人。"

奥列佛摇着头说:"您看中的那块是我们这里最便宜的了。坡顶上那几块要贵得多呢。"

"跟你说吧,"索姆斯说,"我还没想好呢,很可能不想盖了。这地价太高了。"

"福赛特先生,您要是就这么走了,我会替您感到遗憾的,您也会后悔的。伦敦周围哪有风景这么好的地方?条件差不多的绝对不会比这里便宜。我们只要一登广告,马上就有大批人抢着要。"

他们互相对视着,脸上的表情分明都在说:"我服了你,好一个精明的生意人,可你也别指望我会相信你的话。"

"就这样吧,"索姆斯说,"我真的还没想好,很可能只是说说而已。"说完便拿起雨伞,同时把一只冰凉的手伸向那位经管人,还没来得及轻轻一握就缩了回来,出门来到太阳底下。

他慢慢朝他看中的那块地皮走去,一路上陷入了沉思。他的直觉告诉他,经管人说的句句是实话。这块地皮确实便宜,更妙的是他看出经管人并没有意识到这个价钱真的很便宜。这样,他在直觉的眼光上就先胜了对手一着。

"不管便宜不便宜,我要定了!"他暗自下了决心。

几只百灵鸟从他脚边冲天而去,还有不少蝴蝶在漫天飞舞。野草散发着芳香,蕨树的清香也从林中悠悠飘来。树林深处鸽子发出咕咕的叫声,一阵暖风送来了远处教堂有节奏的钟声。

索姆斯低头走着,双唇一张一合,仿佛有美味佳肴等着他去品尝。可是当他来到他打算盖房子的地方时,却不见博西尼的踪影。等了片刻之后,他穿过养兔场,朝山坡走去。他本想大喊几声,但害怕听到自己的声音。

这片养兔场就跟大草原一样荒僻,只有兔子窜进洞穴的窸窣声和百灵鸟的叫声不时划破这一寂静。

索姆斯是前来开化这片荒原的福赛特大军的急先锋,但是这荒寂的环境,不知从何而来的各种声音,甚至这温暖清新的空气突然让他害怕起来。他正要回头走的时候,一眼看见了博西尼。

这位建筑师正张开四肢，像个"大"字平躺在坡底的一棵大橡树下。这棵老树的树皮已十分粗糙，但枝叶依然繁茂。

索姆斯在他肩上轻轻拍了一下，他才抬起眼皮。

"我说，福赛特，"他对索姆斯说，"我给你的房子找到了一块绝妙的地方。瞧！"

索姆斯站住看了看，冷冷地说：

"你的眼光是不错，可这块地皮肯定要我多付一半的钱。"

"嗨，管他多少钱呢，瞧这景色！"

索姆斯举目眺望，只见成熟的麦子从他们的脚下几乎一直延伸到一处幽暗的矮树丛。这是一片有田地，有树篱的平地，与远处蓝灰色的山丘连成一片。右边一道细细的银光就是波光粼粼的泰晤士河。

此时阳光灿烂，碧空如洗，仿佛盛夏永驻。蓟草的冠毛在他们身旁飘舞，仿佛陶醉在这安详宁静的太空中。阵阵热风在麦浪上吹过，四周是一片轻微得几乎察觉不到的嗡嗡声，犹如无数欢乐的小飞虫在天地间欢舞。

索姆斯一看，不禁激动起来。能住在这个地方，观赏这样的美景，能在朋友面前津津乐道、炫耀一番，能拥有这块地方，那真是求之不得啊！他涨红了脸，只觉得一股热流涌上心头，立刻传遍全身。这种感觉就跟四年前他被艾琳的美貌所打动，使他朝思暮想，坐卧不安的感觉一模一样。他偷偷看了博西尼一眼，看到老乔里昂家那个马车夫所说的这头"野性未改的豹子"正贪婪地欣赏着这美丽的景色。阳光照亮了他脸上几处凸起的部分——高耸的颧骨，翘起的下巴尖和额头上隆起的眉骨。看着这张粗犷、热情和无忧无虑的脸，索姆斯心里很不舒服。

一阵微风吹过麦田，让他们感到暖风拂面。

博西尼终于打破沉默说："我可以在这儿给你盖一座人见人爱的房子。"

索姆斯冷冷回答道："那当然，又不用你掏钱。"

"大约八千镑就能给你盖得像宫殿一样富丽堂皇。"

索姆斯思想斗争非常激烈,脸都白了。他垂下眼皮,斩钉截铁地说:

"我盖不起!"

说完,他慢慢走向他原先看好的那块地方,博西尼跟在他后面。

两人对拟建房子的一些具体问题又谈了好一会儿,然后索姆斯进了经管人的小屋。

约莫半小时后他才出来,与博西尼一起向火车站走去。

"行了,"他说,嘴唇几乎没动,"我要了你建议的那块地皮。"

他没再说什么,但心里很纳闷,怎么被这个他压根儿就瞧不起的人一说,他就改变主意了呢?

第五章　索姆斯家事难言

在伦敦这座大都市里,成千上万与索姆斯同类又同代的有识之士,都已转变观念,不再认为家中非要有红丝绒座椅才显得高贵,也知道现代意大利大理石群雕已不是什么新鲜玩意儿。跟这些人一样,索姆斯也力求自己的住所不要太落伍。他家的大门上装有一个式样别致的铜门环,改装后的窗户可以朝外开启,窗口挂着几只长满倒挂金钟的花篮。但最大的特色是房子背后有一个小院子,铺了翡翠绿的瓷砖,四周摆了一圈孔雀蓝的花坛,里面开满了粉红色的绣球花。一顶土黄色的日式遮阳篷正好遮住院子的一端,能把坐在下面一边喝茶,一边悠闲地欣赏索姆斯新近收藏的各种小银盒的主人和客人,统统挡在好奇张望者的视线之外。

房子的内部装潢选择的是第一帝国时期的风格①,也有威廉·莫里斯②的特色。房子不大,但还算宽敞,到处有鸟窝般的小壁龛,各种银制的小玩意儿就像鸟蛋似的陈设在里面。

然而,就在这个理应事事称心如意的家里,却有两种不满情绪在对抗。这里的女主人感到不称心,是因为这个家虽然舒服,她却宁愿住到荒岛上去。至于男主人,他的不满来自一种自作自受的感觉,就好比一个人下了本钱之后,本该有所得益,却未能按竞争规则击败对手。索姆斯这种喜欢出人头地、与人一争高低的性格,早在他上马尔伯勒公学③的时候就表现得非常突出。夏天一到,他总是第一个穿上白色马甲,而一到冬天,第一个穿灯芯绒马甲的也是他。他从来不会歪戴着领带出现在大庭广众之中。颁奖日④这一天,他要在一大群人面前背诵莫里哀⑤的名句,事先他必定会把脚上那双黑漆皮鞋擦得干干净净。

与许多伦敦的城里人一样,索姆斯从头到脚一丝不苟。很难想象他的头上会有一根乱发,他的领结会偏离垂直中线八分之一英寸,或者衣领会忘了上浆。他每天说什么都得洗个澡。这是一种时髦的生活方式,他最瞧不起不洗澡的人。

然而可以想象的是,艾琳就像神话中的山林仙子,喜欢在路边小溪中戏水,既清新凉爽又能欣赏自己娇美的体态。

在这一家庭冲突中,女方因处于弱势而退守一隅。这和目前国民中

---

① 指拿破仑建立的法兰西第一帝国(1804—1814)时期的内部装潢风格,以精致典雅、辉煌庄重为其特色。
② 英国诗人、工艺美术家、社会改革家(1834—1896),设计、制作和销售各种工艺品,一八七五年由其单独开办的装潢公司一直营业至一九四〇年,对英国工艺美术的发展产生过极大的影响。
③ 一八四三年建于英格兰西部威尔特郡马尔伯勒市的一所著名贵族中学。
④ 英国公学一年一度给优秀学生颁奖的日子,同时举行演讲或朗诵比赛。
⑤ 十七世纪法国喜剧作家(1622—1673)。

的萨克逊人与凯尔特人①仍在进行的较量一样，民族气质和性格较为软弱可欺的一方不得不"俯首称臣"。

尽管如此，这座房子跟许多同样希望尽善尽美的房子一样，总有人称赞。大家都说："索姆斯·福赛特家那栋小楼真漂亮，很有特色，实在高雅！"

这句话对索姆斯，实际上对伦敦城里任何一个自以为情趣高雅的英国上层中产阶级的人来说，不管他叫詹姆斯·皮伯迪、托马斯·艾特金斯，还是叫艾马纽埃尔·斯帕格诺莱蒂②，都是适用的，尽管各家的装饰不尽相同。

八月八日晚，也就是索姆斯罗宾山之行一周之后，就在这座"很有特色，实在高雅"的房子的餐厅里，索姆斯和艾琳各就各位在用晚餐。星期天晚上吃一顿热饭，是这一家和许多类似家庭显得比一般家庭高贵一点的不同之处。婚后不久，索姆斯便约法三章，规定"星期天晚上仆人必须给我们做一顿热饭，这些人成天无所事事，只知道拉手风琴玩"。

这一规定并未遭到反抗，因为仆人对艾琳都忠心耿耿，而她也不顾传统的主仆之道，认为凡是人都会偷闲一下，仆人也不例外。索姆斯对此则大不以为然。

这对人人羡慕的恩爱夫妻，坐在一张非常漂亮的红木餐桌旁，但不是对面而坐，而是坐在相邻的两边。餐桌上不铺桌布，这又是一种高雅的表现。两人闷头吃饭，一言不发。

饭桌上，索姆斯喜欢谈生意上的事，或者最近又卖了些什么。他一般只顾自己说，并不在乎艾琳是否搭理他。可是今天晚上他却有一种不知如何开口的感觉。一周来，决定建房的事一直压在他的心头，现在该让她知道了。

---

① 原居住在不列颠岛上的民族。
② 这些名字是作者随便取的，泛指上层中产阶级的人士，并非具体人物。

可是他尚未开口就紧张起来,为此,他对自己十分恼火。夫妻本是一家人,她凭什么把自己弄得如此紧张?从坐下吃饭到现在,她还没有正眼看过他一下。他不明白她心里一直在想什么。他拼命工作,就是为她挣钱,可见了她还要诚惶诚恐。在这样的男人面前,她怎么可以就这么坐着,闷不做声,仿佛四壁就要倒塌,惨遭灭顶之灾的样子呢? 这实在太过分了,任何一个男人都会愤然而起,拂袖而去的。

从玫瑰色的灯罩下透出的一束灯光,照亮了她的脖子和手臂。索姆斯喜欢她穿着低胸露肩的衣服吃饭,这能给他一种无法形容的优越感。在他认识的人当中,大多数人的妻子在家吃饭时,顶多穿一件最好的高领衫,或一件茶袍①。在那玫瑰色的灯光下,她琥珀色的秀发和白皙的皮肤与她那双深褐色的眼睛形成了奇妙的对照。

有谁能拥有比这张餐桌更加精美的东西呢?它色泽深润,上面摆着艳丽、娇嫩的玫瑰花,还有红宝石般的玻璃器皿和做工精巧的银制餐具。又有谁能拥有比坐在这张桌子边上的这个女人更加娇媚的妻子呢?可是福赛特家的人是从来不会知足的,他们只会互相攀比,认为拥有这一切是天经地义的,没有必要感恩戴德。索姆斯觉得他没法像本该拥有艾琳那样地拥有她,也没法像伸手去摘朵玫瑰花那样把她也摘过来,以便嗅出她心中的秘密。他非常恼火,几乎到了苦涩的地步。

从他其他的财产中,包括所有的收藏品,比如他的银器,他的藏画,他的房子,还有他的投资中,他都能暗自得到一种快慰,可是从她身上他永远一无所获。

实际上,夫妻不和的迹象在他家里随处可见,只是他缺乏想象力的头脑拒绝接受这一点,不肯承认他们两人其实并不般配这一事实。他已经娶了这个女人为妻,已经征服了她,拥有了她,但是他觉得他至多只占有了她的肉体,而现在,他连这一点也开始有些怀疑了。这和他信奉

---

① 妇女下午用茶点时穿的较为正式的服装。

的最根本的法则——占有的法则是背道而驰的。假如有人问他是否想占有她的灵魂，他一定会觉得这种问题既荒唐可笑又未免太肉麻了一点，但他心里确实有这个愿望，只是种种迹象表明他永远实现不了。

她总是不声不响，从不主动开口说话，彬彬有礼地冷落他，生怕自己的一言一行或任何一个暗示会使他产生错觉，以为她对他有好感。索姆斯对此毫无办法，常常问自己：我就只好一直这样下去吗？

索姆斯很喜欢看小说，而且跟他这一代的许多小说读者一样，文学对他的人生观产生了很大的影响，使他坚信这不过是一个时间问题。到头来，大丈夫总能赢得妻子的芳心。即使在他不太喜欢的那些以悲剧告终的故事中，妻子在临死前也往往口中念念有词，懊悔不已。倘若死的是丈夫（这当然是他不愿看到的结局），那么妻子必定会扑到丈夫的尸体上，万分内疚，悲痛欲绝。

他常常带艾琳去看戏，而且总是不假思索地选择那些反映现代社会中婚姻问题的现代社会剧。不过幸好剧中那些问题跟现实生活中的夫妻关系不完全是一回事。他发现这些戏的结局千篇一律，即使有情夫插足的戏也不例外。看戏时，索姆斯往往同情剧中的情夫，不过在与艾琳一起回家的马车上，他立刻意识到这一想法要不得，觉得还是剧中那个结局比较好。当时，戏剧中的各种丈夫当中有一类特别叫座，就是那种性格坚强、略显鲁莽，但非常实在，而且剧终时无不大获全胜的男人。对这种人索姆斯并无好感，可是想到自己目前的处境，他不能对这种人表示厌恶。他心里明白他也必须做一个"强悍"的丈夫，必须大获全胜，所以他从不流露他的真实想法。另外，他之所以不说，也许是因为他自己也有不为人知的残忍一面，这是一种反常的心理在作怪。

然而艾琳今晚的沉默也异乎寻常。索姆斯从未见过她脸上有这种表情。他感到非常吃惊，因为让人吃惊的总是意想不到的事。他吃完最后一道点心后，便叫正在用银把小刷子清扫面包屑的女仆赶快清扫。等她走后，他给自己斟满了一杯酒，问艾琳道：

"下午有人来过吗？"

"琼来过。"

"她来干什么？"福赛特家的人笃信无事不登三宝殿这一格言。"大概又是来聊她的未婚夫的吧？"

艾琳没有接他的话茬。

索姆斯接着说："我看琼对他比他对琼更痴心，整天围着他转。"

艾琳的目光让索姆斯感到很不自在。

"这不关你的事，用不着你操心。"她大声说。

"为什么？这不是明摆着的吗？"

"可他们自己并不这么看。就算是这样，也不该这么说。"

索姆斯有点按捺不住了。

"你真是个好妻子，"他说，但心里却在嘀咕她为何如此激动。她一般不是这个样子的啊！"我知道你对琼像是着了魔似的，不过有件事我得告诉你。如今她跟那个小土匪好上了，你就变得可有可无了。不信你走着瞧。好在你今后也不会有太多的机会见到她了，我们要住到城外去了。"

他终于把一直压在心头的这件事在一时的冲动中带了出来，心里一下舒坦了许多。他满以为艾琳会惊讶得叫起来，但她听了这一消息却毫无反应，倒使他大为吃惊。

"你好像不感兴趣。"他不得不补上一句。

"我已经知道了。"

他瞪大了眼睛看着她。

"是谁告诉你的？"

"琼。"

"她怎么会知道的？"

艾琳没有回答。索姆斯大惑不解，心里很不是滋味，便说：

"这对博西尼是件好事，能让他一举成名。琼大概都跟你说了吧？"

"是的，都说了。"

又一阵沉默过后，索姆斯说：

"我看你好像不愿意住到城外去，是不是？"

艾琳还是没搭腔。

"是啊，我真不知道你到底想要什么。在这个家里你似乎没有开心的日子。"

"这件事跟我愿不愿意有什么关系？"

她拿起那瓶玫瑰花，走了出去。索姆斯坐着不动。难道他签了那份建房合同就是为了听她这么一句话？难道他打算花万把英镑的计划就落得这么一个下场？他想起了博西尼的那句话："女人是魔鬼！"

但他很快就平静下来。还好，情况不算太糟。她完全可以大发脾气，但她的反应远没有他预计的那么强烈。琼先替他透了风，这也好。琼一定是从博西尼那儿一点一点挤出来的，他早该料到这一点了。

他点了一支烟。不管怎么说，艾琳没有大吵大闹。要不了多久，她就会心平气和的，这是她的优点。她确实比较冷淡，但也不是成天苦着脸。索姆斯朝锃亮的桌面上的一只瓢虫喷了一口烟，开始沉浸在对心目中那栋房子的联翩遐想之中。过了一会儿，他觉得坐在这儿担心也不是一回事儿，得马上去跟妻子说几句好话，补救一下才是。这时她一定独自坐在外面的日本遮阳篷下，在暗处打毛线。夜色一定很美，很温柔……

没错，就是那天下午，琼眉飞色舞地跑来对艾琳说："索姆斯真是个大好人，对菲尔也是件大好事，正中他的下怀。"

艾琳听了，不知所云，一脸茫然。于是琼接着说：

"我说的当然是你们在罗宾山的新房子啦。怎么，你还不知道？"

艾琳确实不知道。

"噢，那我也许不该告诉你。"可她又急不可待地望着艾琳，大声说，"你好像满不在乎的样子。你知道这可是我一直在盼望的一件事啊，也是菲尔一直想得到的一个机会。这下子他可以大显身手了。"接着她便把整个事情的来龙去脉一股脑儿兜了出来。

琼订婚后,对艾琳的情况就不像从前那么关心了,跟艾琳在一起的时候,也主要说她自己的事。有时候,尽管她仍对艾琳满腔同情,但她的微笑中不免流露出一丝不带恶意的鄙视,觉得这个女人已铸成终身大错,而且这个错误实在太大,太荒唐!

"所有的内部装潢也包给他了,一切由他经办。太棒了!"琼放声大笑,开心得整个身子不停地摇晃。她又举起手来,一拳打在平纹布窗帘上。"你知道吗,我甚至问过詹姆斯叔公……"可是话刚出口,她忽然觉得不想重提那件不愉快的事,便刹住了。过了一会,她看到艾琳还是那副爱理不理的样子,便告辞走了。出门后,她从人行道上回头一望,看见艾琳仍站在大门口。她向艾琳挥手告别,而艾琳则用手按着前额,慢慢转过身去,关上了大门。

索姆斯很快进了小客厅,从窗口往下凝视着他的妻子。

窗外,艾琳静坐在日本遮阳篷下,披在她雪白的双肩上的钩花披肩,随着她胸脯微弱的起伏轻轻拂动。可就在这个默默坐在黑暗中的女人身上,似乎有一股热流,一股潜藏的激情,正在传遍她的全身,使她内心深处发生巨大的变化。

索姆斯没让艾琳发现他,又轻轻回到了餐厅。

第六章　詹姆斯亲自出马

不久,索姆斯决定盖房子的消息便不胫而走,并且像所有涉及房产的事情一样,在全家上下传得沸沸扬扬。

这当然不是索姆斯想要张扬，他从一开始就决心守口如瓶。是琼满心喜欢地把这件事告诉了斯摩尔夫人，并且只许她转告安姑奶奶一人，因为她相信老人家听了这消息，一定会非常高兴。可怜的老太太已有好些日子没有迈出房门一步了。

斯摩尔夫人立刻就通报了她的安大姐，老太太背靠在枕头上，微笑着用她特有的声音颤抖着说：

"这对亲爱的琼来说，当然是好事，不过我希望他们多长一点儿心眼，这事有点微妙。"

等斯摩尔夫人走后只剩下她一人时，她双眉紧蹙，脸上掠过一团仿佛预示明天有雨的阴云。

这些日子她虽然一直卧床不起，但从未放弃过重新振作的努力。这一点在她脸上也有所反映，她不时抿紧嘴角，以示决心。

她的贴身女仆叫斯密瑟，从少女时起就一直伺候她。她常对人说"斯密瑟是个好姑娘，就是手脚太慢"。每天早晨，斯密瑟都要毕恭毕敬地履行那古老又庄重的梳妆仪式，从一只雪白的小盒子里取出那些扁扁的、灰白色的发卷，稳稳地放到她手中，再帮她转过身子。这些发卷是她女主人庄重威严的标志。

同样，朱莉和赫斯特两位妹妹也必须每天过来向她们的安大姐汇报情况，包括蒂莫西的一动一静；尼古拉斯最近又传出了什么新闻；琼是否因博西尼在为索姆斯盖房子而获得了老乔里昂的恩准，同意他们提前结婚；小罗杰的妻子是否真的有了身孕；阿奇博尔德的手术怎么那么成功；斯威辛又是怎样处理他在维格摩尔大街的那栋空楼的，因为原来的房客把钱输了个精光，还对斯威辛蛮横无理。当然最主要的还是索姆斯家的事情，比如艾琳是否依然坚持要分房睡觉等等。此外，安每天早晨总要对斯密瑟说："今天下午我要下楼，大约两点钟。在床上躺了这么些日子，我得要你扶我一把了。"

斯摩尔夫人在告诉安大姐之后，又悄悄把这件事告诉了尼古拉斯夫人。接着,这一位又跑去向威尼弗雷德·达尔蒂求证,认为她既然是索姆斯的妹妹,一定什么都知道。通过威尼弗雷德,这一消息终于传到了詹姆斯耳中,让他大为恼火。

他愤愤埋怨大家什么事情都瞒着他,但他并未直接去找索姆斯问个明白,因为他怕儿子对他又来个三缄其口。于是他拿起一把伞,去了蒂莫西家。

到了那里,他见到了塞普蒂默斯夫人和赫斯特。赫斯特也听说了,不过她这个人很保险,不会多嘴的;再说,她一说话就会累。他发现两个妹妹十分愿意,甚至是迫不及待地想跟他聊这件事。她们认为索姆斯请博西尼给他盖房子固然很好,但多少会担点风险。乔治是怎么称呼那个人的?哦,对了,叫他'小土匪'!多难听!不过乔治这个人说话一向怪里怪气的!不管怎么说,总归是一家人嘛。她们觉得博西尼似乎也应该算自家人了,尽管有点别扭。

詹姆斯插嘴道:

"这个人我们谁都不了解,我不明白索姆斯为什么要跟这么一个人搅和在一起。依我看,艾琳一定插了一手。我要去找……"

朱莉打断了他的话,说:"索姆斯跟博西尼说过,要他别对任何人说这件事。我相信他不喜欢别人说三道四。再说,要是蒂莫西知道了,一定会很生气的。我……"

詹姆斯把手搁在耳朵背后说:

"你说什么?我的耳朵越来越背了,听不清别人说什么。埃米莉的脚趾受了伤,我们得等到月底才能去威尔士。唉,总有事打岔!"他觉得此行已有收获,抓起帽子就走。

那天下午天气很好,他穿过海德公园朝索姆斯家走去,并打算在那里吃了晚饭再回家,因为埃米莉脚趾受伤后还在卧床养伤,而雷切尔和西塞莉这两个女儿,又都到城外看朋友去了。他走上了从贝斯沃特一侧通往骑士桥门的一条坡道,穿过一片刚刚烧过的草坪,短短的草皮上有几只熏得黑糊糊的绵羊,坐着一对对情侣,还趴着几个流浪汉,活像刚结束的战场上横七竖八躺着的尸体。

他走得很快,低着头,既不向左,也不向右看。这座公园是他一生战斗的主要战场,但眼前的景象一点也激发不起他的思绪和想象。这一具具被紧张和激烈的生存竞争抛弃在这里的"尸体",这一对对从单调和繁重的苦役中偷闲来到这块"乐园",依偎着坐上个把小时的情人,都无法让他产生任何遐想。他已经过了想入非非的年龄,跟那些把鼻子贴着草皮啃草的绵羊一样,他也只关心自己眼皮底下的事情。

他的房客中有一名近来常常拖欠房租。是否立刻把他撵走成了他的一块心病,因为撵走后,圣诞节前还不一定能把房子再租出去。斯威辛刚吃过这样的亏,不过活该,他拖得太久了。

他边走边琢磨此事,一只手小心翼翼地握着木制伞把,而且正好在弯头下面一点的部位,这样既可以不让金属的伞尖着地,又不致因握着伞身而磨损丝质的伞面。他弯着腰,高高耸起瘦骨嶙峋的双肩,细长的双腿急速地交替移动,精确得犹如机器一般,这使他穿过公园的模样活像一只在水面上轻快掠过的旱鸭子。公园里,暖烘烘的太阳照在草地上那些没精打采的人身上,照在那些证明外部世界激烈的争夺有多么残酷无情的人身上。

他从阿尔伯特门出来时,觉得有人在他胳膊上碰了一下。

原来是索姆斯,他正好从律师事务所步行回家,本来一直走在皮卡迪利大街有树荫的一侧,这时刚好穿过马路与他父亲并行。

"你母亲病倒了,"詹姆斯说,"我正要上你那儿去,不会碍你的事吧?"

詹姆斯跟他儿子之间的关系表面上冷若冰霜,毫无感情可言,但福赛特家的人际关系都是如此。其实他们父子之间并非绝无好感。也许它们都把对方视为一笔投资,所以都非常关心对方的利益,也喜欢碰个头,见个面。不过他们从不多谈个人的私事,也从不在对方面前透露内心的真情。

把他们父子维系在一起的是一种只可意会，不可言传的东西，是一个家庭和一个民族深层次的情结。常言道，血浓于水，何况这两个人也不是毫无感情的冷血动物。说实在的，对詹姆斯而言，爱护子女现在成了他生活的首要目的。他不停地攒钱，就是为了把积蓄留给自己生养的人。活到七十五岁这个年龄，除了攒钱，还有什么事情能让他更开心呢？他活着就是为子女攒钱。

如果说精明的主要标志是人们所说的善于自我保护，那么整个伦敦城里就再也找不到比詹姆斯·福赛特更精明的人了。尽管他总是自叹倒霉（当然在这一点上蒂莫西有过之而无不及），可他在伦敦城里拥有许多财富。他对这座城市也有难以言表的深情，因为这是他有机会发财致富的主要地方。他有着中产阶级特有的那种非凡的，而且是本能的精明。他身上体现了真正的折中精神，远胜于一贯独断独行，有时却和蔼可亲或满腹经纶的老乔里昂，也远胜于怪癖成性的斯威辛，聪明反被聪明误的尼古拉斯和为了生意不顾一切的罗杰。在所有兄弟中他最为才貌平平，但正因为如此，他也许最有希望长生不老。

跟其他几个兄弟相比，詹姆斯更加看重"家庭"。他对生活一直怀有一种朴实的亲切感。他喜欢温馨的家庭生活，喜欢家长里短的闲聊，当然也喜欢发发牢骚。他的一切决定都是在汲取了本家族所有的人，并且通过他们汲取了许许多多同类家庭的思想精华之后才做出的。年复一年，这个留着两条又白又长的髭须，嘴上却不留胡子的人每周都要到蒂莫西家去，曲着双腿，坐在他弟弟家的大客厅里仔细倾听别人慢慢聊天。当大家越说越起劲，渐渐说出他想听的精华之后，他便心满意足地离去，感到特别踏实，万分快慰和无比舒畅。

在詹姆斯身上，在那毫不含糊的自我保护的本能背后，也不乏温情脉脉的一面。每次去蒂莫西家，他都有回到母亲的怀抱中依偎片刻的感觉。这种渴望在家庭的卵翼下得到保护的心情，也表现在他对子女的感情上。一想到子女的金银钱财、身心健康或名誉地位可能遭到世人的侵占或糟蹋,他心里就像做噩梦那样害怕。当年他的老朋友约翰·斯特里特的儿子志愿参加特种部队时,他百思不解,摇头不止,想不通约翰·斯特里特怎么回糊涂到同意这一举动。后来小斯特里特死于南非人的标枪之下,他更是伤心不已,专为此事到处去说:他早已料到这一下场——他不想跟那些人多啰嗦了。

当他的女婿达尔蒂因投机石油股票失手而陷入经济危机时,詹姆斯都急出病来了,好似破产的丧钟已经敲响。他花了整整三个月的时间,又到巴登巴登①去疗养了一阵才慢慢恢复过来。要不是他詹姆斯解囊相助,达尔蒂的名字可能早就上了破产榜。一想到这一点,他就不寒而栗。

他体质极好,鲜有病痛,因此只要耳朵稍有不适便以为身患绝症,将不久于人世。同样,如果妻子儿女偶有小恙,他也视之为心头大患,认为是老天爷跟他过不去,有意要搅得他不得安宁。可是他对自己小家以外的人的病痛却不以为然,不管是什么毛病,他总说人家没有好好保肝。

他的一句名言是:"他们还想永远不生病吗?我稍不注意,也会生病的。"

他去索姆斯家的那天晚上,心情特别不好,好像生活专门跟他作对似的。埃米莉的脚趾有伤,雷切尔又在城外瞎逛,没有一个人关心他。安也病了,恐怕挨不过这个夏天。他去看过她三次,可她却没有力气见他。还有这个索姆斯,忽然心血来潮,要盖什么房子。这件事他一定得问问清楚。至于艾琳的问题,他不知道会闹出什么花样来。什么样的事情都是有可能发生的啊!

他走进蒙彼利埃广场六十二号索姆斯家,准备好好念念苦经。

---

① 德国西南部城市,位于黑森林地区,是著名的矿泉疗养地。

已经七点半了，艾琳已经换好衣服，坐在小客厅里，准备吃晚饭。这是一条金黄色的裙子，已在一次晚宴、一次晚会和一次舞会上亮过相，现在只能在家当便服穿了。她在胸口部位镶了一圈瀑布状的花边，詹姆斯一眼就注意到了。

"你的这些衣服都是在哪儿买的？"他故作好奇地问，"雷切尔和西塞莉从来没有穿得这么好看过，连一半也没有。那个玫瑰花纹花边……怕不是真的吧？"

艾琳凑近了一点，好让他知道他错了。

詹姆斯不禁被她这一表示敬重的举动所感动，同时也闻到了她身上发出的那股淡雅而诱人的香味。可是福赛特家的人个个自尊心极强，决不会轻易认错，所以他随便说了一声他也许弄错了。他相信她在穿着上花的钱肯定不得了。

开饭的锣声一响，艾琳便把白嫩的手臂挽住詹姆斯的胳膊，把他引进餐厅。她请他坐在索姆斯常坐的那个位子上，在她左侧的另一条桌边。那里灯光柔和，即使日光渐暗，他也不会感到不舒服。接着她便对他的近况问长问短。

此刻，詹姆斯就像水果在阳光的照耀下渐渐甜熟那样起了变化。他受宠若惊，仿佛感到了爱抚，听到了赞扬，可是艾琳连碰都没碰他一下，也没说一句恭维他的话。他觉得今晚的饭菜特别合胃口，在自己家从未有过这种感觉。他也想不起什么时候喝过这么好喝的香槟酒，可是一问牌子和价格之后，他惊讶地发现自己家就有这种酒，而且存货很多，只是味道不好，简直没法喝。他当即决定要找他的供酒商算账，问问他为什么要欺骗他。

他抬起头来说："你这儿的好东西真不少啊，那只糖筛子多少钱，一定很贵吧。"

他对前面墙上的一幅画尤为满意，因为那是他送给他们的礼物。

"我没想到这幅画这么好看。"他说。

饭后，詹姆斯紧跟在艾琳身后，一起朝客厅走去。

"我就喜欢这样的便饭，太好吃了！"他凑在艾琳的耳边轻轻地说，热气都快哈到她的肩膀上了，"没有大鱼大肉，也没有多少法国风味。我家里就吃不到这样的饭菜。我每年付给厨师六十镑，可她做不出像样的东西。"

关于建房的事，他至此只字未提。过了一会儿，索姆斯推说有事，上楼去他摆放油画的房间时，他还是闭口不提。

现在客厅里只剩下詹姆斯和他的儿媳妇两人。喝过香槟酒，还有那杯餐后甜酒之后的一股暖流还在詹姆斯身上涌动。面对着艾琳，他心里热乎乎的。真是个讨人喜欢的小心肝啊，总是耐心地听你说话，而且似乎听懂了你的意思。詹姆斯一边说话，一边上下打量儿媳妇的身材，从她古铜色的鞋子一直看到她波浪起伏的金发。她靠在一张法国第一帝国时期式样的椅子上，双肩轻轻贴着靠背的上端，但她挺拔而柔韧的身子自髋部以上并无依靠，只要一动，就轻盈摇摆，似有随时投入情人怀抱之势。她嘴角挂笑，双目微睁，娇态百般，风情万种。

也许是意识到她这副迷人的模样实在危险，也许是因消化不良而稍感不适，詹姆斯一时语塞。他过去从未与艾琳真正单独相处过，现在望着她，全身上下有一种异样的感觉，好似遇上了什么陌生又奇怪的东西。

她这么坐着，心里在想什么呢？

当他再次开口说话时，声音突然很响，仿佛刚从一场美梦中被人唤醒。

"你一个人成天在家，都干些什么呢？"他问道，"你也不来公园路看看我们。"

艾琳找的托词似乎都站不住脚。詹姆斯不敢看她，生怕听到她说她是有意回避他们。真要这样，他会受不了的。

"我想你一定是没空过来，"他说，"你老是跟琼在一起。我想她和男朋友在一起时，是需要你当个监护人什么的。听说她现在不着家，你的乔里昂伯伯很不高兴，一个人孤零零的。我还听说她成天钉着那个小博西尼。我想博西尼大概每天都上这儿来吧。你觉得他这个人怎么样？有自知之明吗？我看他不怎么样，琼比他强！"

艾琳脸红起来。詹姆斯看着她，心里不免起疑。

"也许您还不太了解博西尼先生。"她说。

"不了解！"詹姆斯抢着说，"怎么不了解？一看就知道是那种搞艺术的。他们说他很聪明，不过这些人个个自以为聪明得很。你比我更了解他。"说完，他又以怀疑的目光看着她。

"他在给索姆斯设计房子。"她轻轻说，显然想消消他的气。

"这倒提醒了我，我本来就想问你们这件事。"詹姆斯接着说，"我真不明白索姆斯为什么要跟这么一个毛头小伙子打交道，为什么不找个一流的建筑师？"

"也许博西尼先生就是一流的！"

詹姆斯站了起来，转过身子，歪着脑袋说：

"瞧！你们这些年轻人就是这样抱成一团，个个自以为是。"

他把细长的身子往艾琳面前一蠹，伸出一只手指对准她的胸口，似乎在责问她为什么长得这么漂亮。

"我要说的是这些搞艺术的人，不管他们自称是什么，都是最最靠不住的，我劝你少跟他来往。"

艾琳莞尔一笑，其实就是嘴角轻轻一撇，表明她并不买他的账。她似乎也顾不上应有的尊重和顺从了，一起一伏的胸脯似乎表明她心里很不服气。她把搁在座椅扶手上的双手往里一收，让指尖互相顶着，用乌黑的、深不可测的眼睛望着詹姆斯。

詹姆斯低头看着地板，板着脸说：

"我老实跟你说吧，你就是少个孩子让你牵挂，让你忙碌。"

艾琳的脸顿时阴沉下来，就连詹姆斯也注意到了她穿着柔软的、镶着花边的真丝衣服的身子一下子僵直不动了。

他被自己这句话所产生的效果吓坏了,于是跟大多数胆小怕事的男人一样,干脆以攻为守。

"你好像不太喜欢走动。跟我们一起乘车去赫林汉玩玩不好吗?也可以常去看看戏嘛!在你这个年龄,应该培养点兴趣,你还很年轻嘛。"

艾琳的脸色更加难看了,他开始紧张起来。

"当然,我什么都不知道,"他说,"也没人跟我说什么。不过索姆斯应当心中有数,要是连他自己都没有数,也别指望我会……好了,不说了……"

他咬着食指尖,朝她的儿媳妇又冷眼瞟了一下。

他发现她正盯着自己,那双又黑又深沉的眼睛看得他不敢再说下去,吓得他微微冒汗。

过了一会儿,他说:"好了,我该走了。"可还是坐着不动。又过了一会儿,他才站起身来,显得颇感诧异的样子,似乎指望艾琳会挽留他。他把手伸向艾琳,让她拉着走到门口,再送他出了大门来到街上。他不想叫马车,他想走一走。索姆斯那里艾琳会替他去说再见的。要是她想散散心,他愿意任何时候驱车带她去里士满。

到家上楼后,他立刻把一天一夜未合眼,好不容易刚刚入睡的埃米莉一把推醒,对她说他觉得索姆斯那里的情况很不妙。他喋喋不休地说了半个多钟头,最后,刚说完自己这一夜肯定睡不好之后,翻了个身就打起呼噜来了。

在蒙彼利埃广场那边,索姆斯从藏画室出来,躲在楼梯上端,看着艾琳翻弄下午送达的信件。她回客厅去了一会儿,但很快又出来了。她站着不动,似乎在听有什么动静,然后抱起一只小猫,轻轻上楼来。他看见她低头把脸贴在小猫身上,小猫也贴着她的脖子发出轻轻的呜呜声。她为什么就不能对他也这样亲昵呢?

艾琳突然看见他站在楼梯口,立刻板起了脸。

"有我的信吗？"他问道。

"有三封。"

他往边上一闪，让出道来。她没再多说一句话，从他身旁走过，进了卧室。

第七章　老乔里昂一时冲动

就在同一天下午，老乔里昂从洛兹板球场①出来，准备回家，但还没走到汉密尔顿斜街就改变了主意。他叫了一辆马车，把威斯塔里亚大街的一个地址给了车夫。他决定要上那儿走一趟。

整整一个星期，琼几乎没在家待过。她已经很久没有陪他了，事实上，自从她与博西尼订婚之后就再也没有好好陪过他。他也没有要她来陪，他没有求人的习惯。琼脑子里现在只有一个念头，那就是博西尼和他手上的工作。她把他撂在这幢大房子里，跟几个仆人在一起，从早到晚连一个可以说话的人也没有。他的俱乐部这几天正好关门大扫除，他的董事会也适逢休会，因此他没有必要去金融区。琼曾劝他到外地走走，而她自己却不愿意离开伦敦，因为博西尼在这里。

可是叫他一个人上哪儿去呢？他不能单独出国旅行，他不但晕船，而且也不喜欢住旅馆。罗杰去接受水疗了，他可不愿意这把年纪再去尝试那些新鲜玩意儿，这种时髦的地方都是糊弄人的！

有了这些清规戒律，他就只好成天没精打采，郁郁寡欢了。他脸上

---

① 位于伦敦圣约翰斯伍德区的著名板球场，创建人为托马斯·洛德，一七八八年以来一直是玛丽勒本板球俱乐部总部的所在地。

的皱纹加深了，眼神也一天天变得黯淡忧伤，跟他那张一向坚定沉着的脸很不相称。

那天下午，夏日的骄阳欢快地高挂在一座座小花园的上空，金色的阳光洒在一排排小屋门前修剪得圆滚滚的合欢树上。老乔里昂一面在圣约翰斯伍德的街上穿行，一面饶有兴趣地东张西望，因为这是福赛特家的人来过之后都会公开表示厌恶却又暗暗感到好奇的地方。

他的马车在一幢小楼前停下。小楼的颜色发黄，显然已经很久没有粉刷了。楼外有一道栅栏门，还有一条简陋的小径，直通小楼的大门。

他不慌不忙地下了车，昂首挺胸，神态自若。留着两撇下垂的白胡子的大脑袋上戴着一顶特别大的礼帽，两边露出了缕缕白发。他目光严肃，甚至稍带愠色。他是迫不得已才走此一遭的啊！

"乔里昂·福赛特夫人在家吗？"

"在家，先生。请问先生，您是……"

老乔里昂自报家门时情不自禁地向这个小女仆挤了挤眼睛，觉得她像只滑稽的小蛤蟆。

他跟着她穿过一个昏暗的门厅，来到一间很小的两用客厅，这里的家具都用花格子布罩着。女佣请他坐下，说：

"他们都在花园里。先生，您请坐，我马上去禀报。"

老乔里昂在一张罩着花布套子的椅子上坐下，向四周巡视了一圈。整个房间，用他的话来说，就是一副寒酸相。他说不出到底像什么，但每一件东西都给人一种破落和凑合着过日子的感觉。在他眼里，没有一件家具值五个英镑。好久以前马马虎虎粉刷过的墙上挂着几幅草就的水彩画，算是装饰。天花板上有一长条弯弯曲曲的裂缝。

这一带的小楼都很破旧，质量也差，一年的租金不会超过一百英镑。看到一个堂堂的福赛特家族的人，而且就是自己的儿子，竟住在这种地方，实在令他痛心疾首。

女仆回来了，请他到花园去。

老乔里昂跨出落地窗户走下台阶时，注意到这几扇窗和台阶都该重新漆一漆了。

小乔里昂，他的妻子和两个孩子，还有那条叫巴尔撒泽的小狗都在院子里一棵梨树下。

迈步向这几个人走去，是老乔里昂这一生中所做的最有勇气的一件事，但他面不改色心不慌，丝毫看不出他内心的紧张。他深陷的双眼紧紧盯着这几个"冤家"。

就在这短短的两分钟内，他完美地展示了他和他那个阶级的许许多多人之所以能够成为本民族的中流砥柱的品质。那是一种稳重、审慎而又不乏活力的潜质。他们默默无闻，不顾一切，埋头苦干。这正是与世隔绝的古代布立吞人[1]与生俱来的个人奋斗的典型性格。

那条名叫巴尔撒泽的小狗在他的裤脚边嗅了一通。这是一条俄罗斯鬈毛狗和一种猎狐犬的杂交种，很友好，但也很势利，能一下嗅出陌生人和异常的情况。

在尴尬地互致问候之后，老乔里昂在一把柳条椅上坐了下来，他的孙子和孙女各站在他双膝的一侧，静静地望着他。他们从未见过这么老的人。

这两个孩子长得不像，似乎要表明他们是在不同的情况下降生的。乔利是非婚生的罪恶之子，长了一张胖乎乎的脸，浅黄色的头发向上梳起，下巴上有一个酒窝。他挺可爱，但给人一种犟头犟脑的感觉，不过两只眼睛倒是不折不扣的福赛特家的眼睛。小霍利是婚后生的，皮肤黝黑，不太活泼，灰色的眼睛跟她妈妈的一样多愁善感。

小狗巴尔撒泽在三个小花坛周围绕了几圈，表示对眼前发生的一切毫无兴趣。然后，它在老乔里昂面前坐了下来，摇着贴近后背的那条天然盘曲的尾巴，一眼不眨地抬头望着老乔里昂。

---

[1] 益格鲁-萨克逊人入侵和定居英格兰之前岛上的原土著居民。

即便是花园里的东西，老乔里昂也觉得样样寒酸。他坐的那把柳条椅在他身下嘎吱作响，那几个花坛也显得杂乱无章。花园尽头污迹斑斑的围墙下，有一条被野猫挖出的通道。

就在这祖孙两代以童叟之间特有的那种好奇，但充满信任的目光互相对视的时候，小乔里昂却注视着自己的妻子。

她有一张清瘦的鹅蛋脸，长着两条平直的眉毛和一双灰色的大眼睛。她的脸颊泛起了红晕，从前额上方向后高高梳起的鬓发跟他自己的头发一样，也开始花白了。这使得她突然双颊绯红显得更加可怜，更加让人同情。

她的表情充满了难言的哀怨、企盼和恐惧。这是他从未见过的，也是她一直不让他看到的。她的眉毛不停地抽搐，两只眼睛痛苦地直视着前方，一句话也不说。

只有乔利一人有说不完的话。他有好多好玩的东西，迫不及待地要献宝，要告诉这位陌生的、留着大胡子、干瘪的双手爆满青筋的客人。这位客人的坐姿跟他父亲一模一样，跷着二郎腿，这也正是他自己想学的姿势。他虽然还不满八岁，但已不愧为福赛特家的传人。他一直不肯说出他现在最想得到的一件东西，那就是他父亲已经答应给他买的，但目前还摆在商店橱窗里的一组玩具士兵。显然，他觉得这件东西太珍贵了，现在不能贸然说出去。

这祖孙三代，悠闲地坐在那棵已多年未结果实的梨树下，享受着透过枝叶的阳光，一闪一闪地照在他们的身上。

老乔里昂刻满皱纹的脸上红一块白一块。老人的脸被太阳一晒，都会这个样子。他握住乔利的一只手，这孩子就顺势爬到他的膝盖上。小霍利一见，觉得好玩，也凑了过去。巴尔撒泽在用爪子挠痒，发出有节奏的响声。

突然，小乔里昂夫人站了起来，急匆匆地跑进屋子。过了一会儿，她的丈夫轻松找了个借口，跟了进去。花园里只剩下了老乔里昂和两个孩子。

这时,人性周而复始的法则跟他开了一个极具讽刺意味的玩笑,在他内心深处来了个奇妙的大轮回。他喜欢小孩,喜欢刚刚萌芽的生命。当年,正是这种心情使他舍弃自己的儿子而选择了孙女琼。今天,又是这种心情使他丢下琼来看这两个更小的生命。他的心中永远燃烧着青春的火焰,他也永远喜欢幼小的生命,喜欢这两个孩子圆滚滚的、因不停乱动而更加需要保护的小胳膊小腿,喜欢他们可爱的小圆脸,一会儿那么活泼,一会儿又那么安静,喜欢他们说话时天真稚气的童声和尖声尖气的笑声,喜欢他们不停在他身上拉拉扯扯的小手,喜欢他们娇小的身体贴在他腿上的那种感觉。总之,他喜欢所有的小孩,越小越好。他的目光和声音变得十分柔和,干瘦的双手变得异常柔软,内心也有一种酥酥的感觉。对这两个小家伙来说,这个老头很快成了他们的"开心果",他们可以毫无顾忌地跟他说笑,跟他玩耍。老少三人其乐融融,内心的喜悦就像灿烂的阳光,从老乔里昂座下那把柳条椅向四周辐射。

可是小乔里昂跟着妻子进了卧室之后的情景,就完全是另外一回事了。

他见妻子坐在梳妆镜前的椅子上,双手捂着脸,肩膀随着抽泣上下搐动。他一直不明白她怎么说伤心就伤心得起来。这种情况他遇到得太多了,甚至都不知道自己是怎么一次次挨过来的。不过他不太相信这是真伤心,再怎么说,也还没到必须分手的时候嘛。入夜后,她必定会跟每次伤心过后一样,搂住他的脖子说:"唉,乔,我可让你受累了。"

他伸出手去,偷偷把他放剃须刀的盒子放进了裤袋里。

"我不能待在这儿,"他心想,"我得出去。"便不声不响离开了卧室,回到花园的草坪上。

小霍利坐在老乔里昂的膝盖上,手里捧着他的怀表在玩。乔利面红耳赤,正在表演倒立。小狗巴尔撒泽已走到茶桌边上,觊觎着桌上那块蛋糕。

小乔里昂恨不得马上叫停这寻欢作乐。

他父亲凭什么来这儿把他的妻子弄得如此伤心？这么多年了，谁都会感到突然的。他应该明白这一点，应该先打个招呼吧。可是福赛特家的人什么时候想到过自己的行动会打搅别人呢？他这么想实在是冤枉他的父亲了。

他开始训斥两个孩子，叫他们进屋喝茶去。他们从未听到父亲说话这么严厉过，都吓坏了，便手拉着手离去，小霍利还不停回头望望她父亲。

小乔里昂倒了杯茶，说："我妻子今天不太舒服。"可他心里明白他的父亲早已猜出他妻子突然离开的原因。看到他父亲还那么若无其事地坐着，他都快恨死他了。

"你这座小房子很不错嘛，"老乔里昂边说边意味深长地看了儿子一眼，"我想是租的吧？"

小乔里昂点了点头。

老乔里昂接着说："我不喜欢周围那些邻居，都是些不三不四的人。"

小乔里昂回答道："不错，我们就是不三不四的人。"

接下来是一阵沉默，只听见巴尔撒泽用爪子在身上挠痒的声音。

老乔里昂坦率地说："乔，我知道我不该来，可我实在是太寂寞了。"

听了这话，小乔里昂站了起来，把一只手搭在父亲的肩膀上。

这时，隔壁人家有人在一架走调的钢琴上，一遍又一遍地弹奏《女人水性杨花》[①]的曲调。小花园里渐渐暗了下来，太阳已快沉到围墙下，但一只小猫还蹲在上面晒太阳，黄色的眼睛睡眼惺忪地看着墙下的巴尔

[①] 意大利作曲家威尔第（1813—1901）的歌剧《弄臣》(1851)第三幕中曼图亚公爵所唱的一段著名的咏叹调。

撒泽。远处隐约传来车马的嘚嘚声。花园四周长满了爬藤,挡住了外面的一切,能看到的除了天空和房子外,还有那棵只有顶稍尚有一抹余晖的梨树。

父子二人就这么坐了好一会儿,谁都没怎么说话。不久老乔里昂起身告辞,但只字未提是否再来。

离开的时候,他心情沮丧。这个地方实在太糟糕了。他想起了斯坦厄普门那栋空荡荡的大房子,有一间很大的弹子房和一个大客厅,平时根本没有人进去。唉!这才是福赛特家的人该住的地方啊!

那个女人的脸皮也实在太薄了一点,其实他挺喜欢她那张脸的。他知道她给乔添了不少麻烦,不过那两个孩子的确很可爱。唉!乔那件事做得确实太荒唐了!

他朝埃奇韦尔路走去,两旁矗立着一排排的小楼房。在他看来,每一栋里都有这样那样见不得人的隐私。这自然是毫无根据的猜测,不过福赛特家的人就算是错了,也是有理的。

的确,社会上一帮专门喜欢议论别人和搬弄是非的男男女女,都曾对他的亲骨肉品头论足过一番。咳,真是一帮饶舌妇!他把手中的伞往地上狠狠一戳,仿佛要戳穿那帮人的心肺,以惩罚他们胆敢把他的儿子和儿子的儿子弄得抬不起头来,要不然的话,他是完全可以和他们言归于好的。

他又狠狠戳了几下。可是这十五年来他自己不也跟大家一样吗?只有今天才背叛了一回这流俗之见!

他想到了琼,想到了她死去的母亲,想到了那件事情的前前后后,心里依旧跟从前一样愤恨。这件事确实太不光彩了!

过了好一会儿他才回到斯坦厄普门。他是一路走回去的。这也是他的怪脾气,累了反而走路。

在楼下的盥洗室洗过手后,他来到餐厅等吃晚饭。琼不在的时候,他只用这一间,否则就更显孤零零了。晚报尚未送到,而当天的《泰晤士报》他已经看过了,因此一时无事可做。

这间屋子面朝一个死角,听不到外面过往的车辆,所以非常安静。他不喜欢养狗,否则,狗也能做个伴啊!他的目光沿着四壁慢慢移动,最后停在一幅名为《夕阳下的荷兰渔舟》的油画上。这是他的藏画中的精品,但这时也提不起他的兴趣。他双目紧闭,倍感孤寂。他知道他不该怨天尤人,可他实在无奈。他是个可怜虫,从来都是如此,一个胆小怕事的可怜虫!他心里真是这么想的。

管家进来摆晚饭的餐具,看见主人像是睡着了,所以格外轻手轻脚。这个在下巴上蓄了一撮胡子的人在上唇上也留了两撇胡子。这让福赛特家的许多人深感不妥,尤其是像索姆斯这些上过私立贵族学校,对这类事情比较敏感和较真的人。他这副样子还能把他当管家看待?爱开玩笑的人说他是"乔里昂伯伯家的离经叛道者"。以油腔滑调出名的乔治干脆叫他"桑基"①。

管家在擦得锃亮的大餐具柜和同样锃亮的大餐桌之间来来回回,步履轻盈,游刃有余,谁也学不像。

佯装睡着的老乔里昂偷眼看着他。这家伙鬼得很,他一直有这种感觉。此人心里想的就是草草把活干完,好去赌博,去找女人或干一些鬼才知道的事情。十足的懒鬼,肥头大耳,而且根本没把他的主人放在心上!

想到这里,他又不由自主地来了一番富有哲理的感慨。这正是他有别于福赛特其他家人之所在。是啊!他凭什么要把主人放在心上呢?他又不是为这个来挣钱的,为什么要指望他来关心自己呢?在这个世界上,不给钱,谁也别想得到关心和爱护。来世也许不是这样,不过他不清楚,也说不上。于是他又闭上了双眼。

---

① 指艾拉·大卫·桑基(1840—1908),美国基督教福音派传教士,赞美诗歌曲作家和演唱者,一八七〇年起跟随美国传教士 D.L. 穆迪(1837—1899)到处布道,影响极大。这里可能指他和穆迪一样也蓄有胡子。

管家不停地忙着，蹑手蹑脚地把一件件餐具从柜子的大小格子和抽屉里取出来。他总是背对着老乔里昂，以免主人看见他做一些不太雅观的事，比如不时在银制的餐具上偷偷哈一口气，再用一块羚羊皮擦一擦等等。他看了看长颈瓶里那点酒，想了想，然后小心翼翼地捧着走过来。由于捧得太高，他的胡子已碰到瓶口，似乎在起保护作用。一切安排就绪后，他站着看了主人一会儿，淡绿色的眼睛中流露出鄙夷的目光，仿佛在说他这位主人原来也不过是个老废物，恐怕来日无多了。

他像猫一样轻轻穿过房间去按铃，吩咐"七点开饭"。可是主人要是还在睡觉怎么办？那就马上把他叫醒。要睡让他夜里再睡！他得为自己着想，八点半还要赶到俱乐部去呢！

一名小男仆听到铃声后，端着一只银制的汤盖碗走了进来。管家把它接过来放在桌上，然后站到门口，像招呼大批宾客进来用餐那样一本正经地喊道：

"晚饭准备好了，先生。"

老乔里昂慢慢站起来，坐到餐桌旁，开始吃他的晚饭。

第八章　博西尼的设计方案

众所周知，就像制作土耳其软糖[①]时必不可少的那种小动物一样，福赛特家的每个人身上也好似背着一个外壳。换句话说，他们跟他们的房子和房子里面的一切是永不可分的，包括所有的财物，来往的朋友和自己的妻室。看不到他们这个外壳就等于没有看见他们本人；即使看见

[①] 一种外面裹上糖粉的软糖，制作原料之一是以动物胶熬制而成的凝胶体。

了，也未必认得出来。他们就是这样背着这个外壳，与许许多多跟他们一样背着外壳的人穿行在这个世界上。福赛特家的人没有房子，那简直是不可思议的。这好比小说没了情节，谁都知道，这是不正常的。

在福赛特一家人眼中，博西尼不能算有房子。他属于那些为数不多的不幸者，一生生活在不属于自己的世界上，房产也好，朋友和妻子也好，一切的一切，都没有他们的份。

博西尼住在斯隆街一座公寓的顶层，门口挂着一块牌子，上面写着"建筑师——菲利普·贝恩斯·博西尼"。这几间屋子显然不是福赛特家的人能看上眼的地方。这里没有会客室，只有一间工作室，一面屏风隔出了一个很大的角落，遮住了他的一些生活用品——一张长沙发、一把安乐椅、他的烟斗、酒柜、小说和拖鞋。用来工作的这一部分的家具跟一般的办公室没有太大的区别，有一口带小格子的立柜、一张橡木圆桌、一个可折叠的洗手架、几把没有软垫的椅子，还有一张很大的工作台，上面堆满了各种画稿和图纸。琼在博西尼的姑妈的陪同下曾来这里喝过两次茶。

据说他的卧室在后面。

据福赛特家的人所掌握的情况，博西尼的收入来自两宗咨询业务，每年二十英镑，偶尔还有些小外快。但最主要的一笔是他父亲在遗嘱中留给他的每年一百五十英镑的津贴。

他父亲的情况不甚了了，也无可恭维。只听说他是林肯郡[1]的一名乡村医生，有凯尔特人的血统，长得一表人才，甚至有拜伦[2]的气质和魅力，在县城里小有名气。博西尼的舅舅，也就是"贝恩斯和比尔德博依公司"中的那个贝恩斯，虽然不姓福赛特，倒有福赛特家的人的秉性，对他那位姐夫颇有微词。

---

[1] 位于英格兰东部，临北海。
[2] 英国十九世纪浪漫派诗人（1788—1824）。

他常这样说:"他是个怪人!老说自己头三个男孩'都是好样的,就是太笨'。其实他们现在都在印度,在文职部门供职,个个都很出色。可他偏偏喜欢菲利普这个孩子。我还听他说过一些莫明其妙的话。有一次他对我说:'老伙计,千万别让你老婆知道你在想什么!'不过我是不会听他那一套的。真是个怪人!他常对菲利普说:'孩子,不管你活得像不像样,你一定要死得像模像样!'他自己就是穿了一套礼服,系了一条缎子围巾,还别了一根钻石别针入土的。我担保你们没见过这样的怪人。"

对博西尼这个外甥,贝恩斯舅舅倒不乏赞誉,也很同情。他说:"博西尼有他父亲身上那种拜伦式的气质。不信的话,看看他离开我公司时那副满不在乎的样子就知道了。他这一走其实丢掉了许多机会,可他宁愿这样,背起一个小背包,一走就是六个月。去干什么呢?去学外国建筑,外国的!结果怎么样呢?这不,一个挺聪明的小伙子,一年却赚不到一百英镑。现在这门亲事对他来说实在是再好不过了,能稳住他。他就是那种白天睡大觉,晚上干通宵的人,这主要是因为这种人做事不得法。不过这个人不坏,一点也不坏。老乔里昂先生可是个有钱人呢!"

这段时间里,琼常去贝恩斯在朗兹广场的住所。贝恩斯对她非常热情,一再对她说:"索姆斯先生真是个有眼光的人,把盖房子的事交给菲利普是再合适不过了。现在你可别指望能经常见到他哟。他有要事,有要事!年轻人就得这样闯。我跟他这般年龄时,没日没夜地干。我妻子常说:'博比,别太累着了,要注意身体。'可我一点也不放松自己。"

琼对她的未婚夫抽不出时间来斯坦厄普门看她的确表示过不满。

后来他第一次再去看她时,两人还没待上一刻钟,塞普蒂默斯·斯摩尔夫人就出现了。任何无巧不成书的事情中都少不了她这个人物。博西尼只好按预先商量好的办法,躲到小书房里,等她走了再出来。

朱莉姑奶奶对琼说:"亲爱的,你瞧他多瘦哟!我注意到订了婚的人都这样。你可不能让他再瘦下去了。有一种巴尔洛牛肉精,你斯威辛叔公吃了效果很好。"

琼挺直了矮小的身子站在壁炉前,气得脸都微微发抖。她觉得她的姑奶奶来得不是时候,是对她的干涉,于是冷冷地说:

"那是因为他太忙了,有正经事干的人都胖不起来。"

朱莉姑奶奶把嘴一噘,想想自己也一直很瘦,唯一让她感到欣慰的是这给了她一个想发胖的机会。

接着她又忧心忡忡地说:"我觉得你不能再让别人叫他'小土匪'了。他现在要给索姆斯盖房子,大家会觉得很别扭的。我真希望他多加小心,这件事对他太重要了。索姆斯真有品位!"

琼听了顿时火冒三丈,大声说:"品位!我不相信他有什么品位。这一家没有一个有品位的!"

斯摩尔夫人吓了一大跳,说:"你斯威辛叔公不就很有品位吗?再说索姆斯现在住的那栋小楼多好啊,你不会说你不喜欢吧?"

琼哼了一声,说:"那是因为艾琳住在里面。"

朱莉想说点开心的事,便问道:

"艾琳愿意住到城外去吗?"

琼凝视着朱莉,目光中忽然流露出一种负疚的神情,但只是一闪而过。她继续盯着她的姑奶奶,眼神更加专注,好似她已驱散了刚才那一闪念。她不耐烦地说:

"当然愿意,为什么不愿意?"

斯摩尔夫人紧张起来,忙说:

"我不知道,我想她可能不愿意离开朋友。你詹姆斯叔公说她对生活缺乏热情。我们觉得,我的意思是蒂莫西觉得她应该多出去走走。我想你也会非常想念她的。"

琼把双手搭在颈后,大声说:

"我希望蒂莫西叔公少管闲事!"

朱莉姑奶奶霍地站了起来，挺直了她本来就很高的身子。

"他从来不管闲事！"

琼立刻意识到她不该说这话，跑过去亲了朱莉一下。

"对不起，姑奶奶，不过我希望大家别再去烦艾琳了。"

朱莉在这件事情上想不出还有什么话好说，就没再开口。她准备走了，把黑色的丝披肩在胸前系好，再拿起她那个绿色的网兜。走进门厅后她停下问道：

"你爷爷好吗？我想你现在成天跟博西尼在一起，他一定很寂寞。"她弯下身子用力吻了一下她的侄孙女，迈着碎步走了。

琼眼里噙着泪水跑进小书房，看见博西尼坐在桌子旁，正在把小鸟画在一只信封的背面。她一下坐到他身旁，哭着说：

"噢，菲尔，这太可怕了，真叫人受不了！"这时她的心就跟她头发的颜色一样火热。

接下来的那个星期天早晨，索姆斯正在剃胡须，仆人跑来通报说博西尼先生在楼下要见他。他推开妻子的房门，说：

"博西尼在楼下，你先下去招呼一下，我刮好胡子就下去，要不了多少时间。我估计是房子的事。"

艾琳朝他看了一眼，没有做声。她整了整衣服就下楼去了。

索姆斯还吃不透他妻子对建房这件事的想法。不过她至少没有反对，对博西尼的态度似乎也相当友好。

他从梳妆室的窗口可以望见他们在下面的小院子里说话。

他急急忙忙刮胡子，在下巴上划了两道小口子。他听见他们的笑声，心想："不错，不管怎么说，他们能谈得来。"

他猜对了。博西尼是来带他去看图样的。

他拿起帽子，跟着就走。

图纸就摊在博西尼房间里那张橡木桌子上。索姆斯脸色苍白，不动声色，弯着腰专心致志地看了很长时间，一声不吭。最后他大惑不解地说：

"这房子挺怪的！"

这是一座长方形的双层建筑，四条边筑起了一个封闭的院子，这院子实际上是一个有顶棚的天井，顶棚是用玻璃做的，由拔地而起的八根柱子撑着。房子上面一层有一条走廊，正好绕院子一周。

在福赛特家的人眼里，这房子的确很怪。

"好多地方都没派上用场啊，白白浪费了！"索姆斯接着说。

博西尼开始来回走动，脸上的表情让索姆斯很不舒服。

"这一设计的宗旨，"他说，"就是让你有足够的地方施展得开，让你过得像个真正的绅士。"

索姆斯扎开拇指和食指，似乎要量一量他这个真正的绅士比一般人高出多少。他说："那当然，我懂。"

博西尼脸上又出现了他特有的那种表情。看得出，他很兴奋，很得意。

"我要给你设计一座非常体面的房子。你要是不喜欢，就说不喜欢。体面这东西肯定不是一般人首先考虑的问题。有的人总想在什么地方再添个把厕所，那还有什么体面可言了？"他突然指着中间那块长方形的左边一半说："这儿很宽敞，是让你挂画的，有帘幕跟院子隔开。拉开帘幕就成了一块面积为五十一乘二十三点六英尺的地方，中间这个双向炉子一面朝院子，一面朝画室。这一侧墙上全是明窗，从东南方采光；北面的光线从院子里进来。你其余的画可以挂在二楼的走廊里或其他房间里。"他看着索姆斯，但似乎视而不见其人，这让索姆斯很不高兴。博西尼接着说："建筑就跟生活一样，乱七八糟，就不成体统。有人会说这是老观念了。可是说来也怪，我们从来也没想过把这一主要的生活原则体现在我们的房子上。我们总是把房子塞得满满的，又是装饰，又是摆设，这儿一个拐角，那儿一个角落，让人目不暇接。其实我们应该让眼睛好好休息休息，只要几根粗线条就可以产生你想要的效果。关键就在于要有条理，没有条理，就谈不上什么体面不体面。"

一贯爱挑剔的索姆斯一直盯着博西尼那条早已偏离中线的领带。他没有刮胡子，衣服也谈不上整齐。看来他自己身上应有的条理都跑到建筑中去了。

"这不成了兵营了吗？"他问道。

博西尼没有立刻回答他的问题，过了一会儿才说：

"我明白了，你要的是利特尔马斯特设计的那种房子，那种既好看又宽敞的房子，就是仆人睡在阁楼上，前门低于地面，要走几步才能上来的那种。那你就去找利特尔马斯特好了。你一定觉得他很了不起，我可是非常了解这个人的。"

索姆斯暗暗吃了一惊。实际上他对博西尼的这个设计方案十分满意，喜怒不形于色不过是他的本性而已。要他说几句赞扬别人的话难于上青天。他最瞧不起的就是那些阿谀奉承的人。

这时，他发现自己处于非常尴尬的境地，要是不说两句好话，就可能失去一件极好的东西。博西尼正是那种可能把图纸一下撕得粉碎，赌气不干的人，像个大孩子。

索姆斯最看不惯大人耍小孩子脾气，但不知怎么就觉得这也许很有意思，因为他自己从未有过这种感觉。最后他吞吞吐吐地说：

"是啊，的确……很有创意。"

其实他内心根本不相信什么创意，也不喜欢"创意"这个词，所以他知道这句话根本不是他的真心话。

博西尼听了似乎很高兴。这种话正是他这种人最爱听的。索姆斯见自己的话说到了点子上，便接着说：

"这块地方挺大的。"

"是的，这样空间、空气、光线都有了，"他听见博西尼低声说，"住在利特尔马斯特设计的那种房子里，你就过不上绅士的生活了。他是给制造商这类人设计的。"

索姆斯做了个不以为然的手势。现在有人把他当绅士，他当然说什么也不愿意与制造商为伍。可是他从来就不相信这种笼而统之的说法，现在也一样。什么条理不条理，什么自尊不自尊，说这些有什么用？他觉得这房子里面可能会很冷。

"艾琳住在这里会冷得吃不消的。"他说。

"噢！"博西尼冷笑道，"你夫人，她怕冷？我有办法，她不会挨冻的。你看！"他指着院子内墙上四个间距相等的标记说："我给你们设计了带铝罩子的热水管道。好的设计才有这种东西。"

索姆斯将信将疑地看着这几道标记，说：

"好是好，可得花好多钱呢？"

博西尼从口袋里掏出一张纸，说：

"这房子本来应当全部用石料，不过我知道你不会同意，所以我退一步，只用石头砌个门面。屋顶本来应当是黄铜的，我也换成了青石板。这样，再加上金工，一共是八千五百镑。"

"八千五？"索姆斯大惊道，"怎么，我不是跟你说过最多不得超过八千吗？"

博西尼冷冷地说："少一分钱也盖不起来。你说吧，行就行，不行拉倒。"

这种事恐怕也只能用这么直截了当的方式向索姆斯提出来。他开始犹豫起来，内心仿佛有一个声音在叫他干脆放弃整个计划，可是这房子设计得实在不错，这一点他是清楚的。整座楼气派十足，可以说近乎完美，连仆人的房间也非常出色。住在这样一栋富有特色、安排得井井有条的房子里，他一定会身价百倍。

博西尼去卧室剃胡须换衣服时，他继续对着图纸反复琢磨。

他们一起步行回蒙彼利埃广场，一路上谁也没有说话，索姆斯则不时斜眼偷看博西尼。

这小土匪看上去还挺神气，他心想，只要他穿得像样一点。

两人进门时，艾琳正弯着腰在修花。

她问要不要让人去公园对面把琼请来。

索姆斯忙说："别叫她，别叫她，我们还有正经事要谈。"

吃午饭时，他表现得可谓热情，不停地劝博西尼尝这尝那。看到博西尼情绪很好，他也非常高兴。下午他让艾琳陪着这位客人，自己则按星期天的老规矩，躲到放画的那间小屋子去了。喝下午茶的时候，他下楼来到客厅，看见他们两个谈得十分投机。

他躲在门口，心里暗暗自喜，觉得这件事苗头很好。她跟博西尼这么合得来，实在太好了！看她这样子，同意盖新楼是不成问题了。

经过在藏画室里一番静思后，索姆斯决定这多出来的五百镑该花就花吧，不过他仍希望经过这一下午，博西尼再次估算造价时，也许会客气一些。他知道只要他肯帮忙，这一点是完全办得到的，肯定有许多办法来降低成本而又不影响效果。

所以，在艾琳给博西尼递上第一杯茶之前，他一直在考虑怎么开这个口。这时，一束阳光穿过百叶窗上的一道缝隙，暖烘烘地照在艾琳的脸颊上，也照亮了她金灿灿的头发和那双温柔多情的眼睛。也许是在这同一束阳光的照耀下，博西尼也显得红光满面，露出受宠若惊的表情。

索姆斯不喜欢阳光，立刻站起来把百叶窗关上。他接过妻子递给他的茶，用冷得连他自己也没想到的口吻问道：

"你就想不出一个只花八千镑的办法吗？一定有许多小地方可以作些调整的嘛！"

博西尼一口把茶喝下，放下杯子说：

"一处也没有。"

索姆斯看出他刚才的建议刺伤了博西尼那份难以让人理解的自尊心。

"好吧，"他板着脸说，"看来只能依你了。"

几分钟后，博西尼起身告辞。索姆斯也站了起来，一直把他送到门外。这位建筑师似乎有点得意忘形。看着他迈着轻快的步子远去后，索姆斯闷闷不乐地回到了客厅里，看见艾琳正在收拾乐谱。在一阵无法控制的好奇心的驱使下，他问道：

"你觉得这个'小土匪'怎么样？"

他低头看着地毯，等她回答。过了一会儿，她终于开口了。

"我不知道。"

"你觉得他长得好看吗？"

艾琳笑了笑，索姆斯觉得这是对他的嘲笑。

"好看，"艾琳回答说，"非常好看。"

第九章　安姑奶奶命归黄泉

九月底的一个早晨，安姑奶奶没能从女仆丝密塞手中接过象征她威严的发卷。匆匆赶到的医生一看她的脸，就宣布福赛特女士已在睡眠中仙逝了。

她的妹妹朱莉和赫斯特两位姑奶奶都极为震惊，她们从未想到人生的结局竟会是这样的。的确，她们可能压根儿没想过这种结局是不可避免的。她们从内心感到，安姐姐一句话也没留下，甚至连挣扎也不挣扎一下，就这样离她们而去，实在不近人情。安可不是这样的人啊！

也许令她们如此惊慌的真正原因，是她们发现福赛特家的人居然也会放弃生命。既然有一个带了头，其他人不都会跟上吗？

她们商量了整整一个小时才决定把这噩耗告诉蒂莫西。要是能不告诉他就好了，哪怕一点一点向他透露也好啊！

她们站在他的房门外，压低着嗓门商量了很久。告诉他之后，她们又不停地窃窃私语,说她们担心时间拖得越长,蒂莫西反而会更加伤心。不过他比她们预料的要坚强一些。当然,卧床几天是免不了了。

她们分手时还在暗暗流泪。

朱莉不堪遭此打击,一直待在卧室里以泪洗面。脸上一棱棱的小鼓包,因伤心过度而鼓得更高了,把她的脸分隔成许多小格子。没有安的日子是不可想象的。她们共同生活了七十三年,中间只被她自己短暂的婚姻打断过几年,而现在这一切是多么难以置信。她每隔一会儿就要到五斗柜前,从装有熏衣草的袋子底下抽出一条干净手帕。一想到她的姐姐如此冰凉地躺在那里,她那颗炽热的心实在无法接受这一事实。

赫斯特坐在关上了百叶窗的客厅里。她是个十分文静,不急不躁的人,是全家最不活跃的一个。她一开始也哭,但不哭出声来,别人也看不出她在哭。保存精力是她的人生第一原则,即使在如此悲伤的时刻也不会忘记。她细长的身子端坐不动,两眼盯着炉膛,闲着的双手搁在黑丝裙的胯前。她也许应当打起精神用这双手去做点事情,可是这有什么用呢?做什么都无法让安起死回生。就别再打扰她了!

下午五点,老乔里昂、詹姆斯和斯威辛三兄弟一起到了。尼古拉斯在雅芧斯,罗杰正痛风发作,不能及时赶来。海曼夫人早些时候一个人来过的,看了安大姐一眼之后就走了,临走时给蒂莫西理撂下了一句话,意思是为什么不早一点通知她。当然这话不能让蒂莫西知道。不过,几个兄弟姐妹都觉得应当早一点告诉他们,仿佛他们已经蒙受了损失。詹姆斯说:

"我早料到了,我跟你们说过她挨不过夏天。"

赫斯特没搭理他。都快十月了,还夏天呢?不过何必跟他去争呢?有些人是很难说话的。

她派人上楼通知她的二姐,说三位兄长都到了。斯摩尔夫人一听,立刻从楼上下来,她刚洗过的脸还有点肿。斯威辛是在俱乐部听到大姐去世的消息后直接赶来的,还没来得及换下身上那条浅蓝色的裤子。朱莉用责备的目光看着斯威辛的裤子，可脸上的表情反而比平时更加喜气洋洋。她这个人总是说错话，做错事，即使在今天这种场合也不例外。

接着五人一齐上楼去瞻仰遗容。在一条雪白的床单下铺了一条加厚的床罩，因为此时的安姐姐比任何时候更需要温暖。由于没放枕头，她的头和背脊处在同一个水平面上。这个姿势依然象征着她一辈子不低头不折腰的性格。她的前额上方扎了一条头巾，两侧齐耳，头巾和床单之间露出了一张跟床单一样雪白的脸，闭着眼睛朝着她的弟妹。这张异常平静，皮肤像羊皮纸一样细腻，而且几乎看不到一丝皱纹的脸，虽然近乎皮包骨头，却比生前任何时候显得更加坚强——四四方方的下巴，高高耸起的颧骨，两侧深陷的太阳穴和笔直的鼻子——俨然是一座一辈子不屈不挠的精神堡垒，尽管最后也不得不屈服于死亡。这张仰面朝天的脸，虽然再也看不见任何东西任何人，却似乎还要重振那种精神，还想重新执掌刚刚失去的对全家的监护权。

斯威辛只看了一眼就出去了，事后他说那张脸令他毛骨悚然。他下楼时，脚步重得连整座房子都在颤动。他抓起帽子，一头钻进自己的马车，也不告诉车夫要去哪里。马车把他拉回家后，他独自坐了一个晚上，一动也没动过。晚饭时他说胃口不好，只吃了一只鹌鹑，喝了一大杯香槟酒。

老乔里昂站在床脚一端，双手握在胸前。房间里这几个人当中只有他还记得他们的母亲过世的情景。现在他看着安，心里想的却是他母亲。安老了，终于离开了人世。这条路是人人都要走的。他目光呆滞，面无表情。

赫斯特站在他身旁，已经不哭了，也许是眼泪早已哭干。不过，她的本性也不会同意她继续消耗精力。她的双手捏来捏去，眼睛不看安，却东张西望，以免再想这件伤心事。

在所有兄弟姐妹当中，詹姆斯是最动情又动容的一个。泪水顺着他瘦削的脸上那两条平行的褶皱滚滚而下。他不知道今后还能找谁去诉苦。朱莉不行，赫斯特更糟。他从未想到安大姐的去世会让他如此伤心，他肯定会难过好几个星期。过了一会儿，赫斯特轻轻离开了，朱莉开始在房间里走来走去，做一些"该做的事情"，还两次撞上了屋里的东西。老乔里昂被她乒乒乓乓的声音从遥远的回忆中唤醒，狠狠地瞪了她一眼，接着也跟了出去。这时，床边只剩下了詹姆斯一人，他偷偷朝四周望了一眼，在确定没人在场能看见他后，弯下瘦长的身子，在死者的额头上轻轻吻了一下。然后，他也匆匆离开了。在门厅里，他碰见了丝密塞，便问她丧事是怎么安排的。看到这姑娘一问三不知，他大为恼火，声称如果他们不当一回事，那非出乱子不可，所以最好赶紧去找索姆斯先生，这种事他最懂。他知道她的主人已经难过到了极点，本身就需要别人照顾，而她的两位女主人则都是废物，一个也不顶用！他相信她们也会病倒的，所以最好还要去请个医生，而且要快。他认为他的安姐姐就是没有请到好的医生，要是请了布兰克医生，她就死不了了。丝密塞如果有什么问题要问，可以随时去公园路找他。当然，出殡那天，他的车也可以拿出来派用场。他问她有没有酒和饼干之类的东西，他还没吃午饭呢！

出殡前的几天比较平静。大家早已知道，安把她的那一点财产留给了蒂莫西，也就没有什么值得激动的事情了。丧事由索姆斯一手操办，一切听他的安排。不久全家每一个男人都收到了这样一份通知：

兹定于十月一日午时在海格特公墓举行安·福赛特女士的葬礼，敬请莅临。车队将于十时四十五分在贝斯沃特街的凉亭集合。谢绝鲜花。

请回复。

那是一个天色灰蒙、秋寒料峭的上午。十时半，第一辆马车到了，里面坐的是詹姆斯和他的女婿达尔蒂。此人仪表堂堂，宽阔结实的胸膛紧紧裹在一件扣得严严实实的礼服大衣里，灰黄略胖的脸上留着两撇黑黑的、两头翘起的小胡子。两腮的胡子显然是下了一番工夫才刮干净的，可还是不顾一切要冒出来，似乎要体现出此人身上某种根深蒂固的品格；这种品格在做投机买卖的人身上尤为明显。

索姆斯作为丧事主持人，忙前忙后招呼大家。蒂莫西仍不能下床，要到葬礼完毕后才起来。朱莉和赫斯特也要等一切结束之后才会从楼上下来。届时，凡是愿意回到这儿来的人，都有一顿午饭可吃。第二个到达的是罗杰，因患痛风，走起路来仍一瘸一拐，不得不由三个儿子小罗杰、尤斯塔斯和托马斯前后搀着。他的另一个儿子乔治从紧随其后的一辆马车中下来，走进门厅后便停下来问索姆斯操办这次丧事有什么油水可捞。

这两个人彼此无甚好感。

接下来到达的是海曼家的那两位——贾尔斯和杰西。他们一声不吭，但衣着讲究，礼服裤子上还特地烫出两条裤线。下一个是老乔里昂独自一人。再下一个是尼古拉斯。他满面红光，尽管十分注意，但举手投足仍显得轻松愉快。他的一个儿子跟在后面，温良恭顺。斯威辛和博西尼同时到达，两人一开始鞠躬让先，可是门一开却又同时进去，到了门厅里再互相致歉。斯威辛整了整挤进来时弄乱了的衣帽，然后慢慢上楼去了。下面陆续到达的是海曼家的另一个人，尼古拉斯两个结了婚的儿子以及特威特曼、斯奔达和瓦里。这三个都是福赛特家和海曼家的女婿。这样人就到齐了，一共二十一位。全家的男人中除蒂莫西和小乔里昂外，都到了。

他们进了一间装饰得红红绿绿的客厅，这鲜艳的色调跟他们今天这身别别扭扭的服装形成了鲜明的对照，于是一个个急着想找把椅子，好把特别刺眼的黑裤子遮挡一下。他们清一色的黑衣服和白手套给人以不诚实的感觉，似有装腔作势之嫌。好几个人看见那个"小土匪"既没戴手套，还穿了一条灰色裤子，表面上很惊讶，实则暗暗羡慕他这副装束。大家低声交谈着，却没有一人在说死者，只是互致问候，仿佛这也是他们今天特地赶来参加的这一活动的内容之一。

过了一会儿，詹姆斯说："行了，我看可以出发了！"

于是他们一个接一个从楼上下来，再严格按预先确定的次序，两人或四人一组登上马车。

灵车以步行的速度开始移动，后面缓缓跟着一辆接一辆的马车。第一辆中坐的是老乔里昂和尼古拉斯；第二辆中坐着斯威辛和詹姆斯这对孪生兄弟；第三辆中是罗杰和儿子小罗杰；索姆斯、小尼古拉斯、乔治和博西尼跟在第四辆中。后面几辆各载三到四名福赛特家的人，共计八辆。再往后是那位医生的车子。然后，相隔一段得体的距离之后便是管家和家仆乘坐的几辆租来的马车。最后一辆空无一人，只是为了凑成一个正好十三辆的车队。

送葬的队伍在贝斯沃特这样的大街上行进时保持着步行的速度，可是一转入较小的街道后，步子便快起来，甚至成了小跑步，而且一直以这个速度前进，只有转到比较热闹的大街上后才再次放慢步子。第一辆马车中老乔里昂和尼古拉斯在谈他们自己的遗嘱。第二辆中的双胞胎兄弟在一次交谈的尝试失败后便不再开口。两人的耳朵都有点重听，要让对方听清自己的话实在太费力气。只有一次由詹姆斯打破了沉寂，他说：

"我得给自己找一块安身之地了，你呢，斯威辛？你安排好了吗？"

斯威辛恶狠狠地瞪了他一眼，回答道：

"别跟我谈这些事！"

第四辆中的几个人不时把头探出窗外，看看已经走了多远，同时断断续续地交谈。乔治说："老人家是该'走'了。"他觉得人最好不要活过七十岁。小尼古拉斯婉转地说这一原则对福赛特家的人似乎不适用。乔治又说他打算六十岁就自杀。小尼古拉斯一边笑一边摸着长长的下巴，说他老子肯定不会同意这个主意，他是六十岁之后才发迹的呀！乔治说那好吧，最多七十岁，那时真该走了，该把钱留给子女了。一直沉默不语的索姆斯这时开了腔。他还没有忘记刚才乔治问他操办丧事有何油水的问题。他稍稍抬起眼皮说，赚不到钱的人随便怎么说都行，他本人则主张能活多久就活多久。此话自然是说给乔治听的，后者手头拮据早已出名。博西尼则坐着发呆，若有所思地喃喃自语道："好，好！"乔治打了个哈欠，谈话就此终止。

到达墓地后，他们先让灵柩抬进小教堂，然后两人一排鱼贯而入。在伦敦这座大都市里，在这个生活多姿多彩，各种职业、喜好和任务不计其数，人与人之间冷酷无情，个个只顾自己的世界上；这样一支由一个个与死者有血缘关系的人组成的送葬队伍，确实蔚为壮观，叹为观止！

这次全家出动，就是要超越这一切，要展示一种坚不可摧的团结，要大张旗鼓地表明他们家族这棵大树之所以欣欣向荣，枝叶繁茂，生机盎然，而且在应该长成参天大树的时候果然长得又高又大，靠的就是那条财产至上的法则。今天这位长眠于此的老妇人要把大家召集起来作此宣示，就是为了发扬光大她毕生秉持的那种精神。这是她最后一次号召全家团结起来，只有团结才有力量。这也是她最后的胜利，因为她离开人世的时候，这棵大树依然完好无损。

这样也好，免得她看到有些树枝长得出格，使这棵大树失去平衡。当然，她也无法知道将来都要随她而去的这些人的心思，不过在她身上起过作用的那条自然规律曾把她从一个高挑挺拔的少女变成一个成熟坚强的女人，又从一个成熟的女人变成一个古怪、孱弱的老太婆，甚至还因为与外界的接触日渐减少，变成了一个个性越来越乖戾的老巫婆。这条规律也会在，而且已经在一直受到她慈母般庇护的这个家庭身上发生作用。

她目睹了这个家从小到大，由弱变强的成长过程，但是就在她希望有时间和精力继续看下去的时候，她死了。要是还活着，她一定会看下去的，而且说不定凭她这双老手和颤抖的吻还能让这个家继续保持年轻旺盛，哪怕稍长一点也好。可惜啊！就连安姑奶奶也无法抗拒这自然规律。

常言道"盛极必衰"。这是自然界最具讽刺意味的一条规律。果真如此,那么福赛特家这次聚会便是分崩离析前的最后一次浩浩荡荡的集体大亮相。他们排成两行,有的脸朝左,有的脸朝右,但大多数的人都脸朝下,而且面无表情,各想心事。偶尔有人抬起头来,也是双眉紧蹙,仿佛在教堂的墙壁上发现了什么触目惊心的东西,或者听到了令他们胆战心惊的声音。他们以同一种声调,以这一家人特有的含糊不清的口齿轻轻地齐声祷告,听起来阴森可怕,仿佛只有一个人在敷衍了事地跟诵。

教堂里的仪式结束后,送葬者便列队护送灵柩至墓地。墓穴已经打开,几个身着黑衣的人等在边上。

在这块高高的墓地下长眠着数以千计的上层中产阶级的亡灵。福赛特一家站在这里,居高临下,眺望着一直延伸到伦敦的一片墓冢。这是一个阴天,这一家人在悼念自己母亲和监护人般的长辈;伦敦似乎也跟他们一起,悼念着自己死去的女儿。灰蒙蒙的天空中,无数的尖塔和屋顶隐约可见,犹如一群膜拜者匍匐在这个福赛特家最老的长者的墓前。

简短的悼词念完后,又撒了一把黄土,灵柩便稳稳放入墓穴。从此安姑奶奶将长眠于此。

兄弟五人,作为死者身后事务的托管人,低垂着白头,站在墓穴四周。他们要确保安姐姐走得顺利,去得舒服。当然她那一小笔财产是带不走了。除此之外,一切该做的都必须做到。

接着他们各自退后一步,戴上帽子,转身去看家族墓穴的大理石墓碑上新刻的碑文:

深切怀念

前亡人乔里昂与安·福赛特之女

安·福赛特

卒于1886年9月27日,享年八十七岁零四天也许不久之后又有人的名字将出现在这块墓碑上。这个念头既荒诞又可怕，因为他们似乎从未想到福赛特家的人也会有死的一天。于是他们一个个急于离开这个让他们痛苦的地方，赶快结束这一让他们想起最不愿意想的事情的仪式，赶紧去各做各事，好把这一切忘得一干二净。

这是一个寒冷的日子。凛冽的寒风像一把钝刀不紧不慢地刮过坟头，吹上山来，吹得他们浑身冰凉。他们开始三三两两地离开，迫不及待地钻进等候着的马车。

斯威辛说他要去蒂莫西家吃午饭，并愿意带上个把人。可是他的马车不大，搭他的车实在不是什么值得庆幸的享受，自然不会有人愿意。于是他一个人走了。詹姆斯和罗杰紧随其后，他们也要去吃饭。剩下的人渐渐散开，老乔里昂带上三个侄子，正好坐满一车。这个时候他需要年轻人陪陪他。

索姆斯还有些事要到公墓管理处去办理，带着博西尼一起走了。他有许多话要跟博西尼说。事情办完后，两人步行到汉普斯特德，在一间叫"西班牙人酒屋"的餐馆用了午餐。他们边吃边谈，聊了很久，说了许多关于建房的具体细节。饭后，他们一起乘有轨车回家，一直坐到大理石拱门才分手，因为博西尼要到斯坦厄普门去看琼。

索姆斯到家后心情特别轻松，吃晚饭时，他告诉艾琳他跟博西尼谈得十分投机，觉得这个人很有头脑，还说他们一起走了一大段路，这对他的肝脏大有裨益，因为他已经很久没有运动了。总之，这一天他过得非常开心，要不是安姑姑刚死，他一定会带她去看戏，可现在只好在家里凑合过一晚上了。

过了一会儿，他突然说："那个'小土匪'不止一次问起你。"说完，他站了起来，在一种莫名奇妙的冲动的支配下，在妻子的肩上轻轻一吻，表明他才是绝对的占有者。

第二篇

第一章　新建别墅的进展

这一年的冬天不冷，生意上的事也不忙。正如索姆斯在下决心建房前所想的那样，这的确是大兴土木的大好时机。因此，不到四月底，罗宾山那栋房子的框架就基本上搭好了。

现在，看到自己花出去的银子有了眉目，他心里自然高兴，所以一周要上那儿去一次、两次甚至三次，常常一连几个小时在瓦砾堆里转来转去，但无论是轻轻穿过尚未砌好的门洞，还是绕着中间那个院子的柱子转几个圈子，他都小心翼翼，生怕弄脏自己的衣服。有时他会在这些东西面前站上好几分钟，就像在仔细检查所用材料的质量是否真正合格。

四月三十日这一天，是他跟博西尼约好一起核对账目的日子。就在说好的时间前五分钟，他走进了博西尼在那棵老橡树旁边临时搭起的帐篷。

账本早已摊在一张折叠桌上。索姆斯点了点头便坐下来查账，过了好一会儿才抬起头来。

"我看不明白，"他终于说，"怎么超支了近七百镑！"

他朝博西尼脸上扫了一眼，紧接着说：

"对那帮工匠你只要态度坚决一点，就能把价钱压下来。跟这些人打交道，稍不留神，就会被他们牵着鼻子走。照我说，七七八八加起来，打个九折吧。超出百把来镑我无所谓。"

博西尼摇了摇头说：

"能省的我都省了。"

索姆斯一气之下把桌子用力一推,桌上的账目表纷纷落到地上。他激动地说:

"果真如此,那么我只能说这件事你办得太糟了!"

博西尼也不相让,回敬道:"我跟你说过多少回了,总会有些额外开支嘛。我一直这么说的!"

"这我知道,"索姆斯怒气冲冲地说,"偶尔超出十来镑我不反对。可我怎么知道你所谓的'额外开支'竟高达七百镑?"

这一不小的分歧跟他们两人的性格不无关系。博西尼是个十分敬业的人,不会随便放弃自己的主见,而且一定要让自己亲手设计的,并且坚信一定是一流的房子光彩照人,所以他一直担心索姆斯会半途而废,或者硬要他用一些只能凑合的代用品。可是对索姆斯而言,尽管他也一心想用金钱所能买到的最好的材料,但他决不相信价值十三先令的东西花十二先令就买不下来。

博西尼突然说:"我真不该给你造这幢房子。瞧,你现在就来找我的麻烦了,弄得我心烦意乱。你是想把一分钱掰成两半用吧。现在你有了本县最大的房子,你却不认账了。如果你真的急着要撒手,我敢说我有办法补上那个缺口,不过我死也不会再给你做任何事情了。"

索姆斯恢复了平静。他知道博西尼拿不出那笔钱,所以觉得他这番话近乎荒唐。当然,他也承认博西尼是在想方设法给这座房子锦上添花,在这关键时刻,如果他不同意的话,那么他渴望已久的房子就完全可能遥遥无期地拖下去。此外,他还必须考虑艾琳。近来她十分反常。他甚至相信她之所以不反对盖这座别墅,完全是因为她对博西尼产生了好感。跟她公开闹翻可不是闹着玩的啊!于是他说:

"你也用不着发那么大的火。我认了,你还有什么好大吵大嚷的呢?我刚才的意思不过是你说要花这么多的钱,我总可以——总可以问问,做到心中有数吧!"

"老实跟你说吧。"博西尼说。索姆斯看到他精明锐利的目光,心里很反感，也有些吃惊。"我给你做的这件事，实在是便宜得不能再便宜了。按我在这上面所花的精力和时间来算，利特尔马斯特或者随便哪个蠢货都会收你四倍的钱。你不就是想花四等的钱请一流的人吗？现在你已经做到了。"

索姆斯看他说的是实话，虽然不太高兴，但他知道继续顶下去的后果是显而易见的——他的房子会搁浅，他的妻子会跟他闹别扭，他自己也会成为笑柄。

他阴沉着脸说："我们一起过一遍吧，看看这钱是怎么花的。"

"行，"博西尼说，"不过，对不起，我们得快一点。我还要赶回去带琼去看戏呢。"

索姆斯偷眼看了他一下，说："上我们家去接她，是吗？"哼，这个家伙现在老往他家跑！

前一天夜里下了一场春雨，大地散发着新枝嫩叶和野草的芳香。老橡树的叶子和金黄色的苞蕾在和煦的春风中飘曳，阳光下几只黑鹂在纵情歌唱。

如此明媚的春日令人心旷神怡，不由得产生一种莫名的渴望和痛苦又甜蜜的感觉，让人只想停下步子去观赏花草，或张开双臂去拥抱一切。大地透过一冬裹在她身上的寒装，慢慢释放出醉人的温暖。这是她温馨深情的召唤，邀请人们投入她的怀抱，在她的身上打滚，去亲吻她的胸脯。

正是在这样一个美好的春日里，索姆斯从艾琳口中得到了他苦苦想得到的允诺。当时他坐在一段倒下的树干上，已无数次向她保证如果他们婚后生活不美满，她可以随时离开，就当不曾嫁给他一样。

"你肯发誓吗？"她曾这样问他。就在几天前，她又跟他提起此事，可他坚持说："胡说，我不可能发这种誓！"但不幸的是他现在偏偏记起来了，他确实发过。唉，男人为了女人是什么傻话都说得出来的。为了得到她，他任何时候都愿意发这样的誓，现在就愿意，只要她能让他碰碰她。可是谁也别想碰她一下,她是个冷酷的女人!

于是,他向她求婚的情景在这清新宜人的春风中又一幕一幕出现在他的眼前。

那是一八八一年的春天,他在老同学和老客户乔治·利弗塞奇家做客。这位朋友家住布兰科索姆[①],打算在伯恩茅斯[②]附近开发一片松树林,想请索姆斯帮他成立一个公司来落实这一计划。利弗塞奇夫人做事得体,特地安排了一场音乐茶会来招待索姆斯。索姆斯对音乐毫无兴趣,觉得这次活动十分无聊,但在接近尾声时,他注意到了一位身着孝服、独自站着的少女。透过她纤薄又贴身的黑衣裙,她那高挑但尚不丰满的身材依稀可见。戴着黑手套的双手交叉着搁在身前。她双唇微启,一双乌黑的大眼睛不停地在客人脸上游移。她的鬈发一直垂到颈根,像一个个闪亮的金属圈在黑色的衣领上方熠熠发光。索姆斯站在那里看着她。这时,大多数男人在某些时候都会产生的一种感觉传遍了他的全身。这是一种很奇特的感官上的满足,一种确定无误的自信。这就是小说家和老太太们所说的一见钟情。他一面偷眼看着她,一面向女主人走去,一直耐心地等到音乐停止后才问:

"那个黄头发,黑眼睛的姑娘是谁?"

"她呀,她叫艾琳·赫伦。她的父亲赫伦教授今年刚过世,现在跟继母住在一起。是个好姑娘,挺漂亮,但没什么钱。"

"请给我介绍一下吧。"索姆斯说。

他找不出多少话来说,而且发现她对他少得可怜的那几句话也没有多少反应。不过他离开的时候就下定决心还要和她见面。后来他碰巧在码头上遇见了她和她的继母。这位继母有一个习惯,每天中午十二点到下午一点要在码头上散步。索姆斯很高兴结识这位女士,而且很快就

---

① 英格兰南部多塞特郡一小镇。
② 英格兰南部多塞特郡一海滨城市,有著名的海滩和丰富的旅游资源。

看出她正是他要找的好帮手。他对别人家的经济状况有着十分敏锐的嗅觉,很快便了解到艾琳除了自己带过去的每年五十英镑的津贴外,还要花她继母的钱。他还了解到风韵犹存的赫伦夫人有心再择夫婿,只是这个日渐成熟,且越长越漂亮的继女成了她实现这一心愿的障碍。于是索姆斯开始默默盘算如何下手。

他不露声色地离开了伯恩茅斯,但一个月后就回来了。这一次他没有去找女儿,而是先去看她的继母。他说他已经想好了,不管时间多长,他都愿意等。后来他确实等了很久,看着艾琳渐渐出落得亭亭玉立,看着她少女的身材变得更加丰满多姿,看着青春的活力把她的眼睛点燃得更加明亮,使她脸上更加容光焕发。他每次来看她都要向她求婚,每次走的时候却总是垂头丧气地把她的拒绝带回伦敦。不过他并不气馁,也不吭声,只是反复琢磨她不肯答应的真正原因。只有一次他似乎找到了一点眉目。那是在一次露天集体舞会上,也是那些生活在海边的人唯一能纵情作乐的时刻。那天他们一起坐在一扇飘窗的窗台上,华尔兹舞曲的节拍撩拨得他心神不定。她轻轻摇着一把扇子,从半遮着她的脸的扇面上方看了他一眼。他顿时六神无主,忘乎所以,一把抓住她摇扇的手腕,在她的玉臂上亲吻了一下。她吓得战栗了一跳,同时向他投去极其厌恶的目光。这一情景他至今都不会忘记。

但就在此事一年之后,她忽然屈服了。是什么原因使她改变了主意,他永远也无法知道。赫伦夫人又是颇有外交手腕的女人,从她嘴里是什么也打听不到的。他们结婚之后有一次他问她:"你为什么一再拒绝我的求婚呢?"她的回答是莫名其妙的沉默。对索姆斯来说,从认识她的头一天起,她就是一个谜,到现在还是一个谜。

博西尼已站在门口等他。那张粗糙,但不算难看的脸显得异常兴奋和急切,仿佛他也在春天的天空中看到了幸福的预兆,从春天的气息中嗅到了即将到来的喜悦。索姆斯见他等在那儿,心想这家伙怎么啦?

什么事让他这么开心？瞧他乐得眉开眼笑的样子！他在等什么呢？索姆斯实在想不出他站在这鲜花飘香的春风里到底在等什么。这个让他一见就感到不舒服的人又一次使他百思不解。他赶紧朝那座在建的房子走去。

他听见博西尼对他说："瓷砖的颜色必须是宝石红的，但要稍稍带点灰色，这样才有透明感。我很想听听艾琳的意见。我已经给院子的大门定做了几块紫色的皮门帘。如果再把客厅的墙纸涂成乳白色，看上去就会有一种如入幻境的感觉。我要让我的装饰产生我所说的魅力。"

索姆斯问道："你是说我的妻子有魅力？"

博西尼没有理会这个问题，继续说：

"院子中央还应该有一簇鸢尾花。"

索姆斯不屑地笑了笑。

"改天我上比奇花圃去瞧瞧，"他说，"看看什么花合适。"

两人一时找不到别的话可说，但在前往车站的路上，索姆斯问道：

"你大概觉得艾琳很有艺术眼光，是吧？"

"是的。"这硬邦邦的回答分明是在顶撞他，等于在说"你想聊你的妻子，那就找别人去聊吧"。

索姆斯生了一下午的闷气，此时更是怒火中烧了。

两人没再开口。快到车站时，索姆斯才问：

"你估计什么时候能完工？"

"六月底吧，如果你愿意把内部装修也包给我的话。"

索姆斯点了点头说："不过你一定知道我在这房子上花的钱已经远远超出了我原来的估算。我完全可以对你说我不想要了，只是我这个人对认定要做的事没有半途而废的习惯。"

博西尼没有接他的话茬。索姆斯瞟了他一眼，对他恨之入骨。尽管他善于装腔作势，常常摆出一副目空一切又不苟言笑的样子，但此时他那绷紧的双唇和四四方方的下巴使他看上去和斗牛犬①没有什么两样。

晚上七点钟,琼到达蒙彼利埃广场六十二号后,女佣比尔森告诉她博西尼先生已在客厅,太太正在楼上换装,马上就下来。她会上去告诉她琼小姐到了。

琼立刻拦住她。

"不用了,比尔森,"她说,"我自己进去就行了,别催索姆斯太太。"

说完她脱下披风,比尔森也心领神会,连客厅门也没给她开,就急忙下楼去了。

橡木柜子上方挂着一面老式的、镶着银框的小镜子。琼站在镜子前照了一会儿,镜子里面是一个个子虽小但非常好强的少女,长了一张坚定的小脸,穿着一条月圆形领口的白裙子,细细的脖子吃力地顶着一头火红的鬈发。

她轻轻推开客厅的门,想给博西尼一个惊喜。客厅里弥漫着盛开的杜鹃花的芳香。

她深深吸了一口,同时听到博西尼说话的声音,但不是在屋里,而是在附近。

"我还有许多话要说,可惜现在没有时间了。"

"吃晚饭的时候不也可以说吗?"这是艾琳在说话。

"那怎么好说呢……"

琼的第一反应是赶紧走开,但她没有这样做。相反,她穿过客厅,朝着通往小院子的落地窗走去。杜鹃花的香味正从开着的窗口飘进来。她看到两个人背朝着她,正低着头在粉红色的花丛中交谈,他们正是她的未婚夫和艾琳。

琼憋住了呼吸,满脸通红,怒目而视,一点不觉得偷听是不光彩

---

① 一种主要在英国培育的结实凶猛的狗,头大腿短,下巴突出,相貌奇丑。

的事。

"星期天你一个人来，我们一起把房子前前后后看一遍……"

琼看见艾琳隔着一排花，抬头望了博西尼一眼。这倒不是那种打情骂俏的眉来眼去，但这目光在琼看来更为可怕，因为女人生怕自己的目光暴露得太多时就是这么看人的。

"我已经答应跟别人去兜风了，跟斯……"

"跟那个大块头？那就让他送你去好了，才十英里。正好让他的马跑跑。"

"行，那就只好劳斯威辛叔叔的驾了。"

一阵杜鹃花香向琼袭来，她感到头晕恶心。

"来，你一定得来。"

"为什么？"

"我一定要你上那儿去一趟，我觉得你一定愿意帮我……"

"是的，我愿意。"琼听到花丛中传来的这一回答又轻柔又温存，还有些颤抖。

她一步跨到窗户中间，大声说："这儿闷死了！这香味我受不了。"

她愤怒的目光毫不掩饰地在两人脸上扫来扫去。

"你们是在谈那栋房子的事吧？我也没见过呢，星期天咱们一块儿去看看，怎么样？"

艾琳的脸一下变得煞白。

"我已经约好跟斯威辛叔叔去兜风了。"她说。

"斯威辛叔公？那有什么关系？何必管他呢？"

"我没有违约的习惯。"

这时有脚步声传来，琼发现索姆斯站在她背后。

"好了，"艾琳尴尬地笑着朝大家看了一下，说，"准备吃饭的各位，饭已经准备好了！"

第二章　琼的伤心之夜

晚餐在沉默中开始。两位女士对面而坐，两位男士也一样。

大家静悄悄地喝完了汤，这汤的味道极好，只是稍浓了一点。汤喝完后要上鱼。大家还是默不作声，等着把鱼送上来。

博西尼第一个开了腔，嗫嚅地说："今天像是第一个春日。"

艾琳轻轻附和说："是的，第一个春日。"

"什么春日！"琼说，"连一点儿风也没有？"没人搭腔。

鱼撤了下来。那是一条产自多佛①的新鲜鳎鱼。比尔森回来时，手里拿了一瓶香槟酒，瓶颈一圈全是白沫。

索姆斯说："这酒你们会觉得苦了点。"

接下来上的是炸仔鸡，每一条鸡腿都裹着粉红色的纸卷②。琼没要，也不说话。索姆斯见了，对她说："琼，还是吃一块吧，下面没别的了。"

琼还是没要，盘子就被端走了。过了一会儿，艾琳问道："菲尔，你听过我的画眉鸟唱歌吗？"

"可以说听过吧，"博西尼回答道，"它会唱打猎歌。我来的时候，在大门外广场上就听见了。"

"这鸟真可爱。"

"要上色拉吗，老爷？"比尔森问完后就把炸仔鸡撤了下去。

---

① 英格兰东南部肯特郡的港口城市，有轮渡与海底隧道与法国的加莱港相连。
② 西菜上菜时套在鸡腿或排骨骨头上的一种装饰。

索姆斯说:"这芦笋糟透了。来,博西尼,吃甜点时喝杯雪莉酒,怎么样?琼,你怎么滴酒未沾啊?"

琼说:"您知道我从不喝酒。酒最难喝了。"

放在银盘上的一个苹果布丁托了上来。艾琳笑着说:"今年的杜鹃花开得真好!"

博西尼听了轻轻说:"好看极了,特别香!"

琼马上说:"你怎么会喜欢这种味道?比尔森,给我糖。"

糖拿来了。索姆斯说:"这布丁不错。"

吃过布丁,大家再次陷入长时间的沉默。过了一会儿,艾琳招招手说:"比尔森,把杜鹃花搬出去吧,琼小姐受不了这味道。"

"别搬!就搁在那儿!"琼说。

这一次送上来的是放在小碟子里法国橄榄和俄国鱼子酱。索姆斯说:"为什么吃不到西班牙的橄榄子?"可是没人接他的茬儿。

橄榄又撤下了。琼举起杯子说:"请给我倒点儿水。"水应声拿来了,又给她倒上了。

又一只银盘端了上来,里面盛的是德国李子。接着又是长时间的沉默,谁也不说话,只顾吃李子。

博西尼一边数着李子核儿,一边说:"今年——明年——总有一天——"

数到最后一个时,艾琳轻轻说:"不会有这一天!"接着又说:"刚才那日落多好看,现在天上还映着一片红霞呢,太美了!"

博西尼说:"尤其是在夜幕降临的时候。"

他们互相对视了一下。琼大不以为然地说:"伦敦的日落,没啥好看的。"

装在银盒子里的埃及香烟又送了上来。索姆斯取了一支,问道:"你们的戏几点开始?"

没人回答他。接下来的是盛在釉瓷杯里的土耳其咖啡。

艾琳微笑着说:"要是……"

"要是什么?"琼问道。

"要是一年四季都是春天该多好!"

接下来的是白兰地,是色泽清澈的陈年老酒。

索姆斯对博西尼说:"来,喝点白兰地。"

博西尼喝了一杯,大家开始站起身来。

"要车吗?"索姆斯问。

"不要,"琼说,"比尔森,请把我的披风拿来。"

披风拿来了。

艾琳靠在窗口低声说:"瞧,满天星斗,夜色多美!"

索姆斯对正要离开的客人说:"那就祝二位快乐今宵!"

琼已走到门口,说:"谢谢!菲尔,走吧。"

博西尼大声说:"我来了。"

索姆斯带着讥讽的微笑,说:"祝你们好运!"

艾琳站在门口目送二人。

博西尼回头说:"晚安!"

"晚安!"她轻轻回了一句。

琼说她想透透气,要她的未婚夫扶她坐到公共马车的顶上;然后她一直迎风而坐,一言不发。

车夫回过一两次头,想说点什么,但看到这两位乘客都气呼呼的,想想还是少说为妙。原来车夫也被这浓浓的春意所感染,亟待抒发胸臆,见没人可说话,便一咂嘴,一扬鞭,催马向前。那几匹可怜的马儿似乎也嗅到了春天的气息,轻快地在路上飞奔,足足有半小时之久。

城里非常热闹,刚长出嫩叶的树枝高高向上翘起,等待着春风赐予更多的生机。刚刚点亮的路灯慢慢盖过了日辉。灯光下,行人的脸色显得苍白。往上看,深紫色的天空中,大朵白云轻快飘过。

身穿礼服的男士敞着长大衣,迈着轻快的步子走上俱乐部的台阶,靠做工吃饭的则在马路上徘徊游荡。那些女人,那些此刻尚未有人光顾的女人,一个个往东走去。她们慢悠悠地摇来摆去,步态中流露出期待的心情。她们盼望得到一杯美酒或一顿饱饭,运气好的话,说不定还能得到真正的爱情之吻。

街上的人不计其数,他们在灯光和浮云漂移的天空下各奔东西,但无一不被这春意撩拨得躁动不安,也无一不像那些敞着大衣上俱乐部去的绅士那样,一时抛开了地位、信念和习俗的束缚,歪戴着帽子,时快时慢地走在路上,时而欢笑,时而沉默,表明普天之下的芸芸众生本是一家。

博西尼和琼默默进了剧场,来到楼上的包厢。演出刚开始,场内半明半暗,一排排面向一个方向的观众,活像一座大花园里一齐面朝太阳的花朵。

琼还从来没有在楼上的包厢中看过戏。从十五岁起,她就经常陪着爷爷坐在正厅的前排看戏,而且不是一般的前排,而是第三排靠中间那几个最好的位子。老乔里昂总是在演出前好几天,就在从金融区回家的路上,在格罗根和博依恩那里把票买好,把它们跟雪茄烟盒和羊皮手套一起放在大衣口袋里,到家后再交给琼保管,直到演出的那个晚上。于是人们总会看到正厅的前排坐着两个人,一个腰杆笔直、一头银丝的老人和一个聚精会神、一头金发的女孩。这两个人不管什么戏,都要从头看到尾。回家途中,老乔里昂总要对男主角发表一通评论:"那个男的,简直太差了。你没看过小鲍勃森的戏,真可惜!"

琼本来怀着极其兴奋和迫不及待的心情等待着这一晚的到来。这是一次偷偷安排、没有监护人陪伴的行动。斯坦厄普门那边的人是做梦也想不到的,肯定以为她上索姆斯家去了。她要了这一小小花招,完全是为了她的心上人,满以为他一定会领情。她指望今晚这一安排能驱散他们之间冰冷的浓雾,把近来变得别别扭扭、折磨人心的关系恢复到冬天前那样阳光灿烂,那样坦诚相见。她本想跟他真诚表白,可现在,她双手紧紧握在胯前,皱着眉头,望着舞台,却视而不见。嫉妒和猜疑像无数小虫叮咬着她。

博西尼就算看出了琼的心情,也没有作任何表示。

帷幕落下,第一幕结束了。

"里面热死了,"琼说,"我想到外面走走。"

她面无血色,尽管心烦意乱,却依然警觉,立刻看出博西尼局促不安和十分愧疚的样子。

剧场背后有一个露天平台,下面就是街道。琼上了平台,靠在那儿,一言不发,等着博西尼开口。

最后她实在按捺不住了,说:

"菲尔,我有话跟你说。"

"是吗?"

他这种装糊涂的口气一下激怒了琼,气得她满脸通红,脱口便说:"你不给我跟你亲近的机会,已经好久没有了!"

博西尼望着下面的街道,就是不开口。

琼激动地大声说:"你知道我愿意为你付出一切,也要成为你的一切……"

一阵刺耳的铃声划破了街上传来的嘈杂声。第二幕就要开演了。琼站着不动,内心正在进行一场激烈的思想斗争——是等到有了真凭实据之后再说呢,还是现在就发起进攻,击退正在使他疏远自己的那股诱惑力和吸引力?她的性格决定了她一定会选择进攻。于是她说:"菲尔,礼拜天带我去看看那栋房子。"

她双唇微微颤动,强扮微笑,一面竭力装着不在看他,一面却注意观察他的脸色。她发现他动摇和犹豫了一下,双眉之间出现了一道表明他有难言之隐的皱纹,脸也一下红了起来。他说:"礼拜天不行,亲爱的,咱们改天吧!"

"礼拜天为什么不行?我不会妨碍你的。"

他努力克制着自己,说:"我有事。"

"你是要带……"

他生气地望着琼,耸了耸肩膀,说:"事先约好的,没法带你去看房子了。"

琼使劲咬着嘴唇,直到出现一道血印。默默回到座位上后,她再也无法控制自己,愤怒的泪水沿着脸颊滚滚而下。还好,在这关键时刻,剧场里暗了下来,没人看见她狼狈的样子。

然而,在这个到处都有福赛特家人的世界上,谁也不要以为自己能逃过他们的眼睛。

就在后面的第三排,坐着尼古拉斯的小女儿尤菲米娅和她已出嫁的姐姐特威特曼夫人。这一切被她们看个正着。

消息很快便传到了蒂莫西家里。

"在正厅前排吗?""不,不是那儿……""哦,那肯定在楼厅里。现在的年轻人都喜欢在那儿看戏,算是一种时尚!"

呃,也不是在那儿,而是在……算了,反正这门亲事看来长不了啦。她们从未见过有谁像"小不点儿"琼那天那样气急败坏。她们绘声绘色地描述了琼怎样在演出中途回到座位上的时候,一脚踢翻了一位绅士的帽子,还有那位绅士当时的表情,笑得她们眼泪都流了出来。尤菲米娅的笑声很特别,笑的时候没有一点声音,但最后总要出人意料地发出几声尖叫。斯摩尔夫人举起双手说:"天啊,真的踢翻了一顶帽子吗?"这时,尤菲米娅又一连尖叫了好几声,不得不用嗅盐将她平复下来。临走的时候她还在对特威特曼夫人说:"踢翻了人家的帽子,哎呀,真把我笑死了!"

可是对那个"小不点儿"琼来说,这一晚本该是她的开心之夜,结果却成了她最伤心的一晚。谁都无法想象她得花多大的力气来压下自己的自尊心、猜疑和嫉妒。

在老乔里昂家大门口和博西尼分手时,她还能挺住。必须让未婚夫回心转意这一决心一直支撑着她,直到博西尼的脚步声渐渐远去时,她才意识到自己有多么痛苦,多么可怜。

永远悄无声息的"桑基"给她开了门。要不是看见老乔里昂站在餐厅门口等她,她早就上楼钻到自己的房间里去了。

"过来把牛奶喝了,"他说,"一直给你热着的。你回来得太晚了。上哪儿去了?"

琼站在壁炉前,一只脚踏在炉围上,一只手臂搁在炉台上,就像她爷爷那天晚上听完歌剧回来后的姿势一模一样。她快要坚持不住了,顾不得去想怎样回答她的爷爷,就说:

"我们在索姆斯家吃晚饭。"

"哼,跟那个大房产主,是吗?他妻子也在?还有博西尼吧?"

"是的,都在。"

老乔里昂紧紧盯住琼,那目光能洞察一切,谁也别想瞒过他,可是琼没在看他。当她转过脸时,老乔里昂立刻把视线移开。他看到的已经够明白了,甚至太多了。他弯下腰把牛奶从炉子上拿起来递给她,转身走开时低声埋怨道:"你不该这么晚回来,这样对你不好。"

老乔里昂把手中的报纸挡住自己的脸。翻报时,他故意弄得哗哗响。当琼走过去吻他时,他用颤抖的声音说:"晚安,好宝贝。"琼没有想到他会这样,差点儿哭了出来。她急忙离开,回到自己房里,一直哭到深夜。

门关上后,焦虑不安的老乔里昂放下手中的报纸,久久凝视着前方。

"这个臭小子!"他心想,"我早料到琼要跟他闹别扭的。"但他觉得无法控制,更无法阻止事态的发展,只有一连串的疑问和猜测向他涌来,让他更加难熬。

这家伙会不会抛弃琼?他真想去当面问问他:"嘿,你听好了,我的好先生!你是不是想甩掉我的小孙女?"可是他能这样做吗?他虽然不很清楚到底发生了什么,但凭他那份精明,他不会看错,可以十拿九稳地说这件事有点儿蹊跷。他怀疑这是博西尼往蒙彼利埃广场走得太勤的缘故。

他心想:"这家伙倒不一定是坏人,长相也还算可以,但是个怪物。我不知道说他什么好,这辈子也不会知道。别人跟我说他干起活来不要命似的,可我也没见他干出什么名堂来。这个人不踏实,做事也没有条理。在我这儿时,总是闷闷不乐地坐着,像个呆子。问他喝什么酒,他就说:'谢谢,随便。'请他抽雪茄的话,他会把它当一钱不值的德国雪茄来抽。我从未见他像像样样看过琼一眼,不过他倒的确不是看中琼的钱。琼只要有一点分手的意思,他明天就会拂袖而去。但是琼不会这样做,绝对不会的!她一定会缠着他,这孩子顽固得要命,说什么也不会放弃的。"

他长叹一声,再次翻开报纸,希望能在这里找到一点安慰。

楼上卧室里,琼坐在窗口。春风一路吹过公园,吹进了她的房间,吹凉了她的脸,却烧灼着她的心。

第三章　斯威辛驱车兜风

一所著名老校的歌集里有这样一首歌,其中两句唱道:

蓝衣金扣闪闪亮,
开心小鸟欢声唱……

斯威辛当然没有真的像小鸟一样欢声歌唱,不过那天当他跨出海德公园公寓的大门,看着他的马牵到门口的时候,他确实乐得想哼上一曲小调。

　　这是六月的一个下午，风和日煦。恰如歌中所唱的那样，斯威辛也穿了一件蓝色的齐膝礼服，但没穿外套，因为他已经派仆人阿道夫下去看过三次，确定今天刮的绝对不是东边吹来的寒风。他扣紧了扣子的礼服裹在他仪表堂堂的身上，即便扣子没有像歌中唱的那样闪闪发光，也就不计较了。他威风凛凛地站在门口的人行道上，一边戴上一副狗皮手套。但他头上那顶宛如一口大钟的大礼帽，还有他那五大三粗的身材却让他显得土头土脑，一点没有福赛特家人的气派。阿道夫在他浓密的白头发上抹了一点润发油，散发着愈伤草①和雪茄烟的气味。斯威辛最喜欢这种味道的雪茄，一百支要卖到一百四十先令呢，可是老乔里昂不买他的账，曾毫不客气地说过，这种雪茄送给他，他都不会抽。只有马才会喜欢！……

　　"阿道夫！"

　　"在，老爷！"

　　"把新的格子呢毯子铺上。"

　　这个蠢货，真是一辈子也教不会！要知道索姆斯夫人是很识货的。

　　"把车篷放下来，今天我要带一位女士去兜风！"

　　漂亮的女人都喜欢炫耀一下身上的衣着，何况他今天带着去兜风的是一位有品位的女士。该是他重展昔日风采的时候了！

　　他已经好久没有驾车带女士去兜风了。上一次带的好像是朱莉。那个可怜的老东西自始至终紧张得像只受惊的小猫，弄得他非常扫兴，所以把她送到贝斯沃特街让她下车时，他说："我死也不会再请你坐我的车了！"果然，他没再邀请过她。他一点也不傻。

　　他走到马头跟前，装模作样地去检查起它们的嚼子。其实他根本就不懂，也不会。他每年花六十英镑雇了个车夫，难道还要他去干车夫的

---

① 产于南欧和西亚的一种药草，经提炼可制成治疗伤痛的外用药。

分内事？这是他无论如何也不会干的！不过，他喜欢马这一点还确实小有名气。这主要是因为在一次德比赛马会①上，他上了几个骗子的当，还让他们赖账跑了。另外，他俱乐部里也有人看见他赶着几匹灰马直奔俱乐部门口而来，于是就管他叫"四套马车福赛特"。他从来都用灰马，因为有人说过花同样的钱，灰马更有气派。"四套马车"这个绰号是他从老乔里昂已故的合伙人尼古拉斯·特雷弗里那里听来的。那个家伙是个赶车高手，因车祸频频，全国数一数二而远近闻名。现在斯威辛听到别人也这么称呼自己，觉得应当名副其实。他喜欢这个称呼，倒不是因为他真的赶过四套马车，或者可能有这种机会，而是因为这个称呼听起来很响亮。"四套马车福赛特"！嘿嘿，真不赖！可惜他生不逢时，过早来到了人世间，没有机会从事最适合他的职业。要是晚生二十年，他没准能成为伦敦城里一位出类拔萃的股票经纪人呢。遗憾的是在他必须择业的那个年代里，这一行尚未成为上层中产阶级最引以为豪的职业。他不得已才干了拍卖这一行当。

斯威辛爬上驾驶座，接过缰绳，在刺眼的阳光下眨巴着眼睛向四周慢慢巡视了一圈。阿道夫已经站到车后的踏板上。前面那个帽子上打了个花结、拉着马头的马夫也作好了松手的准备，真可谓万事俱备，只等斯威辛发出上路的信号了。斯威辛一声令下，马车霎时向前冲了出去，转眼工夫便风驰电掣地来到了索姆斯家门口。

艾琳立刻出门上了他的车。斯威辛后来在蒂莫西家描述当时的情景时说，"她轻盈飘逸，就像——就像——塔里奥尼②一样，根本不需要这里扶一把，那里搀一下，轻而易举就上了车，而且……"说到这里，他盯着塞普蒂默斯夫人，看得她好不自在，"……而且不像有些人紧张

---

① 每年六月的第一个星期三在英国伦敦附近的埃普索姆举行的传统赛马会，参赛马的年龄平均为三岁。
② 玛丽·塔里奥尼（1804—1884），意大利女芭蕾舞蹈家，十九世纪初浪漫派风格的代表。

得什么似的。"接着他又给赫斯特描述了艾琳的帽子,他说:"不是现在好些女人都喜欢戴的那种宽边大帽子,帽檐软绵绵的,还容易积灰尘。她戴的是一块小巧玲珑的——"他用手画了一个圈,"白—面—纱,真有情调!"

"什么面料做的?"赫斯特问。一提到衣着,她总是装得满不在乎,心里却十分好奇,忍不住要问。

"是用……"斯威辛想了想,"我怎么会知道呢?"

他突然不说话了,似乎在冥想。赫斯特见他愣着,以为他走了神,但不想自己去把他唤回来。她没有这个习惯。

"最好有人上去推他一把,"她心想,"这模样怪吓人的。"

突然,斯威辛自己缓过来了。"是用什么做的呢?"他慢吞吞地说,"应该是什么东西做的呢?"

他们走了不到四英里,斯威辛就发现艾琳很喜欢跟他出来兜风。春光里,白面纱背后那张秀脸真是娇美,乌黑的眼睛又是那么明亮。他每说一句话,她都要抬起眼睛朝他一笑。

星期六上午,索姆斯看见艾琳坐在写字台前,手里拿着写给斯威辛的那张回绝他的便条。她怎么可以回绝他呢? 对方若是她娘家的人,她想怎么样都行,可是他不能让她如此对待他家的人。

她瞪了他一眼,把便条撕了,说:"那好吧!"

接着她又开始另写一张。索姆斯装作若无其事的样子望了一眼,发现是写给博西尼的。

"你在给他写什么?"他问道。

艾琳又瞪了他一眼,但平静地回答说:"他托我替他办点事。"

索姆斯哼了一声,说:"替别人办事! 我看你揽上这种事后,自己的事就别干了。"说完就再没开口。

斯威辛一听要他赶车去罗宾山,把眼睛瞪得大大的。这么远,他的马吃得消吗? 再说他总是七点半赶在俱乐部用餐高峰时间之前去那里吃晚饭的。新来的大厨是个懒鬼，只有给早来的客人做菜时才比较用心。

可是他也很想看看那栋房子。对福赛特家的人，尤其是当过拍卖商的人来说，房子是挡不住的诱惑。所以他说这点路算不了什么。他年轻时在里士满住过好几年。那时他有一辆两匹马拉的车子，每天都赶着车上下班。大家不是都叫他"四套马车福赛特"吗？他的车，还有他的马从海德公园角到"明星与嘉德饭店"①一带可谓家喻户晓。某公爵愿意出双倍的价钱把它们买下来，可他没同意。有了好东西还得识货才行，你说对吗？说到这里，他刮干净胡须的四方脸显得不可一世的样子，他又把脖子在竖领里来回转动了几下，活像一只雄火鸡用嘴在梳理自己的羽毛。

这个女人实在太迷人了！后来，他又给朱莉详细描述了艾琳的连衣裙，听得朱莉惊羡得把双手一直紧握在胸前。

那才叫贴身哪——就像是一层皮肤，绷得真紧，就跟鼓皮似的。他就喜欢女人穿成这样，人和衣服浑然一体，分也分不清。哪像你们这样，骨瘦如柴邋邋遢遢。说着，他瞟了一眼长得跟詹姆斯一样又高又瘦的塞普蒂默斯夫人。

"她很有风度，"他接着说，"有王公贵族的气质，却又十分含蓄。"

"看样子她已经把你彻底征服了。"坐在一角的赫斯特拉长着声调说。

谁要说他的坏话，斯威辛的耳朵就特别灵。

"什么意思？"他说。"女人——女人漂亮不漂亮我一眼就能看出来。我只想说我还没有见过哪一个男人配得上她的。不过，你们也许知道，那就说出来听听，你们也许知道……"

"呃，"赫斯特嘟嚷着说，"你问问朱莉吧。"

离罗宾山还有不少路的时候，斯威辛就觉得困倦难熬，因为他已经

---

① 十九世纪八十年代在里士满山非常有名的一家酒店。

很久没有这样风吹日晒了。他闭着眼睛赶车,全凭一生修炼出来的绅士风度才没让他那肥大的身躯东倒西歪。

早在翘首等待的博西尼见他们来了,便出门迎接。随后三人一起进了屋子,斯威辛走在前头,吃力地支着一根拐杖。这是一根粗粗的、把头镶金的马六甲白藤手杖,是阿道夫在他出发前递给他的。这时,他的双膝在长时间保持同一个姿势之后已开始僵硬。为了抵御尚未竣工的空房子里的穿堂风,他特地加了一件毛皮外套。

他说楼梯不错,很有气派,但最好有几个雕像点缀点缀。走到通往内院门口那几根柱子之间时,他停下步子,伸出手杖好奇地指指点点。

这块地方是做什么用的?我说的是这个门厅,我不管别人管它叫什么。他抬头一望,看见了一扇天窗,终于恍然大悟。

"噢,知道了,是做台球房的!"

可是当他听说这块地方今后是一个铺有瓷砖的院子,中间要放花草的时候,他转身对艾琳说:

"放花草?那不是太可惜了吗?你们听我的,这里放一张台球桌。"

艾琳莞尔一笑。这时她已掀起面纱,把它像修女的贴头帽一样缠在额前。斯威辛觉得面纱下面那双黑眼睛笑得更加迷人了。他点了点头,相信她一定会接受他的建议。

他对客厅或者餐厅的议论不多,只说"非常宽敞,非常宽敞"。可是当博西尼在他前面打着灯,带他走下台阶来到酒窖时,他顿时欣喜若狂,几乎失态。

"哇,这儿能放六七百打的酒啊!"他说,"真不错,这个小酒窖好!"

博西尼说他愿意带大家到坡下那片矮树丛那儿去,从远处好好看看这座房子。斯威辛一听,站着不动了。

"从这儿看,景色也不错嘛,"他说,"你们有椅子之类的东西让人坐坐吗?"

他们从博西尼的帐篷里给他搬来了一把椅子。

"你们下去吧,"他和颜悦色地说,"就你们两个!我就坐在这儿欣赏风景好了。"

他坐在橡树旁的太阳底下,巍峨挺拔,一手伸在身前,搁在手杖的把头上,另一只手撑在膝盖上。他把毛皮外套敞着,用大礼帽的平顶遮着他那张白白胖胖的四方脸。他目光呆滞,木然凝视着前方。

当博西尼和艾琳穿过空地下坡时,他向他们频频点头示意。他觉得一个人这样安安静静地待上一会儿很好,一点也不后悔。空气暖洋洋的,太阳底下也不算太热……这景色真美……真是美不胜收…… 他的头稍稍向一侧歪了过去,但他马上用力一振,心想,咦,真怪了,怎么……噢!他们在下面向他招手哩,他也举起手来摆了几下。他们真行啊……这风景真是美不胜…… 他的脑袋开始向左边歪了过去,他又猛地一振,但脑袋立刻又向右边倒去,然后就歪着不动了。他已经进入了梦乡。

远远望去,熟睡的斯威辛就像一名在坡顶上站岗的哨兵,守卫着这一片大好风光,但又像是一位非凡的艺术家的杰作,塑造了福赛特家族远古时代的原始形象,体现了那个时代精神高于物质的境界。

可是,他家一代又一代当小农的先辈此时似乎也陪着他一起坐在这坡顶上。这些人就连礼拜天也往往双手叉腰,站着巡视他们的小块田地,毫无表情的灰眼睛背后隐藏着他们穷凶极恶和贪得无厌的本性。

不过,即使在睡眠中,福赛特家人那种好嫉妒、好猜疑的心理在他身上也一刻不曾停歇,反而变得更加活跃,甚至让他想入非非,把他带入遥远的境地。他仿佛看到了那两个青年男女在下面的矮树丛中的一举一动。这是一片春意盎然的小林子,满是幼树和嫩芽的清香,到处可以听到小鸟的歌声,地上长满了蓝铃花和各种鲜花芳草,小树的树梢被阳光染成一片金黄。他似乎看见他们并排走在一条狭窄的小道上,两人紧挨着,几乎一直贴着身子。他似乎又看到了艾琳的眼睛,那眼神激动又兴奋，就像小偷要把春天的心偷到自己的心窝里似的。他自己则给他们当一个隐身的监护人，像精灵一样陪护着他们，跟他们一起停下来看一只小鼹鼠，它死了还不到一小时，毛茸茸的身上像蘑菇又像银子那种颜色的皮毛还没有被雨水或露珠打湿。他看着艾琳低垂的头和温柔的、充满怜悯的目光，看着那个年轻男子用异样的目光注视着艾琳。他又跟他们一起穿过一片空地。一名伐木人曾在那里干过活，把地上的蓝铃花都踩烂了。他把一棵大树的根部砍了个大口子，又把树干摇了几下，大树就这样折断倒在地上。他和他们一起跨过这根树干，一直走到树丛的边缘，发现眼前又是一片崭新的田园景色，还听见远处布谷鸟咕咕的叫声。

他一声不响地陪他们站着，但发现他们两个也沉默不语，感到不解。奇怪，这不合常理啊！

他想也许是自己碍事，似乎有点内疚，便穿过树丛回头往砍树的那块地方走去。他还是不说话，树丛里只有鸟儿在不停地歌唱，还有野外特有的那种气息——咦，这是什么味道呢？噢，对了，是他们放在什么里面的那种香草！不知不觉，他就回到了小道对面那根倒下的断木旁。

此时，他这个心神不宁的福赛特守护神仍不停地在他们头上盘旋，使劲拍打着翅膀，好让他们听见，但又不想让他们看见。可是他却能看见她站到那根断木上，轻轻晃动着袅袅动人的身子来保持平衡，低头对着那个以炽热的目光仰面凝视着她的人不停微笑。突然，她滑了一下！啊，她摔倒了！哟，她一下跌进了他的怀抱！她温暖柔软的身子被他一把搂住了！她的头向后仰着，要躲开他的嘴唇！噢，他要吻她，她在躲他！他大声在喊："你一定知道的——我爱你！"一定知道？那当然，这么一个漂亮的——哈！他们爱上了！

斯威辛醒了，原来他也会失态。现在，他只觉得嘴里有一股怪味。他这是在哪儿呀？

该死！原来他睡着了！

他梦见了一种从未喝过的汤,带点薄荷味。

那两个年轻人呢?他们上哪儿去了?他的左腿发麻,像针刺一般。

"阿道夫!"唉,这浑蛋不在,不知又跑到哪儿睡觉去了。

他站起来,裹着毛皮外套,显得又高又大。他焦急地朝坡下张望,很快就看见两人向他走来。

艾琳走在前面,那个家伙跟在她身后。他们给他起的绰号叫什么来着?噢,叫"小土匪",可这会儿怎么跟泄了气的皮球似的?大概是碰钉子了。没错,肯定是碰钉子了!活该!谁叫他带她到下面去看房子的?看房子最好的地方在这儿,在这块草坪上。

他们也看见了他。他伸出手臂摇摇停停,要他们加油,赶快上来,可他们反而停下不走了。他们站在那儿干什么呢?说话?说什么呢?他们又开始向他走来。她肯定奚落了他一顿。对,肯定没错。这也不奇怪,造出这样的房子就该骂。这种奇丑无比的房子,他看不惯,也看不上。

他目不转睛地注视着他们两人的脸,那个家伙看上去真的很怪!

"这玩意儿简直四不像,"他指着那栋房子毫不客气地说,"太标新立异了!"

博西尼定睛瞪着他,但只当没听见。后来斯威辛在跟赫斯特讲起博西尼时,说他"是个肆无忌惮的家伙,看人的样子怪怪的,一脸坑坑洼洼的小瘪三"。

到底是什么让他突然发此感慨,他并没有说。也许是博西尼突出的前额,隆起的颧骨和翘起的下巴,也许是他脸上那副饿死鬼的样子,反正这一切跟斯威辛心目中的绅士形象大相径庭,他觉得完美的绅士应该心平气和,娴雅潇洒。

一听说要喝茶,他立刻兴奋起来。他本来是不屑喝茶的,因为他的大哥乔里昂经营过茶叶生意,赚了大钱。可是他实在口渴得没办法,还有嘴里那股味道很不好受,所以这个时候给他什么他都会喝。他真想告诉艾琳他嘴里有股怪味，因为她最能体贴人。可一想这也不是什么体面的事，于是用舌头在嘴里舔了一圈，又贴着上腭轻轻咂了几下。

在帐篷另一头的一个角落里，阿道夫正弯着腰把他的猫胡子凑在水壶上烧水，接着又去开了一小瓶香槟酒。斯威辛一见，开怀大笑，点着头对博西尼说："嘿，你还真有基度山伯爵①的风度哩！"他这辈子读过大约五六部小说，这是其中之一，给他留下了特别深的印象。

他从桌上拿起一杯酒，平握在眼睛前方，远远观察酒的色泽。虽说口渴，但他还没落到什么乱七八糟的东西都愿意喝的地步。他把酒杯放到唇边，轻轻呷了一口。

"这酒不错，"他终于说，一面把酒杯在鼻子底下晃了几下，"不过嘛，跟我的海德希克②没法比。"

就在这一刻，他脑子里忽然闪过一个念头。后来在蒂莫西家谈起当时那一闪念时，他只说了一句话："我敢说那个建筑师喜欢上了索姆斯夫人。"

打那一闪念后，他就一直瞪圆了眼睛，怀着极大的兴趣去观察这一新发现。

"那个家伙，就是那个一脸坑坑洼洼的家伙，"他对塞普蒂默斯夫人说，"像条狗似的，两只眼睛一直馋巴巴地盯着她。这当然不奇怪，她确实很迷人。不过我觉得她很有分寸，非常有分寸。"他怎么会对艾琳有这个印象的呢？原来他说这话时，仿佛又闻到了她身上的香味——那是一朵内心炽热，半开半闭的花朵发出的芳香。可是他接着又说："不过在我看见他捡起她的手帕之前，我还不是太有把握。"

斯摩尔夫人的眼神激动万分。

"他还给她了吗？"她问道。

---

① 指法国作家大仲马（1802—1870）的小说《基度山伯爵》（1844—1845）中的主人公。
② 一种色泽金黄、淡而爽口的名贵香槟酒。

"还给她?"斯威辛说,"他以为我没在注意他,其实他那副馋涎欲滴的样子我看得一清二楚。"

斯摩尔夫人张大着嘴,兴奋得说不出话来。

"不过她倒没有让他得寸进尺。"斯威辛接着说。忽然他停了下来,睁大着眼睛愣在那里,又把赫斯特吓了一跳。原来他想起返程途中,艾琳在车上又一次把手伸给了博西尼,还一直让他握着……他曾用鞭子在马背上猛抽了一下,想把艾琳的注意力吸引到自己身上。可是她已转过脸去,也没有回答他的第一个问题。他没法看见她的脸,因为她一直低着头。

有一幅画是斯威辛从未见过的,画的是一名少年坐在海边的一块礁石上,边上是条美人鱼,仰卧在平静的碧波中,一只手搁在自己裸露的胸脯上,脸上似笑非笑,但内心的喜悦和彻底的忘情却一目了然。那天坐在斯威辛边上的艾琳的脸上,挂着的可能就是这样的笑容。

香槟酒下肚后,斯威辛觉得浑身热乎乎的,在确信艾琳的注意力已全部转到自己身上后,便喋喋不休地发起牢骚来,说他对俱乐部新来的大厨敢怒而不敢言,对他坐落在维格莫尔大街上的那栋房子非常担心,因为那个租户是个无赖,自称为了帮助他的内弟已经破产,那口气好似亲人就不该互相帮助似的。他还说他的耳朵越来越背了,右侧腰间也时有隐痛。她耐心听着,眼睛不停地来回转动。他以为她在考虑如何替他排忧解难,便愈加显出一副可怜相。不过,今天能穿着毛皮外套,胸口露出一排盘花纽扣,歪戴着帽子给一个如花似玉的女士驱车兜风,他已经心满意足了,觉得如此风光还是平生头一遭。

说来也巧,一个街头小贩正好也乘礼拜天有空,赶着车带上女朋友出来兜风,而且也跟斯威辛一样,一副神气十足的样子。他把拉车的毛驴赶得拼命直跑,竟然跟斯威辛的马车并驾齐驱起来。这小子活像一尊蜡像,直挺挺地坐在他那辆破车上,把下巴神气活现地贴在脖子上围着的一块红手帕上,就像斯威辛的四方下巴稳稳地坐落在他的领巾上一样。那个乡下小妞儿学着时髦女郎的样,围了一条长围巾,还让围巾的两头在她身后随风飘扬。她的情郎哥挥舞着一根一头扎着一段烂绳子的小棍子,怪模怪样地,却惟妙惟肖地模仿着斯威辛扬着鞭子在空中打转的样子,同时歪着脑袋,色迷迷地望着他身旁那个小妞,那眼神竟跟斯威辛对艾琳那种赤裸裸的注视出奇相似。

斯威辛一开始并没在意边上这个粗人,但很快就发觉那小子在嘲弄他。他在马腰上抽了一鞭,想让它跑得快一点,可是两辆车却依然齐头并进。斯威辛发黄的胖脸气得通红,他高高举起手中的鞭子,准备向那小厮抽去。就在此时,也许是老天帮忙,发生了一件意想不到的事,使他避免了这一有失身份的举动。原来一辆马车正好从一扇大门里驶出,把路上这两辆车逼到了一起。车轮猛地相擦,较轻的那辆一滑,便翻了个底朝天。

斯威辛连头也没回,他才不会停下车去帮那个小流氓呢。把他的脖子摔断了才好呢,活该!

实际上,就算他想帮忙也没法把车停下来。那几匹灰马受了惊,把车拉得左右摇晃。它们飞奔而过时,路上的行人都吓得惊慌失色。斯威辛把两条有力的胳臂伸得笔直,使劲勒住缰绳,他鼓着腮帮子,紧闭着双唇,把脸涨成了猪肝色。

艾琳用手握住挡杆,车一颠,她就紧紧抓一下。斯威辛听见她问:

"斯威辛叔叔,会出事吗?"

他气喘吁吁地说:"不会的,不过这种情况以前从没碰到过。"

"我还从来没有遇上过车祸呢!"

"别动!"他看了她一眼,发现她还在笑,一点也不慌张。"坐好了,"他又说,"别害怕,我会把你安全送到家的。"

就在他手忙脚乱中,他听见艾琳说了一句话,那口气跟她平时说话的腔调大不一样,让他大为吃惊。

"回不了家才好呢!"她说。

幸亏车身猛烈一颠,斯威辛才没喊出声来。那几匹马冲上一个斜坡后,上气不接下气,步子也慢了下来,最后干脆停下不跑了。

后来,斯威辛在蒂莫西家复述这一险情时说:"我一把就把马给拉住了,我发现她跟我一样镇静。天哪,她当时那副样子就跟摔断脖子也无所谓似的。她不是说了吗?'回不了家才好呢!'"斯威辛把身子倚在手杖把上,气呼呼地说:"我觉得一点也不奇怪,家里有索姆斯这样一个斤斤计较的丈夫!"这话又让斯摩尔夫人吓了一大跳。

斯威辛并未认真去想他们两个把他一人撂在坡顶上之后,博西尼到底干了些什么,是不是像他所说的那样,跟一条狗似的在那片春意盎然、布谷声声的小树丛中跑来跑去,是不是一面把她的手绢贴在嘴上,嗅着那夹带着薄荷草和麝香草气味的芳香,一面痛苦得恨不能仰天大叫。是啊,那家伙到底干了些什么?事实上,在踏进蒂莫西家大门之前,他已经把他忘得一干二净了。

第四章　詹姆斯亲临看察

不了解"福赛特情报交流所"的人,也许无法预料艾琳这一趟新居之行会引起多大的骚动。

就在斯威辛在蒂莫西家一五一十地叙述了他那次难忘的驱车经历之后不久,这件事便原原本本地传到了琼的耳朵里。这倒不是有人爱管闲事,或恶意挑拨,而的的确确是出于善意。

朱莉姑奶奶给琼说完了这件事之后,又补充了一句:"真是的,还说什么不想回家了,太不像话了!她到底是什么意思?"

这一席话在琼听来简直太不可思议了,气得她满脸通红。她猛地站起来,跟两位姑奶奶草草握了握手,便匆匆离去。

"真没礼貌!"斯摩尔夫人在琼走后对赫斯特说。

她们姐妹俩的真正意图就是想试探一下,看看琼在听了这个消息之后会有什么反应。琼很不高兴,因此这里面肯定大有文章。不过也怪,她跟艾琳不是一向挺要好的吗?

这件事很快就跟前一段时间已经传开的一些流言飞语和发现的各种蛛丝马迹一一挂上了钩。她们想起了尤菲米娅在歌剧院里的所见所闻,想起了博西尼为什么老往索姆斯家跑。噢,对了!他当然得往那儿跑啦!他不是在给索姆斯盖房子吗?在"福赛特情报交流所"里,没有一件事情是公开谈论的,除非到了万不得已、非说不可的地步。这好比一部调试得非常灵敏的机器,任何一点动静,哪怕是最细微的感情流露,遗憾也好,疑惑也好,都足以使全家那颗充满同情的心怦然跳动。谁也没想要对任何人造成什么伤害,绝对不会的,因为大家的动机都是好的,还因为大家觉得全家每一个人都跟这个家族的家魂息息相关。

再说,那些说长道短的闲言碎语,说到底也都出于好心,充满善意。传来传去的结果往往是按上流社会的习俗,登门慰问传闻中那些遭遇不幸的人。这样做,对不幸者固然是一种关怀,对没有遭到不幸人也是一种安慰。他们会欣慰地感到,不管怎么说,有人在替他们遭受自己幸免的苦难。事实上,无论是詹姆斯跟塞普蒂默斯夫人搭上话,塞普蒂默斯夫人跟尼古拉斯的两个女儿通了气,还是她们两个又跟别的什么人传了话,他们的动机都非常单纯,无非就是想有事让大家都知道。这不就是新闻的初衷吗?不过,他们已经升迁到上流社会,成为其中的一员了。这个社会要求他们有几分坦率,但更要有几分含蓄,只有两者兼而有之才能保住他们在这一社会中的地位。

福赛特家好些年纪较轻的人,自然不希望别人干涉他们的私事,甚至会公然反对。不过喜欢传播流言飞语这一家风,好比一股无形而又强大的磁力,就算他们不想介入,也难免不被席卷进去。他们总不能对周围的事充耳不闻吧？所以说谁也别想置之度外。

小罗杰就是年青一代之一，他曾斗胆称蒂莫西为"老东西"，想给年轻人出口气，但最终不得不自食其果。他的话不知怎么就传到了朱莉姑奶奶的耳朵里，再由她郑重其事地传给了罗杰夫人。最后当然是物归原主，又回到了小罗杰那里。

当然，倒霉的总归是做了错事、有辫子可抓的人，譬如乔治，他玩台球，玩得把钱输了个精光；又譬如小罗杰，他差一点儿要娶的女子，据说就是从情理上讲已经是他妻子的那个女人。当然还有艾琳，谁都知道她处境不妙，但谁都不说，只是心照不宣。

传播流言飞语不仅是一件快事，也有益于身心健康。在贝斯沃特街蒂莫西家里，许多时光就是这样轻轻松松打发过去的，否则住在那里的三个人一定会觉得这日子非常无聊和沉闷。像蒂莫西这样的家庭，在伦敦城里何止成百上千，这些都是生活安逸、无忧无虑的人家。他们已经到了与世无争、可以超脱的地步，他们活着就是为了看别人互相争斗。

的确，蒂莫西家里亏得有这点乐趣，否则必定冷冷清清。福赛特家的这位小弟弟和他的两个姐姐一生都没有福气生个孩子，对他们来说，这些流言飞语，这些传闻和猜测，不就像咿呀学语的小孩一样可亲可爱吗？一聊起这些事，他们就觉得自己仿佛也得到了一心想要的子子孙孙。尽管谁都不知道蒂莫西是否真的希望有个孩子，不过福赛特家每次添丁，他都闷闷不乐，这是不争的事实。

不管是小罗杰背后骂一声"老东西"也好，还是尤菲米娅举起双手高喊"哎哟，那三个老活宝啊！"①，然后发出一阵以几声尖叫收尾的傻笑也好，都无济于事，不但改变不了这一现实，反而表明他们不懂规矩，也不厚道。

其实，有些情况虽然现在看来，尤其是在福赛特家的人眼里，似乎

---

① 指住在贝斯沃特街的蒂莫西、赫斯特和朱莉这三个未婚的姐弟。

不太正常，甚至"不太像话"，但从某些角度来看，也不能算不正常。

有些事情已被大家淡忘了。

首先，许多一团和气、相安无事的婚姻容易让人麻痹，让人产生一种安全感，让人忘记爱情不是温室里的花朵，而是被狂风一路吹来的一颗野种，在一场夜雨和一段日照之后生长出来的一株野草。这株野草如果碰巧在我们的花园里生根开花，我们就叫它鲜花，可要是开在外面，我们就叫它野草。不过，鲜花也好，野草也好，它的气味和颜色总摆脱不了那股野性。

其次，福赛特家的人那种一板一眼的生活方式不允许他们看到这一事实，所以他们一般也无法看到就在这棵野草生长的地方，人们就像飞蛾围着微弱的火苗不停飞舞那样，也会围着这朵野花打转。

小乔里昂那桩风流韵事已经过去多年。淡忘了此事的人又以为他们这种地位的人绝对不会拈花惹草或红杏出墙。他们相信人在结婚之后自然会得到忠贞不渝的爱情，就像人在该得麻疹的时候得了一次就能终身免疫一样，而且婚后的日子也一定会过得非常滋润，就像在麻疹上涂了黄油和蜂蜜那样舒服。不过，这种想法现在显然出了问题。

听到博西尼和索姆斯夫人这段暧昧的传闻的人很多，但心情最不平静的莫过于詹姆斯了。他早已忘了自己当年追求埃米莉的那副样子——一个脸色苍白的瘦高个子，两腮留着栗色的髭须，不停围着埃米莉转悠。他也忘了他们在梅费尔① 附近欢度新婚岁月的那栋小楼。不过，确切地说，他忘记的是那些日子，而不是那栋房子，因为福赛特家的人是从来不会忘记房子的。后来他把那栋小楼卖了，净赚了四百英镑。

是的，他早已忘记了那些日子。那个时候他满怀希望，又担惊受怕，还对这门婚事是否欠慎重有过疑虑，因为埃米莉人虽漂亮，却一无所有，而他本人当时一年也不过挣一千来镑。这个名叫埃米莉的姑娘一

---

① 伦敦西区上流社会住宅区。

头秀发,在脑后整整齐齐地盘成一个发髻,一件紧身胸衣外露出了白嫩的双臂,优美的身材非常得体地套在一件上围极大的胸衣里。他甚至忘了正是埃米莉身上那股神秘和不可抗拒的吸引力,促使他穷追不舍,直到他觉得要是这辈子娶不到这个姑娘就活不下去的地步。

詹姆斯曾经有过激情似火的日子,也经历过这团烈火在岁月的长河中渐渐熄灭的日子。最最糟糕的是他已经忘了恋爱是一种什么滋味。

忘了!早忘了,甚至连忘了也忘了!

现在这件事传到了他的耳朵里,而且关系到他的儿媳妇。这消息含含糊糊,像个飘忽不定的影子,但听上去仿佛真有其事,然而它又像幽灵一样虚无缥缈,捉摸不定。不过,它也确实像幽灵一样令人不寒而栗。

他很想弄明白这到底是怎么一回事,但正如他无法设身处地去弄明白每天在晚报上看到的那些不幸的故事一样,他无能为力。也许本来就不是什么大不了的事,全是胡说八道。她跟索姆斯的关系确实不太好,可她是个多好的小可爱啊——多好的小可爱啊!

和为数不能算少的人一样,詹姆斯对一些有意思的绯闻也津津乐道,也会舔着嘴唇煞有介事地说:"是的,没错,她跟小戴森好上了,听说就住在蒙特卡洛①。"

不过他从未想过这类风流韵事的真正含义,包括它的过去、现在或未来,以及它到底意味着什么,其中有过多少难熬的折磨和狂热的欣喜。他也从未想过他所看到的那些赤裸裸的,有时甚至是相当肮脏的,却总是那么刺激的事情背后,是一种什么样的力量和命运在支配着它们。对于这些事情他从不表示谴责或赞赏,也不进行推断或评论。他只是听,贪婪地听,然后把听到的东西转述给别人,从中得到极大的快

---

① 世界著名旅游胜地和赌城,位于法国东南方的摩纳哥公国,濒临地中海,风景优美,气候宜人。

慰，那感觉犹如在饭前喝上一杯苦味雪莉酒一样沁人心脾。

可现在这种事情，也就是这一谣言和风闻已经跟他本人扯上了关系，弄得他惶惶不可终日，觉得嘴里总有一股怪味，让他感到窒息。

这可是丑闻啊，真的要成为丑闻啊！

他就这么自言自语，翻来覆去地说"丑闻，丑闻"，似乎只有这样他才能集中思想去思考这件事情。他已经失去了理解这类事情的过程、结局和意义所必需的那种感觉，他简直无法想象人们竟会因一时冲动而不顾一切。

在他认识的所有人当中，那些日复一日到金融区去做各种各样的生意，以及听说在闲暇时还炒股票，买房子，吃大菜，打桥牌的人当中，他很难想象有谁会为一时的激情这种既不好理解又毫无实际意义的东西去冒险。这是很可笑的。

不过，一时冲动这样的事他倒也听说过，所以"不能让少男少女单独待在一起"这类清规戒律在他的思想上可谓根深蒂固，一如地图上那一道道永远不会相交的纬线一样不可改变。福赛特家的人一碰到这类毫不含糊的原则问题时，个个都很实际。至于少男少女待在一起做些什么，他都一言以蔽之曰"丑闻"。

咳，那些传闻不可能是真的，绝对不可能。他用不着害怕，因为她的的确确是个小可爱。不过呢，这种事一旦上了心头就难以挥去。詹姆斯这个人本来就容易紧张，是那种什么事情都放不下，成天提心吊胆，犹豫不决，因而活得很累的人。早该弄到手的东西，他也非要一拖再拖，直到再不下决心就肯定会失去的时候他才下手。

不过，生活中许多事情是由不得他来作决定的，这件事情就是其中之一。

他能做什么呢？去跟索姆斯谈？那只能越弄越糟。再说，他总觉得这件事纯属子虚乌有。

都是那幢房子惹的祸。他从一开始就不赞成索姆斯这个主意。他要住到郊外去干什么？就算他非要花上一大笔给自己盖栋房子，为什么不请一个一流的建筑师，而去请博西尼这么一个无名鼠辈呢？他早就跟他们说过，不会有什么好结果的。他还听说索姆斯在这幢房子上比原计划多花了不少钱呢。

其实，和其他任何事情相比，这才是让詹姆斯更加担忧的事。这些所谓"有艺术细胞的人"都是这个德性，有头脑的人根本就不该跟他们打交道。他也这样警告过艾琳。瞧，这下可好，搅成这个样子！

忽然，詹姆斯萌生一个念头，心想何不亲自走一趟去摸摸情况呢？在这一团迷雾中无所适从的时候，决定亲自去看看那栋房子的念头使他兴奋不已，也许仅仅是因为他终于下决心要行动了，但更可能是因为要去看的不是别的，而是房子。

他觉得只要看看那个可疑的家伙一手设计和建造的房子，那些砖瓦灰浆和木材石料，他便可以窥测到关于他儿媳妇艾琳的那些流言蜚语的实情。

于是，他未对任何人说，便独自叫了一辆马车去了车站，然后搭乘火车前往罗宾山。到了那里之后，由于这一带照例没有出租马车，他只好步行前往。

他慢慢走上高坡，弯腰曲背，吃力地拖着瘦骨嶙峋的双腿，两眼直盯着自己的双脚。尽管如此，他的衣帽依然整整齐齐，一尘不染。这当然是埃米莉精心照料的结果，不过她不会亲自动手，而是吩咐管家这样做。有身份的人是不会去管别人身上的扣子之类的小事的，埃米莉当然是有身份的人。

他问了三次路，每次都要把别人的指点重复一遍，让对方再说一遍，然后自己再重复一次。他这个人本来就啰唆，到了陌生的地方，多问问，细心一点总没有坏处。

他一再对人说他要找的是一座新房子，直到看见树丛中露出的一个屋顶之后他才放下心来，相信别人没有给他指错方向。

天阴沉沉的，像一块灰白的天花板吊在上空，笼罩着大地。空气既不清爽，也没有花香。在这样的日子里，连工匠也不愿多出一点力气干活，甚至懒得开口，不像平时那样为了减轻劳累而边干边聊。

在尚未完工的房子里，身穿汗衫的工人慢吞吞地干着活，发出各种嘈杂声——断断续续的敲打声，金属的刮削声，锯木声，还有手推车在木板上发出的辘辘声。工头的小狗用一根绳子拴在树上，不时低声呜咽，就像水壶快开时的声音。

刚安上的窗框每一扇都在中央涂了一块白斑，像一条盲狗的眼睛注视着詹姆斯。

工地上这一建筑大合唱一直没有停止，在灰白的天空下非常刺耳，令人心烦。可是忙着在刚翻过的田地里捕捉小虫子的画眉鸟却无声无息。

房子前的车道尚未铺好，詹姆斯只得在一堆堆碎石之间穿行。他一直走到门廊对面，然后驻足仰望。其实从这个角度看不到多少东西，能看到的他一眼就看见了，不过他还是以这一姿势站了好几分钟，谁也不知道他在想些什么。

他的白眉像触角一般横七竖八地向外戳出，眉毛下那双瓷蓝色的眼睛一眨也不眨，两条修剪得整整齐齐的白络腮胡子之间那张阔嘴的上唇轻轻抽搐了几下。不难看出，索姆斯脸上时而出现的那副尴尬表情正是从这张紧张不安和全神贯注的脸上继承下来的。詹姆斯也许在想："真没想到，生活真不容易啊！"

他一直这么站着，博西尼的出现把他吓了一跳。

詹姆斯把仿佛在空中寻找某种鸟窝的眼睛往下移到博西尼略带几分讥讽的笑脸上。

"您好，福赛特先生！亲自视察来了？"

我们知道詹姆斯正是为此而来的，可是他一听博西尼这么说，倒不自在起来，便伸出手说"你好"，眼睛却不看对方。

博西尼冷笑一声,侧身让詹姆斯进屋。

詹姆斯疑心对方这番礼让可能别有用心,便说:"我先在外面转转,看看你们怎么搞的。"

从房子的东南面到西南面修了一个用磨过的石头砌成的平台,上面铺着石板,向外倾斜两到三英寸,坡面的边沿紧贴着今后准备铺草皮的松土。詹姆斯走在博西尼前头,当他看到平台一直延伸到拐角处时,便问道:

"这要花多少钱?"

"您说呢?"博西尼反问道。

"我怎么知道?"詹姆斯答道,显得有点尴尬,"我看得两三百吧?"

"正是这个价钱。"

詹姆斯瞪了他一眼,但博西尼似乎没有察觉到。詹姆斯也只当自己听错了。

走到花园的入口处,他停下步子,准备好好看看这里的景色。

他指着那棵橡树说:"应该把它砍掉。"

"是吗?您觉得这棵树在那儿挡住了您的视线,这钱就白花了,是不是?"

詹姆斯又警惕地瞟了他一眼,心想这家伙怎么这么说话。他不知如何回答是好,有些慌张,但坚持说:"我看不出留这么一棵树有什么用处。"

"那明天就把它砍了。"博西尼说。

詹姆斯一惊,连忙说:"呃,可别到处去说是我叫砍的,这事我不清楚。"

"不清楚?"

詹姆斯有点恼火,急忙说:"怎么?我清楚什么?这事跟我毫无关系!你要砍你自己砍好了。"

"那您能让我提到您吗?"

詹姆斯越发紧张了:"提我干什么?"然后咕噜了一句:"你最好别碰那棵树,不是你的。"

他掏出一块丝手帕,在额头上擦了擦。两人一起进屋后,跟斯威辛一样,詹姆斯对里面那个小院子也特别感兴趣。

他对着几根柱子和走廊看了一会儿之后,说:"你在这上面花的钱一定海了去啦。你说说那几根柱子就花了多少?"

"我一下子说不上来,"博西尼若有所思地说,"不过确实海了去了!"

"我看也差不多,"詹姆斯说,"我看……"他和博西尼对视了一下,便打住了。此后,即使又碰到他想知道价钱的东西,他都忍住不问了。

博西尼似乎决心要让詹姆斯看个够。要不是詹姆斯这个人"特别仔细",他早就带着他在屋子里转第二遍了。他还特别希望詹姆斯继续向他提问题,这又让詹姆斯警觉起来。他人虽瘦长,筋骨尚好,但毕竟是七十五岁的人了,他开始感到累了。

同时他也感到有些失望,因为他似乎什么边也还没挨着。他这次"亲临视察"并未了解到他模模糊糊想了解的东西,反而增强了他对这个小子的反感和不信任。他那彬彬有礼的样子令他讨厌,他的一言一行中无疑都有几分冷嘲热讽的意味。

这个家伙比他想象的更厉害,长得也比他希望看到的样子好一些。他有一种"百无禁忌"的神态。詹姆斯生平最不能容忍的就是冒险,所以他很不喜欢他这种态度。他笑起来也很特别,而且往往在想不到他会笑的时候来那么一下。他的眼睛就更怪了。詹姆斯后来说,博西尼那副样子让他联想到饥肠辘辘的野猫。在跟埃米莉谈起博西尼那种一会儿气急败坏,一会儿柔声细语,一会儿又讽刺挖苦的怪样子时,这是他能想到的最贴切的比喻了。

最后,在该看的都看过之后,他从进去的那扇门出来,觉得白白浪费了许多时间和精力,还浪费了钱。于是他鼓足了福赛特家的人都具备

的那种勇气,两眼紧盯着博西尼说:

"想必你经常见到我的儿媳妇,你倒说说看,她觉得这房子怎么样?不过我想她还没来过看吧?"

尽管他明知艾琳已经来过,可他还是这么说了。当然,她来一趟本身不是什么大不了的事情,只是她说的那句"不想回家"的话有点奇怪,当然还有琼听到这件事之后的反应。

他心想这样问,能给博西尼留有余地。

但博西尼没有立刻回答,只是盯着詹姆斯,看得他好不自在。

"她已经来看过了,不过我不知道她是怎么想的。"

詹姆斯紧张起来,心里很乱,但他的本性决定了他不会轻易放过这个机会。

"是吗?"他说,"她已经看过了?我想是索姆斯带她来的吧?"

博西尼微笑着答道:"噢,不是的。"

"什么?她一个人来的?"

"也不是的。"

"那么是谁陪她来的?"

"我真不知道该不该告诉您谁带她来的。"

詹姆斯知道这个人是斯威辛,他无法理解博西尼为什么要瞒着他。

"为什么?"他结结巴巴地说,"你心里明白……"他没有继续往下说,忽然意识到再说下去就要出问题了。

"那好吧,不说就不说,反正谁也不愿跟我说什么。"

这时,博西尼问了他一个问题,让他颇感意外。

"对了,"博西尼说,"您能不能告诉我,你们还有谁要来看房子,我好在这儿等着。"

"还有谁?"詹姆斯说,一时没明白博西尼这话是什么意思,"还有谁呢?我不知道还有谁。再见!"

詹姆斯头也不抬,伸出手去与博西尼的掌心轻轻一碰,然后一把抓住伞柄，穿过平台，扬长而去。

拐弯前，他回头看了一眼，发现博西尼不紧不慢地跟在他背后，心想这家伙真"像只鬼鬼祟祟、挨着墙脚偷偷溜走的野猫"。博西尼举起帽子向他示意，他则佯装不见。

走出车道后，他一直等到走出博西尼的视线后才把步子放慢了一点。他又饿又累，心情极坏，一步一步走回车站。他的腰比来的时候弯得更加厉害了。

那个"小土匪"目送着詹姆斯垂头丧气地离去，想到刚才对这位老人的态度，心里也许感到一丝内疚。

第五章　索姆斯与博西尼书信往来

詹姆斯对儿子只字未提他去看过房子的事，但一天上午，为了蒂莫西家按卫生部门的要求安装排水管的事，他去了他小弟弟家，并说起了这件事。

房子还不错，他说，应该说优点很多，那个家伙也挺有本事，至于房子完工前索姆斯还得贴上多少钱，他就说不上了。

那天，尤菲米娅·福赛特正好也在那里，她是来借阅斯科尔斯牧师的新作《激情与镇静》这本时下十分抢手的小说的。听了詹姆斯叔公的话，她插嘴道：

"昨天我在百货商店看见艾琳了，她跟博西尼先生在杂货部聊了好一会儿呢。"

她只是轻描淡写地说了这么一句，但被她撞见的那个情景却给她留下了很深的印象和五味杂陈的感觉。当时她正急着去教会商店的丝绸部,为在外面马车里等着的妈妈配一块普鲁涅拉①呢料。这家商店管理有方,只对先付款后送货的那些靠得住的顾客开放,所以福赛特家的人最喜欢上这儿来购物。

穿过杂货部时,她注意到了一个非常优美的背影,身材匀称迷人,身上的衣着也十分讲究。尤菲米娅看了心里不是滋味,并立刻作出本能的是非判断。凭着她的直觉而不是经验,她知道有这种身材的女人很少能与贞节二字沾边。在她看来甚至是根本不可能的,因为她自己的背影很难属于这一类。

她的猜测果然得到了印证。从医药卫生部出来的一名青年男子正在向这位背朝着她的女士脱帽致意。

这时她才发现眼前是何人,那位女士无疑是索姆斯夫人,而那名青年男子则是博西尼先生。她赶紧装着在买突尼斯蜜枣,以免被他们看见,因为她最怕手上拿着大包小包遇见熟人这种尴尬场面。就在这个上午顾客最多的时候,她无意中成了他们这次简短幽会的见证人,觉得很是兴奋。

索姆斯夫人的脸色平时较为苍白,可是那天她双颊红润,非常好看。博西尼先生的举止有些奇怪,但依然很有魅力。尤菲米娅始终觉得博西尼相貌堂堂,气质高雅,乔治给他起的"小土匪"这个绰号颇有浪漫色彩,也相当悦耳。当时他说话的样子似乎在恳求她,反正两人谈得十分投入,至少他是这样,因为索姆斯夫人很少开口。他们只顾说话,竟没注意到自己挡了别人的路。一位神气十足的老将军要去雪茄烟柜台,不得不绕道而行。他无意中抬头看见了索姆斯夫人的脸,还真的脱下了帽子。这个老东西!男人都一样!

但是让尤菲米娅疑惑不解的是索姆斯夫人的眼神。她一直没有抬头看博西尼一眼,直到他转身走开时,她才望着他离去。那眼神可

---

① 一种较厚的呢料,可做女上衣或鞋面。

真叫……

这眼神让尤菲米娅翻来覆去想了很久。那双乌黑的眼睛充满了依依不舍的柔情。尤其使她感到酸溜溜的是这目光表明那个女人似乎要不顾一切地把他拽回来,要收回自己刚才说过的话。

当时她手上拿着那块料子,没有时间去细想,但她"相当有心眼"。她向索姆斯夫人点了点头,表明她已目睹一切。后来当她把这件事偷偷告诉她的好朋友,罗杰的女儿弗朗西时,她还透露说:"她那副样子不就像被人逮了个正着吗?"

詹姆斯猛一下听到让他一直揪心的猜疑有了新的证据,极为恼火,连忙反驳道:

"噢,他们肯定是在商量用什么墙纸的事。"

尤菲米娅淡然一笑,轻声说:"在杂货铺里商量?"然后拿起桌上那本《激情与镇静》,对朱莉说:"姑妈,这本书先借给我看,好吗?再见!"说完就走了。

詹姆斯紧接着也离开了,仿佛有急事要办。

当他走进福赛特-巴斯塔德-福赛特律师事务所的办公室时,看见索姆斯正坐在转椅里起草一份代理词。后者草草说了声早安,就算招呼过父亲了,接着从口袋里掏出一个信封说:

"看看这个吧,你也许会觉得很有意思。"

詹姆斯开始读信,信中写道:

斯隆街309D

福赛特先生:

您的房子业已竣工。作为设计师,我的任务已经完成。应您的要求,我承接了房子的内部装潢,但我必须向您说明的是,您若要我接手此事,就必须由我做主。

您每次过来,都要提出与我的设想背道而驰的要求。我这里有您的三封来信，每一封都提出要用一件我根本不会考虑的东西。昨天下午令尊大人也来了，同样提出了许多宝贵的意见。

要我为您装修还是要我歇手，请您从速决定。就我本人而言，我倾向于后者。

不过请记住，如果要我装修，让我独自经办，不要任何人插手。

这件事我要么不做，要做就要做得无懈可击，但你必须让我放手行事。

菲利普·博西尼　谨上
五月十五日

当然，写这封信的确切和直接原因尚不清楚，不过很可能是博西尼突然对他和索姆斯之间的关系产生了不满，一个把这房子看作一件艺术品，一个则仅仅把它当作自己的一份财产。这两种态度是永远无法调和的。在一件必不可少的现代器具的背面有一句话十分精彩地总结了这一关系，简直可以与塔西佗①的至理名言媲美：

发明人：索斯·T.索罗

所有人：伯特·M.帕德兰

"你打算怎么回信呢？"詹姆斯问道。

索姆斯连头也没抬。"我还没想好。"说完又接着写他的代理词。

原来，他的一名委托人在一块不属于自己的地皮上盖了一些房子，

---

① 帕布琉斯·科尼琉斯·塔西佗（55？—120？），古罗马政治家、历史学家，所著《历史》与《编年史》均为西方古代史重要文献。

现在突然受到警告,要他把房子推倒,令他大为恼火。但是索姆斯在仔细研究了案情之后,找到了对策,并告诉他的当事人他拥有所谓的实际占有权,因此尽管地皮确实不归他所有,他却有权占有它,并且最好不要放弃这一权利。现在他正在把他的建议一步步落实下来,用水手的话来说,叫做"就这么干"。

他给委托人出的主意往往比较中肯,因而名声极好。人们常说:"去找小福赛特,他这个人有头脑!"当然,他也非常珍惜自己的声誉。

他生性沉默寡言,这也帮了他的大忙。没有什么能比这一点更让人,尤其是那些有财产的人(索姆斯的客户全是这一类人)相信他是一个非常可靠的人。他也的确很可靠,集优良的传统、习惯和教养,以及家传的精明和天生的审慎于一身的他,给自己铸成了响当当的职业信誉。他不受诱惑,那是因为他天生不喜欢冒风险。他打心眼里憎恶并远离那些可能使他栽跟头的事,所以他怎么可能栽跟头呢?脚踏实地的人是不会栽跟头的!

所以,无数像福赛特家这样的人,当他们在数不清的各种财产交割中,无论是妻子的权利还是用水的权利,需要找一个可靠的人来为他们出主意时,无不认为找索姆斯律师既放心又有效。他那几分傲气,还有那幅成天埋头钻研判例的样子,都增加了他的分量。一个人得有真本事才能傲得起来啊!

在业务上他现在是真正的主管。詹姆斯差不多天天要去事务所看看,但除了交叉着双腿坐上一会儿之外,几乎什么事也不干,要不就把已经定下来的事搞得颠三倒四,然后拍拍屁股走人。另一个合伙者巴斯塔德是个窝囊废,事情干得不少,却没人把他的意见当回事。

尽管索姆斯一直在埋头写代理词,但不能说他心里就很平静。一段时间以来,他一直有一种大祸临头的感觉,让他倍感苦恼。他想把这种感觉归咎于身体不适,是他的肝脏出了问题,但他心里明白根本不是这么回事。

他看了看表，一刻钟后他要到新煤炭公司去参加股东大会，那是他的伯父老乔里昂的产业之一。会上他会见到乔里昂伯父，到时候可以把博西尼的事情跟他说说。他还没想好说些什么，但肯定要说。无论如何，他不会在见到乔里昂伯父之前就给博西尼回信。他站起身来，有条不紊地收拾好代理词的稿子，然后走进一间较暗的小隔间，拧亮了灯，用一块棕色的温莎香皂①洗好手，再在一条滚动毛巾上把手擦干。接着他又梳理了一下头发，特别注意那条中分线。最后他把灯拧暗，拿起帽子，说两点半再回来，便出门上了家禽街。

新煤炭公司的办公楼不远，就在五金巷。股东大会都在那里召开，不像有些喜欢摆阔和招摇的公司那样，非要摆在卡农道大酒店不可。老乔里昂从一开始就讨厌新闻界插手。他常说，他的事跟公众不相干！

索姆斯准时到达会场，在董事一侧坐下。所有董事面对着股东坐成一排，每人面前放着一个墨水瓶。

老乔里昂坐在这一排的正当中，穿了一件黑色的、扣得严严实实的外套，加上两撇白胡子，使他格外引人注目。他靠在椅子背上，双手的指尖交叉着搁在一本董事会的报告和账目上。

坐在他右手边的是公司的秘书，那个"头轻脚重"，而且多少有点自以为是的亨明斯。他目光忧郁，铁灰色的胡须跟他全身上下一样，有一股晦气，让人觉得胡须下面的那个领结也格外的黑，好像穿了一身孝服。

这次会议也确实没有什么喜事。一个半月前，秘密派往矿区的采矿专家斯克利尔发回了一份电报，说矿长皮平在莫名其妙地杳无音信了两年之后，总算给董事会写了封信，然后就自杀了。这封信现在就在桌上，马上要念给股东们听，好让他们了解全部真相。

---

① 一种棕色的，以香柠檬油、丁香和熏衣草等为香料制成的男用肥皂，据说拿破仑喜欢这种混合香型。

亨明斯岔开着上衣的下摆站在壁炉前,他常对索姆斯说:

"公司的事,凡是股东不知道的,都是没必要知道的。请相信我的话,索姆斯先生。"

索姆斯记起了一件事。有一次老乔里昂也在场,听了亨明斯这句话之后,还发生了一点小小的不愉快。他的伯父突然抬起头来,严厉地说:"别胡说,亨明斯!你的意思是不是说我们让股东们知道的都是些鸡毛蒜皮的事?"老乔里昂最讨厌的就是口是心非。

亨明斯尽管两眼冒火,但只好像只训练有素的鬈毛狗,满脸堆笑,假心假意地大声赞美道:"好!说得好,董事长先生,您说得太好了!瞧,您的伯父真会开玩笑!"

可是他下一次见到索姆斯时却对他说:"董事长太老了,什么也搞不清楚,还那么固执。可有什么办法呢?瞧他那个下巴。"

索姆斯点了点头。

是的,大家都对乔里昂大伯的下巴有所警惕。今天他尽管一本正经摆出了开全体大会的架势,但还是看得出他心事重重。不过索姆斯仍决定要跟他谈博西尼的事。

老乔里昂的左边是小布克尔先生,他也是一副开会的面孔,而且似乎在揣摩对面一排的股东中哪一位最容易对付。他的边上是那位愁眉紧锁的聋子董事,聋子董事边上则是面无表情,道貌岸然的老布里德汉姆先生。他也许有理由装出这副样子,因为他心里明白,他的帽子背后藏着他每次都要带到会上的那个棕色纸包①。这顶老式的平沿大礼帽,跟他的大领结,剃净胡须的嘴唇,气色红润的面颊和修剪得整整齐齐的霜鬓十分匹配。

索姆斯每会必到,大家也觉得他最好每会必到,以防"万一出事"。他傲气十足、不紧不慢地向会议室的四壁扫了一眼。墙上挂着矿区和码

---

① 纸包里可能是不该带到董事会上来的东西,如酒或食品。

头的巨幅平面图，还有一张很大的照片。那是一口一直通向井下作业区的矿井，可惜生产一直很不景气。这张照片是工商企业总是事与愿违的真实写照，如今却还挂在墙上的老地方，对董事们来说，这就像一只心爱的，但已经死去的小羊羔，留着无用，弃之不舍。

老乔里昂站了起来，准备宣读报告和公布账目。

他面对股东，像天神一般平静，把内心深处和股东之间无休止的对立隐藏在安详平和的表面下。索姆斯也面对着那些股东，他跟大多数人都有一面之交，其中有做焦油生意的老斯克卢布索尔。此人也每会必到，用亨明斯的话说，"是来捣乱的"。此人一看便知是个爱唱反调的老家伙——红红的脸，下巴下面垂着一块赘肉，膝盖上总放着一顶巨大的平顶帽子。另一个是伯姆斯牧师，他每次都要提议向董事长致谢，同时少不了拉长了声调说上几句话，希望董事会不要忘了多多鼓励自己的员工，以表明他忠于教士的职守。他还有一个癖好，那就是每次散会后总要抓住个把董事，打听来年的行情，然后根据得到的回答，在接下来的两周内，买进或抛出三只股票。

还有一位是军人奥巴利少校，一个喋喋不休的家伙，即便是对审计员连任这样的小事表示附议，也要说上一大通。他有时还喜欢跟别人抢风头，要代表光荣拿到委任状去执行和落实各项建议的人接受大家的祝酒，仿佛那些建议都是他的主意，让在场的人无不愕然。

今天到会的除了这些人外，还有四五个说话不多的大股东。索姆斯对这几个人倒颇有些好感。他们都是生意人，喜欢踏踏实实地做好自己的事，从不胡来。他们都是忠实可靠的能干人，每天到市中心金融区去办公，傍晚再回家，回到忠实可靠的贤妻身旁。

忠实可靠的贤妻！这个念头不知怎的又激起了他心中无可名状的烦躁。

跟他伯父说什么呢？那封信又该怎么回复呢？

……"各位股东如有问题，我愿奉答。"老乔里昂说完便让手中的报告和账目啪的一声轻轻落到桌面上。他站着,用食指和拇指夹着一副玳瑁边眼镜。

索姆斯脸上隐隐掠过一丝笑意。他们最好赶紧提问!他深知他伯父有一手,而且是绝妙的一手!不信,他很快就会说:"没有问题吗?那么我提议通过报告和账目。"对!无论如何也不能让那些股东开口,他们就会浪费时间,早已声名狼藉。

一位面色憔悴、留着白胡子的高个子站了起来,一脸不高兴地说:"董事长先生,按会议程序,我想我有权对账上那笔五千英镑的开支提个问题。账上说这笔钱付给了已故矿长的遗孀和子女,"他板着脸向大家看了一眼,"而这位矿长呢——呃——在公司最需要他的时候很不明智,我是说他很不明智地结束了自己的生命。您说过他的合约为期五年,而这个合约不幸被他亲手中断了,因而他只服务了一年,因此,我……"

老乔里昂做了个不耐烦的手势。

"董事长先生,我相信我的提问符合议事规则。请问董事会已经支付,或者准备支付给死者的这笔款子是否可以这么理解,即假如死者没有自杀,能够继续为本公司服务的话,那么这笔钱是否就是付给他的报酬呢?"

"不,这笔钱是对他过去的工作的认可,大家都知道,你和在座的每一位都知道,他是有贡献的。"

"既然说的是过去的贡献,那么,董事长先生,我只能说这个数额太大了。"

这位股东说完后坐了下来。

老乔里昂稍等了一会儿,说:"现在我提议大家通过这份报告和……"

那位股东立刻又站了起来:"我想问问董事会是否知道这钱可不是他们的钱,我敢说如果是他们自己的钱……"

一个圆脸股东准备发言,摆出誓不罢休的样子。索姆斯认出他是已故矿长的内弟。此人激动地站了起来,说:"依我看,先生,这笔钱还嫌少呢。"

这时,博姆斯牧师也站了起来。"恕我冒昧,"他说,"我认为——呃——死者自杀这件事,一定令我们尊敬的董事长先生感到悲痛,十分悲痛。对此我毫不怀疑,因为我个人认为,而且我相信在座的各位也同意我的看法——请注意听好了——我是说董事长先生深得我们大家的信任。当然,我想各位也都是乐行善事的,但我坚信,"说到这里,他狠狠地盯着矿长的内弟,"董事长先生一定会以某种方式,比如用文字,但最好是用削减那笔抚恤金的方式来表达我们大家的看法,那就是我们极不赞成一个人在无论从他本人的利益,还是——恕我直言——从我们大家的利益这个角度来看,都十分需要他继续活下去的时候,却如此不负责任地结束了自己宝贵的生命和前程。我们不应该,也决不能容忍如此严重的玩忽职守的行为,不管是对天还是对人。"

牧师先生刚落座,矿长的内弟又站了起来。"我坚持我刚才说过的话,"他说,"这笔钱就是太少!"

第一个发言的股东立刻插嘴道:"本人对这笔开支的合法性提出质疑。依我看,这是不合法的。本公司的律师今天也在场,我建议按程序把这个问题提交给他。"

大家的目光一齐转向索姆斯。今天果然出事了,非要他出场不可。

他站了起来,双唇紧闭,表情冷漠,不得不暂时抛开一直在他脑海里时隐时现的那个疑团,以便集中注意力去考虑如何回答这个问题。

他轻声说:"问题就在于很难说得清这到底合法还是不合法。从今后不可能得到回报这一点来说,这笔开支严格地讲恐怕不能算合法。如有必要,可以提交法庭来解决。"

矿长内弟眉头一皱,意味深长地说:"恐怕还真的要对簿公堂,在法庭上见了。请问出此高见的那位先生尊姓大名?大概是索姆斯·福赛特先生吧?对了,就是他!"他毫不客气地来回看着索姆斯和老乔里昂。

索姆斯白皙的脸上微微泛红，但依然傲气十足。老乔里昂盯着刚才说话的那个人，说：

"如果矿长这位内弟没有什么要补充的话，我建议大家通过……"

正在此时，索姆斯抱有好感的那五位始终沉默不语，不动声色的大股东之一站了起来。他说：

"我根本不赞成这个提议。您要我们大家对那个家伙的妻子儿女施舍，就因为您说他们过去是靠他抚养的？也许是这样，可我不管是真是假，我从原则上整个儿反对这件事。现在该是抵制这种温情脉脉的人道主义的时候了，不能让它泛滥成灾，否则这个国家就完了。我不同意把我的钱给这几个我根本不认识的人。他们也没有做任何事情，没有理由心安理得地领取这笔钱。我百分之百表示反对，这不是做生意。现在我提议把报告和账目暂时搁一搁，并提出一项修正，把那笔救济款勾销。"

这个原来一声没吭的人此时却滔滔不绝，弄得老乔里昂只好一直站着听他把话说完。他这一席话立刻在大家心中引起了共鸣，仿佛说出了一个共同的心声，那就是应当提倡个人自强和反对无谓的慷慨。这种看法当时在社会上一部分头脑清醒的人当中已经开始流行。

"不是做生意"这句话也说到了董事们的心坎上，因为每个人心里都十分明白这的确不是生意经。不过他们也知道董事长专横的作风和执拗的脾气。尽管他心里也未必不清楚这不是做生意，但他不会改变初衷。他会改变吗？不太可能！

大家焦急地等着。老乔里昂举起手来，微微晃动着夹在食指和拇指之间的黑边眼镜，一副咄咄逼人的样子。

他对着那位原来不吭声，后来却说个没完的股东开了腔。

"已故矿长在矿井爆炸事故中的表现您是知道的，您真的希望我对账目进行修正吗？"

"是的。"

老乔里昂随即请大家对修正一事发表意见，问道：

"有附议的吗？"一面冷静地望着大家。

索姆斯看着他的伯父，又一次感到这位长者依然意志坚强。老乔里昂等了一会儿，见没人说话，便盯着那位股东的眼睛说：

"现在我提议大家接受并通过本公司一八八六年的报告和账目。你赞成吗？同意的请用老办法表示。反对的——没有。好，一致通过！先生们，现在讨论下一个问题……"

索姆斯暗暗一笑。乔里昂伯父真有本事！

这时他的思绪又回到了博西尼身上。真见鬼了，这个家伙怎么就一直在他脑子里，连办公的时候也挥之不去呢？

艾琳去看了房子，这倒没什么，只是她应该跟他说一声。可是再一想，她又有什么事情告诉过他的呢？她的话一天比一天少，脾气却一天比一天大。他恳求上帝帮忙，赶快把房子造好，好让他们离开伦敦，早日搬过去住。她不适合住在城里，她的神经比较脆弱。这时，她坚持分房睡觉这一荒唐的要求又涌上了他的心头。

会议就要结束了，就在那幅废弃矿井的照片下，博姆斯神甫正缠着亨明斯问长问短。小布克尔先生怒眉倒竖，却强扮笑脸，要和老斯克鲁布索尔在分手前作最后一次较量。这两个人积怨很深，据说是因一笔焦油生意而起。小布克尔先生替他的一个侄儿从董事会手上拿到了这份合同，让老斯克鲁布索尔落了个空。这件事索姆斯是从亨明斯嘴里听来的，这位公司秘书就喜欢嚼舌，特别是在那些董事背后。当然老乔里昂除外，因为他毕竟怕他三分。

索姆斯一直在寻找机会跟老乔里昂说上话。最后一位股东刚出门，他便向正在戴帽子的伯父走去。

"乔里昂伯伯，我能跟您说几句话吗？"

这次谈话到底要解决什么问题，索姆斯自己也不清楚。

福赛特家的人对老乔里昂都有几分说不清的敬畏，也许是因为他有时喜欢高谈阔论，也许正如亨明斯一定会说的那样，是因为他的那个下巴长得很威严。可是在老乔里昂和索姆斯这一老一少之间，除了这些原因之外，还一直有一种十分微妙的对立情绪。这种情绪潜藏在他们干巴巴的互致问候中，以及两人在谈到对方时从来都是不置可否的态度中。当然，也可能是因为老乔里昂一直有一种感觉，认为他的这位侄儿话虽不多，却有一股韧劲，一种他更愿意称之为"固执"的性格，因此常常怀疑自己是否是他的对手。

其实，这伯侄二人虽然在许多方面有天壤之别，却以不同的方式表现出一种基本的品质。他们对各种事情都是既认真对待又谨慎行事，这也是他们这个阶级的最大特点，是家族中的其他人都望尘莫及的。他们两人，不问是谁，只要碰上点运气，并且把握住机会，都可以大有作为，都可能成为金融巨头、大承包商或政界要人。不同的是老乔里昂在某些时候，比如抽着雪茄或面对大自然的时候，也许会对自己身居的高位产生一点疑问，但还不至于感到厌倦。而从不抽雪茄的索姆斯则绝对不会有这种感觉。

当然，老乔里昂还有一块心病，那就是詹姆斯，那个他一贯瞧不起的弟弟的儿子居然一帆风顺，平步青云，而他自己的儿子却……

最后还必须提到的是老乔里昂毕竟和福赛特家的其他人一样，不可能置身于家中那些流言蜚语的辐射圈之外。他已经听说了关于博西尼的那些可能招致麻烦的谣传，虽然未必确有其事，但已经够令人心烦的了，也深深刺伤了他的自尊心。

和往常一样，他把一腔怨愤一股脑儿发泄到索姆斯身上，而不是艾琳身上。想到自己的侄媳妇竟会勾引自己的孙女琼的未婚夫，他觉得这是无法容忍的家丑。索姆斯这小子为什么不能看管好自己的老婆呢？唉，也不能怪他，他已经看得够紧了，还要他怎么个紧法呢？不过，老乔里昂在看到这一潜伏的危机后，并不像詹姆斯那样害怕得不敢正视它。他见多识广，因而沉着冷静，觉得这件事不是不可能的，因为艾琳确实有吸引人的地方！

他们一起离开了会议室，走上熙熙攘攘的奇普塞德大道时，他对索姆斯想说些什么已经猜出三分。两人默默走了一来分钟。索姆斯小心翼翼，迈着碎步，而老乔里昂则昂首阔步，漫不经心地把手中的阳伞当作手杖来用。

不久，两人拐入了一条比较安静的街道。老乔里昂还要去参加另一个董事会，便朝穆尔盖特街的方向走去。

索姆斯低头望着地下说："我收到了博西尼的一封信。您看了就知道他说了些什么。我觉得应该告诉您这件事。我在这房子上花的钱大大超出了我的预算。我要让他知道这一点。"

老乔里昂勉强把信浏览了一下之后说："他的意思很清楚嘛。"

"他说要让他'放手行事'。"索姆斯说。

老乔里昂看着他，心想这家伙的事如今搅到自己头上来了，于是积压已久的一股怨愤和对立情绪立刻爆发了出来。

"你既然不信任他，为什么要请他做呢？"

索姆斯斜眼偷看了对方一下，"现在说这些已经太晚了，"他说，"我只想让他知道如果我让他放手行事，他可不能坑我。我想要是您去跟他说说，更有分量。"

"我不去，"老乔里昂斩钉截铁地说，"这事与我无关。"

伯侄两人似乎都话中有话，而且意味深长。他们交换了一下眼色，表明两人都心照不宣。

"那好吧，"索姆斯说，"我就是想告诉您一声，也是为琼好，没别的意思。另外，我想您最好知道我决不允许发生任何胡闹的事情。"

"这跟我有什么关系？"老乔里昂顶了他一句。

"有没有关系我不知道，"索姆斯说。看到老乔里昂锐利的目光，他有些紧张，没再往下说，不过稍稍镇静一下之后又阴阳怪气地补充了一句："不过到时候莫谓我言之不预。"

"说下去，"老乔里昂说，"我不知道你这话是什么意思。你跑来跟我说这种事干什么？我不想听，你的事你自己管。"

"好把，"索姆斯面无表情地说，"我自己管。"

"那就再见吧，"老乔里昂说完后，两人便分道扬镳，各走各的路。

索姆斯往回走了一段路，进了一家相当有名的餐馆。他要了一碟熏三文鱼和一杯白葡萄酒。中午他一般吃得不多，而且喜欢站着吃，认为这个姿势吃饭对他的肝脏有好处。其实他的肝脏一点问题也没有，但他总是把所有的毛病都归罪于这一不幸的脏器。

吃完后，他漫步走回自己的事务所，一路上低头不语，也不理会摩肩接踵而过的行人。他们对他同样视而不见。

当晚最后一次收信时，邮差带走了他给博西尼的回复：

            福赛特-巴斯塔德-福赛特
              受权立宣誓书的律师
          普尔特里，布朗奇街二〇〇一号 E.C.

博西尼先生：

  来函收悉，所提条件令我吃惊不已。我觉得我已经让你"放手行事"了，而且你也一直这么做的，因为我不记得我不幸提出的任何建议得到过你的首肯。应你的要求，我同意让你"放手行事"，但我希望你记住，房子全部装修完毕后交付我使用时的总费用不得超过一万两千英镑（£12,000），其中包括你应得的设计费（这是我们有言在先的）。这个数额给你留有足够的余地，而且你也知道，这已经大大超出了我的预算。

  此致敬意

                索姆斯·福赛特
                一八八七年五月十七日

第二天他收到了博西尼的一封短笺：

菲利普·贝恩斯·博西尼
建筑师
斯隆街三百零九 D，S.W.

福赛特先生：

　　如果你以为在装潢这种复杂的问题上可以做到说多少钱就是多少钱，那就大错特错了。我能看出你对原来的安排，以及对我本人都已失去兴趣。因此，您最好另请高明吧。

您的忠实的
菲利普·贝恩斯·博西尼
五月十八日

索姆斯对这一答复想了很久，心里十分矛盾。深夜，当艾琳回房睡觉后，他坐在餐厅里写了下面这封回信：

蒙彼利埃广场六十二号 S.W.

博西尼先生：

　　我想事已至此，不宜半途而废，这对你我都没有好处。我并没有说费用超出我上信中所定数额十镑、二十镑，甚至五十镑，我就会跟你过不去。因此，我希望你重新考虑你上信中的答复。你可以按本信的意思"放手行事"。我希望你想办法完成这项装潢工程。我也知道这种事要算得绝对精确是不容易的。

您的忠实的
索姆斯·福赛特
一八八七年五月十九日

第二天,博西尼的回信就到了。信上写道:

福赛特先生:

好的,照此办理。

菲利普·博西尼
五月二十日

第六章　老乔里昂祖孙同游动物园

第二个董事会是一次普通的例会,老乔里昂草草走过场之后便宣布散会。其他董事对他这种专制作风极为不满,都说福赛特这老头子越来越霸道了,已经到了忍无可忍的地步。

他搭乘地铁前往波特兰大街站,出站后叫了一辆马车,径直向动物园驶去。

有人在那儿等他,近来他的这种约会越来越频繁了。这是因为他对琼的状况日益感到不安,用他的话来说,琼"整个儿变了样"。

现在她常常躲着不见人,而且越来越消瘦。跟她说话,她也不爱搭理,要么冲着他顶撞几句,要么一副马上就要放声大哭的样子。她完全变了,都是那个博西尼害的!可是她又不肯跟他说,什么也不说!

老乔里昂常常一坐就是大半天,手上捧着一字未读的报纸,嘴上叼着已经熄灭的雪茄,久久陷入沉思。琼三岁起就一直跟着他,几乎形影不离。他非常疼爱这个孩子。

无论是什么家庭出身,什么阶级成分,或者按什么社会习俗行事的人,遇到这种情况都会沉不住气的,老乔里昂也不例外。他心绪不宁,预感到无法掌控的事情即将发生。对一个一向随心所欲的人来说,这种提心吊胆的日子是很不好过的。

一路上他心烦意乱,嫌马车跑得太慢,可是一到动物园门口,他那开朗的天性立刻驱散了心头的烦恼。他快步向约定的地点走去,绝不放过这个可以让他开心一会儿的机会。

他的儿子和孙子孙女见他过来,急忙从熊圈的石头平台上下来,拉着他一起朝狮子馆走去。两个孩子一边一个牵着他的手,搀扶着他一步一步往前。乔利像他爸爸,喜欢别出心裁,他拿着爷爷的伞,就想用伞把去钩别人的小腿。

小乔里昂跟在他们后面。

看到自己的父亲跟这两个孩子在一起,他觉得就像在看戏。不过这是一出悲喜交集的戏,有欢笑,也有泪水。一个老人和两个孩子走在一起本来是司空见惯的事,可是眼前祖孙三人这幅情景却很不平常,似乎让小乔里昂窥测到了人们内心深处的许多东西。这个挺着身子走路的老人听凭一左一右两个孩子的摆布,而且温柔慈祥,那副样子实在让人受不了。小乔里昂本来就容易冲动,他轻轻诅咒了一声。这一景象对他的触动太大了,让他无法像福赛特家的人那样喜怒不形于色。

他们来到了狮子馆。

那天上午植物园里有个游园会,许多跟福赛特家一样的人,那些穿得漂漂亮亮、坐着马车前来游玩的人,在游园会结束之后便驱车来到动物园,以便在回到拉特兰门或布莱恩斯顿广场之前,充分利用他们这趟出游所花的钱。

"咱们上动物园去吧,"他们互相提议,"那儿一定很好玩。"那天动物园的门票要一先令一张,所以不会有那些讨厌的下等人。

他们站成队在一排排笼子前观看里面那些黑糊糊的、饥肠辘辘的野兽,看它们急不可待地等着它们二十四小时中唯一的一件开心事。野兽越饿,游客就看得越开心。这到底是因为他们自叹胃口不如那些野兽呢,还是因为他们仁慈为怀,眼看这些动物就有东西充饥了?小乔里昂实在弄不明白,反正他不停听到有人说:"看那只老虎,样子多可怕!""唷,瞧那张小嘴,多可爱!""是的,挺可爱的,可别靠得太近了,妈妈。"

此外,还不时有人轻轻拍拍后面的裤袋,然后四下望望,似乎指望小乔里昂或别的跟他一样无动于衷的人把口袋里的东西统统掏出来喂那些动物。

一个身穿白马夹,养得很胖的人大言不惭地说:"这就叫馋。它们不可能饿,为什么呢?因为它们根本不活动。"正说着,一只老虎一把夺过一块鲜血淋淋的猪肝,胖子见了大笑起来。他的妻子穿着巴黎时装模特身上那种裙子,戴着金丝边夹鼻眼镜,用责备的口吻说:"哈瑞,你怎么笑得出来?那样子多恶心啊!"

小乔里昂皱起了眉头。

他对自己的生活际遇虽已不再耿耿于怀,但不时还会愤世嫉俗一番,对他曾经所属的那个阶级,那个有私家马车的阶级更是冷嘲热讽,挖苦有加。

把老虎狮子关在笼子里,肯定是一种残忍的行为。但是任何有教养的人都不愿承认这一点。

就拿他父亲来说吧,他也许从未想过把野生动物关起来是残忍的。他是老派人,认为将狒狒和黑豹关在笼子里不但能使它们变得有人性,而且也是对它们进行教育,能渐渐说服它们不要无缘无故就倒在笼子的铁栅栏上,死于痛苦和心脏病,以免人们还得破费去抓新的。在他眼里,以及在所有福赛特之流的眼里,观赏这些被禁锢的非常好看的动物要比它们"身陷囹圄"的痛苦重要得多。上帝当初给它们自由是缺乏远见,把它们关起来才是为它们好,既能使它们避免野外生活的种种危险,又能让它们在绝对属于它们自己的小天地里自由自在地活动,舒舒服服地过日子。的确,野生动物生来就应该关在笼子里供人观赏,要不还有什么别的用呢?

不过,小乔里昂看问题一向比较公正。他认为不能仅仅因为这些动物缺乏想象力,就说它们野蛮,因为有这种想法的人谁也没有像这些动物一样被囚禁过,因此不能指望他们会感同身受。

乔利和霍利这两个孩子欢天喜地地缠着老乔里昂,使他无法脱身。直到他们离开动物园时他才有机会跟儿子说他的心事。"我不知道这到底是怎么一回事,"他说,"她要是老这么下去,我真不知道会发生什么事情。我让她去看医生,可她不肯。她一点不像我,跟你妈妈一模一样,犟得像头骡子。她不想干的事绝对不会干,说啥也没用。"

小乔里昂笑了笑,把目光移向他父亲的下巴,心想:"你们两个半斤八两,"但没说出口。

老乔里昂接着说:"还有那个博西尼,我真想好好敲敲他的脑袋。不过我想我不能这么做,可是,"他试探着补充道,"我觉得你完全可以。"

"他怎么啦?他跟琼要是合不来,吹了更好。"

老乔里昂望着儿子。现在真要和儿子谈男女之间的问题时,他觉得不太放心,因为乔的观点肯定要随便得多。

"我不知道你会怎么想,"他说:"但我相信你会同情他的。这不奇怪,不过我认为他这种行为相当恶劣。我要碰到他的话,当面也会这么说。"但他没再说下去。

要跟儿子谈博西尼变心这种事的性质和影响是不可能的。十五年前他儿子不就是这么干的吗?可能更糟!那桩蠢事看来真要牵累他一辈子。

小乔里昂也没开口。他很快就猜透了他父亲的心思,因为他现在已不像从前那样把一切都看得轻轻松松、简简单单,而变得更加深刻,更加细腻了。

十五年前,他跟他父亲对两性问题的态度是决然不同的,也是无法沟通的。

他平静地说:"我想是他爱上别的女人了,是吗?"

老乔里昂不置可否地看了他一眼,说:"我不知道,有人这么说。"

"那恐怕就是真的了,"小乔里昂突然说,"我想他们一定跟你说了那个女人是谁吧?"

"是的,是索姆斯的妻子。"

小乔里昂没有吹口哨来表示他的反应。他自己的处境已让他无法再对这种事吹起口哨来。他看着父亲,脸上露出一丝淡淡的微笑。

老乔里昂就算看见了,也只当没看见。

"她跟琼可是知心朋友啊,"他轻轻嘟哝了一句。

"琼这孩子真可怜!"小乔里昂轻声说。在他的脑海里,他这个女儿还是那个三岁的娃娃。

老乔里昂突然停下步子。

"我根本就不相信,"他说,"全是无稽之谈。乔,给我叫辆车吧,我累坏了。"

他们站在路口,看是否有空车经过,但一辆接一辆的马车从他们身旁疾驶而过,车上坐的都是刚从动物园里出来的形形色色的福赛特一类的人。马车的车套,车夫的制服,光润的马毛,都被五月的阳光照得闪闪发亮。每一辆车,不管是四轮的还是两轮的,前后双排的还是两侧相对的,敞篷的还是不敞篷的,似乎都随着滚滚向前的车轮神气活现地唱道:

　　快看啊,快看,
　　我和我的骏马,还有我的马夫;
　　这幅排场,何止千万,
　　不过我们就是如此富足。
　　再看看车上的老爷少爷、小姐太太,

>还有我们的狗狗宝宝,
>
>多么悠闲,多么自在,
>
>啊!生活就该这样,快乐逍遥。

谁都知道,福赛特之流驱车出游时,这样的"伴唱"是最为贴切的写照。

就在这些马车中,一辆由两匹鲜艳的枣红马拉着的四轮四座马车驶了过来,而且跑得特别快。车身在高高的弹簧片上上下下颠簸,车上的四个人也仿佛在摇篮里来回摇晃。

这辆马车引起了小乔里昂的注意。突然,他认出后座上的那个人正是他的叔叔詹姆斯。尽管他的双鬓更加白了,但绝对不会是别人。他的对面,被遮阳伞挡住背影的是雷切尔·福赛特和她已出嫁的姐姐威尼弗雷德·达尔蒂。她们的梳妆打扮无懈可击,高傲地昂着头,活像他们刚才在动物园里看见的两只大鸟。斜靠着坐在詹姆斯边上的是达尔蒂,今天他穿了一件簇新的礼服,一本正经地扣紧了扣子,两只袖口的松紧带下露出了一长段精心编织的袖饰。

这辆车确实与众不同,虽然不算特别惹眼,却因多刷了一层上等清漆而显得更加光鲜明亮,似乎就凭这点额外的奢华便可成为典型,成为"福赛特王国"的御驾。这也好比真正的"名画"与普通的"绘画"之间的差别就在于那"点睛之笔"。

老乔里昂没有看见这几个人经过,他在轻轻拍着已经玩得精疲力竭的霍利。但是车上的人却看清了路边这几个人。两位女士立刻把头一昂,急忙用阳伞遮挡自己。詹姆斯则像鸭子一样伸长了脖子,一脸无辜地把头伸在车外,慢慢张大了嘴巴。转眼间,两把圆圆的、挡箭牌似的遮阳伞越变越小,很快消失在车流中。

小乔里昂知道他们已经认出自己,包括那个威尼弗雷德。当年他被逐出福赛特家门时,她顶多不过十五岁。

这些人还是老样子。他记得许多年前他们驱车出游时就是这副招摇过市的样子。如今车、马,还有车夫无疑都换了,但那副派头依旧是十五年前的模样,犹如打上了烙印一般,还是那一丝不苟的排场,刻意表露的骄慢和轻松安逸的神态,还是那样摇来晃去,甚至拿伞的姿势也没有变化。总之,整个神情一模一样!

阳光下,一辆接一辆马车打着一顶又一顶遮阳伞趾高气扬地疾驶而过。

"詹姆斯叔叔带着他的女眷刚过去。"小乔里昂说。

他父亲顿时变色道:"他看见我们了吗?看见了?哼!他来这儿,想干什么?"

这时一辆空车过来,老乔里昂叫住了它。

"孩子,过些时候我再来看你,"他说,"别把我跟你说的博西尼的那些事放在心上,我一句话也不相信。"

两个孩子不让他走,拉住他不放,但他吻了他们一下,还是上车走了。

小乔里昂一把抱起霍利,默默站在路口,目送着远去的马车。

第七章 蒂莫西家的午后

老乔里昂那天踏上马车离开动物园时说的那句话如果是"我一句话也不愿意相信",那倒更像是他的真心话。

想到自己和儿子在一起的情景被詹姆斯和他的女眷看了个正着,不仅引起了他生气时常有的焦躁,也勾起了兄弟之间天生的,但往往是隐蔽的敌意。这种敌意的根子是孩提时代的小打小闹,但随着年龄的增长，这根子会变粗，会加深，尽管仍在地下，却能长成树木，到时还会结出仇恨的果子。

到目前为止，这兄弟六人之间尚无太大的恩怨，最多互相暗中猜忌，怀疑别人可能比自己更加富有。这固然难免，不过在一了百了的死亡渐渐逼近时，这种心情发展到了非要把人家的底细打听个一清二楚不可的地步。可是他们的财产经纪人却"守口如瓶"，往往机智又巧妙地对尼古拉斯说自己对詹姆斯的收入一无所知，对詹姆斯说不知道老乔里昂的身价几何，对老乔里昂说不清楚罗杰的收入是多少，对罗杰又说不了解斯威辛有哪些家产，而对斯威辛则往往愤愤不平地说尼古拉斯肯定腰缠万贯。只有蒂莫西一人不用打听，谁都知道他手上握着金边证券①。

可是现在，至少在两个兄弟之间产生了一种性质完全不同的怨愤。自从詹姆斯——用老乔里昂的话说——竟敢插足他家的事情那一刻起，他就不再相信有关博西尼的那些谣传。他的孙女之所以遭博西尼冷落，就是詹姆斯"这家伙"家里的一个人造成的。他认定有人在说博西尼的坏话。他的移情别恋必定另有原因。

琼大概跟博西尼吵过闹过，所以动不动就大发脾气。不过他打算好好说说蒂莫西，看他还敢不敢到处乱说。他当机立断，拔腿就往蒂莫西家跑，而且想好了说什么，怎么说，以免以后专为此事再走一趟。

他看到詹姆斯的马车已经停在凉棚前面，挡住了人行道。这么说他们先到了，而且肯定在大谈那天看见他的事情。再往前一点，斯威辛的灰马和詹姆斯的枣红马鼻子对着鼻子，仿佛在窃窃私语，在议论他们家的事。两家的车夫坐在车顶上，似乎也在议论什么。

老乔里昂把帽子搁在狭窄的门厅里的一把椅子上，就是早先博

---

① 见第一篇第一章，指蒂莫西手上握有的英国政府于一七五一年开始发行的统一公债，又称金边债券。

西尼那顶帽子被当成野猫的地方。接着他用干瘪的手在挂着两撇大白胡子的脸上用力一抹,似乎要把一切表情统统抹去,然后径直往楼上走去。

他发现小客厅里坐满了人。这个房间平时即使没有客人,甚至连一个人也没有的时候,就已经够挤的了,因为蒂莫西和他的两位姐姐按他们那一代人的老观念,觉得一间屋子只有"像像样样地"摆满家具之后才"像个样子"。因此这间客厅里有十一把椅子、一张沙发、三张桌子、两个柜子、无数的小摆设,还有一架大钢琴的一角。现在屋子里有斯摩尔夫人、赫斯特姑姑、斯威辛、詹姆斯、雷切尔、威尼弗雷德,还有利用午餐时间看完了《激情与镇静》后前来还书的尤菲米娅和她的好朋友,也就是罗杰那个有音乐天赋、会编写小曲子的女儿弗朗西。这样,除了两把一直没人坐的椅子外,只剩下一把还空着。唯一能让老乔里昂插足的地方已被那只小猫占领,所以他正好一脚踩在它身上。

现在蒂莫西家三天两头高朋满座。福赛特家的上上下下对安姑奶奶都敬畏三分,现在她已过世,他们来得比过去更勤了,待的时间也更长了。

头一个到的是斯威辛。他懒洋洋地靠在一张红缎垫子的金色靠背椅上,一看便知要比谁都长寿。博西尼给他起了个绰号,叫"大块头",这个庞然大物果然名副其实。他有一头浓密的白发,一张剃光胡须的胖脸表情木然,在这间精心布置的屋子里,他看上去比任何时候更显得土里土气。

近来,他三句不离艾琳,这次也不例外。他早已迫不及待地向朱莉和赫斯特表明了他对那则谣传的看法。不可能,他说,艾琳不过就是打情骂俏一下,吊吊胃口而已,漂亮女人都会来这么一手。除此以外,他一概不信,因为根本就没有任何明显的迹象!再说她是个识大体的人,深知自己处在这样的地位和这样的家庭中该做什么,不该做什么,绝不会闹出什么丑……他本想说"丑闻",可觉得这个想法太荒唐,于是把手一挥，似乎在说："算了，不说了！"

就算斯威辛对此事发表的意见是一个未婚男人的看法，可是对这个几乎人人事业有成、个个地位显赫的家庭来说，到底什么是不该做的呢？假如他在郁郁不得志的时候听说自己的祖上是"自耕农"，是"微不足道的人"，他会相信吗？

不会的！因为他内心苦苦抱住一个隐秘的信念，总觉得他祖上绝非等闲之辈。

"绝对如此，"他曾在小乔里昂出事前对他这么说过，"看看我们这一家吧，我们个个出人头地！我们肯定有高贵的血统，我们是名门之后！"

他以前挺喜欢小乔里昂。这孩子在学校里是个好学生，结交的朋友也不错，尽管他也认识那个老流氓查尔斯·费斯特爵士的几个儿子，其中之一后来成了一个地地道道的小恶棍。另外，这孩子风度很好，千不该万不该的是他带着那个外国女人跑了，而且还是个家庭教师。就算他非私奔不可，为什么不选一个让大家脸面上过得去的女人呢？看看他现在落得一个什么下场吧！在劳埃德保险社[①]当个独立承保商。有人说他有时还画画，真的画画！可惜了！他本来有可能被册封为乔里昂·福赛特男爵，当上国会议员什么的，还可能得到一块封地呢！

正如每个大家族里总有人迟早会按捺不住，要去宗谱纹章局调查家世一样，斯威辛也上那儿去了一趟。他们告诉他说他跟一户叫"福塞特"的望族肯定是同宗，只是姓氏的拼法稍有出入。这一家族的族徽是"黑底红右三扣"。他们显然希望他能把它领走。

可是斯威辛并没有这么做。在弄清族徽头上的冠饰是一只"漂亮的雉鸡"和"捍卫福塞特的荣誉"这句箴言之后，他在他的马车和马夫制服的扣子上都刻上了雉鸡的图案，而在他的私人信笺上则同时印上了那

[①] 位于伦敦的英国联合保险商协会。

只雉鸡和那句箴言。但是他始终没有告诉大家族徽本身是什么样子，一则由于他并未花钱买下，把它刻在马车上未免有炫耀之嫌，而他这个人最不喜欢的就是炫耀。再则由于他和所有缺乏想象力的人一样，对自己不懂的东西从骨子里讨厌和鄙视。和许多人一样，他实在弄不明白这"黑底红右三扣"到底是什么意思。

但他从未忘记纹章局的人对他说过的话：只要他肯花钱将族徽买下，他就有权用它，这使他更加相信自己出身高贵，是一名绅士。渐渐地，家族里其他人也不知不觉地接受了这个雉鸡，几个更加认真的人还采用了那句箴言。可是老乔里昂就是不肯用，说这是骗人的鬼话，在他看来毫无意义。

在老一辈当中，有人也许明白他们这个冠饰的光荣来历到底是什么，可要是有人追问下去，他们肯定忙不迭地承认这是斯威辛不知从哪儿弄来的。他们决不会编造谎言，因为他们不喜欢说谎，认为只有法国人和俄国人才说谎。

在小一辈中，大家对这件事则讳莫如深，心照不宣。他们不愿伤害长辈的感情，也不想让自己感到难堪。至于那个冠饰，当然照用不误……

"不可能。"斯威辛说。他曾亲眼目睹他们两人在一起的情景，因此他可以肯定地说艾琳对那个"小土匪"，那个叫博西尼的——咳，管他叫什么呢——反正艾琳对他的态度，跟她对他本人的态度没有什么两样。实际上，他反而觉得……就在这个时候，弗朗西斯和尤菲米娅进来了。他不得不打住，因为这个话题不适合在年轻人面前谈论。

斯威辛正要说要紧的话，却被如此打断，自然不太高兴，但他很快就变得和颜悦色起来，因为他特别喜欢弗朗西斯这个孩子，家里人都亲切地叫她弗朗西。这是个非常能干的姑娘，他听说她光靠写歌谱曲就积攒了不少零用钱，觉得她挺了不起。

他对妇女的态度比较开明，对此他颇为自豪。他觉得没有理由不让妇女画画，谱曲，甚至写书。如果她们还能以此挣上几个钱，那就更没有理由反对了。再说，她们一忙这些事情，就腾不出时间去搞小动作了。当然这并不是说她们就可以跟男人完全一样。

这位常被大家谑称为"小弗朗西"的姑娘是位不可小觑的人物。别的不说，她至少代表了福赛特这家子对艺术的态度。其实她并不"小"，个子还相当高，头发的颜色在福赛特家中算是比较深的，再加上一双灰色的眼睛，使她看上去颇像凯尔特人。她谱写的歌曲的曲名大多为《声声叹息》或《亲亲我吧，妈妈，再让我死去》。后者的副歌听起来犹如一首赞美诗：

> 亲亲我吧，妈妈，再让我死去：
> 亲亲我吧，亲亲我，妈妈！
> 亲亲我呀亲亲我，再让我——
> 亲亲我吧，妈妈，再让我死吧！

这些歌曲的歌词都出自她的手笔。此外，她还写过几首诗。情绪好的时候，她创作过华尔兹舞曲，其中一首叫《肯辛顿转圈圈》，有起有伏，甜美悦耳，在肯辛顿几乎家喻户晓。这曲子不落俗套，不信，请听：

C¾ | 72 47 24 | 6·4 2|

除此之外，她还写过一些儿童歌曲，既风趣又有教益，尤其是《奶奶的小波姬》和那首名为《打瞎他的小眼睛》的小调，这首歌充满了即将蔚然成风的帝国豪情，足以说明她还有先见之明。

没有一家出版社不乐意接受这些歌曲，《高尚生活》和《淑女雅趣》之类的杂志也如痴如醉，大加吹捧，说什么"这是弗朗西·福赛特小姐的又一力作，既富于激情又充满忧伤，深深打动了我们，使我们忽而泪流满面，忽而开怀大笑。福赛特小姐肯定前途无量！"

这位弗朗西小姐有着家族的真传，只结交该结交的人，也就是那些能写文章吹捧她，给她吹喇叭抬轿子的人，当然还有那些社会名流。她无时无刻不在留意能让自己一展风采的机会，也每时每刻都在关注自己不断上涨的身价。在她的心目中这就是她的光明前途。就这样，她到处受人膜拜。

罗杰一生热衷于购置房产，这种专一的精神也传给了他唯一的女儿，使她很容易冲动。有一次，弗朗西忽然心血来潮，居然要创作起严肃的大作品，并决定写一首小提琴奏鸣曲。可惜这是她的作品中唯一让福赛特家的人个个觉得不忍卒听的一首。他们一听就断定这首曲子不可能叫座。

罗杰有这么能干的一个女儿，自然十分得意，常常拐弯抹角地暗示她挣的零花钱可多了去了，不过他对那首小提琴奏鸣曲也不敢恭维。

弗朗西通过尤菲米娅请来了小弗拉奇奥莱蒂，在王子公园家的客厅里演奏过这首曲子。罗杰听后说："这叫什么玩意儿？乱七八糟的破烂货！"

说实话，罗杰一点没说错。这首曲子的确是破烂货，而且更糟糕的是一钱不值的破烂货。福赛特家的每个人都知道，能卖钱的破烂货就不是破烂货，根本不是！

不过，尽管把艺术的价值等同于能卖几个钱并没有什么错，福赛特家毕竟还有几个人，比如一贯喜爱音乐的赫斯特姑姑，不免为弗朗西的音乐不够"古典"而感到惋惜，对她的诗歌也有同样的看法。不过呢，正如赫斯特所说的那样，反正现在也看不到什么像样的诗歌了，尽是些"无足轻重的小玩意儿"，再也不会有人写出像《失乐园》[①] 和《恰尔

[①] 十七世纪英国诗人约翰·弥尔顿（1608—1674）的传世佳作。

德·哈洛尔德游记》①那样的诗歌了。读了这两部作品你就知道什么叫真正的诗歌了。不过，不管怎么说，弗朗西有点事情做做总是好的。别的女孩花钱买东西，而她却在那儿挣钱。赫斯特和朱莉两位姑姑只要听说弗朗西的作品最近又涨价了，都会感到由衷的高兴。

她们现在就在听弗朗西说这事。斯威辛坐在那儿，也在听，不过他装出听而不闻的样子。他总是抱怨这些年轻人说话太快，而且含糊不清，所以他从来都听不清他们在说什么。

塞普蒂默斯夫人说："我真没想到你这么能干，我这辈子也不会有这个勇气的。"

弗朗西嫣然一笑，说："我宁愿跟男人，也不愿跟女人打交道。女人太厉害了！"

"天啊！"斯摩尔夫人大叫一声，"我们可不是那种厉害的女人呢！"

尤菲米娅又咯咯地笑了起来，最后还是以几声尖叫收尾，仿佛被人卡住了脖子似的说："噢，我的好姑姑，你总有一天要把我笑死的。"

斯威辛没觉得有什么好笑的，他最恨别人在他不觉得好笑的时候大笑。再说，他一直很讨厌尤菲米娅，提到她时总是说："尼克的那个女儿，她叫什么来着？就是脸色苍白的那个。"其实，他差一点当上她的教父，要不是他坚决反对她那个怪里怪气的名字，也许早就当上了。不过他真的不喜欢当什么教父。斯威辛于是一本正经地对弗朗西说："天气真好，呃……在这个时节是很难得的。"可是尤菲米娅还在记恨他不肯做她教父的事，所以没有理会，便掉过头去给赫斯特姑姑讲她在教会商店里见到索姆斯夫人艾琳的事。

"索姆斯跟她在一起吗？"赫斯特姑姑这么问是因为她的姐姐斯摩尔夫人还没来得及把这件事告诉她。

"索姆斯跟她在一起？当然不在！"

---

① 英国浪漫派诗人乔治·戈登·拜伦（1788—1824）的长诗。

"这么说她是一个人在城里喽？"

"不，博西尼先生跟她在一起。那天她穿得可漂亮啦！"

斯威辛一听到艾琳的名字，严厉地盯着尤菲米娅。这丫头不管穿什么都没个样子，尽管在别的场合也许还可以。他说："我敢肯定艾琳穿得很体面，像个有身份的贵妇，让人赏心悦目。"

这时，仆人进来通报说詹姆斯先生和他的两个千金到了。他的女婿达尔蒂在来的路上突然酒瘾大发，便谎称与牙医有约，在大理石拱门换车去了他位于皮卡迪利的俱乐部，现在估计已坐在一扇窗前开怀畅饮了。

他对他的狐朋狗友说他妻子要他一起去走亲戚。他才不干哩！没门！嘻！

他把侍应生唤来，要他去大厅里看看哪匹马赢了四点三十分那一场。他说他累坏了，这倒不假，整个下午他一直跟老婆坐着马车去看各种"表演"，后来他坚决不干了，人得有自己的生活啊！

他喜欢坐在这扇飘窗前，因为从这里能看见每一个路过的行人。说来也巧，当他悠闲地望着窗外时，正好看见索姆斯的身影从格林公园一侧小心翼翼地穿过马路向这边走来，显然想进来，因为他也是这个叫"艾希姆"的俱乐部的成员。

达尔蒂一把抓起酒杯，跳将起来，叽里咕噜说了几句什么"四点半赛马不赛马"的事，便一头钻进索姆斯从不涉足的桥牌室。在这间光线较暗的房间里，他独自一人消磨时光，直到七点半钟。他知道这个时候索姆斯肯定离开了。

他好几次忍不住想回到飘窗旁，跟那伙人海阔天空地神聊，但他一再告诫自己有一件事是万万做不得的，那就惹威尼弗雷德生气，尤其是在自己手头如此拮据，"老头子"詹姆斯在石油股票上吃亏之后心情特别沮丧的时候，那就更得小心了，尽管老头子折本又不是他的责任。

要是索姆斯看到他在俱乐部里，这件事肯定会传到他老婆耳朵里，肯定会戳穿他去看牙医的谎言。他还从未见过哪一家能把一件小事这么一传十，十传百的。他惶惶不安地坐在铺着绿色桌面呢的牌桌间，橄榄色的脸上双眉紧蹙，穿着格子呢裤子的双腿上下交搭着，一双漆皮皮靴在昏暗中依然很亮。他咬着手指，正在为一件事犯愁，要是那匹叫"爱神"的马赢不了兰开夏杯①的话，他上哪儿去弄这笔钱呢？

他闷闷不乐地想起了福赛特这一家子。真是少有的一伙！他们一毛不拔，至少是难拔。在钱的问题上他们真他娘的斤斤计较。没有一个讲义气，讲交情的，只有乔治还算可以。而索姆斯那个家伙呢，你想跟他借个十来镑，他准急得昏死过去，要不就用鄙夷的目光看着你，嘲笑你，好像你没钱，你就是丧家犬似的。

还有他的那个老婆……想到这里，达尔蒂不禁馋涎欲滴。他一直想跟她"套近乎"，谁不想跟漂亮的嫂子套个近乎呢？但这个……（他心里用了一个粗俗的词）是绝对不会理睬他的。在她眼里，他简直就是垃圾，不过他敢打赌，这种女人什么事都做得出来。他最了解女人，她们温柔的眼睛和优美的身材可不是白长的。他也听说了关于那个'小土匪'的传闻，如果不是捕风捉影，索姆斯很快也会明白这个道理的。

达尔蒂从坐椅上站起来，转身穿过房间，走到大理石炉台上方的镜子面前，在那儿站了很久，凝视着自己在镜子中的那张脸。这脸色很特别，仿佛在亚麻子油中浸泡过。他那黑黑的八字胡上了点蜡，两侧的鬓须刚刚长出，依稀可见。让他不太放心的是他那个略弯又略大的鼻子边上可能要长个小脓包。

与此同时，老乔里昂在蒂莫西家"宽敞"的客厅里找到了唯一空着的那把椅子。他的到来显然打断了刚才的谈话，使在场的人多少有点尴

---

① 英国重要马赛之一，指在梅尔西赛德的海多克公园举行的名为"兰开夏橡木"的赛马会。

尬。一贯善解人意的朱莉连忙设法让大家放松下来。

"是啊,乔里昂,"她说,"我们刚才还在说你好久没上这儿来了,但我们不怪你。你一定很忙,是不是?詹姆斯刚才也说这段时间特别忙……"

"是吗?"老乔里昂盯着詹姆斯说,"少管闲事就不会这么忙了。"

詹姆斯闷头坐在一把小椅子上,两个膝盖不得不高高耸起。他紧张地移动双脚时,一脚踩在一只小猫身上。那只倒霉的小猫刚从老乔里昂那里躲到他的脚边。

他感到脚下有一件软绵绵、毛茸茸的东西,吓了一跳,连忙把脚缩了回来,生气地说:"怎么?你们这里还养了一只猫!"

"不止一只呢,"老乔里昂望着一张张脸说,"我刚才也踩到一只。"

大家都没吭声。

斯摩尔夫人扳着手指,佯作平静,让人觉得可怜又可笑。她环顾众人后问道:"亲爱的琼好吗?"

老乔里昂锐利的目光中闪过一丝暗自好笑的神情。这个朱莉啊,真是不一般,恐怕再也找不到第二个这么不识时务乱说话的人了!

"不好!"他说,"伦敦这地方不适合她,来来往往的人太多,太吵闹,流言飞语也不少。"说这话时,他特别加重了语气,又一次气呼呼地瞪着詹姆斯。

还是没人接话。

谁都觉得这个时候无论做什么,说什么都太危险了。这间布置高雅的屋子里坐满了白发苍苍、衣冠楚楚的绅士和穿着入时的女士。他们同源同宗,虽然说不清楚他们之间有多相像,但此时此刻,他们仿佛像观看古希腊悲剧的人一样,都有一种大祸临头的感觉。

这倒不是说他们真的意识到了这一点,这种不祥的预感往往只能意会不能言传。

斯威辛站了起来。他可不愿意老这么坐着,怪难受的。再说,也不能让别人盖过他的风头！于是他愈发神气活现地在房间里挪动着他庞大的身躯，跟大家一一握手，准备告辞。

"你们告诉蒂莫西，就说是我说的，"他说，"他那种保养法子，已经过了头。"接着，他对他一向认为"聪明能干"的弗朗西说："改天我带你去兜风。"这句话刚一出口，他就想起了那次难忘的，后来又一直被人议论纷纷的兜风。他定睛站了一会儿，似乎在等大家对他刚才那句话有什么反应。忽然他又想，管它什么反应呢，于是转身对老乔里昂说："再见，乔里昂！你不该不穿件外套就这么跑来跑去，会得坐骨神经痛这类毛病的！"说罢，他用漆皮皮靴的鞋尖轻轻踢了一下那只小猫，便大摇大摆地走了。

他走后，屋子里的人悄悄相望，都想看看别人对"兜风"二字有何反应。这两个字现已家喻户晓，而且意味深长，对全家津津乐道的那个虽未公开，却可能招致大祸的传闻来说，这两个字可以说是唯一的"官方消息"。

尤菲米娅心里有话是憋不住的。她咯咯一笑，说："斯威辛伯伯没请我兜风，我倒高兴。"

斯摩尔夫人想安慰她几句，也想缓和一下刚才那个话题可能引起的多少有些尴尬的局面，便接过话茬儿说："亲爱的，你斯威辛伯伯去兜风，喜欢带上穿得漂漂亮亮的人，这样他脸上才有光。我怎么也忘不了他带我去兜风的那一次，真是难忘的经历！"她圆滚滚、胖乎乎的脸上顿时春风满面，但立刻又愁眉苦脸，眼泪夺眶而出。原来她想起了很久以前与已故的丈夫塞普蒂默斯·斯摩尔一起乘车兜风的往事。

一直忧心忡忡坐在那把小椅子上的詹姆斯，忽然打起精神，没头没脑地说："这个斯威辛，真滑稽。"

老乔里昂的沉默和严峻的目光让在座的人不知所措。他对自己刚才说的话所产生的效果也感到不安。他此行本想打消那个谣言，结果适得其反，谣言反而更真实可信了，因此他的气也没消。他跟他们还没完，早着呢！他还要好好收拾他们！

他当然不会让他的几个侄女儿难堪，他跟她们没有什么过不去的。老乔里昂一向善待年轻漂亮的女性，但他决不放过詹姆斯那家伙，其他几个人也一样，不过可以稍稍宽容一点。于是他问蒂莫西在哪里。

朱莉似乎意识到她的小弟弟要遭殃了，赶紧叫老乔里昂喝茶。"你瞧，"她说，"等你去后客厅喝的，都已经凉了，不能喝了。叫斯密瑟再给你沏上一杯吧。"

老乔里昂站起来说了声"谢谢"，然后正对着詹姆斯说："我没时间喝茶，也没时间听丑闻之类的事！我该回家了。再见，朱莉；再见，赫斯特；再见，威尼弗雷德。"

他没再跟别人——道别，便大步走了出去。

一上马车，他的气就消了。他每次发火都是这样，一旦爆发出来，也就没事了。不过，他心里还不是那么痛快。他也许堵住了这些人的嘴，可这代价未免太大了！他本来死也不信的谣言，现在看来像是真的了。琼真的被抛弃了，而且就是那个家伙的儿媳妇引起的！他觉得这件事千真万确，但又极力想说服自己不是这么一回事。为此，他十分苦恼，所以他渐渐地，但毫不含糊地将这股怨气一股脑儿发泄到詹姆斯和他的儿子身上。

继续留在小客厅里的六女一男经过这一插曲之后，一个个如释重负，又开始轻松聊天。他们坚信自己从不传谣，却认定其他六人个个难免，所以个个都很气愤，却又不知如何是好。只有詹姆斯一言不发，心里乱到了极点。

过了一会儿，弗朗西说："你们发现没有，乔里昂伯伯这一年来变化可厉害啦！您说呢，赫斯特姑姑？"

赫斯特姑姑稍稍往后一缩，说："问问你的朱莉姑姑吧，我一点儿也没看出来。"

其他人都爽快地同意弗朗西的看法，詹姆斯还阴阳怪气地说："他跟原来判若两人了。"

"我早注意到了，"弗朗西接着说，"他老多了。"

朱莉姑姑摇了摇头，脸色忽然阴沉下来。

"乔里昂真可怜，"她说，"得有人替他想想办法才是！"

大家又沉默了一会儿，然后五位客人同时起身告辞，仿佛都怕独自留下。

客人一走，又只剩下斯摩尔夫人、赫斯特姑姑和她们那只猫。远处的关门声表明蒂莫西要来了。

安姑奶奶过世后，朱莉就睡到她房里去了。赫斯特则搬到了朱莉原来那间卧室。那天晚上，赫斯特回屋后刚睡着，门就推开了。斯摩尔夫人头戴粉色睡帽，手里拿着一支蜡烛走了进来，轻轻喊道："赫斯特，赫斯特！"

赫斯特稍稍动了一下，身上的被子发出轻轻的窸窣声。

"赫斯特。"朱莉又喊了一声，看看赫斯特是否真被叫醒了。"可怜的乔里昂，我真替他担心，你说怎么办呢？"她特别加重了"怎么办"三个字。

赫斯特姑姑又轻轻动了动被子，只听见她哼唧着说："怎么办？我哪儿知道呢？"

朱莉心满意足地走了，关门时她特别小心，以免吵醒亲爱的赫斯特妹妹。她轻轻把门从手指间松开，让它咔嚓一声自己关上。

回到自己的卧室后，她站到窗前，生怕别人看见，她把薄纱窗帘拉得严严实实，只从一条缝隙中眺望海德公园树梢上的一轮明月。她那戴着粉色睡帽的圆脸愁容满面，她的眼眶已经湿润。她就这么站着，心里想着她那个又老又孤独的"亲爱的乔里昂"，想着自己能替他做些什么，也想着他怎么来关心她。这种关心在可怜的塞普蒂默斯过世后她再也没有得到过。

第八章　罗杰家的舞会

坐落在王子花园的罗杰家灯火辉煌。几盏玻璃吊灯上插满了蜡烛，和它们在长长的大客厅的镶木地板上的倒影交相辉映，仿佛是天上的一个个星座。客厅里的家具全都搬到了二楼的楼道里，仅在四周沿墙摆放了一圈文明社交场合必不可少的"来宾席"①，这样，整个房间就显得更宽敞了。

房间顶头的一个角落里，放了一架竖式小钢琴，用几棵棕榈树挡了起来，谱架上摊着"肯辛顿转圈圈"的谱子。

罗杰反对请乐队，他觉得根本没有这个必要，也不愿意花这个钱。再说，乐队演奏完了也就走了。罗杰的妻子长期被她丈夫折腾，得了慢性消化不良的毛病，这种时候宁可上床睡觉。弗朗西也拗不过她父亲，只好请一个吹短号②的小伙子来和钢琴配合。她巧妙地用一些棕榈树遮遮掩掩，只要不细看，谁都会以为树后还藏着好几个乐手呢。她准备叫请来的那个小号手使劲吹，她相信只要认真吹，一支短号也能奏出各种美妙的声音。

用较为文雅的美国话来说，她总算"搞定了"，也就是说，她挖空心思想出的种种权宜之计既达到了炫耀摆阔的目的，又保持了福赛特家处处精打细算的家风。她人虽瘦小，但精明能干，穿着一条玉米色的，双肩镶了许多绢纱的连衣裙，戴着手套，走来走去，检查是否一切都已

---

① 舞会或人多的晚会上租来供来宾休息用的藤条长凳。
② 一种比小号稍短，但音质更柔和的铜管乐器。

就绪。

罗杰家平时只有女仆,这次特地请了一名男侍。弗朗西正在向他交代酒水的事情,问他是否听懂了福赛特先生的意思,只能拿出一打从怀特利①买来的香槟酒供宾客饮用。如果喝完了——她不太相信能喝完,因为大多数女宾肯定只喝白开水——如果真的喝完了,香槟酒杯还在,要他好好想想办法。

她不喜欢跟仆人烦这些事情,太失身份了。可是她有这么一个爸爸,又有什么办法呢?的确,罗杰对举办这场舞会一直是这也不满,那也反对,但儿舞会一开始,他准会春风满面地从楼上下来,俨然以舞会的主办人的姿态出现。他会满脸堆笑,甚至挽着最漂亮的一位女宾去用餐。一到两点钟,正当大家舞兴正浓的时候,他又会悄悄走到乐手跟前,要他们演奏《天佑国王》②,然后一走了之。

弗朗西真巴不得他早点累了,好上床休息去。

她有三四个闺蜜,为了帮她准备这次舞会,特地住了过来。她们和她一起,刚在楼上一间空着的小房间里匆匆喝了点茶,吃了几块冷鸡腿充饥。几个男帮手都到尤斯塔斯的俱乐部吃饭去了,因为必须让他们吃饱。

九点刚敲响,斯摩尔夫人就独自到了。她不停地为蒂莫西不能赴会再三道歉,却只字不提直到最后一刻才决定不来的赫斯特。弗朗西热情招呼她,但请她在来宾席上就座后便走开了,让她一个人阴沉着脸坐在那里。今晚她穿了一件淡紫色的缎子礼服,这是她在安姐姐去世后第一次穿色彩鲜艳的服装。

弗朗西那几位闺蜜此时从各自的房间里出来,像变戏法似的换上了不同颜色的裙子,肩部和胸口都有一大堆蓬松的绢纱作点缀,因为这两

---

① 一八八五年在伦敦开业的英国第一家百货公司。
② 英国国歌,现名为《天佑女王》。英国的娱乐活动一般以此曲结束。

个部位在这几位少女身上都不幸单薄了一点。她们都被带去拜见斯摩尔夫人,但没有一个待上几秒钟以上的。她们自己簇拥在一起谈笑,手里翻动着各自的舞卡①,并不时朝门口偷偷张望,盼着第一位男宾的到来。

尼古拉斯家的几口是同时到达的。他们总是那么准时,住在拉德布鲁克林园那一带的人都有这个好习惯。紧跟在他们后面的是尤斯塔斯和他的几个伙伴,他们看上去没精打采,还一身烟味。

接着,弗朗西的三四个仰慕者先后到达,他们是应她的要求提早一点过来的。这几个小伙子都不留胡子,个个生龙活虎,大有肯辛顿一带的年轻人近来特有的那股生猛劲头,而且对彼此同时出现在这个舞会上似乎毫不介意。他们打着两头翘起的领结,穿着白色的背心和绣有花边的袜子,每个人的袖子里还藏着一块手帕。他们行动轻快,显出一副寻欢作乐的好手的样子,似乎今晚就要在这个舞会上大显身手。他们跳起舞来,脸上丝毫没有英国绅士跳舞时惯有的那种庄重的表情,而是一脸轻浮,或者故作斯文,或者忸怩作态。他们又蹦又跳,飞快地转动着舞伴,全然不顾音乐的节拍。

他们自认为是一队轻骑兵,是一伙跳遍了肯辛顿大小舞会的英雄好汉,根本不把别的舞友放在眼里,以为只有他们才懂得什么样的举止,笑容和舞步才算得体。

接下来到达的客人又多又快。少女的监护人都挤在门口对面的墙边,几个活泼好动的则纷纷加入到房间中央不停转动的漩涡中去。

男宾来得不多,没有舞伴的女士只好面带苦笑,耐心等待,那酸溜溜的笑容似乎在说:"噢,请别误会,我知道你不是来请我的。我也没有指望你会来请我。"遇到这种时候,弗朗西就会对她的仰慕者之一,或者随便哪个毛头小伙子说:"这样吧,要我高兴呢,就帮我一个忙吧,

---

① 舞会上年轻少女手上持有的一张卡片,记录已经共舞的舞伴和预约的舞伴的名字,以便舞会结束后互相比较,看谁的风头最足。

我来把你介绍给平克小姐。瞧，多好的一位姑娘啊！"说着，她就把他带到那位姑娘跟前，说："这是平克小姐，这是盖特科尔先生。你能赏光陪他跳个舞吗？"平克小姐于是勉强一笑，微红着脸说："噢，我看可以。"同时用手遮着空白的舞卡，在上面写下改盖特科尔这个名字，又在他建议下次共舞的时段里，激动地再次记下他的名字。

要是这个青年低声说他有点热，并转身就走，那么这位平克小姐就只好继续无望地等待，继续苦笑。

那些做母亲的一面轻轻摇着扇子，一面留意看着自己的女儿。从她们的眼神中一下就可以猜出她们的女儿当晚的运气好不好。她们自己挤在墙边，一坐就是几个小时，又累又无聊，也没有多少话可说，不过只要女儿玩得开心，这些都算不了什么。可要是看到自己的女儿没人理睬，被人冷落在一边，那她们是绝不会善罢甘休的。不错，她们可能依旧笑容可掬，但她们会用被激怒的天鹅般的目光，凶狠地直刺过去。这还不算，她们恨不得冲向那个叫盖特科尔的小子，一把抓住他那条花里胡哨的裤子的裤腿，把这个自以为是的家伙拉到女儿身边。

今晚，肯辛顿罗杰家的这个舞场无异于一个战场。几番较量之后，现实生活中残酷和艰辛在这里体现得淋漓尽致：有的垂头丧气，愤愤不平；有的得意洋洋，忘乎所以；也有的无可奈何，只好耐心等待。

偶尔也有一些恋人——当然不是弗朗西那几个怪模怪样的情人，而是真正相爱的人——会颤抖着用无言和羞涩的目光暗送秋波，或者在熙熙攘攘的舞池中设法见上一面，轻轻触碰一下。他们不时还会跳上一曲，那明亮的眼神让旁观者看了无不惊羡。

十点整，詹姆斯一家到了，有埃米莉、雷切尔、威尼弗雷德，还有第一次在社交场合正式露面的小女儿西塞莉。他们没让达尔蒂一起过来，因为上次他在罗杰家猛喝香槟酒，把自己喝了个烂醉。索姆斯和艾琳是在父母家吃的晚饭，所以紧跟着在后面一辆马车里同时到达。

这几位女士的肩部就没有配上绢纱，而只有两条吊带，因而肉体暴露更为大胆，一看便知是住在海德公园另一侧的人更为时髦的打扮。

索姆斯唯恐跳舞的人碰着自己，所以侧身退到墙边，在那里伫立观看，并以一丝淡淡的微笑掩饰内心的波澜。圆舞曲一首接着一首，翩翩起舞的人成双成对地在他身旁擦肩而过，有的面带微笑，有的边说边笑，有的双唇紧闭，东张西望，也有的双唇微启，默默凝视着对方。在这炎热的夏夜里，鲜花的芳香、女人的头发和她们喜欢的香水汇成了喜庆场合特有的那种气味，让索姆斯感到窒息。

他不跟任何人说话，始终装出漫不经心的样子，脸上的微笑也总带着一点轻蔑，可是只要他发现了他要寻找的对象，他的两只眼睛就会直愣愣地盯着不停转动的人群中的某一点，嘴上的笑容也会立刻消失。

他也不跟任何人跳舞。有些人倒是陪着妻子在跳舞，不过在索姆斯看来，这"不成体统"，所以他婚后从来没跟艾琳跳过舞。这对他来说是否是一种解脱，只有天知道了。

艾琳一直在跟别的男士跳舞，经过他面前时，他能看到她艳丽的长裙在脚边轻轻飘起。她的舞姿的确很美，有几位女士酸溜溜地笑着对他说："福赛特先生，您的夫人跳得多好啊！看她跳舞，真是一种享受！"这些话他早已听腻了，也懒得回答，所以只是斜眼一瞥，似乎在说："是吗？"

边上有一对年轻人在用扇子调情。你扇我一下，我扇你一下，扇出一阵阵让他讨厌的恶风。弗朗西跟她的情人之一也站在附近谈情说爱。

他听到身后罗杰的说话声，在吩咐仆人准备夜宵。这里的一切都是二流货！他真后悔不该来此！他曾问过艾琳是否要他作陪，她还是用那种让他敢怒而不敢言的微笑说："嗯，不必了吧！"

那他何必还要来呢？他已经有一刻来钟没有见到她的身影了。这时乔治那张奎尔普般的脸正向他靠近，他已经躲闪不及了。

"看见那个'小土匪'了吗？"这个油嘴滑舌的人问道，"瞧，还剃了头，不怀好意啊！"

索姆斯说他没看见。这时正好是两首舞曲之间的间隙，舞池里的人少了一半，索姆斯赶紧穿过客厅，来到大阳台上，俯首望着下面的街道。

一辆马车刚停下，是晚到的客人。大门口围着好些喜欢在街上游荡和看热闹的人。他们一见到灯光，一听到音乐声，便会聚拢过来。索姆斯往下看去，只见一个个黑糊糊的身影和一张张苍白的、仰面呆望的脸。他很恼火，为什么让这些人围在这里？那个警察为什么不把他们赶走？

那个警察根本没有心思注意这些人，他叉着双腿站在横铺在人行道上的一条深红色地毯上，警盔下露出的同样是一张呆滞凝望的脸。

透过铁栅栏，索姆斯看到马路对面被路灯照亮的树叶在微风中轻轻摇曳。再往前看，一座楼房上层的灯火像一只只眼睛俯视着黑暗寂静的花园。往上看是伦敦美丽的夜空，洒满了无数灯火的点点反光，它们和星星一起织成的苍穹折射出人们的欲望和幻想，也像一面巨大的镜子，夜夜照着绵延数里的房舍和花园，豪华的大宅和脏乱的贫民窟，照着福赛特一类的人，也照着警察和在街头默默呆望的人，不无讽刺地反映出世间的穷奢极侈和悲怆凄凉。

索姆斯转身离开，躲到一个比较隐蔽的角落里，从那儿注视着灯火通明的大客厅。外面要凉快一些。他看见刚才晚到的客人原来是琼和她的爷爷，心想他们为什么来得这么晚？他们站在门口，看上去精神疲惫。很难想象乔里昂伯伯这么晚了还出门！琼为什么没跟往常一样来找艾琳呢？他猛然想起他已经好久没有见到琼了。

看到琼突然脸色刷白，像要晕倒的样子，继而又涨得通红，他多少有点幸灾乐祸。他顺着琼的目光望去，发现自己的妻子正挽着博西尼的胳膊，从房间另一头的花房过来。她抬头望着博西尼的眼睛，似乎在回答他提出的什么问题。他也注视着她，专心在听。

索姆斯又看了看琼。她的手搭在老乔里昂的手臂上，似乎在跟她的爷爷提什么要求。他又看见他伯父脸上吃惊的表情。接着，祖孙二人转身出门，走出了他的视线。

音乐再次响起，又是一支圆舞曲。索姆斯躲在窗后，像一尊塑像一动不动。他面无表情，既不愤怒，也没笑容。没过多久，他的妻子和博西尼就在离这幽暗的阳台不到一码的地方双双经过。他闻到了她身上所戴的栀子花的香味，看到了她一起一伏的胸脯，她柔情似水的目光，微微张开的双唇和一种他从未见过的表情。他们随着慢悠悠、轻飘飘的乐曲翩翩起舞，在他眼前经过。他甚至觉得他们搂得太紧了。他看见她抬起妩媚的黑眼睛与博西尼对视了一下，随即垂了下来。

索姆斯脸色煞白。他回到阳台上，靠着栏杆低头望着下面的广场。那些黑黑的身影尚未离去，依然面无表情地和那名警察一样，凝目仰望着楼上的灯光，但索姆斯却什么也看不见。楼下，一辆马车在大门口停了下来，两个人上车后便疾驶而去……

那天晚上早些时候，琼跟老乔里昂按时坐下来吃晚饭。琼跟平时一样，穿着高领上衣，老乔里昂也一身便服。

早餐时，琼就说起过罗杰叔叔家舞会的事。她想去，可是她说她太糊涂了，竟忘了找人作陪，而现在已经来不及再找了。

老乔里昂抬起他犀利的双目。琼可是一向跟艾琳一起去参加舞会的啊？他故意盯着她，心想："她为什么没去找艾琳呢？"

不，琼不想去找艾琳。她就要她爷爷陪她去，哪怕就这一次，哪怕只待一会儿！

看到孙女如此急切又如此憔悴，老乔里昂勉强答应了。他说他不明白她为什么一定要去参加这样一个舞会。他敢打赌这种舞会没什么意思。再说她身体也不好，不该去跳舞。她应当去吹吹海风。他一开完"环球黄金专营公司"的全体会议，就可以带她去海边。怎么，她不想去？唉，这样下去，她会拖垮的！他很伤心，偷偷瞟了她一眼，继续吃他的早餐。

琼一早就出了门，在大热天里瞎转了一阵。近来，她无论做什么都懒洋洋的，今天却异常兴奋。她买了一些花，要把自己打扮得漂漂亮亮。他肯定会去的！她知道他一定收到了请柬。她要让他看看她并不在乎，可心底里却决心要在当晚的舞会上把他夺回来。回家吃午饭时，她面色绯红，兴冲冲地边吃边说。老乔里昂见了，还以为她的心情真的好起来了。

可是到了下午，她忍不住抽泣起来，只好用枕头捂住哽咽声。等到哭完后一照镜子，她看到的是一张哭肿的脸，红红的眼睛和发紫的眼圈。在这昏暗的房间里，她一直待到开晚饭的时候才出来。

吃饭时，她始终没说一句话，但心里一直在斗争。老乔里昂见她情绪低落，又疲惫不堪，便叫仆人"桑基"把已经备好的马车撤了。他不能让她去！她必须卧床休息！她也没有反抗，上楼进了卧室，在黑暗中一直坐到十点钟。然后，她摇摇铃，唤来了女仆。

"给我倒点热水，下去告诉福赛特先生我已经休息好了。跟他说如果他觉得累了，我可以自己一个人去。"

女仆斜眼看着她。琼没好气地对她说："去啊，快去给我打水！"

准备穿去参加舞会的礼服还摆在沙发上。她精心打扮好之后，手捧鲜花，昂首从楼上下来。经过她爷爷的房间时，她听见他还在里面。

老乔里昂正在穿衣。他觉得这实在荒唐，也非常恼火。都过了十点了，到那儿准得十一点。这孩子疯了！但他不敢违拗她。吃晚饭时她脸上那副表情让他很不放心。

他用乌木发刷梳理头发，直到一头白发在灯光下银光粼粼。接着，他也跨出房门，来到光线暗淡的楼梯口。

琼已在楼下等他。两人见面后，默默向马车走去。

这段路今晚似乎特别长。他们走了不知多少时间才到罗杰家。步入客厅时，琼表面上装得十分坚强和镇静，内心却因紧张和激动而惴惴不安。起先她觉得今晚来这儿似乎是自己在'追求他'，因而还有些不好意思。可是现在，由于担心他可能没来，可能根本见不着他，羞涩的感觉反而没有了，取而代之的是她非要把他夺回到自己身边的决心。然而她又不知从何下手。

她一向喜欢跳舞,见到这宽敞的舞厅和光亮的地板,她立刻心动了,有一种难以克制的喜悦。她跳起舞来,飘逸自如,像一个忘乎所以、纵情欢乐的小精灵。他一定会请她跳舞的。只要跳上一支曲子,就可以冰释前嫌,和好如初了!她急切地四下张望。

突然她也看见博西尼和艾琳从花房那边过来。他那全神贯注的表情犹如晴天霹雳,让琼猝不及防。他们当然没有看见她痛苦的表情,她也决不让任何人看见,包括她的爷爷。

她把手搭在爷爷的手臂上,低声说:

"爷爷,我们回家吧。我不舒服。"

他带着她匆匆离开,心里一直在嘀咕,他早就知道会有这个结果。

但他没有说出口。马车幸好就停在门口,上车后他才问她:"亲爱的,你怎么啦?"

看到琼娇小的身子因哭泣而抽搐不止,他大为惊慌。明天一定得请布兰克医生过来给她看看,他必须坚持这一点,不能让她这么下去了……好了,好了,别哭了!

琼终于止住了哭泣,紧紧捏着她爷爷的手,用一块大披肩遮着下半截脸,蜷缩在车厢的角落里。

他只能看见她的眼睛在黑暗中呆呆地凝视着前方。他也只能用自己瘦骨嶙峋的手指不停地轻抚着她的手背。

第九章 里士满的黄昏

舞会上,除了琼和索姆斯,还有一些人也看到了尤菲米娅已开始称之为"那两个"的人从花房那头过来,而且也注意到了博西尼脸上的表情。

大自然平时看上去也许一副若无其事的样子,但有时候也会向人们展示隐藏在这闲适平静背后的巨大激情,比如强烈的春光会穿过紫色的云朵将洁白的杏花照得晶莹剔透;又比如月光下,一座高耸入云的雪峰会与夜空中一颗明亮的星星交相辉映;或者一棵古老的紫杉会矗立在一片夕阳似火的余晖中,默守着一段炽热的感情。

同样,福赛特家的某个人,在酒足饭饱之后,说不定也会一反常态,做出匪夷所思的事情,比如画廊里有一幅画,某个参观者看了,便在目录上随意打上三个星号,并写上"提香①,太棒了!"几个字。他看了这幅画之后居然也深受感动,甚至欣喜若狂。他会觉得有些东西,比如画廊里的这幅画,还真是好东西,并且会产生一种莫名其妙的感觉。作为一个务实的人,他喜欢事事精细,很想弄明白这到底是一种什么感觉,可就是摸不着,抓不住,就像刚才喝下肚子的美酒所产生的热乎乎的感觉正在慢慢消失一样,剩下的只有懊恼,只有担心肝脏要出问题。这个时候,他就觉得刚才那顿饭也许过于奢侈,太铺张浪费了,自己节俭的美德也丧失殆尽。同样,在想不通自己为什么忽然喜欢上那幅画之后,他就无意了解目录上那三个星号是什么意思,他也根本不想知道大自然有什么神奇的力量,甚至从未想过这种力量的存在,因为一旦知道了,他自己又算什么呢? 他只需要知道他是花了一个先令买了门票进来看画的,又花了一个先令买了这份目录,这就够了。

琼和福赛特家的另一些人那天都看到了博西尼脸上的那个表情。它就像一支点燃的蜡烛,在一块假想的幕帘上的一个小孔背后快速移过时,忽然投射过来的一束光线。它一闪而过,来不及让人细看,却特别引人注目。见到那个表情的人无不感到这里面隐伏着祸患。他们也许看

---

① 意大利文艺复兴时期威尼斯画派最主要的代表(1488/1490—1576)。

得一时高兴，觉得有趣，但很快意识到还是不看为妙。

不过，这倒能解释琼为什么来得晚，走得早，而且没跟未婚夫跳上一个舞，甚至连手也没握一下就走了。据说她身体不舒服，当然，这一点也不奇怪。

在场的人都无意散布流言，都不想做恶人。何必呢？他们反而像做了亏心事似的面面相觑。对外人，他们更是三缄其口。一条不成文的规矩使他们个个保持沉默。

不久传来了琼跟爷爷一起去了海边的消息。

他们去的地方叫布罗德斯泰尔斯①。这是一个刚开始受人青睐的地方，因为雅茅斯已经不吃香了，尽管尼古拉斯还一直说那儿好。福赛特家的人去海滨度假，个个都要面子，要摆阔，回来后却会因过于破费而至少心疼一个礼拜。如果说福赛特家的那位先人爱喝一点马德拉葡萄酒就算有贵族习气的话，那就不难理解他的儿孙们为何这般小家子气了。

不管怎么说，琼去了海边。其他人除了静观事态的发展外，也没有别的事可做。

不过"那两个"到底发展到什么地步了呢？他们打算走多远？他们真的能发展下去吗？肯定不会有什么结果的，因为两人都没有钱。顶多是逢场作戏，调调情而已，到时候自然不了了之，所有这类恋情都是这个结果。

索姆斯的妹妹，威尼弗雷德·达尔蒂住在格林街。由于受梅费尔一带的风气的熏陶，她对已婚夫妇的行为规范的看法要比住在别的地方，比如住在拉德布鲁克林园的人开放得多。在她看来，这种事情也值得大惊小怪？实在可笑。尽管艾琳个子比她高，可是在她眼里，在地位显赫的福赛特家的人眼里，艾琳就是个"小妇人"。这个小妇人不过就是感

---

① 英格兰肯特郡东部海滨城市，一八三七至一八五九年期间作家狄更斯常来此居住写作。自一九三七年起，每年六月举行为期八天的狄更斯节，吸引大批游客。

到无聊，想解解闷而已，这有什么不可以的呢？再说，索姆斯本来就是个很乏味的人。至于那个博西尼，她甚至认为他长得挺"帅气"，只有乔治这个小丑才会给他起"小土匪"这样的绰号。

认为博西尼很"帅气"这一"名言"着实引起一片哗然，但很难令大家信服。要说"他长得还算可以"，大家也许还能接受，可是硬要说一个颧骨高耸、两眼古怪，又老喜欢戴一顶软毡帽的人很"帅气"，那只能说明威尼弗雷德又在不顾一切地赶浪头了。

又是一个有钱人不顾一切，竞相讲排场，比阔气的夏天，一个连大地也不甘示弱，也要大放异彩的季节。栗树从未开过这么多的花，鲜花也从未沉浸在如此浓郁的芳香中。家家户户的花园里玫瑰飘香。天上密集的星星把夜空挤得水泄不通，而一到白天，太阳又像一名全副武装的武士，从早到晚把一块黄铜色的盾牌高高举在海德公园的上空，把人们纷纷吸引到户外，就地野餐，这是他们平时绝不会做的事情。从碧波粼粼的泰晤士河的一座座桥上驶过的各种马车川流不息，大大超过了平时，满载着成百上千的上层中产阶级家庭前往布歇[①]、里士满[②]、基尤[③]和汉普敦宫[④]的绿茵丛中。这一年，凡是算得上有车一族的人家，几乎都到布歇的马栗林至少去过一次，或者驱车在里士满公园的欧栗林中兜过一圈。他们的马车滚滚向前，后面扬起一团团尘土。他们坐在车上轻轻颠簸，看着不时从树丛中慢慢探出头来的梅花鹿的鹿角。这些树丛一到秋天便是情人幽会的绝佳去处。当栗树花和羊齿草撩人的芳香不时飘过身边时，车上的人不禁会说："哎呀，你闻闻，多香啊！"

那一年，菩提花从未如此盛开，几乎呈蜜黄色。日落时分，它们从伦敦大小广场的四角散发出阵阵幽香，比蜜蜂采集到的还要甜蜜。晚

---

① 伦敦西北方向约十英里外的一城镇。
② 伦敦西南方向一公园。
③ 伦敦西面的皇家植物园。
④ 伦敦附近泰晤士河畔的一座宫殿。

饭后，福赛特这类人便纷纷来到公园中专为他们开辟的小花园里散步纳凉。他们被这种香味撩拨得情迷意乱，却又说不清到底渴望得到什么。

正是这种无名的渴望，使他们在黄昏后幽暗的花坛间流连徘徊，好似在等情人幽会，又好似在等最后一线日光在树荫下渐渐消失。

也许是菩提树的花香勾起了她的恻隐之心，也许是出于姑嫂的情分，想亲自摸摸底，也许是想证明自己对此事所作的"不必大惊小怪"的判断没有错，当然，也可能仅仅因为那个夏天人人都无法抑制去里士满一游的强烈愿望，所以四个小达尔蒂——小帕布琉斯、伊莫金、莫德和本尼迪克特的妈妈威尼弗雷德给她的嫂子艾琳写了一封短信：

亲爱的艾琳：

听说索姆斯明天要去亨莱①，还要在那里过夜。我想如果我们约上几个人一起去里士满玩玩，那该多有意思。你去请博西尼先生，我去叫小弗列帕德。

埃米莉（他们对父母都直呼其名，可谓新潮）已同意让我们用家里那辆大马车。我七点钟去接你和你那位年轻朋友。

小姑　威尼弗雷德·达尔蒂
六月三十日

又及：蒙塔古认为皇冠和皇权酒店的饭菜很可口。

达尔蒂的教名是摩西，蒙塔古是他的中名，也是大家更为熟悉的名字，因为他是一个十足的玩世不恭的人。

威尼弗雷德的这番美意可谓用心良苦，可是老天偏偏不帮忙。先是小弗列帕德回信道：

---

① 英格兰牛津郡泰晤士河畔一城镇，离伦敦不远。

亲爱的达尔蒂夫人：

　　非常抱歉，实在太忙，不能赴约。

您的
奥古斯塔斯·弗列帕德

　　这个时候想打退堂鼓显然来不及了。凭着多年做母亲练就的快速果断、雷厉风行的作风，威尼弗雷德立刻想到叫上自己的丈夫作陪。她这个人很有主见，但不固执己见。这跟她的外表——一头浅色的头发和两颗发绿的眼珠十分相称。她难得遇到，甚至可以说从未遇到过让她束手无策的事情，即使遇到了，也总有办法妥善解决，化险为夷。

　　这几天达尔蒂心情极佳。"爱神"在兰开夏杯赛中砸了锅。这匹名马的主人是跑马场上大名鼎鼎的赌徒，他暗地里在别的马身上下了好几千镑的赌注，却根本没让自己那匹马跑起来。"爱神"只好退出比赛，此后的四十八小时是达尔蒂一生中最沮丧的时刻之一。

　　他脑子里没日没夜在想要不要找他的丈人詹姆斯借点钱。他也想到过他的大舅子索姆斯，尽管对他恨之入骨，却还抱有一线希望。星期五晚上，他急得实在受不了了，终于喝得酩酊大醉。可是星期六一早，他那投机的本性又抬头了，于是他借了几乎不可能还得起的几百英镑，匆匆赶到城里，全部押在索尔顿让步赛中一匹叫"六角手风琴"的马上。

　　后来他在"艾希姆"俱乐部吃午饭时对斯克罗敦少校说："是那个叫内森斯的犹太小伙子给他出的点子。我想管他三七二十一，反正豁出去了。可要是又输了，那就只好让老头子替我还债了！"

　　一瓶波尔·罗杰①下肚后，他连丈人也不放在眼里了，居然叫起"老头子"来了。

　　成了！"六角手风琴"以领先一颈的优势险胜。好险啊！不过达尔

---

　　①　一种产于法国埃佩尔内的名香槟酒。

蒂说了：赌马这种事靠的就是胆量！

所以一听说要去里士满游玩，达尔蒂欣然同意，甚至主动提出由他"请客"！他对艾琳早就垂涎三尺，本来就想找个机会跟她热和一下。

五点半的时候，公园路那边的听差跑来说：福赛特太太十分抱歉，有一匹马病了，直喘气。

这个消息不啻是又一打击，但丝毫没有打乱威尼弗雷德的阵脚。她立刻派七岁的儿子小帕布琉斯和家里的保姆一起去蒙彼利埃广场索姆斯家。

他们决定分头乘车前往里士满，约好晚上七点四十五分在皇冠和皇权酒店会合。

达尔蒂一听这个安排，可高兴了。这比背对着马，反方向坐着要舒服得多。再说，他也巴不得跟艾琳同车。他原以为他们会先去蒙彼利埃广场接人，在那里换人换车。

后来得知集合地点是皇冠和皇权饭店，而且他得跟老婆同车一直坐里士满时，他立刻拉长了脸，一路埋怨这车跑得真他……的慢！

他们七点出发。达尔蒂跟车夫打了个赌，说要是他能在三刻钟之内赶到的话，就输半个克朗①给他。

一路上夫妻俩只说过两次话。

第一次达尔蒂说："索姆斯老爷要是听说自己的老婆跟博西尼少爷坐在同一辆马车里出游，非得把鼻子气歪不可。"

威尼弗雷德说："别瞎说，蒙塔古。"

"瞎说？"达尔蒂重复了一遍，"我的好太太，你不了解女人！"

第二次只有达尔蒂一人开口。他问道："我这副样子还可以吧？腮帮子鼓了点，乔治特别爱喝那种汽酒，喝了胀气。"

原来他跟乔治·福赛特一起，在"哈佛斯奈克"吃的午饭。

---

① 英国旧币制的五先令硬币。

博西尼和艾琳比他们先到，正站在面朝泰晤士河的一扇法式落地窗前。

那年夏天，无论白天黑夜，家家户户都敞开窗户，让树木花草发出的各种气息日夜飘进屋里，白天是热烘烘的枯草味，夜间是凉丝丝的露水味。

一向观察仔细的达尔蒂发现他的两位客人并没有多少过火的举动。他们紧挨着站在一起，却不说话。博西尼看上去像没吃饱饭似的，一点不精神。

他让威尼弗雷德去招呼他们，自己忙着点菜。

福赛特家的人要吃得好，但并不一定吃得精。可是达尔蒂这种人一定会让任何一家饭店拿出所有的招牌菜。尽管他自己的日子过得捉襟见肘，但什么好吃他吃什么，就连喝的酒也必须是特酿。市面上有许多种酒是达尔蒂这类人"不屑一喝"的，他只喝上乘佳酿。反正总是别人付账，何必亏待自己呢？只有笨蛋才跟自己过不去。达尔蒂是不会干这种蠢事的！

他的老丈人收入丰厚，又特别喜欢几个小外孙，于是必须吃好喝好，而且样样都要最好的生活原则也就顺理成章了！

善于察言观色的达尔蒂，在小帕布琉斯出生后的第一年，就注意到了詹姆斯喜欢小孩这一特点。尽管当时生这个孩子时，他觉得是个错误，但他敏锐的洞察力告诉接下去他该怎么做。于是他就有了四个小达尔蒂，这无异于买了终身保险。

这顿大餐的亮点无疑是那道鲜美无比的绯鲤，是从老远的地方运来的，保鲜极好。这鱼是先煎，后去骨，然后放在冰上，跟用马德拉葡萄酒调制的果味酒一起享用，而不用一般的调料。这种吃法只有少数见过世面的人才知道。

其他菜肴就不多说了。最后由达尔蒂掏了腰包。

吃饭时，他自始至终格外活跃和殷勤。贪婪的目光几乎一刻也未离开过艾琳的脸上和身上,而且丝毫不加掩饰。不过,他心里不得不承认她对他的表现无动于衷,毫无反应,冷淡得就跟那奶油色的薄纱下露出的肩膀一样冰凉。他原以为肯定能抓到她跟博西尼打情骂俏的场面,但他想错了。她的举止非常得体,而那位建筑师朋友则苦着一张脸,像狗熊头疼时的表情。威尼弗雷德好不容易才让他开口说了几句话。他什么也不吃,光喝酒,喝得脸色发青,两眼发直。

这一切实在太有意思了!

只有达尔蒂一人兴致勃勃,滔滔不绝。他知道怎样逗人开心,说出来的话相当刺激。但考虑到有女士在场,他只讲了两三个不算太出格的故事。平时,他的故事要露骨得多。他装模作样地提议为艾琳的健康干杯,却无人响应。威尼弗雷德只好出来打圆场,说:"算了,蒙蒂,别出洋相了!"

在她的提议下,饭后大家一起上了面朝泰晤士河的一个大平台。

"我真想看看平民百姓是怎样谈情说爱的,"她说,"一定很有趣。"

白天的暑气消散后,还真有不少人在习习凉风中悠闲漫步。他们边走边谈,有的嗓门很粗,声音很大,有的则柔声细气,仿佛在窃窃私语。

威尼弗雷德无愧是这几个人当中唯一姓福赛特的人。凭着她机智灵活的头脑,她很快就为大家找到了一条空着的长凳,于是他们在一棵枝叶茂密得像一顶大帐篷似的大树下坐成一排。这时,河面上雾霭蒙蒙,天色也渐渐暗了下来。

达尔蒂坐在长凳的一头,边上是艾琳,再过去是博西尼和威尼弗雷德。这条长凳并不长,四个人一坐就挤得满满了。这个玩世不恭的家伙可以感到艾琳的胳膊跟他的胳膊紧贴在一起。他知道艾琳出于礼貌,不好意思把手臂缩回去,所以非常得意,还不时设法跟她靠得更紧一些,心想:"凭什么让那个小土匪一个人占便宜!就这样挤挤,越紧越好!"

暮色中,从平台下远处的河面上飘来了曼陀林的叮咚声和熟悉的歌声：

　　小船，小船靠码头，
　　我们要去会朋友，
　　又唱，又笑，还要大口喝那雪莉酒！

忽然，一轮初升的明月从树梢背后冉冉升起，同时带来了一丝凉意，仿佛就是这轮明月呼出的，还夹带着菩提树温馨的花香。

达尔蒂抽着雪茄，侧目窥视博西尼的动静。后者双臂交叉，抱在胸前，两眼直视前方，表情异常痛苦。

达尔蒂又朝他和博西尼之间的那张脸瞥了一眼。在较暗的大树下，这张脸看似蒙上了一层比四周的夜色更黑的面纱，那么柔和，那么神秘又那么诱人。

刚才还人声嘈杂的平台，此时已安静下来，那些散步的人好似都在默想各自的秘密，既珍贵又甜蜜，所以只能放在心里。

达尔蒂心想，这些人估计都在想女人。

余晖已从河面上消失，歌声也已停止。刚刚升起的月亮又躲到了树后，四周一片漆黑。达尔蒂乘机把身子向艾琳贴了过去。

他碰到的胳膊和大腿猛地一颤，他也立刻看到了她厌恶和鄙夷的目光，但他毫不在乎。他感觉到她想把身子挪开，反而暗自好笑起来。

不过，必须说明的是这个老滑头刚才确实喝多了一点。

他弯弯的小胡子下张着两片厚厚的嘴唇，肆无忌惮地斜视着她，完全是一副不怀好意的色徒相。

树梢间露出了一道天空，布满了密密麻麻的星星。跟地上的凡人一样，它们似乎也在涌动，在窃窃私语。此时，平台上人声又起，达尔蒂心想："这个博西尼啊！活脱脱一副饿死鬼的穷酸相！"他又一次向艾琳身上靠去。

这一次他的运气就没那么好了。她站了起来,接着大家也跟着站了起来。

但是这位花心先生岂肯就此罢休,他非要看看这个女人到底是个什么货色。这时,他已满肚黄汤,走在平台上时,他一直紧挨在艾琳身旁。马上就要乘车回家了,而且要走很长的一段路呢!那个与外界隔绝的小小车厢可是个绝妙的好地方啊——幽暗又温暖,给人一种特别温馨的亲密感。嘿嘿,发明这玩意儿的人真了不起!就让那个饿死鬼跟他老婆坐一辆车回去吧。祝他们一路愉快!他知道自己说话已含糊不清,所以尽量避免开口,但嘴上一直挂着得意的微笑。

他们朝停在平台远端等候他们的马车慢慢走去。他的计划跟所有的如意算盘一样,简单得不能再简单了。他只要挨在她身边不走,那么她一上车,马上跟进去就行了。

可是艾琳走到马车边上后却没有上车,而径直走到马头跟前。达尔蒂的两条腿这时有点不听使唤了,没法跟过去。艾琳站在马头旁,轻轻摸着马鼻。让达尔蒂十分气恼的是博西尼抢在他前头走到了她身边。他看见她转身跟博西尼说了几句话,说得很快,声音也很轻,但"那个家伙"这几个字却清清楚楚传到了他耳朵里。他站在马车的踏板旁,就是不走,等着她过来。哼,不管他们耍什么雕虫小技,他自有办法对付!

灯光下,这个不过中等身材的人穿得笔挺,身上是一件白色的晚礼服马甲,手臂上挎着一件薄薄的外套,纽扣眼里还插了一朵粉红色的鲜花。他黑黝黝的脸上一副自鸣得意、信心满满的样子。这时的他简直无可挑剔,活脱脱一个情场老手!

威尼弗雷德已经上了车。达尔蒂心想博西尼这家伙要是不机灵一点,在车上肯定会很不好受的。突然他感到被人用力推了一下,差一点跌倒在地,耳边同时响起了博西尼咬牙切齿的声音:"我送艾琳回家,你听懂了没有?"他看到一张气得发青的脸,两只眼睛像野猫一样直瞪着他。

"咦?"他结结巴巴地说,"怎么啦?我不明白!不是你送我妻子回家吗?"

"快走开!"博西尼咬着牙说,"再不走,我把你扔到街上去。"

达尔蒂倒退了几步。他看得出这家伙是说到做到的。艾琳立刻从他让出的一道空当中一穿而过,但她的裙边还是擦到了他的腿上。紧接着博西尼也上了车。

"上路!"他听见那小土匪大声喊道。车夫一扬鞭,马车立刻向前冲去。

达尔蒂目瞪口呆地站了一会儿,然后奔向他老婆坐的马车,匆匆爬了上去。

"跟上去!"他也对车夫大喊了一声,"别让前面那小子跑了!"

他在妻子边上刚坐下便破口大骂。最终好不容易平静下来后,他说:"看你把事情搅成什么样子了,让那个小土匪送她回家。你怎么就没法拖住他呢?他鬼迷心窍了,再蠢的人也看得出来。"

威尼弗雷德还没说几句,他又对天赌咒发誓,声音之响盖过了她的话音。一路上他怨天尤人,骂遍了所有人——自己的老婆、她的父亲、她的兄弟、艾琳、博西尼、福赛特家的所有人,甚至连他自己的子女也未能幸免。他还悔恨自己不该结婚,说是倒了大霉,直到马车驶近巴恩斯时他才消停。

威尼弗雷德是个沉得住气的人,倒也不阻止他,一直让他骂到骂不动为止。最后他垂头丧气,一声不吭地坐着,但两只愤怒的眼睛却从未离开过前面那辆马车的车尾,就像盯着一件一直在他眼前晃悠,却无法抓到的东西。

所幸的是达尔蒂听不见博西尼激动的劝慰,后者之所以如此激动,像开了闸的洪水那样奔泻而出,就是因为那个没羞没臊的家伙竟敢对艾琳动手动脚。他也看不见艾琳惊恐和哆嗦的样子,好似衣服忽然被人扯开了一样,看不见她的眼神,如同挨打的孩子那样伤心和委屈。他听不见博西尼再三恳求她不要难过，听不见她突然失声痛哭，看不见那个紧张得瑟瑟发抖的饿死鬼谦卑地握着她的双手。

来到蒙彼利埃广场后，车夫不折不扣地按主人的指示，在前面一辆马车后面停了下来。达尔蒂夫妇看见博西尼先跳下来，接着，艾琳也下了车，低着头快步走上门口的台阶，并立刻消失在大门内，显然大门的钥匙已经在她手上。他们甚至没来得及看清她是否掉头跟博西尼说了什么。

博西尼经过他们的马车时，夫妻二人借着路灯的灯光，清清楚楚看见了一张怒气冲冲的脸。

"晚安，博西尼先生！"威尼弗雷德大声说。

博西尼一怔，一把抓下帽子，快步往前走去。显然他没有注意到他们也在这里。

"瞧，"达尔蒂说，"看见那个畜生的脸了吗？我刚才怎么跟你说的？看你干的好事！"他又一次把责任推到了妻子身上。

另一辆车上刚才显然发生过一番激烈的情景，威尼弗雷德也没法为自己辩护，便说："这件事就不谈了，搞得沸沸扬扬没啥好处。"

达尔蒂立刻表示同意。在这一点上，他一贯把他的丈人詹姆斯视为榜样，不喜欢为别人的事把自己弄得心烦意乱。

"说得对，"他说，"让索姆斯自己管去吧，他有的是办法！"

正说着，他们到了位于格林街的住所，这房子是詹姆斯出钱替他们租的。累了一晚上，该好好休息了。这时已是午夜，街上是不会有福赛特家的人来监视博西尼的行动的，所以不会有人看见他又转身回去，背对着路灯的灯光，靠在蒙彼利埃广场花园的栏杆上，在树影下抬头望着那幢房子。房子里面漆黑一片，但就在这一片漆黑中藏着一个人，一个他愿意不顾一切与之见上一面，哪怕待上一分钟也好的人。这个人现在对他来说，就是菩提树吐出的芬芳，就是他全部的苦与乐，就是他胸口跳动的那颗心。

第十章　对福赛特这类人的剖析

　　福赛特家的人意识不到自己属于福赛特这一类人，这是他们的本性所决定的。不过小乔里昂倒是一直很清楚自己是一个不折不扣的福赛特人，他是在迈出了那决定性的一步，致使自己被逐出家门之后才真正认识到这一点的。此后，这种意识一直伴随着他，而且无时无刻不反映在他和他的第二任妻子的结合和全部生活中。当然，这个女人绝对不是福赛特那种人。

　　他知道要不是他极具慧眼，知道自己要的是什么，并且牢牢抓住不放，要不是他深知不好好爱惜以如此巨大的代价换来的东西是何等愚蠢，换句话说，要不是他具有强烈的"财产意识"，那么他根本不可能在那生活拮据、饱受白眼和充满误解的十五年中，一直把这个女人留在身边，甚至连想都不会这么想。他也不可能在前妻死后不久就要她嫁给自己，不可能这么艰难地一步步挺过来，尽管落得面黄肌瘦，却还能够悠然自得。

　　他就像一尊盘腿而坐的中国小佛像，内心封闭，却始终面带微笑审视自己。不过这种永不消逝又和蔼可亲的微笑并没有影响他的行动。跟他的下巴和他的性格一样，他的行动还是体现了刚柔结合的特点。

　　他在水彩画上投入了大量的时间和精力，就拿这件事情来说，他也不忘自己是地地道道的福赛特人。他常常扪心自问，总觉得似乎不该那么认真地对待这一没有多少实用价值的行当，还觉得没能靠它多挣一点钱也有点说不过去。

　　正是这种身为福赛特人的复杂心情使得他在接到父亲老乔里昂下面

这封信时,同情和厌恶同时涌上了他的心头。

他父亲的笔迹三十多年来几乎没有多少变化,他一眼就认了出来:

谢尔德雷克度假村
布罗德斯泰尔斯

亲爱的乔:

我们已经来了两个星期了。天气总的来说还不错。这里的空气令人心旷神怡,可是我的肝有点问题,我想早点回城。琼的情况乏善可陈。她身体一般,精神不振。我不知道这样下去会闹出什么事来。她嘴上不说,但心里一直在为自己的婚事犯愁。这桩婚事是否已名存实亡,只有天知道了。在目前这种情况下,我不知道是否应该让她回伦敦去。不过这孩子一向自说自话,很可能说走就走。现在的问题是必须有个人去找博西尼谈谈,看看他到底是什么意思。这件事我恐怕做不了,因为我一看见他就想狠狠敲他两下。我想你跟他在俱乐部里认识,不妨去问问,了解一下他的想法。当然,千万不要把琼扯进去。我希望几天之内就能知道你是否探听到了什么消息。这件事让我好不心烦,夜里也难以入眠。代问乔利、霍利好。

慈父 乔里昂·福赛特
七月一日

小乔里昂对着这封信沉思良久,表情严肃,连他的妻子也看出了他全神贯注的样子,便问他出什么事了。他回答说:"没什么。"

他有一条坚定不移的原则,那就是任何情况下都不在她面前提琼的事。他怕她受惊,也不知道她会怎么想,所以赶紧装出若无其事的样子。不过在这一方面他恐怕跟他的父亲一样拙劣,在家里要点小花招的时候总是被人一眼看穿。因此小乔里昂夫人一面收拾屋子,一面噘着嘴走来走去，不时向他投去揣摩不透的目光。

当天下午，他就带着信去了俱乐部，但并未想好是否开口说这件事。

他最不喜欢的就是探听别人有什么"意图"之类的事，他本人的尴尬处境就更让他勉为其难了。这简直就像福赛特家的人以及他们所认识的人，还有那些跟他们打交道的人一样，硬要把他们自认为自己的权力强加于人，逼人就范；也像他们一样，把生意场上的一套搬到了私人交往之中。

还有信上那句话"当然，千万不要把琼扯进去"，简直就是此地无银三百两！

不过，那封信上既有一肚子的怨气，也看得出他对琼的担忧。那么"想狠狠敲他两下"之类的话也就不难理解了。难怪他会发这么大的火，这么急着想知道博西尼有些什么想法。

要想推辞不去是很难启齿的。可是为什么偏偏要他来做这件事呢？这显然是很不合适的。不过福赛特家的人只要能把想要的东西弄到手，至于用什么手段他是不在乎的，当然大面上必须说得过去。

那么他该怎么下手呢？或者怎么拒绝呢？看来两者都很难。那就只好看他小乔里昂的本事了。

下午三点，他来到俱乐部，没想到遇见的第一个人就是博西尼。他坐在角落里，眼睛盯着窗外。

小乔里昂就近坐下，又开始考虑起他当下的难处，心里忐忑不安。他偷眼看了一下坐着发愣的博西尼。他跟他并不熟悉，这也许是他第一次能如此近距离地观察这个人。他觉得他很特别，无论是穿着、长相和举止，都跟俱乐部的大多数成员不太一样。就拿他小乔里昂本人来说吧，不管心情和脾气有多大的变化，他始终会保持福赛特家的人那种沉默和端庄的仪态。福赛特全家只有他一人不知道博西尼的绰号。在他眼里，这个人尽管有点另类，但不能说怪，只是与众不同而已。他看上去很疲倦，面容憔悴，高耸的颧骨下两颊凹陷，但也不是一副病态，因为他体魄健壮，就连那一头鬈发似乎也是体格强壮、活力充沛的表现。

他的表情和神态不知怎么引起了小乔里昂的同情。他自己尝过痛苦的滋味，眼前这个人看上去显然很痛苦。

他站起来，碰了碰他的臂膀。

博西尼一怔，立刻认出了碰他人，但没有因此显得局促不安。

小乔里昂坐了下来。

"好久不见，"他说，"我堂弟的房子盖得怎么样了？"

"还有个把礼拜就可以完工了。"

"祝贺你！"

"谢谢，可我没觉得这有什么好祝贺的。"

"是吗？"小乔里昂问道，"我以为你很希望把这项旷日持久的工程早一点脱手呢。不过，我想你此时此刻的心情大概跟我一幅画快画好时的心情大差不离，多少有点像跟自己的孩子分手似的，你说是吗？"

他友好地看着博西尼。

"是的，"他的口气也比刚才热情了一些，"不过一旦分手，也就了了。我不知道你会画画。"

"我只画水彩画，不过连我自己也不相信我画得很好。"

"不相信？那你还画它干什么？只有相信自己能做好的事才值得去做。"

"对，"小乔里昂说，"我也经常这么说。噢，对了，你注意到没有，人说'对'的时候，总要加上一句'我也经常这么说'。不过你要是问我我是怎么做到的，那我告诉你吧，因为我是福赛特家的一员。"

"福赛特家的一员？我从没把你当成这一家的人。"

"福赛特家的人，"小乔里昂接着说，"也不是什么与众不同的怪物。这个俱乐部里就有成百上千，外面街上更是成千上万，到哪儿都能碰上。"

"请问怎么识别他们呢?"博西尼问道。

"就看他们的财产意识。福赛特之类的人看问题非常现实,可以说只凭常理,而能够现实看问题的主要原因是他们有财产意识。你还会注意到福赛特这类人从来都不露声色。"

"你在开玩笑吧?"

小乔里昂的眼睛一亮。

"不完全是。作为福赛特之类的一分子,我也许不该这么说。不过我算是一条良种杂交狗吧。至于你,我想我不会看错。你跟我之间的区别不亚于我跟我詹姆斯叔叔之间的区别。他是福赛特这类人的典型代表。他的财产意识特别强,而你则几乎没有。中间如果没有我这么一个人作为过渡的话,别人会把你当成怪物的。我就是你们之间所缺的那一环。当然,我们个个都是财产的奴隶,只是程度上有所不同而已。跟一般人相比,我所说的那些大大小小的福赛特人,肯定比奴隶还要奴隶。这些人很实在,知道什么最好,最保险,所以他们的标志就是牢牢抓住财产不放,妻子也好,房子也好,还有金钱、名誉,无一例外。"

"哦!"博西尼轻声说,"你应当给这个姓氏申请专利。"

小乔里昂说:"且慢,我还要发表一点高见。题目就叫'福赛特之流的特点与品格'吧。这些人一旦受到同类的讥讽便会惶惶不安。然而对异类,比如你我的嘲笑却置若罔闻。这些人患有先天性近视,只能看到他们的同类和他们生活圈子里的事。他们互相竞争,却能相安无事。"

"照你这么说,"博西尼说,"好似英国有一半是这种人。"

"真的有一半,"小乔里昂重复了一遍,"而且还是比较优秀那一半,是靠得住的那一半,是拿三厘年息的那一半[①],是举足轻重的那一半。没有他们的财富和保障,就什么都不会有,包括文学、艺术和科学,甚

---

① 指手持政府公债券,坐吃利息的人。

至连宗教也不会有。其实他们对这些毫无兴趣，只是善于利用罢了。假使没有这些人——这些大大小小的福赛特，我们能做什么呢？先生，告诉你吧！福赛特之流是中间商、推销商，是社会的栋梁，是社会习俗的基石，是所有值得赞美的东西！"

"我不知道听明白了你的意思没有，"博西尼说，"不过我想我这一行里也有不少你所说的福赛特之流。"

"不错，"小乔里昂答道，"绝大多数建筑师、画家或作家都跟任何一个福赛特之流的人一样，只会随波逐流，没有什么原则可言。文学、艺术、宗教的生存与发展固然要靠少数几个真正热衷于此的狂热分子，但也少不了大批靠这些东西做生意的福赛特之流。我们的皇家学会中少说有四分之三是这种人，八分之七的小说家和新闻界的大部分人都是这类货色。科学界的情况我不敢说，但宗教界大有人在，在下议院中可能比任何地方都多，贵族中就更不用说了。不过我不是在说笑话。跟多数人过不去是很危险的，何况这还不是一般的多数！"他注视着博西尼，继续说："对任何事情走火入魔也是很危险的，不管是房子，是画画还是——女人。"

他们四目对视。小乔里昂不再做声，仿佛已把心里话全都倒出来了。福赛特家还从未有第二个人这样做过。博西尼打破了沉默，问道："你为什么认为你们家的人也属于这一类呢？"

"我们家的人，"小乔里昂答道，"还不算是最极端的。跟所有别的家族一样，他们也有自己的特点，不过他们身上有两大品质最为显著，这也是考验一个人是否真正配得上福赛特这个姓氏的试金石：一是凡事留有余地，从不忘乎所以；二是极其强烈的'财产意识'。"

博西尼一笑，问道："那么那个大块头怎么说呢？"

"你指的是斯威辛吧？"小乔里昂问，"是的，他身上还多少看出点返璞归真的样子，中产阶级的都市生活尚未完全把他同化。别看他一副高贵的样子，他那粗犷的性格表明他还没有摆脱世代农民在他身上留下的烙印。"

博西尼若有所思地沉默了一会儿,突然说:"的确,你把你的堂弟索姆斯活灵活现地刻画出来了。他是永远不会想啥说啥的。"

小乔里昂向他投去咄咄逼人的目光。

"你说对了,"他说,"他绝不会的,所以更不能小看他。注意别让他们逮住了。你可以觉得好笑,但是请相信我,小看福赛特家的人是不行的,不把他们当回事是绝对要不得的。"

"可你自己就是这么做的。"

小乔里昂被这句话击中了要害,收起了笑容。

"你忘了,"他用自豪但不太自然的口吻说,"我毕竟姓福赛特,我能顶得住。你我都站在各种不可抗拒的力量的风口浪尖上,也好比没有大墙给你挡风的人。你知道我说的是什么意思。"最后他压低了嗓门,用威胁似的口吻说,"我劝大家不要学我的样,各人情况不同。"

博西尼的脸刷的一下红了,但很快又恢复了原来的灰黄色。他呵呵了一声,嘴上挂着狰狞的笑容,用讥讽的目光看着小乔里昂。

"多谢了,"他说,"真得好好谢谢你,不过能顶得住的不止是你们。"说完站起来就走。

小乔里昂望着他离去的背影,一手托着脑袋,长叹了一声。

在这几乎空无一人,寂静得令人昏昏欲睡的房间里,只有翻报纸的沙沙声和划火柴的刮擦声。他坐了很久,一动也不动。他回想起自己也曾长时间坐在这里,望着墙上的挂钟,等着时间一分一秒地过去。那是一段极其痛苦又漫长的时光,充满了未知数,也充满了强烈和美好的欲望。渐渐地,那个多事之秋的酸甜苦辣又原汁原味地回到了他嘴里。想到博西尼刚才哭丧着的脸,和不时向挂钟瞥上一眼的眼睛,他不禁产生了恻隐之心,其中也掺杂着一种难言又无法克制的嫉妒。

他很清楚这一切意味着什么。这个人想怎样呢?等待他的又是什么命运呢?那个有如此巨大的魅力把他吸引过去的女人到底是个什么样的人呢？为什么这种吸引力大到连荣誉，原则和个人利益都可以置之度外呢？为什么唯有逃避才能摆脱它的诱惑呢？

逃避！可是博西尼为什么要逃避呢？一个人只有在可能毁掉温暖的家庭，可能殃及孩子，或者觉得自己在践踏理想，在造成破坏的时候才需要逃避。可是据他所知，这一切都已被他亲手破坏了。

他本人就没有逃避，而且要是一切可以从头再来一次的话，他还是不会选择逃避。其实他的所作所为超过了博西尼。他破坏的不是别人的家庭，而是自己那个不幸的家庭。他想起了一句老话："命运好坏，心里明白。"

对，心里明白！可是"不尝布丁，焉知其味？"博西尼也得先尝尝这块布丁。

他转而去想那个女人。他不了解她，但对她的情况已略有耳闻。

又是夫妻不和！虐待之类的事倒还没听说，只是一种说不出的别扭，一种可怕的让人对任何美好的事情都高兴不起来的倦怠，并且天天如此，年年如此，直至死亡。

随着时间的推移，小乔里昂心中的怨愤早已平息下来，所以他也能从索姆斯的角度来看这个问题。他的堂弟满脑子都是他那个阶级的种种偏见和信念，这样的人是怎么也不会去搅乱自己的生活的。这需要想象力，必须不顾夫妻分手后别人说三道四和讥讽耻笑，必须忍受因见不到妻子而偶尔感到的痛苦，还必须顶住道貌岸然者的严厉反对去安排今后的生活。不过有这点想象力的人实在不多，索姆斯这类人当中就更少了。他们都是些庸人，都缺乏足够的想象力！此外，说跟做到底还不是一回事。许多人，包括索姆斯在内，对这类事情也许会显得很大度，很开明，可是一旦落到自己头上，就会找个理由表明自己是例外。

不过他对自己的判断也有怀疑。他是久经沙场的过来人，饱尝过失败的婚姻的痛苦，因此他怎么能同意那些连枪声也没听见过的人不着边际和貌似公正的意见呢？他有切身的体验，就像在打仗的问题上，没有上过前线，亲临战场的平民百姓怎么能跟一个身经百战的军人相提并论呢？大多数人也许会认为索姆斯和艾琳这对夫妻是天作之合——一个有钱，一个有貌，只要双方忍让一点，就可以相安无事。就算彼此交恶，也没有理由不在一起过日子啊。只要大面上过得去，不破坏神圣的婚约和共同的家庭，即使悄悄各行其是，也无伤大雅。实际上，上层阶级有一半的婚姻就是这么维系的。只要不冒犯上流社会的规矩，也不冒犯教会的禁忌，在个人情感上哪怕付出再大的代价也是值得的。一个稳定的家庭的好处是显而易见的，有那么多的财产，一件又一件，都是实实在在的。因此只要维持现状就不会有风险。相反，拆散家庭，至少是冒险，而且也很自私。

这显然是在为自己辩护。小乔里昂叹了口气，心想："说到底，这是个财产问题，只是许多人不愿意这么说罢了。他们认为'婚姻神圣不可侵犯'。其实，说穿了，神圣不可侵犯的婚姻源于神圣不可侵犯的家庭，而神圣不可侵犯的家庭又源于神圣不可侵犯的财产。我总觉得这些人都自称是一无所有的上帝的信徒。真是不可思议！"

小乔里昂又叹了一口气。

"那么我现在回家的路上是否就应该随便带一个流浪汉跟我一起回去吃晚饭呢？这样，我自己不就不够吃了吗？对我的身心健康都十分重要的妻子不也就不够吃了吗？到头来，索姆斯也许是对的。就是应该行使自己的权利，用实际行动维护神圣的财产权！这对人人都有好处，当然不包括那些因此吃亏的人。"

他站起来，穿过凌乱的椅子去取帽子，然后在炎热的、挤满了马车和散发出一股尘土味的大街上，懒洋洋地往家里走去。

走上维斯塔利亚大街之前，他从口袋里取出老乔里昂给他的那封信，把它撕得粉碎，并让碎片慢慢飘落到路面的尘土上。

他用钥匙开门进屋，喊了妻子几声。她不在家，带着乔利和霍利出去了。家里空无一人，只有小狗巴尔撒泽独自在花园里，趴在树荫下扑打苍蝇。

小乔里昂也在那棵从不结果子的梨树下坐了下来。

第十一章　博西尼险中圈套

夜游里士满之后的第二天，索姆斯乘早车从亨莱回到伦敦。他是应一名相当重要的客户之邀才走此一遭的。由于他无论对陆上还是水上运动一概没有兴趣，所以此行以公务为主，而非休闲。

他从车站直接去了金融区的事务所，由于公务不多，下午三点就离开了。想到能悄悄回家看一趟，他心里非常兴奋。艾琳是不会想到他会在这个时候回家的。他倒不是有意监视她的行动，不过冷不防来它一次突然袭击也没有什么坏处。

换上去公园散步的便装后，他来到客厅里，看见艾琳百无聊赖地靠在她最喜欢坐的那张沙发的角落里。她的眼眶有些发黑，似乎没有睡好觉。

"你怎么在家？在等人吗？"他问道。

"是的，但也不完全是。"

"等谁？"

"博西尼先生说他可能要来。"

"博西尼？这个时候他该在上班啊。"

她没理会他。

"我要你跟我一块儿去买点东西，然后去公园散散步。"

"我不想出去，我头疼。"

索姆斯说："怎么？我每次要你做什么，你就头疼。出去在树下坐坐就会好的。"

她还是不说话。

索姆斯也沉默了几分钟，最后说："我不知道你懂不懂什么叫作妻子的义务，我从没听你说过。"

他以为艾琳不会回应，可是她开口了。

"你要我做的，我都做了，没能高高兴兴去做，这不能怪我。"

"那么怪谁呢？"他斜眼望着她。

"我们结婚前，你答应过我，要是我们这场婚姻不美满，你可以让我走。你说我们现在这个样子算得上美满吗？"

索姆斯皱起了眉头。

"美满，"他结结巴巴地说，"只要你规规矩矩，像个妻子，就能美满。"

"我已经尽力了，"艾琳说，"你放我走吗？"

索姆斯暗暗吃了一惊。他转过身去，用气势汹汹的口气来掩饰自己。

"放你走？这是什么话？要我放你走？我怎么能放你走呢？我们是夫妻，不是吗？你这话是什么意思？看在上帝的分上，咱们别再瞎闹了。把帽子戴好，跟我上公园去坐坐吧。"

"这么说，你不放我走，是不是？"

他发觉她以一种既让他感到陌生又让他产生怜悯的目光看着他。

"放你走？"他说，"就算我放你走，你打算怎么办？你没钱啊！"

"我有办法。"

他在房间里快步走了个来回，然后站到艾琳面前。

"你听着，"他说，"我再也不许你说这种话了。快去把帽子戴好。"

她坐着不动。

"我想你大概是怕博西尼来了见不着他，是吧？"索姆斯说。

艾琳慢慢站起来离开了房间。下楼回来时帽子已戴在头上。

他们一起出门，到达公园时，半个下午已经过去，早已过了自以为时髦的外国人和不知何谓得体的可怜虫赶着马车在公园里来回兜风的时刻。等到索姆斯和艾琳最后在阿喀琉斯①的雕像下坐下时，逛公园的最佳时刻也即将过去。

他已经好些时候没有和她一起逛公园了。那还是他婚后头几个月里的事，现在只是美好的回忆之一了。那时最让他引以为豪的莫过于在全伦敦的人面前炫耀他就是这位优雅丽人的拥有者。不知多少个下午，他衣冠楚楚坐在她边上，手上戴着一副浅灰色的手套，脸上挂着一丝傲气十足的微笑，向路过的熟人频频点头，还不时脱帽致意。

今天，浅灰色的手套犹在手上，嘴角也依然挂着嘲讽的微笑，只是原来那种自鸣得意的心情已荡然无存。

公园里空着的椅子越来越多了，但他还是不放她走，似乎有意用这种方式来惩罚她。艾琳脸色苍白，低头不语，只是对他偶尔说的一两句话勉强一笑，说声"是"。

突然，一名男子沿着公园的铁栅栏匆匆走过，引起了众人的注意。

"瞧那蠢货，"索姆斯说，"这么热的天还跑那么快，真是疯了。"

艾琳猛地一颤。索姆斯转过头去对她说：

"你看，那不是我们的朋友，那个小土匪吗？"

他稳坐不动，只是冷笑。他发现艾琳也面带微笑，坐着不动。

"她会跟他打招呼吗？"他心想。

可是她没有任何表示。

博西尼走到栅栏尽头后又折了回来，在那些椅子之间穿来穿去，像条边走边嗅的猎狗。一见到他们，他突然停下步子，举了举帽子。

索姆斯也脱下帽子，依然笑容可掬。

博西尼向他们走去，像刚做过剧烈运动的人那样上气不接下气，额

---

① 古希腊神话中的英雄，特洛伊战争时期希腊军中的一员猛将。

头上渗出了大滴汗珠。索姆斯的笑容似乎在说"真够辛苦的,我的朋友"。可是他嘴上却说:"你上公园来干什么?我们以为你是不屑于这种无聊的闲趣的呢。"

博西尼似乎没有听见他的话,他对艾琳说:"我刚才去你家了,我以为你会在家的。"

这时有人在索姆斯背上轻轻拍了一下。就在他回头跟那个人寒暄几句的一刹那,他错过了艾琳的回答。于是他决定试探一下。

"我们正准备回家了,"他对博西尼说,"跟我们一块儿回去吃晚饭吧。"他发出这一邀请时尽管装得满不在乎,却掩盖不住难言的悲哀。他的表情和声调似乎在说:"你骗不了我,不过,你看,我对你还是很放心的。我不怕你!"

他们一起朝蒙彼利埃广场走去,艾琳走在他们中间。到了街上人多的地方,索姆斯便一人走在前头,故意不去听他们说话。他刚才已决定摆出一百个放心的样子,甚至想好了暗地里要做的事。他像赌徒一样对自己说:"这张牌我得好好留着,必须在恰到好处的时候才打出来,而这样的机会不会太多。"

他故意慢慢换衣服,听见艾琳从卧室里出来下楼后,他又在梳妆室里磨蹭了足足五分钟才从楼上下来,并故意把门关得很响,示意他要来了。他发现他们站在火炉旁,但说不清他们是否在交谈。

整个晚上他的表现近乎滑稽可笑,对这位客人的态度也破天荒地友好。最后,当博西尼起身告辞时,他甚至说:"欢迎你不久再来。艾琳喜欢跟你聊房子的事。"他的口气还是那样胆气十足,却又那样可怜巴巴。他的手冰凉冰凉。

他决定按想好的去做。为了表示放心,他不去看他们分手告别,不去看站在吊灯下送客的妻子说晚安,不去看灯光下她金灿灿的头发和苦笑的脸,也不去看博西尼那双像小狗盯着主人那样盯着艾琳的眼睛。

当天夜里上床睡觉时,他已经确信博西尼爱上了他的妻子。

这是一个炎热的夏夜，而且无风，从打开的窗口吹进来的全是热气。他很长时间一直躺着听妻子的呼吸声。

她倒睡得很香，而他却辗转难眠，决心把一个心平气和、不存戒心的好丈夫的角色继续扮演下去。

午夜已过，他悄悄下床，走进梳妆室，靠在打开的窗户旁。

他感到有些气憋。

他想起了四年前的一个夜晚，也就是他举行婚礼前两天的那个晚上，跟今天这个夜晚一样闷，一样热。

他记得他躺在客厅窗户前一张长柳条椅上。那扇窗户面向维多利亚大街。忽然，外面一条小巷里有个男人砰砰敲了一阵子门，一个女人尖叫了几声，接着是一阵扭打声和用力把们甩上的声音，然后一片寂静。这一切他记得清清楚楚，仿佛就是眼前发生的事情。后来，路灯渐渐暗了下来，清晨的洒水车在晨曦中慢慢过来，清扫着街上的污浊。此时他仿佛又听到了洒水车的辘辘声，由远及近，再慢慢消失在远处。

他从梳妆室的窗口探出半个身子，下面就是他家那个小院子。他看着第一线曙光渐渐弥散开来，黑蒙蒙的墙垣和屋顶起初有些模糊，不久轮廓便清晰起来。

他又想起那天夜里，他看着维多利亚大街上那排路灯渐渐暗下，他急忙穿上衣服，下楼来到街上，一口气跑过一幢又一幢房子，穿过一个又一个广场，一直跑到她住的那条街才停下步子。他站在她家门口，凝望着那栋小楼。小楼的正墙灰暗呆板，活像一张死人的面孔。

突然，犹如神经不正常的人会有幻觉那样，他脑子里猛然闪过一个念头：那个家伙现在在干什么？那个像鬼魂附体，弄得我坐卧不安的家伙，那个今天晚上还来过这里，显然爱上了我妻子的家伙，会不会就在外面不停徘徊呢？下午他来我家找过她，会不会再来找她呢？此时此刻，会不会也在望着我的房子呢？这不是不可能的啊！

他悄悄走过楼道，来到临街的一面，轻轻把百叶窗推到边上，再把窗户打开。

灰蒙蒙的晨曦笼罩在广场的树木上,仿佛黑夜曾像一只巨大的毛蛾,用翅膀在这些树上扑打过。路灯还亮着,但已经暗淡无光,四周不见人影,鸦雀无声。

突然,在死一般的寂静中从远处传来一阵微弱的呐喊声,就像一个没有福分升天、只能到处流浪的幽灵在一遍又一遍地呼唤无法得到的幸福,那凄厉的声音让索姆斯不禁打了个寒战。他赶紧把窗关上。

不过他随即想道:"没什么,不就是河对面几只孔雀在叫吗?"

第十二章　琼登门造访

老乔里昂站在布罗德斯泰尔斯那间度假屋狭窄的正厅里,闻到了一股油毛毡和鱼腥味混杂在一起的气味。这一带海边的每一座像样的出租公寓都弥漫着这种气味。他的黑色公文包放在一把皮扶手椅上,这把椅子已经磨得油光锃亮,左上角的一个窟窿里还露出了许多马鬃。老乔里昂正在往包里塞各种文件,一份泰晤士报和一瓶古龙水[①]。今天他要去环球黄金专营公司和新煤炭有限公司开两个董事会。这种会议他从不缺席,因为董事会不到场,无疑是他日渐衰老的又一明证,而这恰恰是不服老的福赛特精神所不能容忍的。

他装包时,两只眼睛仿佛随时会冒出火来。一个被一伙同伴围着戏弄的小学生,因寡不敌众而只好敢怒而不敢轻举妄动时,就是这种眼

[①] 十八世纪初由一名意大利人在德国科隆研制成功的柠檬香型芳香品,后被化妆品大国法国命名为古龙水,并成为一种固定香型的男用香水。

神。此时，老乔里昂也极力克制着自己，用他原来无比强大而如今已慢慢消退的自我控制力，强压着目前这种际遇给他带来的烦恼。

他收到了儿子一封毫无用处的回信。信中东拉西扯，泛泛而谈，就是不想回答一个十分简单的问题。"我见到博西尼了，"他写道，"他不是祸首。我阅人无数，看的越多，就越相信人无所谓好坏，而只有可笑与可悲之分。您大概不会同意我的看法。"

老乔里昂当然不会同意。他认为只有看透了人间世事的人才说得出这种话。他虽然老了，但还不至于老到说出自己从来不相信说得出口的话。像他这样的福赛特人只有到了抛弃一生虽未真正相信过，却为了实际的需要而一直奉若神明的幻想和原则的时候，到了丧失一切感官享受的能力，因再也无所指望而心灰意懒的时候，才会打破禁区说出这种话来。

其实，他也未必比儿子更加相信"善"和"恶"这种说法，他只会说"他不知道，说不清，也许有一定的道理吧"这类话。为什么非要说不相信而让自己处于被动地位呢？

他常去山间度假。作为一个地地道道的福赛特之类的人，他从未作过任何过分冒险，或者过于鲁莽的事，但他的确非常喜欢爬山。每当经过一番攀登，眼前展现出贝德克尔①所说的"累死也值得一看"的无限风光时，他总会感到有一种至高无上的法则，主宰着人生的纷争中一座座有惊无险的断崖和一个个不大不小的暗沟。这一刻也许是他一贯务实的精神最接近宗教境界的时候了。

不过他已有多年未上山了。妻子去世后，他曾一连两季带着琼上山度假，但他已无奈地意识到自己手勤脚健的日子一去不复返了。

大山给他的那种居高临下、主宰一切的信心也变得十分陌生了。

他知道自己老了，但总觉得还年轻。他自己也说不清为什么会有

---

① 卡尔·贝德克尔（1801—1859），德国出版人，以出版旅游图书著称。

这种感觉。同样让他想不通的是，为什么他这么一个处处小心谨慎的人的儿孙却注定要遭罪。他一点也不怪他的儿子乔，谁能怪罪这么一个可爱的孩子呢？但乔的处境实在可悲，现在琼的境况也一样糟糕。这好像是命，是天意，而这恰恰是他这种性格的人无法理解和不能容忍的东西之一。

他给儿子写那封信的时候其实并未指望有什么结果。罗杰家那场舞会后，他已经什么都明白了。他比一般人更善于察言观色，发现苗头，很快就有了结论。再说有他自己的儿子这个活生生的例子，他比福赛特家任何一个人更清楚一个道理，那就是淡淡的欲火也能灼焦男人的翅膀，不管他愿意与否。

琼订婚前经常跟艾琳来往，在那段日子里，他没少见过那位妇人，也觉得她真有让男人着迷的魔力。不过她不是卖弄风骚的那一类，甚至算不上轻佻。老乔里昂这一代人仍喜欢用这些意思比较轻，比较宽泛和比较含糊的词来形容女人。但是她是一个极其危险的女人。他不知道为什么会有这种感觉。如果有谁跟他说有些女人天生如此，有一种不由自主的诱惑力，他准会说："胡扯！"在他看来，她就是危险，这就够了！他不愿意再去想那桩绯闻。有就有，但他不想再听了。他只希望好好保护琼，让她恢复内心的平静。他还希望她继续做他的开心果。

所以他才写了那封信，只是没能从回信中得到多少他想知道的东西。至于那次见面到底怎样，小乔里昂只说了一句莫名其妙的话："我想他已经落水了。"落水？落什么水？这又是什么时髦话？

他长叹一声，将最后一份文件叠好放进包里，盖上搭盖。其实他心里很清楚这是什么意思。

琼从餐厅里出来，帮他穿上外套。一见到她的打扮和脸上坚定的表情，他立刻就猜到下面要发生什么了。

"我要跟您一块儿去。"她说。

"别胡闹,好孩子。我直接去商业区,不能让你跟着乱跑!"

"我一定要见老斯米奇夫人。"

"噢,就是你那个宝贝'老糊涂'!"老乔里昂嘟哝了一句。他根本不相信她说的理由,但不再反对了。对她的固执,他毫无办法。

在维多利亚站下车后,他把原本给自己订好的马车让给了她。他肯定会这么做的,他不是只顾自己的小气鬼。

"去吧,亲爱的,别累着了。"他说,然后上了一辆去商业区的出租马车。

琼先去了帕丁顿区①的一条小街。"老糊涂"斯米奇夫人就住在那里。这位老太太对什么都已没了兴趣。和往常一样,琼听她翻来覆去地诉苦,足足有半小时之多。接着她安慰了老人一阵,看她稍稍宽心之后便去了斯坦厄普门。这座大房子大门紧闭,阴森可怕。

她决心不惜一切代价去打听消息。宁可面对最坏的结果,把事情弄弄清楚,也比现在这种样子要好。她的计划是先去找菲尔的姑妈贝恩斯夫人,如果打听不出什么,就直接去找艾琳本人。但她心里没底,不知道这几趟跑下来会有什么收获。

下午三点,她来到朗德斯广场。女人准备上阵面对困难时会特别注意自己的仪表。这是女人的天性,所以琼也穿上了最好看的衣服,带着像老乔里昂一样大无畏的目光走上战场。原来的担惊受怕变成了迫不及待。

博西尼的姑妈贝恩斯夫人叫露伊莎。仆人禀报琼小姐到访时,她正在厨房里指导厨娘做饭。她是一位非常称职的主妇,她的丈夫贝恩斯常说:"一顿美餐的作用可大啦!"他最得意的设计都是饭后完成的。肯辛顿那边有一排深红色的高楼,非常好看,就是他的杰作,足以和其他许多楼房争夺"伦敦最丑建筑"的桂冠。

---

① 伦敦西部一住宅区。

听到琼来访后,她急忙进入卧室,打开锁着的抽屉,从一只红色的摩洛哥羊皮盒中取出一对大镯子,戴到洁白的手腕上。这表明她的"财产意识"也相当强,而这一点正是检验一个人有没有福赛特精神的试金石,也是美德的基石。

　　她站在白木衣柜的镜子前,看着镜子里自己的身影。她中等身材,体形偏宽,开始发福的身上穿了一条按她本人的要求定做的长裙,那不伦不类的颜色使人想起大旅馆里用颜料胶涂过的走廊。她举起双手去整理头发,东摸一下,西摸一下,让梳成"威尔士亲王夫人"①式的发髻更加稳当地顶在头上。她的眼神表明她能坦然面对现实,仿佛眼下要去面对的就是人生中令人厌恶却又无可奈何的现实之一。她年轻时也曾人面桃花,现在人到中年,脸上已是斑斑点点。当她用粉扑在额头上轻轻擦拭时,眼睛里再次流露出敢于直面人生的可怕目光。她放下粉扑,静静站在镜子前,努力让自己面带笑容。她的鼻子又高又大,她的下巴本来就不大,现在脖子粗了,就显得更小了,她的双唇很薄,嘴巴两端还有点下垂,要把这些调动起来,扮出一副笑脸,着实难为她了。为了防止这一效果很快消失,她赶紧把裙子一提,从楼上下来。

　　她一直盼着琼来看她,已有好些日子了。她也听说了自己的侄儿和未婚妻之间闹了些别扭。两人都有好几个礼拜没来看她了。她几次请菲尔来吃饭,可他总是说"太忙"。

　　这便引起了她的警觉。在这种问题上,这位非凡女性的警觉尤为灵敏。其实她倒应该是福赛特家的人。按小乔里昂所说的那个意思,她的确有这个资格,而且当之无愧。

　　她的三个女儿都是她亲手嫁出去的。大家都说她们攀上高枝了,因

---

① 指 1863 年嫁给英国威尔士亲王的丹麦公主(1844—1925),其发型为盘旋于头顶的发髻。

为她们个个相貌平平，一般来说只有在那些从事较为正经的职业的女性中才能找到。她本人的名字频频出现在教会举办的各种慈善活动的组织者名单上。这些活动不是搞个舞会，就是演个小戏，或者组织一次义卖。不过她的名字也不是随便就可以用的。只有在事先知道一切都安排得妥妥帖帖之后她才会同意。

她常说无论做什么，都要按商业规则行事。教会也好，慈善事业也好，都应当发挥加强"社会组织"这一正当作用，其实无论什么都应该如此。因此她认为个人的小恩小惠是不足取的，组织起来才是正道，因为只有组织起来了，你才能放心你花出去的钱肯定会有回报。组织起来，总之一定要组织起来！毫无疑问，她就是老乔里昂所说的那种"老油子"。后来他干脆说她是"伪君子"。

那些她同意挂她名字的慈善机构自然个个组织有方，所以募款交出去时都成了"脱脂奶"，一层体现人类善心的"奶油"早已撇去。不过她常常振振有词地说感情这东西不能看得太重。她还真有那么一点儿学究气呢！

这位在教会圈子里享有盛誉的了不起的女性，却是"福赛特精神"这座神庙的主要祭司之一，日夜点燃着供奉财神的圣火。这财神的祭坛上刻着这样一句至理名言："一分价钱一分货，六个便士甭想多。"①

在各种认捐场合，只要她一出现，立刻就有重量级的人物到场的气氛。这大概就是她这位赞助人深受欢迎的原因吧。人们花了钱，总希望看到个把举足轻重的人物，所以当她高高翘起鼻子，穿着挂满金属亮片的制服的魁梧身躯，在左右簇拥下大摇大摆地出现在慈善舞会上时，在场的人都像欢迎大将军驾到一样，向她行注目礼。

唯一遗憾的是她无法拥有双重身份。在上层中产阶级那里，她享

---

① 此话源于英国著名幽默讽刺杂志《笨拙》（Punch）一八六九年第57期第152页，揶揄商业社会的道德准则。

有很高的威望，经常出入数不清的慈善团体和机构，和真正的社会名流耳鬓厮磨。然而在较下层的社会圈子里，她的知名度也很高。这是一个更大、更重要也更有影响的社会群体。在这个群体里，体现在贝恩斯夫人身上的商业化基督教精神、教义和"原则"是到处流动着的真正的生命血液，是真正的商业通货，而不是在那个较窄的上流社会的血脉中流动的那些僵化的教条。认识她的人都说她很实在，是个靠得住的女人。不到万不得已的时候，她不会轻易发表意见，也不会轻易拿出自己的东西。

她跟博西尼的父亲的关系极坏，因为他常常讥笑她，到了无可原谅的地步。如今这位兄长已经作古，她倒称他为"可怜又刻薄的好哥哥"了。

她以恰到好处的热情接待了琼，在待人接物方面她可谓老手。琼个子虽小，但她目光炯炯，无所畏惧，显示出极强的自尊心，就连贝恩斯夫人这样一个在商业和教会圈子里赫赫有名的人见了她也惧怕三分。再说，贝恩斯夫人很机灵，看出琼这种咄咄逼人的直率大有福赛特家族的风范。如果这个女孩仅仅是大胆直言，贝恩斯夫人只会认为她"无礼"而蔑视她，如果仅仅因为她是福赛家的人，比如说弗朗西·福赛特吧，她又会以屈尊俯就的态度对待她。可是琼不一样，她个子虽小，却能让一贯喜欢又大又多的贝恩斯夫人感到不自在。她请琼坐在一把朝亮的椅子上。

她不敢小觑琼的另一个原因是她这位不同凡俗的虔诚教徒说什么也不愿意承认的。她常听她丈夫说老乔里昂非常有钱，而且特别喜欢这个孙女，所以贝恩斯夫人今天的心情颇像我们看小说时的心情，因担心我们喜爱的主人翁能否继承一大笔遗产而感到紧张，生怕作者一不小心，在故事结尾时剥夺这名好青年的继承权。

她态度热情，觉得从未如此清楚地意识到眼前这位少女有多么优秀，多么可爱。她问了老乔里昂的健康状况。啊，这个岁数还那么硬朗，那么看轻，真了不起！他多大岁数啦？八十一了！她绝对不信！哦，他们刚去了海边，这对他们大有好处！她相信琼每天都收到菲尔的信，是不是？当她问这个问题时，那双浅灰色的眼睛瞪得更大了。琼并不回避她的目光。

"没有，"她说，"他一封信也没写过。"

贝恩斯夫人下意识地垂下了眼皮，但立刻又让它们恢复原位。

"可不是吗？菲尔就是这么一个人，一贯如此。"

"是吗？"琼说。

这一简短的回应让贝恩斯夫人顿时收起了脸上灿烂的笑容。她赶紧拉拉裙子来掩饰自己的窘态，说："是的，亲爱的，他就是这么一个大大咧咧的人，做什么我们一点都不放在心上。"

琼突然感到此行纯粹是浪费时间，就算她直截了当地问她，也不会从这个女人口中得到什么。

"您经常见到他吗？"她问道，脸上红了起来。

贝恩斯夫人额头上的汗珠从脂粉下慢慢渗了出来。

"见是见过，可是他上次是什么时候来的，我也记不清了。不过说实话，我们近来也不常见到他。他正忙着你叔叔的房子呢，听说马上就要完工了。我们一定要聚一次，吃顿饭，好好庆祝一下。你一定得来，就在我们这里过夜好了。"

"谢谢，"琼说，心里又一次想："我这一趟算是白跑了。这个女人是什么也不会跟我说的。"

琼站起来要走。贝恩斯夫人霎时变了个样。她跟着站了起来，嘴唇微微颤抖，两只手不安地搓来搓去。显然是出了大岔子了，但她不敢问。她很少有不敢问的时候。平时组织各种活动时，不就得问问题吗？可是今天不一样，笔直站在她面前的这个少女个头虽小，但有着一张坚定的脸，一个刚毅的下巴和一双愤懑的眼睛。

看来问题真的很严重，连她平时十分坚强的神经也快要经受不住了。就在那天早上,她丈夫还跟她说:"老乔里昂先生的身价一定不止十万英镑!"

这下可好!他的孙女就站在自己面前,伸出了手,伸出了手——要走!

她不知道这是否意味着把这位千金小姐留在本家的机会就此消失了,但她还是不敢开口。

她看着琼走到房门口。

房门关上了。

贝恩斯夫人喊了一声,拖着笨重的身躯一摇一晃地赶到门口,把门推开。

来不及了!只听见大门咔嚓一声也关上了。她呆呆地站着,脸上的表情既懊恼又痛苦。

琼沿着广场走去,步子快得像小鸟一样敏捷。现在她恨死这个女人了,尽管过去开心的日子里她一直觉得她挺友好。难道她就这样一次又一次碰壁?就不得不忍受这不明真相的折磨?

不!她要去找菲尔本人,问问他到底是什么意思。她有权知道一切。她匆匆走在斯隆街上,直到看见博西尼的门牌才止步。她推开底层的双向门,直奔楼上,剧烈的心跳让她非常难受。

爬完第三段楼梯之后,她停下来歇了口气,抓着扶栏仔细地听,可上面毫无动静。

爬上最后一段楼梯时,她脸都白了。她看见了房门,看见了房门上刻着他的名字的牌子,可是一直把她推到此时此地的那番决心却烟消云散了。

这时她恍然意识到自己这一天跑来跑去有多傻。她感到浑身发热,连戴着薄薄的丝手套的掌心也汗湿了。

她退到楼梯口,但没有下楼;她感到窒息,便靠在栏杆上,让自己慢慢缓过气来。她盯着那扇门,似乎又有了不顾一切的勇气。不!她不能就这么下楼离开！她也不管别人会怎么想了！他们是不可能理解她的！不靠自己靠谁？她决心一不做二不休。

于是她用力推开靠着的墙壁，按响了门铃。门没开。这时，她已经顾不上什么羞怯和恐惧，一次次地按铃，仿佛只要不停按下去，就能从这个大门紧闭、空无一人的房间里得到一个回音，就能弥补此行给她带来的羞辱和恐惧。门还是没开。她不再按了，双手掩面，坐在楼梯顶上。

过了一会儿，她悄悄下楼来到门外，仿佛生了一场大病。这时她只有一个念头，就是赶紧回家。她觉得路上的行人似乎都知道她刚才去了哪里，做了什么。突然她看见博西尼就在马路对面，从蒙彼利埃广场的方向过来，往自己家走去。

她停了一下，想从过往的车辆中穿过马路。这时两人的目光相遇了，但博西尼只举了举帽子。一辆公共马车驶过，挡住了她的视线。她站在人行道边上，从车辆之间的缝隙中看到他继续往前走去，头也没回。

琼望着他远去，无法动弹。

第十三章　新居锦上添花

"一份仿甲鱼清汤①，一份牛尾汤；再来两杯波特酒②。"

在这家名为"法兰奇"的餐馆楼上，詹姆斯和他的儿子正准备

---

① 一种用小牛头、小牛肉等加上酒、奶油和各种调料以及胡萝卜和欧芹等做成的浓汤，味道酷似甲鱼鲜汤。
② 一种原产葡萄牙的红葡萄酒，味甜，类似雪莉酒。

坐下来吃午饭。在这里，福赛特之类的人仍能吃到分量很足的英式饭菜。

在所有的餐馆中，詹姆斯最喜欢这一家。这里的饭菜不仅实惠，味道也好，而且能让你吃饱。尽管他为了赶点时髦也多少变得挑肥拣瘦起来，尽管一个人的饮食要求也会随着收入的增长而水涨船高，但是在金融区最喧闹的时辰过去后，他还是喜欢上早年常去享用美味佳肴的那些馆子用餐。在这里，给你端菜斟酒的是围着围裙、头发浓密的英国男侍应生，这里的地面上撒着一层木屑，墙上整整齐齐地挂着三面金边框的园镜子，刚好高出你的视平线。这些馆子直到最近才把小隔厢拆掉，要不然你仍然可以像真正的绅士那样，在看不见左右食客的环境中，尽情享受你的牛排、上等羊腿和又软又面的土豆。

他把餐巾的上角塞到马甲的第三颗扣子背后，这个习惯他多年前在伦敦西区吃饭时就不得不改掉了。今天他忙了整整一个上午，给一位老朋友了结了一笔不动产，觉得应该坐下来好好品尝一碗鲜汤了。

他往嘴里塞了一大口店家自制的，但口味不是很正的面包，没等到咽下肚就忙不迭地问儿子："你打算怎么去罗宾山？带艾琳一块儿去吗？最好把她带上，我想那里一定有不少事情要做。"

索姆斯头也没抬，回答道："她不肯去。"

"不肯去？这是什么意思？她早晚得住过去，不是吗？"

索姆斯没有回答。

"我真不知道现在的女人一个个都怎么了，"詹姆斯嘀咕道，"我以前跟女人打交道，从来没见过这么别别扭扭的。我看她是没管紧，是你惯的……"

索姆斯抬了抬眼皮，冷不丁地说："我不许别人说她的坏话。"

两人不再说话，寂静中只听见詹姆斯喝汤的响声。

侍者送来两杯波特酒，但立刻被索姆斯拦住了。

"波特酒可不能这么上啊，"他说，"拿走，拿走；去把酒瓶拿来。"

正在专心致志闷头喝汤的詹姆斯赶紧抬头看了看,想知道发生了什么事情。

"你母亲病倒了,"他说,"这样,你可以坐我家的马车去罗宾山。我想艾琳肯定也愿意出去溜一趟。那个博西尼,大概会在那儿带你们看房子的吧?"

索姆斯点了点头。

"我也想去看看那个家伙最后搞出个什么名堂,"詹姆斯说,"我坐车去接你们两个。"

"我乘火车去,"索姆斯说,"您要坐马车去的话,艾琳说不定会跟您一块儿去的。"

他招招手,示意侍者前来结账,但掏腰包的是他父亲。

他们在圣保罗教堂前分手,索姆斯朝火车站的方向走去,詹姆斯登上了一辆西行的公共马车。

他坐在售票员边上那个角落里的一个座位上,两条长腿正好挡住上车的乘客,可他反倒埋怨别人,对经过他身边的每一个人怒目而视,仿佛人家不该跟他争地盘。

他打算下午找个机会跟艾琳好好谈谈。常言道:"事先一句话,赛过事后一席话"。既然她要搬到城外去住了,那就应该翻开新的一页。他看得出,索姆斯对她的所作所为已经忍无可忍了。

他并未多想他所说的"所作所为"到底指什么。这正是福赛特家的人喜欢用的那种意思宽泛又含糊的字眼。饭后的詹姆斯胆子比平时大了许多。

他一到家便下令备车,还特别交代马夫也必须同行。他一定要和颜悦色地跟她谈,决不难为她。

蒙彼利埃广场六十二号的大门一打开,他就清清楚楚地听到了艾琳悦耳的歌声,并立刻对开门的女仆说他已经听见夫人的声音了,表示他知道夫人在家,以防吃闭门羹。

是的，索姆斯夫人是在家，不过女仆不知道太太是否愿意会客。

詹姆斯没等女仆进去请示便直奔客厅，动作之快令人咋舌。谁都无法相信这么一个一本正经的瘦高个子竟能疾步如飞。他看见艾琳坐在钢琴旁，双手停在琴键上，显然在听门厅里刚才的说话声。她板着脸跟詹姆斯打了个招呼。

"你婆婆病倒卧床了。"他劈头盖脸就来这么一句，希望一上来就博得她的同情。"我的车就在门口。听我说，好孩子，快去把帽子戴上，跟我上车一块儿出去转转，这对你有好处。"

艾琳看着他，似有拒绝之意，不过看样子她很快改变了主意，便上楼去戴帽子。下楼时她问道：

"您准备带我去哪儿？"

"我们就去罗宾山，"詹姆斯说得很快，"这两匹马得溜溜腿，正好我也想去那儿看看他们搞得怎么样了。"

艾琳犹豫了一下，但还是同意了，随即出门准备上车。詹姆斯弯着腰紧随其后，怕她会有变卦。

马车走了大半程之后，詹姆斯才开口："索姆斯很喜欢你，他不许任何人说你半个不是。你为什么不能跟他亲热一点呢？"

艾琳红着脸低声说："我装不出来。"

詹姆斯紧紧盯着她，心想既然已经把她弄上了车，前面有他的马匹拉着，后面有他的仆人跟着，那么一切就得听他摆布了。这个时候，她没法跟他打马虎眼，也不好意思在大庭广众出什么洋相。

"我不知道你是怎么想的，"他说，"索姆斯是个好丈夫！"

艾琳的回答很轻，几乎被来往车辆的辘辘声所淹没，所以他只抓到一句："嫁给他的又不是你。"

"看你扯到哪儿去了？我的意思是你要啥，他给啥。你想上哪儿，他立刻陪你去。现在又在城外给你盖了这幢别墅。不会是你自己有什么事吧？"

"我没事。"

詹姆斯又朝她看了一眼。他猜不透她脸上的表情是什么意思,但那副样子就像马上要哭出来似的,然而——

"我想也不会有什么事,"他急忙喃喃地说,"大家对你一直都很好。"

艾琳的嘴唇微微颤抖起来。詹姆斯看到一滴泪珠从她脸颊上慢慢滚下,一时不知所措,自己的喉咙口仿佛也有样东西堵着。

"我们都很喜欢你,"他接着说,"只要你……"他本想说"安分守己",但改口为"多尽一点妻子的义务"。

艾琳没有理会他,詹姆斯也没再往下说。不过她的沉默反而让詹姆斯感到不安。这沉默不像是怄气,而恰恰表明她默认了他刚才所说的一切,可是他觉得该说的还没有全部说出来呢。他实在不明白这是怎么一回事。

但他还是忍不住又开了口。

"我想博西尼这小伙子快跟琼结婚了吧?"

艾琳变了脸,说:"我不知道,你该去问琼。"

"她没给你写信吗?"

"没有。"

"怎么会呢?"詹姆斯说,"我一直以为你们俩是好朋友。"

艾琳冲着他说:"这个,你也得问她。"

詹姆斯被她这副样子吓了一跳,神色慌张地说:"算了,这么一个简简单单的问题却得不到一个简简单单的回答,真是莫名其妙,可偏偏给我碰上了。"

他碰了个钉子之后,闷头坐着想了一会儿,终于按捺不住,暴跳起来:

"听着,我已经提醒过你了,可你就是不顾后果。索姆斯嘴上不说,可我看得出来,这种事他是不会容忍下去的。你谁也别怪,只能怪你自己。而且，谁也不会同情你。"

艾琳微笑着点了点头，说："非常感谢您。"

詹姆斯呆住了，半响说不出话来。

晴朗炎热的上午已渐渐变成灰暗闷热的下午。南面的天空中慢慢浮起了一大片略带黄色的密云，预示着一场雷暴雨即将来临。马路对面低垂的树枝纹丝不动，空气中弥漫着一股淡淡的胶皮味，那是马匹在太阳下曝晒后散发出来的气味。车夫和马夫直挺挺地坐在车厢顶上，他们低声交谈，头也不回。

谢天谢地，他们终于到了那幢新建的别墅，詹姆斯这才松了一口气。一路上坐在他身旁的这个女人着实让他大为吃惊。他一直认为她柔弱又温顺，没想到她刚才竟一声不吭，简直刀枪不入。

马车一直把他们拉到大门口。下车后，两人一起进了屋子。

门厅里异常安静，寒气逼人，给人以误入墓穴的感觉。詹姆斯感到脊梁骨里一阵透凉，不禁打了个寒战。他赶紧掀起柱子之间厚厚的皮帘子，一步跨进内院。

这里的装潢确实品位高雅，令他赞叹不已。暗红色的瓷砖从墙脚下一直铺到一簇高高的、围成一团的鸢尾花边上，接着又把一个用白色大理石砌成的水池围了起来。这瓷砖一看便知是上等好材料。他特别欣赏那块紫色的皮帘子，从头到尾拉满了整个一侧，只露出一个巨大的白瓷砖火炉。天窗的中缝已经拉开，外面的热气可以从中穿过，一直辐射到房间中央。

他背着双手站着，翘起又窄又高的肩膀上那颗脑袋，仔细察看柱子上的花饰和乳白色的四壁上沿那一条装饰带。这种设计显然是花了一番心血的，真不愧是只有绅士才配住的房子。他走到皮帘子跟前，在弄明白如何操作后，一下把帘子向左右两边拉开，眼前立刻出现了一个画廊。画廊的尽头是一扇大窗，占了整个房间的一侧。画廊的地板是黑橡木做的，墙壁也漆成乳白色。接着他推开了一扇又一扇房门，每次都要探头进去张望一番。看来,一切都已准备就绪,井井有条,随时可以入住了。

最后他转过身来,想跟艾琳说话,却见她站在花园的入口处。她的丈夫和博西尼也在那里。

詹姆斯算不上机灵敏锐,但立刻觉得事有蹊跷。他不知道发生了什么,也有点紧张,于是赶紧过去,想劝上几句。

"博西尼先生,你好吗?"他问道,一面伸出手去,"我觉得你在这房子上花的钱可不少啊!"

索姆斯一转身走了。詹姆斯把目光从博西尼阴沉沉的脸上转向艾琳,情急之下,脱口说出了心里想的话:"算了,我不知道你们在说些啥,反正谁也不会跟我说什么!"他跟在儿子后面往外走去,只听见博西尼呵呵笑了一声说:"那就谢天谢地了!你这个人实在……"可惜下半句他没能听清楚。

到底出什么事了?他回头一望,看见艾琳跟那个建筑师靠得很近,脸上那种表情显然是他从未见过的。他快步跟上儿子。

索姆斯正在画廊里来回踱步。

"怎么啦?"詹姆斯问道,"这到底是怎么啦?"

索姆斯看着他的父亲,依然一副孤傲的样子,也很平静,但詹姆斯心里明白,他的儿子此时已怒不可遏。

索姆斯说:"我们这位朋友又一次违背了我的指示,费用又超支了,就这么回事儿。不过这一次我可饶不了他。"

他转身朝门口走去,詹姆斯紧紧跟上,并挤到了前头。他看见艾琳把一根手指从唇前移开,又听见她改用平常说话的口气说了几句话。还没走到他俩跟前,詹姆斯就开口说话了:

"快下暴雨了。我们回去吧。博西尼先生,我们恐怕没法把你一块儿捎上了。是的,恐怕不行了。再见吧!"

他伸出手去,但博西尼没接,只是朝他一笑,说:

"再见，福赛特先生，可别淋着雨了。"说完转身就走。

"呃，我不知道——"詹姆斯刚想说什么，但一见到艾琳的脸色就止住了。他托着儿媳妇的胳膊肘，一直把她搀到马车旁。他敢肯定他们刚才是在约下一次见面的时间或别的什么……

这个世界上让福赛特家的人最痛心疾首的事，莫过于发现在某一件事情上的开销超出了预先的计划。这是完全可以理解的，因为他们的生活原则只有一条，那就是精打细算，斤斤计较。任何一件东西，只要无法知道其确切的价值，他们就方寸大乱，好比一条没有舵的船在茫茫苦海中毫无目标地漂泊。

索姆斯在给博西尼的上一封信中提出了前面说过的那些条件之后，就没再想过费用的问题。他认为最终的数额已经说得清清楚楚，根本没想到会再次超支。在听到博西尼说这一万两千英镑的上限又要被突破，而且超支高达四百英镑之多时，他气得脸都白了。他原来估计的费用从头至尾只需一万英镑。他非常后悔，常常责怪自己不该一再让步，不该同意那个家伙一次又一次地加码。可是这一回博西尼完全打错了算盘。他索姆斯无法想象一个人怎么会做出这么愚蠢的事情，然而博西尼居然这么做了。于是长期以来一直在他心头燃烧的怨愤和忌妒一下集中到了最后这一笔超出的费用上。那个曾经装得自信又友好的丈夫的形象不见了。那是他为了保全他的财产——自己的妻子才装出来的。现在为了保全他的另一份财产，他再也不需要这个伪装。

后来，当他冷静下来又能说话时，他对博西尼说："好啊！我看你得意得很嘛。不过老实告诉你吧，你看错人了！"

当时他自己也说不清这句话是什么意思。晚饭后他翻了翻他和博西尼的来往信件，好让心里有个底。这些信里说得清清楚楚，不可能有不同的理解。那个家伙必须对多花的四百镑，至少是三百五十镑负责，而且必须由他承担。

他心里暗下决心时，正望着妻子的脸。她坐在沙发上的老地方，正在改领子上的丝带。整个晚上她没跟他说过一句话。

他走到壁炉的炉台前，对着镜子端详自己的脸，说："你那位小土匪朋友干了件蠢事，他得为此付出代价！"

她以鄙夷的目光看着他，说："我听不懂你在说什么。"

"你很快就会明白的。不过小事一桩，就四百来镑，不值得你操心。"

"你是说你要他为这倒霉的房子赔上这笔钱？"

"对，一点不错！"

"你不是知道他一无所有吗？"

"当然知道。"

"那你比我想的还要卑鄙。"

索姆斯转过身来背对着镜子，下意识地从炉台上拿起一只小瓷杯，捧在两手之间，仿佛在祷告。他见她气得胸脯起伏，怒目圆睁，但他不顾她的嘲弄和奚落，平静地问道：

"你是不是在跟博西尼搞暧昧？"

"没有，没有的事。"

他们的目光对视了一下，但他立刻把视线移开。他既不相信她，也不怀疑她，不过他已经意识到不该问这个问题。他从来不知道，将来也不会知道她的真实思想。一看到她那张永远猜不透的脸，一想到天天晚上见她没精打采地坐在那里，又不知道她心里在想什么，他就气不打一处来。

"我看你真是个铁石心肠的人。"他说，一面用力一捏，把手上那只脆弱的瓷杯捏得粉碎，让碎片纷纷落到炉膛里。艾琳笑了笑，说："看来你忘了那只杯子不是铁石做的。"

索姆斯一把抓住她的胳膊，说："看来只有一顿痛打才能让你恢复理智。"但他没有动手，一转身离开了房间。

第十四章　索姆斯独坐楼梯上

那天晚上，索姆斯上楼时就觉得自己做得太过分了，愿意为说过的那些话向妻子道歉。

他捻灭了房门外过道里还亮着的煤气灯，一手握着门把站了一会儿。他在琢磨这道歉的话该怎么说更好，因为他不想让她察觉出他的惶恐不安。

但是房门却推不开。他拉了一下，又使劲转动门把，但还是打不开。她一定是有什么事把门反锁了，却忘了再打开。

他进了梳妆室。那儿点着灯，但不亮。他快步走向另一扇门，可这扇门也锁上了。这时他才发现他偶尔睡上一宿的那张行军床已经搭好，上面放着他的睡衣。他拍了一下前额，把手拿开时，手心已被汗水浸湿。原来他被关在门外了！

他回到房门口，轻轻摇着门把，说："把门打开，听见没有？给我打开！"

里面传出一阵轻微的窸窣声，但没有回应。

"听见没有？马上让我进去！我要你让我进去！"

他能听到她站在门背后的呼吸声，像一只受惊的小动物在喘息。

但她一声不响，毫无反应；而他则无计可施，一筹莫展。这实在太可怕了！他又跑到另一扇门的门口，想用全身力气把门顶开。这门是新的，是他当年专门请人换上的，准备度蜜月回来之后使用。盛怒之下，他抬起脚来，准备向门板蹬去，只是害怕惊动仆人才缩了回来。他忽然觉得自己彻底失败了。

他待在梳妆室里，一屁股坐了下来，顺手捡起一本书，可是出现在他眼前的不是书上的文字，而是他妻子的身影——裸露的双肩上披着金发，乌黑的眼睛瞪得很大，像一头困兽那样站着。他终于明白了她这次反抗的真实意图。她要跟他彻底决裂，就此结束他们的夫妻关系！

他坐不住了，再次走到房门口，听到里面仍有动静，便轻轻喊道："艾琳，艾琳！"

他不想让自己的声音显得可怜巴巴，可是让他觉得不妙的是里面的声音干脆停止了。他握紧双拳，考虑对策。

想了一会儿之后，他踮着脚尖走开了，然后突然向另一扇门猛冲过去，企图把它撞开。门嘎吱一响，却岿然不动。他只好坐在楼梯上，双手掩面。

他在黑暗中坐了很久。透过天窗映进室内的月光在地上抹了一道惨淡的白光，沿着楼梯慢慢向他延伸过来。他开始冷静思考，自我解嘲。

行，她既然锁上了房门，就没有资格再做妻子了，他就可以找别的女人去寻求安慰了！

可是这也不是什么乐事，不会给他带来多少宽慰。他对偷鸡摸狗之类的事全然没有兴趣，他没有做过多少，而且早就收手了，也不会有兴趣重新拾起。他的欲望只有一个人能满足，别的女人都不行。这个人就是他的妻子，那个站在紧闭的房门背后，紧张而又害怕，却死也不肯原谅他的人。

此时此刻，身处黑暗中的他更加强烈地感到了这一点。

他不再自我安慰，又恼羞成怒起来。她今天这种行为是不道德的，不可原谅的，怎么惩罚她都不为过。他谁都不要，只要她一人，而她竟然拒绝他！

看来，她真的对他恨之入骨了！这一点他一直无法相信，现在也不信。在他看来，这是无法理解的。他甚至怀疑自己是不是完全丧失了判断力。如果说这个在他眼里一贯温顺听话的人今天居然迈出了如此坚定的一步,那么她还有什么做不出来的事情呢?

接着他又寻思这会不会是她跟博西尼串通好的呢?不过他相信她还不至于此。实际上,他是不敢往这方面想,不敢相信这是她今晚这番表现的真正原因,因为这是他无论如何也无法接受的。

他们的夫妻关系没有必要闹得人人皆知,成为街谈巷议的话题。真要闹到这一步,他肯定受不了。所以在尚无确凿证据之前,他绝对不能相信这是真的,免得自己痛苦。可是心底里,他早就不怀疑这一点了。

他蜷身靠在楼梯旁的墙上,月亮照到了他身上,投下一片灰蒙蒙的亮光。

博西尼肯定是爱上她了!他恨死这个家伙了!这次决不能便宜他!他可以拒付,而且坚决拒付超出一万两千零五十英镑的那一部分,连一个子儿也不付。他在信中早已把最高限额确定下来了。当然他也可以先付,然后把他告上法庭,要求赔偿。他要去找乔布林和博尔特律师事务所,委托他们经办此案。他要把那个穷光蛋彻底搞垮!突然,他不知怎么联想到艾琳也是一个一文不名的人。哈!两个叫花子!想到这里,他仿佛大解了心头之恨。

寂静中隔墙传来轻微的嘎吱声。她终于上床去睡了。别了,欢乐和美梦!此时,即使大门洞开,他也不会进去了!

他撇着嘴苦笑,双唇微微抽搐,同时用双手捂住眼睛……

第二天傍晚,索姆斯站在餐厅窗口,心情沉重地凝望着外面的广场。

梧桐树上依然洒满了阳光,油亮的树叶随着拐角处一架手摇风琴奏出的乐曲在微风中欢快地飘摇。那是一首圆舞曲,一首早已过时的老曲子,那旋律和节奏给人某种不祥的感觉,而且没完没了地重复下去,尽管随之起舞的除了树叶还是树叶。

摇风琴的老妇没精打采,看上去十分疲倦。高楼里也没人向她扔下铜板。她推着风琴往前走，过了三家门口，又停下来放那首曲子。

这正是艾琳和博西尼在罗杰家共舞时演奏的那首圆舞曲。听着这恼人的乐声，索姆斯似乎又闻到了那天晚上她身上的栀子花香水的香味。他记得她拉着博西尼不停地在舞池中转呀转，每次经过他眼前时，他都能看到她金光闪亮的头发和含情脉脉的眼睛，还能闻到一阵阵幽香。

老妇人慢慢摇着手把。她已经摇了整整一天了，就在斯隆街附近，也许正是为博西尼摇的。

索姆斯转身从雕花烟盒中取出一支香烟，又回到窗前。这乐曲让他着了魔似的。忽然，他看见艾琳拿着一把收拢的遮阳伞匆匆穿过广场，向家里走来，身上穿着一件他未曾见过的玫瑰色宽袖上衣。走过风琴时，她停下步子，取出钱包，给了老妇人一些钱。

索姆斯赶紧往后一缩，站在能够窥察门厅的地方。

她用钥匙打开大门后走了进来，放下阳伞，对着镜子照了一会儿。她的双颊绯红，像是被太阳晒的。她的双唇微启，形似微笑。她伸出双臂，仿佛要拥抱自己，同时笑了一声，可这笑声怎么听都像一声抽泣。

索姆斯往前走了一步，说：

"好漂亮啊！"

她猛一转身，犹如中了一枪。要不是他挡住了去路，她早就从他身旁窜上楼去了。

"急什么？"他说，眼睛盯住挂在她耳边的一缕散发。

他几乎认不出这是自己的妻子。她简直就像一团火，脸上、眼睛、嘴唇，还有那件从没见她穿过的衣服的颜色又深又艳。

她抬起手来往后理了理那缕散发，她的呼吸非常急促，好像刚才是一路跑回来似的。她每呼出一口气，就有一阵香味从她的头发和身上向他扑来，就像绽放的鲜花一样芬芳。

"我不喜欢这件衣服，"他慢吞吞地说，"软塌塌的，没有样子。"

他用手指朝她胸前指去，被她一把推开。

"别碰我!"她喊道。

他抓住了她的手腕,却被她用力一甩挣脱了。

"你刚才去哪儿啦?"他问道。

"去天堂了——反正是离开这个鬼地方出去了!"说完飞快上了楼。

门外那架风琴正好停在他家门口,继续演奏着那首圆舞曲,仿佛在对刚才施舍的那位好心人表示感谢。

索姆斯呆呆地站着。他为什么不追上去呢?

是因为果真像他想象的那样,博西尼此时正站在斯隆街家里那高高的窗口旁往下探望,一面让凉风吹拂他发烫的脸,一面瞪大着眼睛想再看一眼艾琳已经消失的身影,再回味一下她扑向他怀中那甜蜜的一刻呢?还是因为她身上仍在空气中飘溢的香味以及她那抽泣般的一阵笑声呢?

第三篇

第一章 麦坎德夫人的见证

毫无疑问,许多人,包括当时问世不久便风靡一时的《激进活体解剖者》①的编辑,都会说索姆斯那天晚上没有一锤砸掉妻子房门上的那把锁,没有结结实实地给她一顿拳脚之后再痛痛快快地享受一回夫妻生活的乐趣,实在缺少了一点男子汉大丈夫的气概。

不过,粗暴的行为如今已很难像从前那样,可以轻描淡写地以人之常情为由来开脱了,所以那些神经比较脆弱的人听说索姆斯既没有砸门,也没有打人,都松了一口气。其实,福赛特家的人也并非动辄动粗之辈。他们谨言慎行,从不轻举妄动,而且总的说来,也比较善良。索姆斯身上有一种家族荣誉感,虽然不足以使他高尚得宽宏大量、慷慨解囊,但足以使他远离那些特别卑劣的勾当,除非他一时冲动。最主要的原因是作为地地道道的福赛特这类人,他不愿意出自己的洋相,所以在无法真的动手打老婆的情况下,他不知道还能做些什么,只好默认现状。

整个夏秋两季,他照常去事务所上班,去整理他的藏画,也照旧邀请朋友来家吃饭。

他没有离开城里,因为艾琳不肯走。罗宾山那栋房子虽已竣工,却依然空着,一时无主。索姆斯已对那个"小土匪"提起诉讼,要求他赔偿三百五十英镑。

---

① 可能暗指一八七二年由爱德华·尤曼斯创办的赞成活体解剖和宣传社会达尔文主义的刊物《大众科学月刊》。

为博西尼提供代理服务的是一家叫弗里克和艾贝尔的律师事务所。他们在不否认事实的同时，对博西尼和索姆斯之间的来往信函提出了一个疑点。撇开法律行话，用通俗的话来说，大意是：所谓"按本信的意思放手行事"这句话本身自相矛盾，荒谬可笑。

在法律界这个小圈子里，索姆斯很快就获取了大量的信息，了解到了对方的大致对策。这也许纯属偶然，不过真想打听也并非难事。一天，他事务所的合伙人巴斯塔德在诉讼费审定人沃米斯利家吃饭时，恰好坐在判例法律师小钱克利的边上。

所有的律师在女士们离开饭桌后，都必定三句不离本行地聊起来。钱克利这位年轻有为的小律师就向他的邻座不点名地谈起了一桩悬案。其实他并不认识边上这个人，因为巴斯塔德在法庭上从来都只有坐在后排的份儿，谁也不知道他是何许人也。

钱克利说他手上有个案子，里面有个"十分微妙的问题"。接着，他便在严守职业机密的情况下，说出了索姆斯一案中那个难以决断的问题。他还说凡是听他说起此事的人，无不认为这一问题确实微妙得很。遗憾的是这只是一个小小的破绽，不过他认为这个破绽对他的当事人极为有利。（沃米斯利这儿的香槟酒味道很差，但供应充足，可以喝个够。）他最担心的是法官可能草草审结此案，所以他准备好好下一番工夫，因为他觉得这个问题没有那么简单，是可以大做文章的。说完，他便问他的邻座对此有何想法？

巴斯塔德是个典型的三棍子打不出一个闷屁的人，有话只会放在心里。他当时什么也没说，但一回到事务所就把这件事原原本本告诉了索姆斯，还添油加醋了一番。此人话虽不多，却工于心计，最后他说他也认为这个问题"非常微妙"。

我们这位索姆斯·福赛特先生已决定把他的诉讼案委托给乔布林和博尔特律师事务所。可是他刚这么做就后悔不已，觉得应给自己出面来打这场官司。在接到博西尼的代理词后，他便去找他聘请的那两位律师。

乔布林已去世多年，这个案子将由博尔特一人经办。他对索姆斯说，他也认为这个问题比较棘手，最好先听听法律专家的意见。

索姆斯建议他去找一位权威人士，于是他们一起去了王室法律顾问沃特巴克那里，认为这个人是数一数二的权威。沃特巴克把他们送来的材料压了六个星期之后回信说：

"依我之见，对这些来往信函的确切解释，在很大程度上取决于双方各自的意图，但也会根据庭上出具的证据发生变化。我以为应当设法让那位建筑师承认他当时完全明白建筑费用不得超过一万两千零五十英镑这一约定。我也注意到'按本信的意思放手行事'这句话确实模棱两可。不过我认为总的来说，布瓦洛起诉布拉斯特德水泥公司一案的判例适用于此。"

见信后，他们依计行事，便提出了质询书。可是令他们十分气恼的是弗里克和艾贝尔的答复非常巧妙。他们什么也没有承认，因而毫发无损。

索姆斯是晚饭前在餐厅里读到沃特巴克的意见书的，那已经是十月一号了。让他忐忑不安的倒不是因为他怀疑布瓦洛起诉水泥公司一案的判决是否适用于他这个案子，而是因为近来他自己也开始觉得这个问题相当微妙，而这种微妙又极为诱人，最配吃律师这碗饭的人的胃口。不管是谁，只要他的感觉得到了沃特巴克的确认，都会惶惶不安的。

他坐着想了又想，眼睛注视着尚未生火的炉膛。虽然已经入秋，但这一阵阳光灿烂，似乎还是八月的天气。惶惶不安的日子是很不好受的，他恨不得一脚踩断博西尼的脖子。

他还是那天下午在罗宾山跟博西尼碰头的，此后他再没见过那位建筑师。可是他总觉得他的身影无时无刻不在他眼前晃动。他总也忘不了他那张颧骨高耸，疲惫憔悴的脸和那双激情四射的眼睛。可以毫不夸张地说，他再也没有摆脱过那天黎明前听到孔雀叫声时的那种感觉。博西尼就像幽灵一样出没在他家里,以至于黑暗中从他身边走过的每一个身影,在他眼里都成了这个被乔治恰如其分地称为"小土匪"的人。

他敢肯定艾琳还在和博西尼幽会,只是不知道在什么地方,也不知道他们是怎么见面的。他也不问,隐隐约约有一种感觉,就怕知道得多了反而更不好受。反正这些事都是在暗中进行的。

当然,他还跟往常一样,有时问问妻子去了什么地方,因为福赛特家的每个男人都会这么做的。这种时候,艾琳就会显得很不自然。尽管她极力保持镇静,但她那张始终让他感到神秘莫测的脸上,难免会浮现出一种他不曾见过的表情。

她现在还喜欢外出吃饭。要是问比尔森今天太太是否在家用餐了,回答十有八九是:"没有,先生。"

他很不赞成她这样独来独往,也跟她说了,然而她对此置若罔闻,也不生气,只是我行我素,依然故我。这让索姆斯特别恼火,也很惊讶,不过也让他多少觉得有点可笑。她还真以为他屈服投降了呢!

看完王室法律顾问沃特巴克的意见书后,他站了起来,上楼来到她的卧室。她一般要到上床睡觉前才把房门锁上,他发现她还是很注意影响的,不想让仆人有所察觉。她正在梳头,见他进来,便转过身来,恶狠狠地对着他。

"你来干什么?"她问道,"请你出去!"

他回答说:"我想问问你,我们现在这种状况要拖到什么时候。我已经忍耐得够久了。"

"请你出去,好不好?"

"请你把我当丈夫看待,好不好?"

"不!"

"那么我来教你怎么做。"

"来吧!"

他瞪大着眼,被她平静的回答惊呆了。她双唇紧闭,压成了一条细线；蓬松的金发披散在她裸露的双肩上，和她乌黑的眼睛形成了奇妙的对照。此时，这双眼睛里充满了极为复杂的感情，既有恐惧，也有憎恨和鄙夷，还有一种与此不太协调的胜利的喜悦。

"好了，请你出去吧！"

他绷着脸，转身离开了。

其实他心里明白他根本就没打算采取什么行动，而且他也看出她不相信他会采取什么行动，知道他根本就不敢。

他过去有一个习惯，喜欢把一天做过的事情向她娓娓道来，譬如某某客户如何来找他啦；他又如何替帕克斯办成了一笔抵押贷款啦；弗莱厄起诉福赛特那桩旷日持久的官司有了哪些进展啦等等。这个案子涉及他那位了不起的叔叔尼古拉斯，此人一贯办事细心，早已把自己的财产安置得妥妥帖帖，所以谁也别想动它，别想捞什么油水。这个案子看来还会遥遥无期地拖下去，成为好些律师终生的生财之道。

他还会告诉她，最近他去过乔布森艺术品拍卖行，看见布歇[①]的一幅画已经售出，这正是他在蓓尔美尔街的塔列朗父子商店见过的那幅画，可惜他当时没有买下。

他非常喜欢布歇和华托[②]这一画派。他也喜欢把这些事情说给她听，这已成了一种习惯，即使现在他还在这么做，在饭桌上一讲就是大半天，似乎能靠滔滔不绝来掩饰他内心的伤痛。

当没有旁人在场时，他常常会在她跟他说晚安的时候，试图上前亲她一下，也许是因为他隐隐约约地感到她总有一天会让他得逞的，也许是因为他觉得丈夫本来就应当亲吻妻子。即便她恨他，他无论如何也不该抛弃这一古老的习俗。那是不对的。

可是她为什么要恨他呢？到现在他还想不通。被人恨的感觉是不好

[①] 十八世纪法国画家（1703—1770），是法国路易十五时期盛行的洛可可艺术风格的主要代表人物之一。

[②] 法国画家（1684—1721），也是洛可可画派的重要代表之一。

受的。憎恨是一种偏激的情绪，然而他自己却恨透了博西尼，恨透了那个小土匪，那个神出鬼没的漫游者，那个"夜游神"！索姆斯有这种想法是因为他脑子里总浮现出博西尼在黑夜里游荡的身影，或者埋伏在暗处，伺机扑将出来的情景。不过，那家伙现在的日子肯定很惨。有个叫伯基的小建筑师曾看见他从一家三流餐馆里出来，而且神情沮丧。

他躺着睡不着的时候，就反复考虑目前这种状况。除非她突然回心转意，否则就只好这么没完没了地拖着。他倒从未认真想过要跟妻子分手。

那么福赛特家的其他人呢？在索姆斯这出不能公开的悲剧发展到这一步时，他们起了什么作用呢？

实事求是地说，作用很小，几乎没有，因为他们都到海边去了。

他们每天从旅馆、水疗中心或出租的度假屋里出来，有的下海游泳，有的躺着晒太阳，吸饱足够享用一冬的新鲜空气。他们各家在选定的海滩上尽情享受着爽心的海风，就像种葡萄的人在自己的葡萄园里栽葡萄，选葡萄，榨葡萄汁，直到把它灌进瓶子一样，一点也舍不得浪费。

九月底，他们开始陆续回城，每天都有小公共马车把一个个精神饱满、脸色黝黑的人从不同的地方送回伦敦。第二天一早，他们便各就各位，重操旧业。

接下来的一个星期日，蒂莫西家高朋满座，从午饭到晚饭一直热闹非凡。他们随兴所至，无所不谈，话题之多，不胜枚举，其中斯摩尔夫人提到了索姆斯和艾琳一直没有离开过伦敦这件事。

她没有多说，只是点到为止。有关的证据却是由另一个人提供的，而此人相对而言应该算是个外人。

原来九月末的一个下午，威尼弗雷德·达尔蒂最要好的朋友麦坎德夫人和小奥古斯塔斯·弗列帕德骑着自行车在里士满公园健身时，正巧看见艾琳和博西尼从小树丛里出来，朝希恩门走去。

当时，也许是这位精疲力竭的小女子渴了，因为她已经在一条硬邦邦的土路上骑了很长时间，而且谁都知道，跟弗列帕德边骑车边聊天有多累，身体再棒的人也未必吃得消；也许是她看到"那两个"刚走出来的那片小树丛是何等阴凉，让她十分向往。这片树丛在一座小山坡上，被橡树的枝叶像屋顶一样罩着。树丛中不时传出鸽子的咕咕声，仿佛在为丛中的恋人不停地唱着爱情的赞歌，同时，秋天的声息也悄悄传到了情人们的耳边，偶尔还有一只小鹿从他们身旁轻轻走过。这小树丛不知目睹过多少一去不复返的欢乐时光，也见证过多少天长地久的美景良辰。这是单身男女的圣地。夏日的傍晚，常常可以看到他们在这里追逐嬉戏，那些少男个个像树桩一样结实，那些少女则像银色的白桦一样婀娜。

这位女士认识福赛特家上上下下所有的人。琼订婚那天大宴宾客时她也在场，所以她一眼就认出了从她眼前走过的那个人是谁。遗憾的是她自己的婚姻并不美满，不过她很有头脑，也很能干，竟有办法迫使她的丈夫成为过错方。这样，在整个离婚过程中，她免遭了许多非议。

因此她是这方面的权威！她住在一幢有许多小套间的大楼里，这些套间里住满了福赛特之类的人。他们最大的业余乐趣便是聚在一起对别人的事说长道短，评头品足。

这位可怜的女士那天也许是渴了，不过她倒是真的烦了，因为弗列帕德是个油腔滑调、能说会道的人。这时突然看见"那两个"出现在这样一个意想不到的地方，她顿时"精神抖擞"起来。

在麦坎德夫人身上，就像这座伦敦城一样，一切都是万古不变的。

这位身材矮小但非同寻常的女人是切切不可小觑的。她的"火眼金睛"和"如簧之舌"简直就是上帝无边神力的延伸。

她见多识广，有一种曾经沧海的气概，自己的事从来不要别人插手，甚至到了几乎令人看不下去的地步。凭借这一作风，她在铲除依然妨碍文明的车轮滚滚向前的骑士精神方面，要比其他任何一个女人都来得彻底。她实在太出众了，真是人见人爱，大家甚至亲切地唤她为"小麦坎德"。

这位穿着紧身又考究的女士，是一家妇女俱乐部的成员，但不是那种特别容易激动或成天愁眉苦脸、一天到晚只考虑自己权利的会员。在她看来，享受这些权利是天经地义、顺理成章的事，而且她也懂得如何充分利用自己的权利。对此谁都不得不佩服，包括她所属的那个了不起的阶层的人。当然，她能跻身这个阶层，靠的不完全是她的做派，而是她的家世、教养，还有她对财产的那份悟性。这最后一点当然是最根本的，但往往是不公开的。

她是贝德福德郡一名律师的女儿，外公是当地的牧师。尽管她嫁了一位性情温和、痴迷大自然，后来又为了一个戏子而将她抛弃的画家，但这段痛苦的经历并未让她忘却上流社会的种种要求、信条和情趣，所以离婚之后便毫不费力地成为福赛特这类人中的活跃分子。

她永远精神饱满，永远"消息灵通"，因而到处受到欢迎。谁要在莱茵河上或策尔马特①见到她一人独行，或者跟一位女士两位绅士结伴同行的话，既不会感到惊讶，也不会发出非议，因为大家都知道她绝对能够保护好自己，不会发生任何意外。福赛特这类人对这种本领尤为赞赏，因为这能让她不付任何代价便能享受一切。大家甚至认为必须靠麦坎德夫人这样的女人来传宗接代，这样，我们最优秀的女同胞才能绵延不断，日益壮大。可惜的是她从来没有生过孩子。

要说她有什么最看不惯的东西，那就是那种娇柔的、在男人眼里所谓"有魅力的"女人，因此她对索姆斯夫人一向特别反感。

她暗地里一定在想，一旦魅力被公认为衡量女人高下的标准，精明和能干就只能靠边站了。她没法不注意到艾琳身上有一种耐人寻味的诱

---

① 瑞士南部马特霍恩山麓一城镇，每年吸引大批游客和登山者。

惑力，对此她一直怀恨在心，尤其是因为这种所谓的诱惑力有时似乎让她方寸大乱。

可是她嘴上还是说她一点也看不出这个女人有什么了不起的地方。这个人毫无生气，永远不可能自立，谁都可以欺负她，占她的便宜，这是明摆着的。她实在想不通男人到底看上她哪一点了。

不过，她倒不是心眼很坏的人，只是在经历了那场难堪的婚姻之后，她深深体会到唯有"消息灵通"才能保住她的地位，所以在公园里见到"那两个"这件事情上，她压根儿没想到她不应该多嘴。

巧就巧在那天晚上她正好在蒂莫西家吃饭。用她的话说，她有时要去那儿"让那几个老家伙开心开心"。陪客总是固定的那么几个，有威尼弗雷德·达尔蒂夫妇，同属文艺圈的弗朗西，因为据说麦坎德夫人也给《妇女天地》写过关于服装的文章。此外，为了让她有人调调情，只要海曼家的两个小伙子有空，也会把他们也叫来。这两个人虽然从不多嘴，但大家都知道他们对时髦圈子里当前流行些什么了如指掌。

七点二十五分，她关上小厅里的电灯，披上一件丝鼠毛领的斗篷，来到门外的走廊里，在那儿停留了一会儿，摸摸钥匙是否带在身上。这种独门独户的小套房非常方便。光线较差，空气不好，那是不用说的，但好就好在什么时候想出去，只要大门一关就走，也用不着吩咐仆人。亲爱的弗雷德在世时，整天百无聊赖地待在家里，她总有脱不开身的感觉。现在可好了，这种感觉一点也没有了。她对可怜的弗雷德已没有半点怨恨，只觉得他干了件蠢事。不过一想到那个女戏子，她到现在还耿耿于怀，脸上还会露出一丝苦涩的嘲笑。

咔嚓一声把门牢牢关上后，她穿过走廊准备下楼。这里的墙壁涂成了暗赭色，一排棕色的房门几乎一望无际，上面钉着一块各自的门牌号。电梯正在下降。她裹着齐耳的斗篷，只露出一头一丝不苟的褐发，静静等着电梯停在她这一层。铁栅门哐啷一声打开后，她便跨了进去。

里面已有三人：一位是身穿白色大马甲的男士，长着一张肥胖又细嫩的娃娃脸，另外两名老妇人一身黑衣，手上戴着无指手套。

麦坎德夫人什么人都认识，她向他们微微一笑。刚才肃然无声的三个人立刻开了腔。麦坎德夫人成功的秘诀就在于此：她人到哪儿，哪儿就有欢声笑语。

电梯连下五层，谈话没有歇过。开电梯的小伙子背对着他们，所以只能从铁栅门外看到他脸上鄙夷的表情。

他们在底层分手道别，穿白马甲的男士依依不舍地去了弹子房。两位老妇人要出去用餐，一个说："多好的一个人啊！"另一个却说："简直是个饶舌妇！"麦坎德夫人则上了一辆马车。

当她到达蒂莫西家吃饭时，大家谈兴正浓，海阔天空，无所不及。尽管蒂莫西从来没有兴趣加入，但福赛特家的人都喜欢这些话题。这无疑也是麦坎德夫人大显身手的好时机。

朱莉和赫斯特发现麦坎德夫人一到，气氛顿时活跃起来。他们都说："要是蒂莫西肯见她就好了！"她们认为这个女人对她们的小弟弟肯定大有好处。她会给你讲好多事情，譬如查尔斯·菲斯特爵士的儿子最近在蒙特卡洛的奇遇啦，泰纳茅斯·埃迪①眼下最抢手的流行小说中真正的女主人翁是谁啦，以及巴黎人对穿灯笼裤是怎么看的啦等等。还有，她听说尼古拉斯夫人希望自己的大孩子去海军服役，而尼古拉斯则希望孩子将来成为一名会计师，认为这样比较安全。在这种让人举棋不定的问题上，这位麦坎德夫人也能说得头头是道。她强烈反对从军，并把那种地方说得一无是处，因为除非你聪明过人或关系过硬，别人是不会把你当一回事的。再说，那种地方也没有什么奔头，就算当上了海军上将，那又怎样？可悲得很！当会计就不一样了，机会要多得多。不过一定要进一家好公司，这样，一上来就不会吃亏。

---

① 一不入流的通俗小说作家。

有时，她也会在股票生意上给大家出个主意。当然斯摩尔夫人和赫斯特都不会真的照她说的去做。其实她们根本就没钱做投资。不过听听也能让她们激动好一阵子，会产生一种身临大千世界的感觉。投资可是件大事，她们说一定要问问蒂莫西，可事后她们从来不去问他，知道他一听又要不高兴。但是她们自己会一连好几个星期偷偷摸摸把她们非常崇拜的那份时尚报纸捧在手里翻个遍，查看"布赖特红宝石公司"或者"羊毛雨衣公司"的股票到底涨了还是跌了。有时她们连公司的名字也找不着，只好等詹姆斯，或者罗杰，甚至是斯威辛过来看她们时，用激动得发抖的声音问"玻利维亚石灰和亚铅矿"的行情怎样，为什么她们在报上怎么也找不到呢？

罗杰的回答总是："你们想知道这个干什么？一钱不值的东西！你们把钱投到石灰和一无所知的东西上，最后只能是偷鸡不着蚀把米。是谁跟你们说的？"然后，在问清楚了她们听到的消息之后，他便赶往金融区去打听，也许还会把自己的一部分钱投进去。

晚饭快吃到一半时，也就是女仆斯密瑟刚端上羊脊肉的时候，麦坎德夫人得意洋洋地向众人看了一眼，说："你们猜我今天在里士满公园见到谁了。你们谁也不会想到的，是索姆斯夫人和——博西尼先生。他们准是一起去看房子的。"

威尼弗雷德清了清嗓子；在场的人都不说话。其实，这一直是他们不知不觉在等待的一个证据。

说句公道话，麦坎德夫人并不知道索姆斯跟给他盖房子的那个人已经闹翻了，因为她和三个朋友一起去瑞士和意大利的湖区度假了，所以她无论如何也料想不到她这句话会有多大的分量。

她笔直坐着，脸微红，一对机灵的小眼睛来回望着一张张脸，想看看她的话产生了什么效果。海曼家的两个男孩，一左一右坐在她两侧。两张瘦长、贪婪的脸对着面前的盘子，一声不响，只顾吃他们的羊肉。

这两个人，一个叫贾尔斯，一个叫杰西，长得一模一样，而且形影不离,因此大家称他们为德罗米奥哥儿俩①。他们从不说话,好像成天忙个不停,又不知忙些什么。别人都以为他们临时抱佛脚,在死记硬背,仓促应试。他们不戴帽子,手里捧着一本书,在家门口的花园里走来走去,一走就是几个小时,后面还跟着一条小猎狐狗。他们一句话也不说,只是不停地抽烟。每天清晨,他们各骑一匹跟他们一样腿儿细长的瘦马,相距五十来码,从坎普敦山上疾驰而下,大约一小时后再慢跑上山,还是相隔五十码左右。每天晚上,不管是在哪儿吃的晚饭,一到十点半左右,总能见到他们靠在"艾勒汉卜拉宫"②走廊的栏杆上。

他们从不单独行动,显然觉得这种永不分开的日子非常开心。

不知触动了他们身上哪一根显示他们是绅士的神经,两人不约而同地在这个最最尴尬的时刻转向麦坎德夫人,齐声问道:"你看见那个……"

麦坎德夫人听见这两个哑巴似的人跟她说话,吓得放下了手中的刀叉。刚好从她身旁走过的斯密瑟顺手把她的盘子撤下了。不过这位善于随机应变的人立刻说:"给我再来一点羊脊肉,太好吃了。"

饭后大家回到客厅里,她在斯摩尔夫人边上坐下,决定把这件事和盘托出,于是开口说道:

"索姆斯夫人真是个魅力无穷的女人,又善解人意!索姆斯真有福气!"

可惜她在急于炫耀自己"消息灵通"的时候,没有想到福赛特家还有不为她所知的一面,那就是他们决不允许家丑外扬。只听见椅子嘎吱一声和浑身上下一阵簌簌声,塞普蒂默斯·斯摩尔夫人站了起来。她把胸脯一挺,用颤抖的声音庄严宣布:

"亲爱的夫人,我们不谈此事!"

---

① 莎士比亚早期的喜剧《错误的喜剧》中的一对孪生兄弟。
② 伦敦城内一歌舞音乐厅,因其仿摩尔人的建筑风格而得此名。艾勒汉卜拉宫原为西班牙格拉纳达境内摩尔人的宫殿和城堡。

第二章　公园之夜

尽管斯摩尔夫人只是凭借她一贯正确的直觉才说了那句话,把她的客人弄得一头雾水,不过她也只能这么说,况且说的还是一句大实话。

的确,这种事情就连福赛特自家人之间也不会议论,用索姆斯用来形容自己的处境的那句话来说,这种事是"在暗中进行的"。

然而,就在麦坎德夫人在里士满公园那次巧遇后不到一个礼拜,除了有意对他保密,不让他知道的蒂莫西之外,所有的人都知道"那两个"已经有点出格了。詹姆斯是在从家禽街去公园路的回家途中听说的,喜欢胡闹的乔治是在他每天从"哈佛斯奈克"的弓形飘窗到"红酒坛"的弹子房的路上听说的。

这个乔治曾炮制过许多口头禅,在上层时尚圈里至今广为流传。他一语道破了此事的天机。他对他的弟弟尤斯塔斯说"那个小土匪看来是'动真格'了",还说他估计索姆斯已快到"忍无可忍"的地步了。

大家也都相信索姆斯肯定走到这个地步了,可是有什么办法呢?也许他真该想想办法了,不过轻举妄动的后果会越弄越糟。

既然尚未闹出丑闻,而且他们也不希望闹出丑闻,那就很难想出什么好的办法。在这种不知如何是好的情况下,唯一能做的就是保持沉默,既不对索姆斯说,大家也不谈,只当没有这回事。

当然,对艾琳的态度可以冷淡一点,对她敬而远之。这样她也许会有所意识。不过近来她很少露面,如果特意把她找来给她一个白眼,又多少有点别扭。有时候,詹姆斯会在卧室里私下对他的妻子埃米莉说,他儿子的不幸遭遇搅得他苦恼不堪。

他总是说:"我不知道下面会怎样,真把我急死了。弄不好就是一桩丑闻。这对儿子很不利,不过我不会去跟他说。也许根本就没有这回事。你说呢?她是个很有艺术气质的人,大家都这么说的。你说什么?嗨,你怎么就跟朱莉似的?当然,我也说不上,不过我要作最坏的打算。这就是没有孩子的结果。我早就料到会有这一天。他们从没跟我说过他们不想要孩子,反正谁也不跟我说真话。"

他跪在床边,睁大着目光呆滞、充满忧伤的眼睛,对着床单声声叹息。他穿着睡衣,躬着背,伸长了脖子,活像一只白色的大鸟。

"主啊……"他一遍又一遍地祷告,脑子里反复在想会不会闹出什么丑闻。

跟老乔里昂一样,他心底里也把这件不幸的事归咎于自家人瞎掺和。那帮子人干吗要把博西尼这么一个人弄进家门呢?他心里想的那帮子人就是住在斯坦厄普门的那一家,包括小乔里昂和他的女儿。他也听说过乔治给博西尼起了个绰号,叫"小土匪",可他觉得毫无道理,人家明明是建筑师嘛!

他原来一直十分敬重他的兄长乔里昂,也很相信他的话,可是现在他开始对他有些失望了。

他缺乏他大哥那种人格力量,所以发愁多,发火少。他最大的安慰就是去女儿威尼弗蕾德那里,再用他的马车把几个小"达尔蒂"带到肯辛顿公园去玩耍。在那个圆池旁,人们常常看见他一边走,一边紧张地盯着帕布琉斯·达尔蒂放在池塘里的那只小帆船。他会亲手在船上放一个便士,跟他的外孙打赌说小船保证靠不了岸,而小帕布琉斯则在他的保护下在他边上连蹦带跳。这孩子虽然一点也不像他的父亲,让詹姆斯感到十分欣慰,但他也很精。他发现小船最后总会靠岸,所以小船每次安然靠岸后,他便吵着要他外公再放上一个便士跟他打赌。詹姆斯从不拒绝,当然每次必输,有时一个下午要输掉三到四个便士,因为这个游戏小帕布琉斯百玩不厌。詹姆斯每次把钱给他时总要说:"放好了,要放在储蓄罐里。瞧，你快成富翁了！"看到小外孙的财富在不断增长，他心里不知有多开心。可是小帕布琉斯知道哪里有卖糖果的小铺子，他还知道更多的鬼点子呢。

然后他们会穿过公园一起步行回家。又瘦又高的詹姆斯耸着肩膀，聚精会神和提心吊胆地保护着伊莫金和小帕布琉斯这两个健壮的小家伙，可悲的是他们对外公的这种关怀若无其事。

然而肯辛顿花园也好，海德公园也好，都不是专对詹姆斯一个人开放的。上至福赛特之流，下至流浪汉之辈，大人小孩，情侣朋友，不分白天黑夜，都会来此休闲散步，希望在辛苦的工作之余，或者为了躲避那些乱糟糟、臭烘烘的街道，在这里求得片刻的放松和安宁。

树叶已渐渐变黄，但依然留恋着白天的阳光和夏夜的暑气，

十月五日是星期六，明朗的蓝天在日落后变得跟成熟的紫葡萄一样深沉。没有月亮的夜幕像一件黑色的天鹅绒大袍，裹在公园里的树木上。树叶稀少的枝丫在温暖静止的空气中纹丝不动，酷似一支支挺直的鹅毛笔。这一夜，大批伦敦市民拥入这座公园，要吸尽这最后一点夏意。

成双成对的情侣从各个大门进来，沿着小径或踏着晒枯的草坪悠闲漫步，然后一对接着一对，悄悄离开有灯光的明处，潜入树丛中那些隐蔽的地方，有的靠在树干上，有的缩在树篱的阴影下。在这柔情似水的夜色中，他们忘记了一切，陶醉在幸福的两人世界中。

其实，这些来得较早的情侣不过拉开了这浪漫激情之夜的序幕。不久，又有许多恋人沿着小径接踵而至。当他们站在灯光下听到从暗处隐约传来的低声絮语时，他们的心跳也加快了，他们的声音也开始颤抖起来，他们干脆停止说话，手挽着手也去寻找一块隐蔽的地方。突然，仿佛被许多无形的手牵着一般，他们一下翻过栏杆，幽灵般地消失在黑暗中。

这里是被远处无情的都市喧闹所环抱的一方净土。今晚，苦苦营

生的芸芸众生用他们发自内心的种种情感——他们的激情、渴望和爱恋把这块地方变得生机盎然。尽管福赛特之类的人云集的市政府见了直摇头，甚至把人们在这里谈情说爱说成是仅次于下水道堵塞的一大公害，可是就在这天晚上，就在这座公园和其他许许多多的公园里，人们都在做着一件事。没有这种事，这些道貌岸然的君子所管辖的工厂、教堂、商店、税收和下水道，统统都是一堆废物，无异于没有血液的血管和没有心脏的人体。

人有忘乎所以的时候，有激情爆发和情欲高涨的时候，这是人的本能。这一晚，藏身在树荫下的这些人摆脱了他们最为苦恼的一件事——"为了生计"的束缚，正在偷偷摸摸地寻欢作乐。索姆斯刚才独自上蒂莫西家吃晚饭去了，现在正沿着湖边，慢慢走在从贝斯沃特回家的路上，心里还在想快要开庭的那场官司。他忽然听到轻轻的笑声和热吻的声音，顿时脸红心跳起来。他准备第二天一早就给泰晤士报写信，要求编辑注意公园里那些伤风败俗的事情。但是他没有写，因为他怕自己的名字见诸报端。

其实，索姆斯自己也有这种饥渴，所以僻静处传来的窃窃私语，黑暗中模糊晃动的身影，都给他以无法抵御的诱惑。于是他离开湖边的小道，躲到树下，再沿着树丛中最幽暗的地方继续前行。果然，在低垂的栗树枝下，他看到了更加隐蔽的黑影。他故意绕着圈子走，以便偷窥树旁一张张椅子上的那些情人。他们相拥而坐，直到听见他走近的脚步声才稍稍一动。

他来到一处高地，从这里可以俯瞰九曲湖①。他驻足静立，看到灯光下坐着一对情人，在波光粼粼的湖水的衬托下，成了两个黑影。那女的把脸紧贴在男的脖子上。他们一动不动，完全融为一体，就像一尊象

---

① 指伦敦海德公园内面积约为四十英亩的人工湖，诗人雪莱的第一位夫人一八一八年溺毙于此。

征爱情的雕像，大方又安详。

索姆斯触景生情，赶紧往树丛深处走去。

他找来找去，可谁知道他在想什么，找什么呢？充饥的面包，还是黑暗中的光明？谁又知道他指望达到什么目的呢？抱着与己无关的态度地去揣摩别人的心思，还是赶紧结束他自己内心的悲哀？再说，谁敢担保黑暗中那看不清，认不出的一对对情人中就没有一对是他和她呢？

当然，他想找的肯定不是这个。他无法想象索姆斯·福赛特的妻子会像一个普通荡妇那样坐在公园里！这太荒唐了！他踮着脚尖，继续从一棵又一棵树旁轻轻走过。

有一次他被人骂了一句，又有一次他听到一句悄悄话："要能永远这样，该有多好啊！"这句话又一次让他怦然心跳，热血沸腾。他耐着性子，站着不动，等那两个人过来。他定睛一看，原来是个瘦瘠瘠的售货女郎，挽着情人的臂膀，上身的衣服已经弄得皱巴巴不成样子了。

在这静悄悄的树丛中，肯定还有更多的恋人在卿卿我我，在相拥相抱，在轻轻诉说着同样的心愿。

索姆斯突然感到一阵厌恶，立刻回到树丛外的小道上，放弃了这漫无目的的搜寻。

第三章　植物园里的幽会

小乔里昂的境遇与福赛特家的其他人的境况不可同日而语，所以他时常因手头拮据而无法去乡间郊游，去细细品味大自然的风光，只好画一些水彩画家不屑一画的东西。

这就是说，他不得不常常带上画箱去植物园①，在南美杉或橡胶树下摆一只小凳子，再坐上好几个小时，画些速写。

最近有一位美术评论家一直在关注他的作品。他是这么对小乔里昂说的："从某种意义上说，你的画无论在色彩还是色调方面，已相当不错。有几张可以看出你对大自然有一定的感悟，可就是太散了，不够集中，这样就无法引起公众的注意。假如你有一个明确的主题，比方说'伦敦夜景'或者'春到水晶宫②'，然后来它个系列，那么大家一看就知道画的是什么，是谁画的。这一点实在太重要了，怎么强调都不为过。美术界的名家，像克拉姆·斯通或布里德都不是靠东一榔头西一棒成名的，而是靠单打一。这样大家立刻就知道该到哪儿去找他们喜欢的画。这是很有道理的，因为任何一个收藏家都不希望别人把鼻子凑到画布跟前来辨别作者是谁，而希望他们一看就说'啊！这一幅是福赛特的杰作，真棒！'对你来说，选好一个让人一看就明白的主题尤为重要，因为你的风格还没有形成鲜明的特色。"

小乔里昂站在小钢琴旁。钢琴上铺了一小块退色的花缎垫布，上面放着一只小缸，缸里盛满了干玫瑰花瓣，这是他们花园里唯一的出产。他面带微笑听着，然后转身对妻子说：

"现在你明白了吧，亲爱的？"

他的妻子一直面带愠色看着那位评论家。"我不明白。"她说，口音仍稍带外国腔，每个字似乎都是从牙缝里蹦出来的。"我看你的风格就很有特色。"

评论家朝她看了一眼，礼貌地一笑，没再说下去。跟其他人一样，他也了解他们的往事。

这番评论让小乔里昂受益匪浅。这些话跟他原来的想法截然相反。

---

① 指位于伦敦西面的皇家植物园，亦译作基尤植物园或邱园。
② 当时位于伦敦海德公园内的展览馆，墙面和屋顶均用玻璃建成，故此得名。

他原以为自己的作品的某些地方按理说还算可以的，但不知为什么，他现在感到了一股强烈的冲动，决心要用评论家的这些话来鞭策自己，一定要搞出点名堂来。

于是一天清晨，他突然想画一组描绘伦敦风景的水彩画。他说不清这个念头是怎么产生的。实际上，他是在一年之后，当他的作品已经完成，并且卖了个好价钱之后，才想起那位艺术评论家的。这时，他能比较客观地看待自己，同时也从这次成功中再次发现自己终究是个不折不扣的福赛特家的人。

他决定从植物园画起，因为他在这里已经画过不少次数，并首先看中了那个小人工湖。湖面上漂着许多红色和黄色的落叶。几个园丁竭力想把那些落叶捞起来，可惜扫帚不够长，他们够不着。不过园中其他地方他们都已打扫得干干净净。每天清晨他们把一夜的萧萧落叶扫在一起，堆成一个个小垛，然后点上火，让它们慢慢焚烧。不久，就像杜鹃啼春，菩提花香报夏那样，一股呛人但好闻的焦味随着烟雾弥漫开来，成为秋天来临的最好征兆。园丁们天生爱整洁，他们无法容忍草地斑驳陆离，既有绿草，又有金黄和枯黄的落叶。石子小径也必须打扫得一尘不染，井井有条。他们不知道现实生活并非如此井然有序，也不知道渐渐凋敝的明日黄花会落地生辉，会一岁一枯荣，春风吹又生。

因此，每一片落叶从它开始飘落的那一刻起就已经标上了"再见"二字，然后从枝头慢慢翻动落下。一旦落到那池塘里，这些叶子便安详地荡漾在水面上，在阳光的照耀下构成了一幅色彩斑斓的画面来赞美上苍的恩典。

小乔里觉得这就是他想画的。

十月中旬的一个上午，他来到这里，却发现有人坐在离他的画架二十来步远的一条长凳上。这让他非常恼火，因为他最不愿意作画时被人看见。

坐在那里的是一位身穿丝绒外套的女士，两眼直盯着地面。幸好他们之间有一棵正在开花的月桂树,于是小乔里昂就以它为屏障,开始支起画架。

他不慌不忙地作着各项准备,但是跟任何真正的艺术家一样,他特别在意可能妨碍他工作的任何一件东西,所以他不时偷眼看看那位陌生的女士。

跟他的父亲一样,脸蛋漂亮不漂亮,他一看就有数。嗯,这张脸有魅力!

他看见一个圆圆的下巴埋在领口奶油色的褶皱中,秀美的脸上长着一对乌黑的大眼睛和两片温柔的嘴唇。一顶黑色的阔边帽盖住了她的头发。她轻轻靠在椅子背上,交叉着双腿,裙脚下露出一只漆皮皮鞋的鞋尖。这位女士身上确有一种难以形容的高雅气质,但小乔里昂最关注的是她脸上的表情,因为这使他想起了自己的妻子。那表情仿佛在说这张脸的主人遇到了难以承受的压力。他觉得很奇怪,开始有点动心,不禁怜香惜玉起来。她是谁呢?一个人在这里干什么呢?

两个准备去打草地网球的小青年正好路过这里。这类既胆大又怕羞的小伙子在摄政公园这种地方经常可以见到。小乔里昂注意到他们垂涎觊觎的目光,十分反感。一名来回转悠的园丁也停下了步子,在一簇莙荙草上毫无必要地扒来扒去,显然想找个借口多看上几眼。一位戴着帽子的长者,看上去像个园艺学教授,竟来回回走了三趟,一直偷偷盯着她,嘴角的表情十分耐人寻味。

小乔里昂对这几个人都有些反感。那位女士虽然没有看他们一眼,但他心里明白路过的每一个男人都会这样看她的。

这不是一张妖精的脸,不是那种丢一个眼色就能让男人销魂的脸,丝毫没有福赛特之类的先辈们所欣赏的那股"妖气",也不是印在巧克力盒子上的那种漂亮脸蛋,尽管一点也不逊色。它不是挂在家中作摆设的,或者是现代诗歌所赞美的那种精神上狂热或狂热于精神的脸。它似乎也不能为剧作家提供素材,让他们去塑造那些可笑的和神经脆弱的人物，那些往往在最后一幕结束自己生命的人物。

无论是脸型还是肤色，这个女人都显得那么柔媚温顺，那么冰清玉洁，令他想起了提香的作品《圣爱》[①]。他家餐厅的边柜上方就挂着这幅画的复制品。她的魅力似乎就来自这哀怨的神态和那种在压力面前不得不逆来顺受的可怜相。

她一人在此等什么呢？等谁呢？四周一片寂静，只有树叶东一片西一片飘飘落下的声音和画眉鸟在蒙上了一层晶莹的秋霜的草地上走来走去的声音。

突然，那张迷人的脸激动起来。小乔里昂向四周一看，发现博西尼正大踏步穿过草地向她走去，心中不由得升起一团妒火，仿佛看见了情敌一般。

他好奇地望着他们见面的情景，望着他们的眼神和紧握不放的双手。他们紧靠着坐在一起，尽管表面上很注意分寸，但还是互相挨着。他听见他们低声说话，但说得很快，他听不清楚。

他是过来人，知道长时间的等待只换得短暂的幽会是一种什么心情，也知道偷情男女常有的那种提心吊胆是一种什么滋味。

不过，只要看看这两个人的表情就立刻明白这不是那种花花公子和风尘女子的逢场作戏，也不是那种一时冲动，爱得死去活来，一个半月心满意足之后，便忘得一干二净的那种关系。这是动了真格的！他自己就有过这种经历。这种情况下什么事情都可能发生。

博西尼像是在苦苦恳求，她则一言不发，还是那样柔婉温顺，却又不为所动，只是面对草地坐着。

这就是那个要劝她离家，要把她带走的男人？这个温情脉脉、百依百顺的女子自己是不会走出这一步的，她可能已经把一切都交给了他，甚至愿意为他去死，但是恐怕永远不会同意跟他私奔。

[①] 可能指意大利画家提香（1488—1576）二十五岁时的作品《圣爱与俗爱》。

小乔里昂似乎已经听到她在说："可是，亲爱的，这会毁了你的！"他深知那些生怕拖累自己所爱的男人的女人，深知她们内心的痛苦和矛盾。

他不再偷看他们了。可是他们又轻又急促的谈话还是传到了他的耳中，还夹杂着一只小鸟断断续续的叫声，仿佛还在回忆春天里唱过的旋律：欢喜，欢喜——悲凄，悲凄——何许？何许？

他们的谈话渐渐停止了，沉默了很长一段时间。

"那么索姆斯算什么呢？"小乔里昂想，"别人以为她会因欺骗丈夫而良心受到责备。这些人对女人太不了解了！她是因饥饿在大口吃饭，她是在报复！老天保佑她吧，因为索姆斯也会报复她的。"

他听到衣服发出的沙沙声，便绕过那棵月桂树一望，看见他们隐蔽地手牵着手离开了。

七月底，老乔里昂已带着孙女上山度假去了。这是他们的最后一次，琼的身体和心情都大有好转。老乔里昂不喜欢跟外国人住在一起，把他们统统叫作"一帮德国佬"，所以他们住的全是英国"福赛特"下榻的旅馆。在这里，这位年长的、仪表堂堂又显然十分富有的老乔里昂先生唯一的孙女很受大家的尊敬。琼不是那种"自来熟"的人，她没有这个习惯，但她还是交上了几个朋友，特别是在罗讷河谷①认识了一位患了结核病快要死去的法国姑娘。

她当即决定无论如何也不能让她的朋友死去。在参与跟死亡的搏斗中，她渐渐淡忘了自己的心事。

老乔里昂看到这一新建立起来的友谊，既宽慰又担心，因为这又一次证明琼喜欢把自己的生活跟那些"不中用的人"搅和在一起。难道她就不会交个把对她真正有用的朋友？喜欢上一两件对她真正有益的事情？

---

① 法国境内的主要河流，发源于瑞士阿尔卑斯山脉，流经法国注入地中海。

他说这叫"中了外国人的邪",可是说归说,他还是常常带一些葡萄或玫瑰花回来,眼睛里闪着讨好的目光送给那位法国小姐。

可是快到九月底的时候,不管琼有多么不情愿,费戈小姐在他们帮她搬到圣吕克一家小旅馆之后不久便去世了。琼没能挽救她的朋友,为此伤心不已,老乔里昂只好带她去巴黎。在这里,望着米洛维纳斯雕像① 和玛德琳教堂②,她终于不再愁眉不展。十月中旬他们一起回伦敦时,她爷爷确信她已经完全恢复了。

可是一回到斯坦厄普门,他又失望了。他发现她又像从前那样坐着发呆,常常一手托着下巴,凝视着前方,神情严肃又专注,像一个北欧小神灵。家里不久前刚装的电灯,把大客厅照得通亮。客厅里花纹凹凸的墙纸一直贴到上沿的装饰线,摆满了从贝普尔和普尔布雷德订购的家具。一面金框大镜子里映出了几组德累斯顿瓷雕,都是些穿着齐膝短裤的青年男子跪在胸脯发达、抚弄着腿上心爱的羊羔的女人的脚下。这些都是老乔里昂还是单身汉的时候买的,那个时候他的品位不佳,认为这些都是宝贝。他是一个思想开放的人,比福赛特家的任何一个人都紧跟潮流。当然他也不会忘记这些都是他在乔布森拍卖行出了高价买下来的。他常带着既失望又轻蔑的口吻对琼说:

"你怎么一点儿也不喜欢这几件东西?它们可不是你跟你那些朋友所喜欢的那种小玩意儿。我是花了七十英镑才买来的!"当他有充分的理由相信自己的鉴赏力没有错的时候,他是不会随便让人曲解的。

琼回家后做的头几件事情之一,就是去看她的蒂莫西叔公。她给自己找的理由是按规矩她应该去看看他,给他讲讲旅行中的一些趣事,让他高兴高兴。但她心里明白,她之所以要去那儿,是因为除此之外没有别的地方可以从一两句闲聊中,或拐弯抹角的提问中掏出一点关于博西

---

① 指公元前约一百至一百五十年由米洛塑造的维纳斯雕像,收藏于巴黎卢浮宫,为当今最优秀的古代雕像之一。
② 位于巴黎协和广场附近的著名教堂。

尼的消息。

他们非常热情地接待了她，问她爷爷身体好吗？五月以来，他还没有去看过她们呢。她的蒂莫西叔公可受大罪了，他请人清扫卧室里的烟囱时，弄得他狼狈透了，那个扫烟囱的笨蛋把烟灰撒了一地，她叔公很生气。

琼在那儿坐了半天，既害怕又急切地希望她们说说博西尼的事。

可是塞普蒂莫斯·斯摩尔夫人今天一反常态，变得特别谨慎。她就是不提博西尼，也没跟琼问起他。琼急得没办法，只好问索姆斯和艾琳是否在城里，因为她还没来得及去看任何人。

回答她的是赫斯特姑奶奶：在，他们在城里，根本就没离开过。她听说那房子出了点小问题。琼肯定也听说了吧？还是问问你的朱莉姑奶奶吧！

琼转向斯摩尔夫人，见她直挺挺地坐在椅子上，双手握在一起，脸上满是小肉疙瘩。面对琼急切的目光，她的回答却是默不作声。当她终于开口说话时，问的却是琼在山上旅馆里是否穿着袜子睡觉，因为那地方夜里一定很冷。

琼说她没穿，她讨厌穿那些不透气的东西，然后起身告辞了。

她觉得斯摩尔夫人今天这种刻意的沉默要比她说出的任何事情更加可怕。

不到半小时后，她在家住朗兹街的贝恩斯夫人那里打听到了事情的真相：索姆斯正在为房子装潢的事跟博西尼打官司。

这消息不仅没有让她感到不安，反而让她平静了许多，仿佛她从这场官司的前景中看到了自己的希望。她了解到这案子预计一个月后开庭，而且博西尼胜诉的希望极小，甚至根本没有。

"我不知道他该怎么办，"贝恩斯夫人说，"对他来说，这件事真的太可怕了，你懂吗？他没钱，他很穷。我们又帮不了他，实在帮不了。我听说，没有担保，放债人是不会借钱给你的。可他拿什么来担保呢？

他一无所有啊!"

最近她愈加富态了,正大张旗鼓地忙着秋季的活动,书桌上堆满了慈善活动餐的菜单。她像鹦鹉那样瞪着两只灰色的圆眼,意味深长地看着琼。

琼满以为这下可大有希望了,激动得满脸通红,还得意地笑了一下。这一笑贝恩斯勋爵夫人多年后还常常记起。之所以这么称呼她,是因为她的丈夫在盖了那座公共艺术博物馆之后就被敕封为勋爵。尽管当初设计时心目中的对象是工人阶级,可是他们并未得到多少享受,倒是安排了不少人在那里当官。

后来贝恩斯夫人每当思考最重要的事情时,都会莫名其妙地想起琼脸上那一刻的变化和后来发生的一切。那个变化犹如蓓蕾初绽,又像漫长的冬天后的第一道阳光,亲切感人。

这一切正好发生在小乔里昂在植物园里目睹那场幽会的同一天下午。也就在这一天,老乔里昂去了家禽街,他的法律代理人福赛特——巴斯塔德——福赛特律师事务所就在那里。索姆斯不在办公室,他上萨默塞特宫① 去了。巴斯塔德正关在那间别人一般进不去的房间里,埋头在文书堆中。这一明智的安排是为了让他尽量多做一些事情。詹姆斯则在前面的一间办公室里,咬着手指,心事重重地翻阅着福赛特控告博西尼的诉状。

这位老练的律师对那个"微妙的问题"倒没怎么放在心上,认为顶多引起一些麻烦而已,而这样反而更有意思。凭他的经验,他知道要是让他来审这个案子的话,他不会太看重这个问题,倒是博西尼可能破产这一点更让他担心。这样,最后还得由索姆斯来支付那笔钱,外加诉讼费。此外,在这一明摆着的恐惧背后,始终潜伏着那个看不见的烦恼,

---

① 位于伦敦市中心的一座巨大的都铎王朝宫殿,初建于一五四七年,后来曾为英国众多政府部门和团体机构的所在地,如英国皇家美术学院、英国皇家学会、英国文物学会、税务所和英国海军总部等。今为艺术博物馆。

不但复杂，含糊，还丢人，就像是一场噩梦。现在这场官司不过是表面文章而已。

老乔里昂进来时，他抬起头来嘟哝着说："你好啊，乔里昂？好久不见了。听说你上瑞士去了。博西尼这家伙给自己惹麻烦了。我早知道会有这一天！"他把手上的文件递了过去，紧张地望着他的大哥。

老乔里昂开始默默地阅读文件，而詹姆斯则一直盯着地板，咬着手指。

老乔里昂看完后把文件往桌上一扔，文件砰的一声落在一大堆宣誓书上，都是跟那宗有钱可赚的"弗莱厄对福赛特"这一大案有关的许多小案的文件，比如"涉及：已故的本科姆"之类的东西。

"我真不知道索姆斯想干什么，"他说，"为几百英镑闹成这个样子。我还以为他是个大财主呢！"

詹姆斯听了很生气，稍长的上唇抽动了几下，他无法忍受儿子在这个问题上遭此恶语。

"这不是钱的问题……"他说，但看到他大哥用锐利的目光直视着他，便打住了。

两人沉默了一会儿。

"我是为我的遗嘱来的。"老乔里昂最后说，捋了捋他的八字胡。

这句话立刻引起了詹姆斯的兴趣。人的一生中恐怕再也没有比遗嘱更让他激动的了。这是对财产所作的最重要的安排，是人生最后一张财富清单，是确定他的身价的最后凭据。他马上摇了摇铃。

"去把乔里昂先生的遗嘱拿来。"他对一名显得特别卖力的黑发小伙计说。

"你想作些改动，是吗？"他问道，但脑子里的一闪念却是：我的财产会不会跟他持平了呢？

老乔里昂把遗嘱放进上衣的胸袋里，詹姆斯不无遗憾地扭动着两条细长的腿。

"听说你最近添置了一些好东西。"他说。

"我不知道你是从哪儿打听到的,"老乔里昂不客气地回答道,"这个案子什么时候开庭?下个月?我不知道你是怎么想的。你的事当然由你做主,不过你要是肯听我一句好言相劝的话,最好庭外解决。再见!"他冷冰冰地握了握詹姆斯的手就走了。

詹姆斯瞪着蓝灰色的眼睛东张张西望望,仿佛急着想找什么东西。接着,他又开始咬起指头来。

老乔里昂把遗嘱带到了新煤炭公司的办公室,他独自坐在董事会的会议室里,准备从头至尾细看一遍。董事会的秘书,那个"头轻脚重"的亨明斯看见董事长先生坐在会议室里,就把新矿长的第一份报告递了上来。老乔里昂狠狠地说了他几句,弄得这位秘书悻悻而退,只好把跑腿的伙计叫来训斥一顿,把这可怜的小伙子骂得晕头转向:听好了!不是我要说你,你就是个愣头青,还自以为是,别以为刚来这儿就想称王称霸。老子在这儿当头的年头可多了,叫你数都数不过来。别以为事情干完了就可以偷懒,你要这么想就大错特错了,你也认错人了。

会议室的门是用绿色的桌面呢包起来的,在门的另一侧,老乔里昂坐在那张红木和皮革制成的长会议桌旁,鼻梁上架着一副笨重的,但镜脚有点松的玳瑁边眼镜,用一支金黄色的铅笔点着他的遗嘱,一条一条往下读。

事情很简单,因为他没有那些小笔遗赠和慈善捐款这类麻烦事。这些小笔开支不仅一点,一点消耗个人的财产,还会让晨报上专门为福赛特之流刊登的什么身后留下十万英镑巨资之类的小文章大打折扣,显得不够气派。

这件简单的事情就是他要给儿子留下一笔两万英镑的遗产,然后"本人财产之剩余部分,无论是动产或不动产,或兼有二者性质之财产……将按信托财产受益人之权利,将上述财产所固有之或产生之收益、租金、年产红利或利息,支付予本人之孙女琼·福赛特或其受让人，供其有生之年专用受益，并不得……以及在其亡故之后，按其权利将上述地产、世袭财产、房产、信托资金、股金、投资和证券，或届时同被视为上述性质之财产，完全按上述无论婚嫁与否之琼·福赛特正式订立，签署和公布之最后一份遗嘱，或任何具有遗嘱性质之文书中所述之转让上述财产之方式、方法和目的与用途，转让移交予指定之一人或数人，如若违背……除非……"等等，措辞简洁明了，共计七页。

这份遗嘱是詹姆斯在他事业的顶峰时期给乔里昂起草的。他几乎把所有可能发生的情况都考虑到了。

老乔里昂坐着，读了一遍又一遍，最后从架子上取下半张纸，用铅笔写了很长一段话。然后他把遗嘱收在胸口的袋子里，扣上纽扣后，派人叫了一辆马车，直奔位于林肯律师协会①广场的帕拉莫尔-赫林律师事务所。杰克·赫林已经过世，他的侄儿还在所里。老乔里昂和他关起门来密谈了半个来小时。

他进事务所时没有把马车回掉，所以一出来就把维斯塔里亚街三号他儿子的地址给了车夫。

他感到一种从未有过的、可以慢慢玩味的满足，好似他已经击败了詹姆斯和那个大房产主。他刚刚撤销了他们作为他的遗嘱受托人的资格，以后他们就别再想插手他的事情了。他要把他所有的事情从他们手中要回来，交给小赫林去办。他还要把他的几家公司的法律事务也转过来。那个小索姆斯真要是什么大房产主，也不在乎一年损失个千把英镑。想到这里，老乔里昂把大白胡子下的嘴紧紧一抿，冷冷一笑。他认为他这么做是正当的报应，一点也不冤枉他们。

就像一棵老树在其神秘的自身作用下，会慢慢地，但毫不含糊地走向灭亡一样，他美好的人生哲学殿堂也会被破坏他的幸福，消磨他的意志和伤害他的尊严的那些创伤的毒素所腐蚀。生活从一个侧面消磨了

---

① 英国伦敦四大律师协会之一，具有律师资格授予权。

他，使他跟以他为首的那个大家庭一样，最终失去了平衡。

他坐在马车里，向北朝着他儿子的家驶去，隐隐约约地感到他刚才重新做的财产安排，是对他认为以詹姆斯及其儿子为代表的那种家庭和社会的一个惩罚。他总算给了小乔里昂一个补偿，而给儿子补偿正好满足了他伺机报复的强烈愿望。他要讨回流失的岁月，抚平遭受的创伤，消除种种的干扰，要向十五年来世人对他唯一的儿子不计其数的非难讨个说法。同时，这也是再次证明他可以按自己的意志行事的唯一方式，好让詹姆斯、索姆斯和全家以及所有大大小小的福赛特之流永远记住，尽管他们来势汹汹如激流，想冲垮他坚如堤坝的意志，但他才是最棒的。想到他终于要让自己的儿子比詹姆斯的那个所谓的"大房产主"儿子富有得多，他心里美滋滋的。他就是乐意给乔，就是喜欢这个儿子。

小乔里昂夫妇都不在家。这时小乔里昂还没有从植物园回家，但女仆对他说主人很快就要回来了：

"他每天都会在家喝茶的，先生，还要陪两个孩子玩耍呢。"

老乔里昂说他愿意等，便耐心地坐在那个衰败破落的客厅里。他夏天来的时候，那几把旧椅子和旧沙发都套着印花布套，如今布套已撤下，破败的真相就原形毕露了。他多么想把两个孩子叫到身边，让他们绵软的身体靠在他的双膝上，多么想看乔利一面喊着"爷爷，你好"，一面向他跑来，又多么想让霍利柔软的小手轻轻往上摸，一直摸到他的脸上。可是他不能这么做。他这次来，有正经事，他要等事情办完后再跟他们玩。他觉得就凭他刚才在遗嘱上画的几笔，他就可以使这座小楼里的每一件东西焕然一新，恢复这里显然缺乏的高贵气派。想到这里，他非常得意。他甚至可以在这些房间里，或者一座更大的别墅的房间里挂满从贝普尔和普尔布雷德买来的艺术精品，可以送小乔利上哈罗[①]和牛津去读书

[①] 哈罗公学（创立于一五七一年）和伊顿公学（创立于一四四〇年）为英国最著名的两所供贵族和富家子弟读书的私立中学。

（他对伊顿和剑桥已失去信任，因为他的儿子上的就是那两所学校），也可以给小霍利请最好的音乐教师，因为这孩子在这方面很有天赋。

这一幕幕情景在他眼前来回出现，使他越想越激动。他站起身来，走到窗前，望着下面有围墙的小花园。那棵梨树还没到时候就掉光了叶子，张开着细长的枝杈矗立在午后渐渐聚起的秋雾中。小狗巴尔撒泽卷起尾巴，紧贴在毛色不一的背脊上，在花园的另一头走来走去，不停嗅着花草，又不时跷起一条腿靠在墙上。

老乔里昂陷入了沉思。

人生到了这个时候，还剩下什么能比给予更快乐的事情呢？何况给予的对象是一个懂得感恩的人，又是自己的亲骨肉！要是这个对象是一个与己无关的人，或者无权向你索要的人，那就不会有这种快乐。不过，这种给予有悖于他一生信奉的个人奋斗的信念和作风，有悖于他自己一生的艰苦奋斗和克勤克俭，也有悖于一个值得他无比自豪的事实，那就是他完全是靠自己的努力才在这个世界上发迹和发达起来的。成千上万的福赛特之类的人，无论是过去、现在或未来，都是如此。

他站在窗前，俯视着蒙上了一层煤灰的月桂树叶，污迹斑斑的草地和小狗巴尔撒泽的形迹。这时，十五年来被剥夺了正当亲情的痛苦和马上要来的幸福时刻的甜蜜紧紧交织在一起。

小乔里昂终于回来了。在户外待了好几个小时之后，他显得特别精神，对自己的作品也相当满意。听说父亲在客厅，他赶紧问夫人是否在家，在得知她不在后，才松了一口气。他小心翼翼地将作画工具收进小衣柜里，不让别人看见，然后进了客厅。

老乔里昂一贯果断利索，开门见山对儿子说："乔，我刚改动了我身后的安排。以后你再也不用过这种捉襟见肘的日子了。我现在就每年给你一千镑。我死后琼得五万镑，其余的都归你。看你这条狗把花园糟蹋成什么样子。要是我的话，不会养狗。"

小狗巴尔撒泽坐在草坪中央，正在研究自己的尾巴。

小乔里昂看了看小狗,但有点模糊,因为他的眼睛已经被泪水湿润了。

"你那一份不会少于十万镑,孩子,"老乔里昂说,"我想早一点让你知道。我这把年纪活不了多久了,我也不会再提此事了。你妻子好吗?代我向她问好。"

小乔里昂把一只手搭在父亲的肩上,两人都没再说话。这件事就这么定了。

把父亲送上马车后,小乔里昂回到客厅里,站在他父亲刚才站过的地方,望着下面的小花园。他想弄明白这一切对他意味着什么。他毕竟是福赛特家的人,所以脑海里一下浮现出腰缠万贯后的种种景象。虽然这些年来他的日子过得很拮据,但喜欢享受的本性却未泯灭。他非常实际,马上想到了旅行,妻子的时装,孩子的教育,给乔利买一匹小马,还有许许多多的东西。可是尽管脑子里全是这些东西,他并没有忘掉博西尼和他的情人幽会的那一幕,也没有忘掉画眉鸟断断续续的叫声:"欢喜—悲凄!何许,何许?"

这时,遥远的往事,那些刻骨铭心,充满痛苦又充满激情和无比美好的往事,那些金钱无法买回,任何东西都无法重现其甜蜜的往事,又一幕幕出现在他眼前。

当他妻子进来时,他立刻走过去把她紧紧搂在怀里,闭上双目,久立无言,她则用惊奇、疑惑又含情脉脉的目光看着他。

第四章　走进炼狱

一天夜里,索姆斯终于像一个真正的男人,坚持并行使了他作为丈夫的权利。第二天一早，他独自一人先用早餐。

餐厅里点着煤气灯。十一月末的晨雾像一条巨大的毯子包裹着这座城市。从餐厅的窗口望去，广场上的树木朦胧一片。

他不紧不慢地吃着，但不时有哽噎的感觉。前一天夜里，他终于按捺不住强烈的欲火，冲破了她所设的那道让他长期痛苦难熬的防线。虽说这个女人是他庄严迎娶的合法妻子，可是这样做对吗？

不知为什么，她双手捂着脸的那副样子反复出现在他的眼前。他曾试图把她的手拉开，想要安慰她。他也不时想起她那可怕的哽咽声。过去他从未听见她这样哭过，而这哭声到现在似乎还在他耳边作响。他在悄悄离开她之前曾借着房间里唯一一支蜡烛的烛光看着她，心中充满了难以言表也难以忍受的羞愧。此时，这种感觉还在折磨着他。

然而，他居然做了那种事，连他自己也感到吃惊。

大前天晚上，在威尼弗雷德·达尔蒂家里，他挽着麦坎德夫人上餐桌吃晚饭时，这位女士用她那双锐利的浅绿色眼睛紧紧盯着他的脸，问道："原来您的夫人跟那位博西尼先生是很要好的朋友，是吗？"

他根本不屑于问她这句话是什么意思，但他心里一直在琢磨。

这句话果然让他妒火中烧。这种反常心态很快就变成了更为强烈的欲火。

要是没有麦坎德夫人那句话给他的刺激，他也许根本不会干出那种事情来。可是她偏偏说了那句话，碰巧那天夜里他又发现妻子的房门恰恰没有反锁，给了他可乘之机。于是趁她睡着的时候，他下了手。

后来他也睡着了，心中的不安也暂时抛到了脑后。可是清晨醒来后，这些担心又卷土重来。不过有一件事倒可以让他稍感放心，那就是谁也不会知道，这种事她是不会说出去的。

事实上，当他开始阅读信件，需要他以极其清醒和务实的头脑来开始一天的工作时，那些噩梦般的烦恼就会退居脑后，显得不那么重要了。再说，这种事说穿了也没有什么大不了的。书上描写的那些女人就会小题大做，可是在思维正常，头脑冷静，见多识广的男人眼里，他这么做，不过是在努力维护神圣的婚姻而已，是为了防止她不履行妻子的义务。在他的记忆中，做过这种事的男人在离婚法庭上还往往得到支持和赞许呢。再说，如果她还在与博西尼幽会的话，也可以防止她……对，他一点不后悔！

既然争取言归于好的第一步已经迈出，下面的事情也许就比较——比较……

他站起来，走到窗前，依然心有余悸。她的哽咽声又在他耳边响起，且挥之不去。

他穿上毛皮大衣，出门走进漫天大雾，从斯隆广场站上了驶往金融区的地铁。

头等车厢里挤满了赶往市中心上班的人，他坐在一个角落里，仿佛还能听到那抽泣声。于是他翻开《泰晤士报》，故意把声音弄得哗啦哗啦响，想用它来盖过耳边那微弱的声音。他躲在报纸背后，开始慢慢阅读当天的新闻。

他看到前一天，一名刑事法庭的法官要求大陪审团审理一大堆案子，有三起谋杀案、五桩过失杀人案、七起纵火案和多得令人吃惊的十一起强奸案。此外还有许许多多不起眼的小案子，都必须在刑事法庭下一个开庭期内进行审理。他把报纸捧在面前，把当天的新闻一则，一则往下读。

然而，他一边读，一边还不时想起艾琳泪痕斑斑的面孔和伤心哭泣的声音。

这一天他很忙。除了平常的业务之外，他还去了一趟他的股票经纪人格林和格林宁那里，委托他们抛掉他手上持有的新煤炭有限公司的股票。他其实并不清楚，只是怀疑那家公司很不景气。这一企业后来果然每况愈下，最终贱卖给了一家美国联合企业。此外，他又在王室法律顾问沃特布克那里开了一个很长的会，参加者有博尔特，有顾问助手费斯克和沃特布克本人。

福赛特起诉博西尼一案的卷宗可望于第二天交到本瑟姆法官手里。

本瑟姆法官不是一个满脑子只有法律知识的人。他非常实际,善于按常识断案,因此由他来审理此案,可以说是他们求之不得的事。这是一位"有分量"的法官。

不知道是出于本能,还是由于他更加相信道听途说,王室法律顾问沃特布克觉得索姆斯是个大财主,所以对他十分殷勤,把博尔特和费斯克两人撂在一边,几乎到了很不礼貌的地步。

他依然坚持他在那封信上表达过的意见,即这一问题在很大程度上取决于庭审时提供的证词。他还说了几句非常中肯的话。他建议索姆斯在出具那项证据时不要过于谨慎。"您得诈唬他们一下,福赛特先生,"他说,"诈唬一下。"说完他大笑了几声,然后紧闭双唇,用手向后推了推假发,在露出的脑壳上挠了几下,那副样子活像个地地道道的乡绅。他就喜欢别人这样看他,尽管他是审理违约这类案子的第一高手。

索姆斯回家时坐的还是地铁。

斯隆广场站的雾气更大了。在凝滞的浓雾中,男人摸索着前进。女人很少,她们把小网兜紧紧抱在胸前,用手绢捂住嘴巴。路灯的光线很弱,还没照到人行道上便消失在雾气中。路上过往的马车依稀可见,上面蠹着车夫幽灵般的身影。马车一停,乘客便像"兔子"急着钻入洞穴那样从车里窜出。

这些模模糊糊、时隐时现的身影个个都被浓雾笼罩着,谁也看不清谁。在这片"大兔场"上,每只"兔子"都只顾自己,尤其是那些身穿昂贵裘皮衣服的"兔子",它们害怕在雾天里被马车撞着,都钻到地铁里去了。

只有一个人,离索姆斯不远,却没有逃窜,而守候在车站门口。

每个福赛特之类的人见此情景,都会认为此人不是流浪汉定是痴情汉,心想:"这家伙真可怜,看来是碰上什么倒霉事了!"他们那善良的心也许会为雾中这位可怜的、焦急等待的痴情汉跳快一拍,但他们没有停下,他们还是匆匆走过,知道自己既没有多余的时间,也没有多余的金钱来管别人痛苦。

只有一名每隔一会儿慢慢过来巡逻的警察,注意到了这个正在等人的人。此人的脸冻得通红,被一顶歪戴着的帽子的帽檐遮住了上半截。他不时用手在消瘦憔悴的脸上轻轻一抹,像要抹去心中的不安,又像要坚定一下继续等下去的决心。他对警察的注视毫不在意,似乎已经习以为常。也许是他过于专心,根本没有注意到那名警察,反正他一直毫不动摇地站在那里。这是个久经考验的人,只要能等到情人,等的时间再长,心里再急,雾再大,天再冷都无所谓。真是个痴情郎啊!要知道,雾天要到春天才结束呢,还有雨雪,在哪儿等都不舒服。带她出来吧,你不放心;叫她待在家里吧,你也不放心!

"活该!谁叫他不事先想好呢!"

是的,任何一个体面的福赛特之流都会这么说。不过,要是这位更为理智的人能倾听一下那个等候在寒雾中的痴情汉的心声的话,他肯定又会说:"是啊,真可怜,这滋味不好受啊!"

索姆斯上了马车,拉下玻璃窗,沿着斯隆街,又沿着布朗普顿大道慢慢前进,约五点钟到家。

他的妻子不在家,是一刻钟之前出去的。这么晚了还出去?况且雾还这么大!出去干什么呢?

他敞开着餐厅的门,坐在火炉旁。他心里很烦,想看一会儿晚报,因为这种时候,书是看不进去的,他的这些烦心事,只有看看报纸才能得到排遣。从报上那些每天都大同小异的新闻中他多少能得到一点安慰。什么"某某女优自尽"啦、"某某政治家(那个慢性病患者)病重"啦、"某某军官离异"啦、"某地煤矿失火"啦等等,他一个不落地看了个遍。果然,他的心情稍有好转,因为这是最好的医生——天生的嗜好——所开出的一张良方。

他听见她进来时已快七点钟了。

他在苦苦寻思她为何要在大雾中外出时,早就忘了前一天夜里发生的那桩事。可是她一回来,他又想起了她伤心哭泣的样子。现在该如何面对她呢?他不由得紧张起来。

她已经上了楼梯,穿着那件齐膝的灰色毛皮大衣,领子竖得很高,几乎遮住了她的脸。她头上还罩了一块厚厚的面纱。

她既没有转身看他一眼,也没有对他说一句话,就算幽灵或陌生人在他面前走过,也不会这么无声无息。

比尔森过来摆晚餐的餐具时,告诉索姆斯说太太正在卧室里喝汤,就不下来用餐了。

索姆斯今晚破例没在饭前去更衣。这也许是他生平头一回穿着衬衫就坐下来吃晚饭,并且没有注意到袖口已经脏了。他喝着酒,陷入了沉思。他叫比尔森去他的藏画室生个炉火,不久便上那儿去了。

他点上煤气灯,深深叹了一口气,仿佛置身于这小房间四周一排排背对着他的珍品中,他的心情终于平静了下来。他径直走到他最珍贵的一幅藏画前,那是透纳①的真迹。他把它放到画架上,让它对着灯光。最近透纳的画行情走高,但他拿不定主意要不要把这幅画出手卖掉。他站在那里,把露在立领外那张白净的脸凑到画前端详了很久,仿佛在估算它到底值多少钱。他的眼神有点失望,也许他发现这幅画并不十分值钱。他把画从画架上取下,打算放回原处,让它继续靠在墙边,但就在穿过房间的时候,他停下了步子,因为他似乎又听到了哭泣声。

没有什么,还是一上午一直搞得他心烦意乱的那个声音。过了一会儿,他把一块高高的挡火板放在熊熊燃烧的炉火前,轻轻下楼去了。

明天就会好的,他心想。这一晚他很晚才睡着……

---

① 英国十九世纪最杰出的风景画家(1775—1851),兼长水彩、油画,善于运用色彩表现明暗,烘托气氛。

现在我们必须转向乔治·福赛特来了解那个大雾弥漫的下午所发生的事情。

他是福赛特家最有风趣,也是最讲义气的一个人,那天他在王子公园他父亲家看了一天的小说。自从他最近一次陷入经济窘境以来,他的父亲罗杰一直对他严加看管,逼他待在"家里"。

快到五点钟的时候,他出了家门。这一天所有出门的人都乘地铁,他在南肯辛顿站上了车,打算去"红酒坛"吃晚饭,然后在这个既不像俱乐部,又不像旅馆,更不是金碧辉煌的上等餐馆,却别有风味的小酒店打一晚上的台球。

他选择在查令十字站,而不是他通常喜欢的圣詹姆斯公园站下了车,以便从几条灯光较亮的街道走上杰米恩街。

乔治不仅外表潇洒大方,眼睛也很尖,而且专门注意可供他冷嘲热讽一番的事情。这时在月台上,他看见一个人从一节头等车厢中跳了下来,跌跌撞撞地朝出口走去。

"哎哟,我的天啊!"乔治自言自语道,"这不是那个'小土匪'吗?"便紧随其后。再也没有比醉汉更让他逗乐的事了。

博西尼歪戴着一顶毡帽,在他面前停了一下,然后突然转身朝他刚才下来的那节车厢冲过去,但已经来不及了。一名搬运夫一把拉住了他的大衣,因为列车已经启动。

乔治老练的目光一下看见车厢窗口有一张女人的脸,身上穿的是一件灰色的毛皮大衣。此人正是索姆斯夫人!乔治觉得这里必定大有文章。

现在他在博西尼身后盯得更紧了。他们上了台阶,走过检票口,一直来到街上。这一路上,他的感觉变了,不再是纯粹的好奇和好玩,而开始对被他跟踪的这个人产生了同情。原来这"小土匪"不是喝醉了,倒像是情绪失控后的表现。他不停地喃喃自语,但乔治只能抓到"天啊"这两个字。他显然不知道自己在做什么,也不知道要往哪里去。他目光呆滞，神情恍惚，像个精神失常的人。乔治也不再一味取乐，他觉得有必要帮这个可怜的家伙一把。

"他受了刺激，一定是受了刺激！"他不知道索姆斯夫人说了些什么，在车厢里告诉了他什么事情。她自己的脸色也很不好！想到她心情如此之坏，还要独自赶路，乔治不由得心疼起来。

他紧随博西尼身后，一句话也不说，他那高大壮实的个头机警地左右躲闪，一直跟到车站外的大雾中。这种情况显然超出了玩笑的范围。他有些兴奋，但头脑非常冷静，因为除了同情外，他本能地意识到这一次他必须跟踪到底。

博西尼直接上了大街，眼前黑糊糊的一片，五六步之外就什么也看不清了。人声、鸣哨声，从四面八方传来，但究竟来自何方却难以辨别。忽而会有马车的影子出现，慢慢向他们驶来。不时也有灯光闪烁，就像茫茫黑夜里无边无际的大海上朦胧可见的一座小岛。

博西尼飞快走进这险象环生的雾海，乔治也飞快跟了上去。这家伙真要把脑袋瓜往马车底下钻的话，他一定会上前制止的。这个被他尾随的人过了马路又折了回来，而且不像其他人那样在大雾中摸索着前进，倒像是被寸步不离其后的乔治用鞭子赶着一般。跟在这么一个失魂落魄的人背后，乔治越发来劲了。

就在此时，发生了一件令他终身难忘的事。当他不得不在大雾中停下步子时，他听到了几句话，让他恍然大悟。索姆斯夫人刚才在车厢里对博西尼说的话也立刻真相大白。从他前面那个人的喃喃自语中，乔治知道了所发生的一切——原来索姆斯已经和他关系破裂，对他毫无感情的妻子身上行使了财产拥有者至高无上的权利。

他开始想象那种情景，觉得此事非同小可。他也多少能猜出博西尼此时的心情——有痛苦，有对索姆斯所干的那种事的不解和极度厌恶。他想："这件事真的很严重，难怪那个家伙气得发了疯似的。"

这时他跟踪的"猎物"在特拉法加广场一头大石狮底下的一条长

凳上坐了下来。这头巨狮也跟他们一样，在这茫茫雾海中迷失了方向。博西尼直挺挺地坐着，一声不吭。乔治耐心地站在他背后。不知为什么，一股手足之情油然而生。他善于审时度势，知道在这种情况下该做什么，不该做什么，所以他没有上前介入这一不幸，而像上面那头石狮一样静静等着。他把毛皮领子高高竖起，遮住了耳朵，也遮住了冻红的脸，只露出两只眼睛，目光中既充满同情又略带几分嘲讽。下班后准备去俱乐部的男人不断从他们身旁走过，就像一个个被大雾裹着的"幽灵"那样时隐时现。乔治尽管心里非常同情博西尼，但还是忍不住要表现一下他那奎尔普式的幽默。他突然有一种冲动，想拉住这些来来往往的"幽灵"的袖子说：

"嘿，伙计们，快看啊！这可是你们难得一见的啊！这个可怜虫刚从他情妇那里听到一点关于她丈夫的事就受不了啦！快过来看啊！"

他在想象中仿佛看见这些人一个个张大了嘴，围在那个痛苦万分的情夫身旁。当他又想象出某个像模像样的新郎在新婚喜悦的驱使下，俯身去看博西尼到底在想些什么时，他咧着嘴笑了。他似乎看到那个人的嘴越张越大，大雾直往他嘴里和喉咙里灌。乔治最看不惯的就是中产阶级，尤其是那些结过婚的中产阶级分子。这些人是中产阶级队伍中胡作非为却装得道貌岸然的一伙。

他开始不耐烦起来。他没有料到要等这么长的时间。

"不管怎么说，"他想，"这个可怜虫会挺过去的。这种事情伦敦城里决不是头一回！"这时，他的盯梢对象又开始咬牙切齿地嘟哝起来。乔治一时冲动，情不自禁在他的肩膀上轻轻碰了一下。

博西尼猛一回头。

"谁？想干什么？"

若是在煤气灯的灯光下，或是在他平时混得厮熟的那些地方的光线下，乔治是不会在乎这种口气的。可是在这一切都变得模模糊糊，真假难辨的大雾中，没有一样东西能够像福赛特家的人所说的脚下的土地

那样实实在在,他也难免有些紧张。当他和这个气急败坏的人四目对视时,他想:

"我一看到警察就把这家伙交给他。不能让他一个人乱窜了。"

博西尼见没人回答,又走进大雾。乔治继续跟着,也许稍稍离得远一点,不过一跟到底的决心则更加坚定了。

"不能一直让他这样下去!"他心想,"没被车子压死已经是老天保佑了。"他不再去想什么警察不警察,他身上那股见义勇为的可贵精神又冒头了。

大雾越来越浓,博西尼也越走越快,不过他的跟踪者从他近乎疯狂的举动中看出了一点苗头。他显然在往西走。

"他真的要去找索姆斯算账!"乔治寻思道。这个念头让他兴奋不已,这次跟踪到头来或许还有一场好戏可看呢。他对他那位堂兄从未有过好感。

一辆马车从他边上擦身而过,马车的车辕在他的肩上碰了一下,吓得他赶紧往边上一跳。他还没有到心甘情愿为这个小土匪或其他什么人送命的地步呢!但出于家传的那股倔劲,他依然紧追不舍,在雾中继续穿行。他只能隐约看见他的"猎物"和最近一盏路灯的微弱灯光。

乔治经常在伦敦城里走街串巷,凭直觉,他突然发现他们已经到了皮卡迪利广场。这里他熟门熟路,哪怕闭上眼睛也不会走错。现在他不用担心迷路了,便又为博西尼操心起来。

他自己长期过着游手好闲的日子,也不乏那些说不清道不明的风流韵事。这时,他想起了年轻时的一件事。这件事至今记忆犹新,让他在这昏天黑地的弥天大雾中仿佛又闻到了干草的清香,看到了明月的流光,感到了夏夜的神奇。一天夜里,他在一片草地最幽暗的地方,无意中听到一个女人在说她并不只属于他一个人。想到这里,乔治一时忘了自己正走在皮卡迪利广场上,而仿佛回到了白杨树遮住月光后在草地上投下的阴影中,痛苦万分地趴在地上,把头埋在被露水打湿后发出清香的青草中。

他忽然有一股强烈的愿望,想一把搂住那个小土匪,对他说:"来吧,好兄弟,时间是最好的医生。一切都会过去的。我们去喝一杯,把它忘了吧!"

就在这时,有人朝他大喊一声,吓得他往后倒退了几步。一辆马车从黑暗中滚滚驶来,接着又消失在黑暗中。乔治突然发现博西尼不见了。他来回跑了几步,心里一阵恐慌。他知道这大雾中隐藏着无穷的杀机。他头上冒汗,站着不动,竖起耳朵仔细听着。

当天晚上在"红酒坛"边打台球边聊天时,他对达尔蒂说:"后来,我就找不到他了。"

达尔蒂得意洋洋地捻着他的黑胡须。刚才开局第一杆他就打得非常漂亮,连得了二十三分,只因一记拉杆球打空了才没能继续打下去。"那个女人是谁?"他问道。

乔治不紧不慢地看着这个老奸巨猾的人那张灰黄色的胖乎乎的脸,用双颊和眼皮很厚的眼睛挤出了狡黠的狞笑。

"不,不,我的好伙计,"他心想,"我是不会告诉你的。"尽管他跟达尔蒂混得厮熟,却始终认为这是个不可深交的小人。

"反正是个小情妇之类的。"他说,一面在球杆头上抹了点白垩粉。

"小情妇!"达尔蒂大声说,心想乔治只是不肯直说罢了,"我敢肯定她是我们的朋友索……"

"是吗?"乔治冷冰冰地打断了他,"那你就大错特错了。"

这一杆他打偏了。后来他一直提醒自己不要再提此事。快到十一点钟的时候,也就是用他富有诗意的话来说"看见杯中酒发黄"[①]的时候,他拉开百叶窗,眺望着窗外的街道。"红酒坛"的灯光只能稍稍照亮窗

---

① 借自《旧约·箴言》第23章第31节:"酒发红,在杯中闪烁,你不可观看,虽然下咽舒畅,终究是咬你如蛇,刺你如毒蛇。"

口前一小块地方,其余的地方仍被夜雾所笼罩,一片漆黑,不见人影。

"我还真的放心不下那个小土匪,"他说,"这个时候他可能还在大雾里乱窜呢,"然后他心情沉重地补充了一句,"除非他已经成了冤魂。"

"冤魂!"达尔蒂说。他突然想起他上次在里士满曾遭到过博西尼的羞辱。"不会出什么问题的,十有八九是喝醉了!"

乔治转向他,脸色阴森可怕。

"别说了!我不是跟你说他受了刺激吗?"

第五章 开 庭

索姆斯的案子排在第二个。开庭那天早晨,他还是没能见到艾琳,但也只得出门。这样也好,因为他还没想好对她采取什么态度呢。

法院要求他十点半之前到庭,以防第一个案子(也是一桩违约案)的诉讼程序只是走个过场。可是由于双方剑拔弩张,互不相让,所以没有发生这种情况,反倒给了王室法律顾问沃特布克一个绝好的机会,让他借此进一步提高他在审理此类案件方面已经享有的盛誉。他的对手是拉姆,也是审理违约案的一名高手。这真是一场巨人之间的对决。

就在午餐休庭前,法庭对第一个案子作了宣判。陪审团退席了,索姆斯也准备出去买点东西垫垫饥。他在小吃部前碰到了詹姆斯,见他父亲站在那里,弯着腰在吃三明治,身前握着一杯雪莉酒,在这空荡荡的法庭边廊里看上去就像一只鹈鹕。父子俩站在一起,心事重重地望着空落落的中央大厅,不时看到头戴假发、身穿长袍的出庭律师匆匆走过,偶尔也会看到一名老妇或衣冠不整的男子慌里慌张地探头探脑。有两个人比常人胆子大一点,他们坐在一个门洞里争论不休,说话的声音很响,嘴里发出的气味酷似早已弃置不用的废井所特有的那种腐朽味,跟边廊里的气味混在一起,居然产生了只有精制干酪才会发出的味道,令人不得不联想到英国的司法制度。

过了一会儿,詹姆斯开口问儿子:

"你的案子什么时候开审?我想下一个就该轮到了吧?我料定那个博西尼会胡说八道的,一定会。他要是败诉的话,就彻底完蛋了。"他咬了一大口三明治,又喝了一大口雪莉酒,然后接着说:"你母亲要你和艾琳今晚过来吃饭。"

索姆斯撇了撇嘴,冷冷一笑,回看了他父亲一眼。这种冷冰冰和鬼头鬼脑的目光谁看了都不一定能猜得出这父子俩其实多么心有灵犀。詹姆斯把酒一饮而尽,问道:"多少钱?"

一回到庭上,索姆斯立刻坐到他应该坐的位子上,就在第一排他的律师的边上。他用双目的余光找到了他父亲的座位。这个动作非常隐蔽,谁也没有察觉到。

詹姆斯向后靠着,双手握着伞把,默默坐在紧靠律师席背后那条长凳的最边上,以便案子一审结就走。他觉得博西尼的所作所为实在可恶,可他不想在法庭上跟他面对面,这会很尴尬的。

这个法庭也许是继离婚法庭之后用得最多的一个司法大堂。诬陷、违约和其他商业诉讼案一般都在这里审理。今天,后排稀稀拉拉坐着一些与本案无关的人,边廊里还可以看到一两顶妇女的帽子。

詹姆斯前面的两排座位上渐渐坐满了头戴假发的出庭律师。他们坐下后,有的开始用铅笔记东西,有的交头接耳,有的龇嘴剔牙。不过詹姆斯的注意力很快就从这些不起眼的司法人员身上转到正在进来的王室法律顾问沃特布克身上。这位大名鼎鼎的法律顾问双鬓留着棕色短须,满面红光,一副胸有成竹的样子,走起路来,丝质长袍两翼生风,沙沙作响。詹姆斯一见,立刻认定这是一位能把证人盘问得走投无路的人。

尽管詹姆斯本人也是业内老手,却未曾与这位沃特布克先生谋面。

跟这一行中地位较低的其他人一样，他对能在法庭上出色盘问对方的优秀律师佩服得五体投地。看到沃特布克后，他脸上那两条长长的，充满悲情的皱褶多少放松了一点，特别让他欣慰的是他看到只有他的儿子索姆斯一人是由一位身穿丝袍的人来为他作代理的。

沃特布克刚以胳膊肘为支点转过身子，想跟他的下手说几句话，本瑟姆法官就进来了。此人长得十分清瘦，背略驼，像只母鸡，雪白的假发下露出的脸上剃净了胡须。跟庭上所有人一样，沃特布克也起立致意，直到法官大人落座后才坐下。詹姆斯只欠了欠身子。有沃特布克做律师，他就很放心了。他本来就没怎么把本瑟姆法官放在眼里。他在巴姆利·汤姆家吃过两次饭，两次都坐在本瑟姆边上，中间只隔了一个人。巴姆利·汤姆也没什么了不起的，尽管现在名气很响，他的第一份代理状的要点还是他詹姆斯给他起草的呢。再说，他此时还颇为高兴，因为他发现博西尼没有到庭。

"他不来，这是什么意思呢？"他不停问自己。

庭审开始了，沃特布克推开面前的文卷，把袍子往肩上一搭，像一名准备击球的板球手向左右环顾了半圈，然后站起身来，开始他的陈述。

他说事实清楚，不容置疑。法官大人要做的就是对他的当事人和那位被告，一名建筑师，之间有关一幢房子的装潢问题的来往信件作出解释。他只想提出一点，那就是这些信件只能说明一件再明白不过的事情。在简要回顾了罗宾山那幢被他说成是庄园大宅的房子的来龙去脉和开支方面的情况之后，他说：

"我的当事人，索姆斯·福赛特先生是一位绅士，一位房产业主。对于可能向他提出的任何要求，只要合理合法，他绝对不会持异议。然而在这幢房子的问题上，他的建筑师对他极其不公。法官大人，您已经听到他已经花了约一万两千，一万两千英镑来盖这座房子，大大超出了他原来的预算，为此他不得不提出诉讼。这是一个原则问题，一个无论怎么强调也不为过的原则问题，而且对其他人也是一个警示。我还要向法官大人指出的是那位建筑师在代理词中提出的那个论点是不值一驳的。"说到这里，他开始宣读那些信件，并说他的当事人，"一位有身份的绅士"，可以随时上审问席发誓他从未想到，更未同意建筑费用可以超出他早先确定下来的一万两千零五十英镑这个上限。现在为了不浪费大家的时间，他要求立即传福赛特先生。

索姆斯走上审问席。他沉着冷静，从容不迫的神态令众人叹服，倨傲的表情恰到好处，白净的脸上双眉紧蹙，双唇紧闭。他的服装朴素大方，一手戴着手套，另一只则光着。他用比较低沉，但清晰有力的语气回答向他提出的问题。在盘问中他的证词非常简短，近乎沉默不语。

"你不是说了可以'放手行事'这句话吗？"

"没有。"

"不对吧，不对吧？"

"我的原话是'按本信的意思放手行事'。"

"那么你能对大家说这也算英语吗？"

"是英语。"

"你能说说这是什么意思吗？"

"就是这个意思。"

"你打算否认这句话自相矛盾吗？"

"是的。"

"你不会是爱尔兰人吧？"

"不是。"

"你是受过良好教育的人吗？"

"是的。"

"然而你还坚持原来的说法吗？"

"是的。"

整个盘问过程一直围绕那个"微妙"的问题来回交锋。詹姆斯也一直把手放在耳朵背后，眼睛注视着儿子。

他为儿子感到骄傲。他觉得要是换了他自己，他一定会回答得啰里啰唆。他本能地感觉到在这种场合下，沉默是上策。当索姆斯慢慢转过身子，不动声色地从审问席上下来时，他才松了一口气。

现在轮到博西尼的辩护律师向法庭陈述，詹姆斯则更加全神贯注了。同时他四下张望，寻找着博西尼的人影，看他是否躲在哪个角落里。小钱克利一上来显得有些紧张。博西尼的缺席让他十分尴尬，他只好尽量挽回由此造成的不利影响。

他说他不得不怀疑他的当事人发生了意外。他原本相信他一定会出庭对质的。当天上午他还专门派人去了博西尼先生的办公室和他家里（尽管他知道二者其实是一回事，但他觉得还是不要说出来为好），但不知道他去了哪里。他觉得这不是个好兆头，因为他知道博西尼先生是多么希望出庭对质的。他没有接到博西尼先生申请延期开庭的吩咐，有鉴于此，他认为他有义务按原计划行事。他深信他们的抗辩合情合理，不幸的是他的当事人因某种原因不能到庭，否则一定会出具有力的证据，来证明像"放手行事"这种话是不能再用任何附加的话来加以限制和约束的，否则就会变得毫无意义。他甚至认为那些来往信件表明，不管福赛特先生刚才在证词中怎么说，他实际上从未想过要在他的建筑师指定或者实施的任何一项工程上推卸责任。被告肯定也从未想到会闹出这样的事情来。要不，他就会像他信中所说的那样，根本不会接受这项工程，更何况这是一项非常细致、要求极高的工程，必须倍加细心和注重效率，才能满足一个有品位的人，一个富有的人，一个有房产的人极其挑剔的口味。为此他感到特别气愤。由于气愤，他说话也许重了一点，不过他认为这起诉讼非常不公、十分意外，也是前所未有的。假如法官大人也能够像他本人那样，认为有责任前往那幢一流的房子看看他的当事人，一位非常优秀、非常敬业的艺术家所完成的室内装潢是多么精美的话，他敢肯定法官大人连一刻也不会容忍这种起码可以说是企图逃避应负责任的行为。

他拿起索姆斯的信件的副本，简单提了提布瓦洛起诉布拉斯特德水泥公司的案子。他说："这个判例到底说明什么问题尚难确定。不管怎样，我认为它对我和我的同行朋友一样有利。"接下来他把那个"微妙的问题"详细说了一遍，彬彬有礼地指出福赛特先生信上那句话已不攻自破。他说他的当事人并不富裕，这件事对他来说事关重大。他是一位很有才华的建筑师，显然他的职业声誉多少会受到损害。最后他向法官本人提出了一个近乎徇私枉法的请求，希望他作为一名艺术爱好者，能够保护艺术家，不让他们偶尔——他说偶尔——落入冷酷无情的金钱的铁爪。他说："假使像福赛特先生这样的有钱人都拒绝承担，或者允许他们拒绝承担他们托办之事的义务，那么艺术这一行还有什么地位。"他现在要求传他的当事人出庭，如果他在最后一刻已经赶到的话。

法庭引座员连喊了三声菲力普·贝恩斯·博西尼。喊声在法庭大厅和边廊里发出阴森森的回响。

这无人应答的喊声使詹姆斯产生了一种异样的感觉，他觉得这有点像在大街上呼唤失踪的小狗。当他意识到失踪的不是狗，而是人的时候，他感到毛骨悚然，浑身不舒服，不安全，不踏实。虽然他说不出原因，但就是放不下心来。

他看了看钟，三点差一刻！再过一刻钟就可以结束了。那个家伙到底在哪儿呢？

直到本瑟姆法官宣读判决书时，他才从恍惚中恢复过来。

学富五车的法官和在场的凡夫俗子之间隔着一排木栏。法官站在木栏背后，身子微微前倾。头顶上方的一盏电灯刚刚点亮，在他雪白的假发下的脸上照出非常柔和的橘红色。他的大袍在众人眼里也显得更加宽大了。从光线相对较暗的听众席这边望去，他的整个身影俨然一尊威严的圣像，光芒四射。他清了清嗓子，呷了一口水，在桌上压断了一支鹅毛笔的笔尖，然后把瘦骨嶙峋的双手捧在面前，开始宣读。

詹姆斯突然发觉他从未想到本瑟姆法官的形象竟会如此高大，不过这是庄严的法律赋予他的。谁都能透过这个光环看出这位名叫瓦尔特·本瑟姆爵士的人，在日常生活中也不过是个普通人，他说话和走路的样子跟福赛特之类的人不会有什么两样。只有比詹姆斯还要缺乏常识的人才看不出这一点。

判决书的全文如下：

"本案事实清楚，毋庸置疑。五月十五日，被告致函原告，声称除非允许其'放手行事'，否则要求原告同意其辞去为原告的房子进行装潢设计的工作。五月十七日，原告复函如下：'应你的要求，我同意让你"放手行事"，但我希望你记住，房子全部装修完毕后交付我使用时的总费用不得超过一万两千英镑，其中包括你应得的设计费（这是我们有言在先的）。'对此，被告于五月十八日复函道：'如果你以为在装潢这种复杂的问题上可以做到说多少钱就是多少钱的话，那就大错特错了。'于是五月十九日原告再次回复如下：'我并没有说费用超出我上信中所定数额十镑、二十镑，甚至五十镑，我就会跟你过不去。你可以按本信的意思"放手行事"。我希望你想办法完成这项装潢工程。'五月二十日，被告简短的回复是'好的，照此办理'。

"可是在装潢结束之后，被告的实付开支和未付部分加在一起使房子的造价总额高达一万两千四百英镑。这笔款项已由原告全部付清。为此，原告提出诉讼，向被告索赔三百五十英镑，因为原告称其在致被告的信函中业已明确规定被告有权支配的最高上限为一万两千零五十英镑。

"现在我要裁决的问题是被告是否应该向原告偿还这笔款项。本法官认为应该。

"原告信中表达的实际意思是：'我可以让你放手行事，去完成内部装潢，但条件是你必须把我的总开支控制在一万两千英镑以内。假如你超出一些，哪怕多达五十英镑，我也不会追究你的责任，但不得再多，否则我就不委托你为我承办此事,我也拒绝承担责任.'当然,如若原告果真拒绝支付与被告所签各项合同中的应付费用,我不知道原告在这种情况下还会不会提起诉讼。但是他没有这样做。相反,他支付了全部费用,因此他可以根据聘用被告时所达成之协议,行使对被告之权利。

"我认为原告有权向被告索赔这笔数额。

"被告方曾申辩双方信函中没有确定,也不曾打算确定任何限额。果真如此,我无法解释原告为何要在信中写入一万两千英镑和随后的五十英镑这两笔数额。被告的申诉将使这两个数字失去意义。在我看来,被告在五月二十日的信中接受了一个非常明确的要求,为此他必须遵守这一要求的全部条件。这是明摆的事实。

"由此宣判原告有权向被告索赔那笔款项,外加诉讼费用。"

詹姆斯长叹了一口气,弯下腰去拾起他的伞,那是在法官读到"在信中写入"这几个字时从他手中啪嗒一下掉到地上的。

他分开一直绞着的双腿,匆匆离开法庭,没等儿子出来,就赶忙叫了一辆马车,直奔蒂莫西家去。他发现斯威辛也在那里,于是把庭审的经过从头至尾给他和朱莉,还有赫斯特讲了一遍。他边讲边吃,一连吃了两块小发面糕。

"索姆斯的表现真棒,"他最后说,"他头脑冷静,一点不含糊。乔里昂对这个判决不会满意的。对那个博西尼来说,就更糟了。我看他非破产不可。"他停了好一会儿,一直不安地凝视着炉火,然后接着说:

"他没出庭,这是为什么呢?"

这时传来一阵脚步声,后客厅里出现了一个粗壮结实、面色红润的人。他抬起一只手,一根竖起的食指在黑色长大衣的衬托下,显得格外清楚。他很不高兴地说:

"詹姆斯,我——我就失陪了。"说完转身就走。

原来是蒂莫西。

詹姆斯从椅子上站起来,"瞧!"他说,"瞧,我知道要出事……"

他没说下去，一声不响地瞪着前方，仿佛看到了什么不祥之兆。

第六章　索姆斯道出实情

　　从法院出来后，索姆斯没有直接回家，也没有心思去市中心的事务所。他急于想找人分享胜利的喜悦，在这一心情的驱使下，他也慢步朝贝斯沃特街他蒂莫西叔叔家走去。

　　他的父亲刚走。已经听说了一切的斯摩尔夫人和赫斯特姑姑非常热情地欢迎他。她们相信他在长时间作证后一定饿坏了，立刻让丝密塞给他再烤些发面糕，因为原来的几块全给他父亲吃下肚了。他还应当把双腿跷起来搁在沙发上，再喝上一杯李汁白兰地提提神。

　　斯威辛还没走。他觉得需要活动活动，所以待的时间比平时长一些。听到两位妹妹给索姆斯的建议后，他哼了一声，心想现在的年轻人怎么就没出息到这般地步！他自己有肝病，一听到别人喝李汁白兰地，他就受不了。

　　他随即就要走，临走前对索姆斯说："夫人好吗？你跟她说我让你转告她什么时候觉得无聊，想上我那儿安安静静吃顿饭，我就请她喝她平时喝不到的香槟酒。"他两眼朝下看着个头比他矮小的索姆斯，一只发黄的、又肥又大的手握紧了拳头，似乎要把边上这个小东西一把捏个粉碎。然后他把胸脯一挺，大摇大摆地走了。

　　斯摩尔夫人和赫斯特姑姑见了大为吃惊。斯威辛这个人真滑稽可笑！

　　其实她们两个真想问问索姆斯，艾琳对这个判决会怎么想，但她们知道这是不能问的。也许他会主动说点什么，让她们了解一二。否则，她们生活中这一迫切想知道却又不好意思问的问题，一定会把她们折磨得无法忍受。这件事现在连蒂莫西也知道了，而且对他的健康产生了可怕的影响。另外，琼该怎么办呢？打听打听这个，也能让人激动万分，就是要冒点风险。

老乔里昂上次来访的情景她们仍记忆犹新。后来他再也没来看过她们，但她们忘不了那次造访给在场所有的人留下的印象，那就是这个家已今非昔比，这个家已开始分崩离析。

索姆斯却偏偏不让他的两个姑姑如愿。他跷着二郎腿，大谈他的个人爱好。他说他刚接触巴比松画派① 不久，有几个画家都是后起之秀，没准能在他们身上大赚一笔。他已经看上了一个名叫科洛② 的人的两幅画。东西不错！只要价钱合适，他就买下来。他觉得将来肯定能卖个好价钱。

塞普蒂莫斯·斯摩尔夫人和赫斯特姑姑尽管不得不装出饶有兴趣的样子，可是也不能就这样被索姆斯敷衍过去。

有意思，太有意思了！索姆斯真能干。她们相信只有他才有本事倒腾那些画。现在官司打赢了，下一步有什么打算呢？是不是马上离开伦敦，住到城外去？还是有什么别的想法？

索姆斯的回答是他自己也不知道，不过他觉得他们很快就要搬家了，然后站起来跟两位姑妈吻别。

朱莉姑姑接受了这告别礼节之后，霎时变了个样，脸上每一块小肉疙瘩都鼓了起来，仿佛要挣脱那张把它们紧紧箍住的无形的铁丝面罩。

不知从哪儿来了一股极大的勇气，她挺直了中等偏高的身子说："这话我早想说了，亲爱的。别人不说，只好我来……"

赫斯特姑姑急得连忙打断她。"注意，朱莉！"她气呼呼地说，"你

---

① 十九世纪中期法国风景画派，以巴黎东南郊枫丹白露附近的巴比松村为中心，故此得名。
② 法国风景画画家（1796—1895），与巴比松画派风格接近。

这么做，你自己负责。"

斯摩尔夫人只当没听见，继续说："我想你应该知道，亲爱的，麦坎德夫人看见艾琳跟博西尼先生一起在里士满公园散步。"

刚才也站了起来的赫斯特姑姑一下倒在椅子里，把脸转了过去。朱莉实在太过分了！她不能这么做，尤其是她——赫斯特姑姑本人还在房间里的时候。她憋住气，紧张地等着听索姆斯怎么回答。

索姆斯脸红起来非常特别。那块红晕不往别处去，总是集中在两眼的眉梢间。他抬起一只手，选了一根指头，轻轻啃起指甲来。当他把指甲从紧闭的双唇间抽出时，说了声："麦坎德夫人是个毒舌妇！"

没等任何人作出反应，他就走出了房间。

早先在去蒂莫西家的路上，他就想好了回家后该怎么做。他要走到艾琳跟前对她说：

"现在我胜诉了，这件事就算了了。我不会太难为博西尼的，我会跟他商量个解决办法，不会逼他的。我们也翻开新的一页吧！把这房子租出去，离开这个是非之地。我们马上搬到罗宾山去。我——我从未想过要对你动粗。我们和好吧，而且——"而且她也许会让他吻一下，把以前的怨恨一笔勾销。

可是当他从蒂莫西家出来时，他的想法就没那么简单了。几个月来郁积起来的忌妒和猜疑一下在他心中猛烈燃烧。这次他要把那些乱七八糟的事情一劳永逸地解决掉，决不能让她玷污他的名誉！她有义务爱他，他也有权利得到她的爱。现在即便她不爱他，也不愿意再爱他，她也不该跟别人合谋来欺骗他呀！他要在这个问题上狠狠教训她，要用离婚来威胁她！只有这样才能让她老实起来。她是怎么也不会同意离婚的。可是——要是——要是她同意呢？他犹豫起来。这一点他可没想过。

是啊，要是她同意了，怎么办？要是她坦承真有那回事，又该怎么办？他能承受得了吗？到时候，他恐怕只能提出离婚了！

离婚！当这种可能就在眼前时，他几乎吓瘫了。这和他迄今信奉的所有生活原则完全背道而驰。离婚就意味着不可能再有妥协。想到这里，他不寒而栗。他觉得自己就像一艘船的船长，走到船边，亲手将最贵重的货物一包接一包扔下大海。这种亲手抛弃财产的行为在索姆斯看来简直荒唐无比，对他的事业也会造成伤害。离婚后，他还得处理掉罗宾山的房子，可能还得赔点钱，而他在这房子上花了那么多的钱，又寄予了那么大的希望。还有，一旦离婚，她——她就不再属于他了，连名义上都不是！她将从他的生活中消失，他再也见不到她了！

他坐在马车里，一路上脑子里再也没法想别的事情，只有再也见不到她了这个念头。

不过她也许真的没有什么可坦白的。即使现在，那些传闻很可能全是子虚乌有。那么他这样咄咄逼人是否明智呢？把自己推到有可能食言的位置上是否也明智呢？案子的判决能把博西尼逼得走投无路，一旦如此就会狗急跳墙。可是他能怎样呢？他可能去国外，走投无路的人都往国外跑。他们俩（如果真的能把他们两个人称为"他们俩"的话）又能怎样呢？他们没有钱啊。所以最好还是走着瞧，看看事态怎么发展吧。实在有必要的话，他可以派人看住她。妒火又开始煎熬他，那种感觉就跟牙疼一样难受，使他恨不得大喊几声。他必须在到家前想好办法，做出决定。可是当马车在他家门口停下时，他还在犹豫不决。

他进了家门，脸色苍白，手心沁汗，既想见到她，又怕见到她，也不知道该说什么，该做什么。

女仆比尔森就在门厅里。索姆斯问她："太太在哪里？"她告诉主人说太太大约中午时光离家走了，带了一只箱子，一个包。

她上前帮他脱大衣，他从她手中一把抓过毛皮大衣的袖子，冲着她说：

"什么？你刚才说什么？"他突然意识到自己不该在仆人面前失态，便又问道："她留了什么话没有？"他注意到比尔森惊慌的眼神，不禁暗自吃惊。

"福赛特夫人没有留话,先生。"

"没有就没有,行了,谢谢,就这样吧。我上外面去吃饭。"

女仆下了楼,把他一个人留在那里,毛皮大衣还穿在身上。门厅里一只雕花橡木柜子上的瓷缸里有几张名片,他无精打采地翻看起来。

  巴雷汉姆·库尔切先生和夫人　　　　贝丽丝夫人

  塞普蒂莫斯·斯摩尔夫人　　　　赫米翁妮·贝丽丝小姐

  贝恩斯夫人　　　　　　　　　　威尼弗蕾德·贝丽丝小姐

  所罗门·索恩沃斯先生　　　　　　埃拉·贝丽丝小姐

这都是些什么人啊?他似乎连所有熟悉的东西都不记得了。"没留话"和"一只箱子、一个包"这几个字在他脑子里窜来窜去,像在跟他捉迷藏。她不可能一句话也不留就这么一走了之的。他连大衣也不脱,三步并作两步奔上楼去,就像新婚男子一回家就直奔爱妻的房间一样。

房间里的一切是那么精致高雅,那么清香醉人,那么井井有条。铺着一床淡紫色绸被的大床上放着她亲手缝制和亲手绣了花的袋子,那是专门用来放她的卧具的。她的拖鞋已准备好了,就在床脚下,连被子的一头也已掀起一角,像在等她进去。

梳妆台上放着从她的梳妆袋里拿出来的东西,有镶银的发刷和各种瓶子,这些都是他送给她的礼物。肯定搞错了!她带走的是什么包呢!他想走过去摇摇铃,把比尔森叫来,但立刻想到他必须装出他知道艾琳去了哪儿的样子,必须显得满不在乎,然后一个人慢慢琢磨这到底是怎么一回事。

他锁上房门,想好好思考一下,可是他脑子里乱哄哄的。突然泪水涌入了他的眼眶。

他赶紧脱下大衣,去照镜子。

他面无血色,一脸晦气。他倒了一点水,使劲洗起来。

她用过的镶银发刷散发着她所用洗发液的淡淡香气。一闻到这香味，他几乎又一次被焦炙的妒火所吞噬。

他急忙穿上大衣，跑下楼去，冲出大门，上了大街。

还好，他还没有完全情绪失控。走在斯隆街上，他想好了一个理由，万一她不在博西尼那里，他就这么说。可是万一她在那里呢？他又一次踌躇起来，以至到了博西尼家门口，他还没想好要是发现她真的在那里，他该怎么办。

营业时间已过，沿街的那扇大门已经关上。给他开门的妇人说她不知道博西尼先生在不在家，反正那天她肯定没见到他，而且好像有两三天没见到他的人影了！她现在也不给他打扫房间了，没人给他打扫了，他……

索姆斯打断了她。他要亲自上楼去看看。他板着苍白的脸上了楼。

顶层没有开灯，房门关着，也没人应答他按的门铃声。他听见里面没有任何动静，只好转身下楼。他感到浑身冰凉，尽管他穿了毛皮大衣，还是冷得他瑟瑟发抖。他叫了一辆马车，要车夫把他拉到公园路。

一路上他一直在想上一张支票是什么时候开给她的，估计现在也就剩下三四镑了。可是她有珠宝首饰啊，变卖后可以换到不少钱。想到这里，他心里不知有多难受。这些钱足够他们一起去国外了，足够他们过上好几个月了！他要好好算一算，但马车已停下，他只好下车，以后再算。

管家问索姆斯夫人是否也在车上。主人吩咐过他，说先生和夫人两位都要来吃晚饭的。

索姆斯回答说："不在，福赛特夫人感冒了。"

管家表示遗憾。

索姆斯觉得这家伙在用半信半疑的目光看着他。他忽然发现自己没穿正式礼服，便问："沃姆森，还有哪些客人？"

"没别人，先生，只有达尔蒂先生和夫人。"

索姆斯觉得管家还在好奇地看着他。他再也忍不住了。

"你看什么？"他说，"我怎么啦，嗯？"

管家红着脸把索姆斯的毛皮大衣挂起来，一面吭唧了几声，大概是："没什么，先生，真的没什么，先生。"然后蹑手蹑脚地走开了。

索姆斯往楼上走去，穿过客厅时连头也没回，径直来到他父母的卧室。

詹姆斯侧身站着，只穿着衬衫和礼服背心，瘦高的身子显得更加前曲。他低着头，白色的领结有一头向上戳在他的白络腮胡子外。他眯着眼睛，注意力非常集中，还噘着嘴。原来他在帮妻子扣上她紧身胸衣最上面的几个钩子。索姆斯停下步子，几乎感到窒息，也许是因为上楼太急了，也许有别的原因。他——他的妻子——可从来没有……

他听见父亲在问："谁？谁在那儿？你要干什么？"嘴里似乎还衔着一根别针。然后是他母亲的声音："来，费丽丝，你来帮我扣上吧，你的主人这辈子也扣不上的。"

他一手按住喉咙，沙哑地回答说：

"是我，索姆斯。"

他听见母亲埃米莉慈爱又惊喜地喊道："啊，孩子，是你啊！"心里十分感恩。詹姆斯放下钩子，也问道："怎么啦，索姆斯？你怎么上楼来了？不舒服吗？"

索姆斯毫无表情地回答："我没事。"然后看着父母，觉得很难开口向他们透露这个消息。

詹姆斯一向大惊小怪，立刻说："你脸色不好。我看你是着凉了，是肝的问题。你妈妈会给你……"

没等他说完，埃米莉轻轻插嘴问道："艾琳一起来了吗？"

索姆斯摇摇头。

"没有，"他吞吞吐吐地说，"她——她走了！"

埃米莉立刻从镜子前快步向儿子走去，一向挺拔高挑的她一下失去了原来的端庄，变得温情脉脉。

"噢，我的孩子，我可怜的孩子！"

她把嘴唇贴在儿子的额头上，轻轻抚摸着他的手背。

詹姆斯也转过身子，直面儿子，一下显得老了许多。

"走了？"他说，"什么意思？什么叫走了？你从没跟我说过她要离你而去。"

索姆斯没好气地回答说："我怎么会知道呢？现在怎么办吧？"

詹姆斯开始在房间里踱来踱去。他没穿外套，样子更怪了，活像一只鹳。"怎么办？"他嘟哝着，"我怎么知道该怎么办？问我有什么用？谁也不跟我说什么，到头来却跑来问我该怎么办。我也想告诉你们该怎么办。你妈妈也在这里，可只会站在那儿，什么也不说。要我说，你应该立刻把她追回来。"

索姆斯笑了笑，可是他那特有的孤傲的笑意却从未如此悲凉过。

"我不知道她上哪儿去了。"他说。

"不知道她上哪儿去了？"詹姆斯说，"这是什么意思？不知道她上哪儿去了！你说她能上哪儿去呢？我看是找那个博西尼去了！准是去他那儿了。我早就知道会这样。"

在接下来长时间的沉默中，索姆斯感觉到他母亲一直捏着他的手。所有这一切似乎都是在他完全丧失了思考和行为能力的情况下发生的。

他父亲那张暗红色的脸不停地抽搐，仿佛就要哭出来了。他的话断断续续，好似从他心中一点，一点挤出来的。

"我早就说过，会闹出丑闻来的。"看到没人搭话，他接着说，"而你跟你妈妈，你们两个只知道站在这里！"

埃米莉用平静和略带轻蔑的口吻说："好了，詹姆斯，别说了！索姆斯会有办法的。"

詹姆斯呆呆地望着地板，结结巴巴地说："那好，反正我帮不了你。我老了。可是，孩子，你也别太着急了。"

母亲接着说:"索姆斯会想尽一切办法把她找回来的。我们不要把这件事说出去。我敢说一切都会解决的。"

可是詹姆斯还是说:"我可没看出有什么解决办法。我看只要她还没跟博西尼那小子远走高飞的话,甭管她说什么,追上去把她拉回来就是了。"

索姆斯又一次感到他母亲捏了捏他的手,表示她也赞成这个意见。索姆斯轻轻说了一声:"是!"仿佛在重复什么神圣的誓言。

三人一起下楼来到客厅,三个女儿和女婿达尔蒂都到了。要是艾琳也在,全家的人就到齐了。

詹姆斯一屁股坐到他的扶手椅里,开饭前除了跟达尔蒂冷冰冰地打了声招呼外,一直沉默不语。他很瞧不起达尔蒂这种好似永远缺钱用的人,也很怕他。索姆斯也不说话,只有埃米莉处变不惊,在和威尼弗蕾德聊一些家常琐事。她的一言一行从未像今晚这样镇静自若。

既然已经决定不提艾琳出走这件事,那么族中也就不会有人来对解决这个问题的正确办法发表自己的意见。不过有一点是可以肯定的,大家对后来出现的一系列事情的看法大体上是一致的。无论是在公园路,还是在尼古拉斯那里,或是罗杰家和蒂莫西家,除一两个人表示反对外,大多认为詹姆斯的意见"甭管她说什么,追上去把她拉回来就是了"是个好主意。其实,全伦敦大大小小的福赛特之流都会支持这种做法,只是他们不知道此事,无法发表意见而已。

尽管埃米莉尽量装得有说有笑,沃姆森和另一个男仆基本上是在一片寂静中给大家上菜端盘的。达尔蒂阴沉着脸,拼命喝酒。几个女儿也很少交谈。詹姆斯问过一次琼在哪儿,近来她一个人在做些什么,可是没人能回答他的问题,他又板起面孔,一声不响,直到威尼弗蕾德说起她的儿子帕布琉斯曾把一枚废铜板施舍给乞丐的事,他才兴奋了一下。

"嚯,"他说,"这小家伙太聪明了。这样下去,将来可了不得啊。我一直说他是个小精灵鬼。"但这阵兴奋也只是昙花一现。

菜一道接一道地送上桌来，气氛也越来越凝重。电灯照在桌面上，也恰好照到了墙上最主要的一件装饰品上。那是一幅所谓"透纳的海景"的画，画中几乎全是缆索和快要淹死的人。香槟酒喝过之后，又拿来了詹姆斯的一瓶陈年老酒，只是斟酒的手跟僵尸的手一样冰冷。

索姆斯是十点钟离开的。之前有人两次问起艾琳，他都推说她身体不适。后来，他连自己也不相信了。他母亲轻轻地吻了他一下，他捏了捏母亲的手，觉得脸上热乎乎的。出门后他在寒风中，在晴朗灰蓝、星光闪烁的夜空下往自己家走去。寒风刮过街角，发出萧瑟的呼啸声，可是他对周围的一切木然无知，既没觉得扑面而来的寒气，也没听见脚踩卷起的梧桐树叶发出的噼啪声，既没注意到身穿破旧毛皮大衣的站街女匆匆走过，也没看见蜷缩在角落里的流浪汉消瘦苍白的脸。冬天到了！索姆斯却毫无察觉，只顾往家赶。他家大门背后有一只用镀金铁丝编制的信箱，信件可以从大门上的一条缝隙中塞进去。当他从信箱中取出当天最后一批信件时，他的两只手抖个不停。

没有艾琳的信。

他进了餐厅，那里炉火很旺。他的椅子已经拉到炉边，拖鞋也已准备好了。桌上放着酒瓶和雕花烟盒。他对着这些看了片刻，便关灯上楼。他的梳妆室里也生了火，但艾琳的卧室却又黑又冷。索姆斯走了进去，点了许多蜡烛，把房间照得通明，然后在大床和房门之间长时间地来回走动。他无法相信她已经真的离他而去，于是他把抽屉一只一只打开，又翻遍了房间的每一个角落，仿佛还在寻找一些线索，一些缘由来解开他这场不幸的婚姻之谜。

她的衣服都在。他一直喜欢，也一直坚持她必须穿得十分体面。她没带走几件衣服，顶多两三件，整抽屉的衣服都未动过，布的，绸的，什么都有。

也许只是心血来潮，想去海边几天换换环境罢了。如果真是那样，而且还回来的话，他绝不会再做前天夜里的那种事了，绝不会再冒那种险了。尽管她作为妻子有这个义务，尽管她是属于他的，他也不敢再冒险了。她显然脑子有问题，跟别的女人想的不一样！

他弯下腰去打开她摆放珠宝首饰的那只抽屉。抽屉没有上锁，一拉就拉开了。他发现里面那只珠宝盒的钥匙仍插在盒子上，让他感到非常意外，但他立刻就想盒子里面恐怕早已空空如也了。

他打开一看，恰恰相反。在一个个垫了一层绿丝绒的小格子里，分放着他送给她的所有东西，包括那块表，而就在放表的那个格子的角落里塞有一张叠成三角形的便条，上面是艾琳亲笔写的"索姆斯·福赛特收"几个字。

便条上只有一句话："你和你家的人送给我的东西我一件也没带走。"

看到这些钻石和珍珠别针和手镯，那块扁扁的、在一圈蓝宝石中间镶着一颗大钻石的金表，还有那些项链和戒指，都一件件留在原处，一动未动，他潸然泪下，让泪珠一滴一滴落到这些首饰上。

此刻，他彻底明白了她这么做的真正用意。这件事比她做过的任何一件事，包括她可能会做，但还没有做的事，都更加明白无误地向他表明了她的态度。他恍然大悟，原来她恨他，而且恨了好几年了，原来无论从哪一方面讲，他们都像是生活在截然不同的两个世界里的陌生人。他已经没有希望了，也许根本就从未有过。他甚至感到她确实受到了委屈，应当得到同情。

在这动情动容的时刻，他背叛了他身上的福赛特精神。他居然能抛开自己，抛开利益，抛开财产，愿意去做任何事情，甚至升华到了无私和不计较实际利益的境界。

但这种时刻一闪而过。

泪水似乎荡涤了他一时的软弱。他站起身来，锁上首饰盒，用颤抖的双手捧着它慢慢进另一间卧室。

第七章 琼的胜利

琼一直在等待机会，不分早晚地捧着报纸，在那些枯燥无味的栏目里孜孜不倦地搜寻。一开始，让老乔里昂对此感到十分不解。一天，机会终于来了！琼立刻抓住不放，充分体现了她锲而不舍和当机立断的个性。

这天早晨，她终于在《泰晤士报》可靠的审案日程表上第十三庭的标题下看到了一条启事：本瑟姆法官审理福赛特起诉博西尼案。这是她一辈子都不会忘记的日子。

就像一名赌徒决心孤注一掷那样，她也准备把一切都压上去，冒险一搏。她就是那种从来都不认为自己会失败的人。她料定博西尼在这场官司中会败诉，可是她凭什么得出这样的结论的呢？恐怕除了一个曾经爱过他的人的直觉外，没有别的解释了。但是她就是要把自己的假设当作必然来安排她的计划。

十一点半的时候，她守在第十三庭的楼道里，直到福赛特对博西尼一案审理结束后才离开。博西尼的缺席并未让她感到不安，其实她早就料到他不会出庭为自己辩护的。宣判结束后，她急忙下楼，叫了一辆马车把她拉到博西尼的住处。她走进临街敞开的大门和走过一、二、三层楼的办公室时，都没太引起别人的注意。但到了顶层之后，她遇上麻烦了。

她按了几下门铃，却没人回答。现在她必须作出决定，是去地下室找那个看门人放她进去，让她在屋里等博西尼先生回来呢，还是就在他的房门外耐心地等待？她相信这个时候不会有人到顶层来，所以决定采取后一个办法。

在冰冷的楼梯口等了大约一刻钟之后,她忽然想起博西尼有一个习惯,常把房门的钥匙塞在门口一块擦鞋毯下面。她一摸就找到了,但一时没想好要不要用它来开门。最后她还是进去了,但把门敞着,好让来人知道她是有事而来的。

现在的琼已经不是五个月前来看博西尼时还紧张得战战兢兢的那个琼了。几个月来的折磨和忍让使她变得不再那么脆弱了。这次来他家之前,她考虑了很久,而且作了周密的计划,根本没有去想会有什么不好的结果。这一次她只能成功,不能失败,因为一旦失败,谁也帮不了她了!

她在房间里一刻也没有停下,像一头母兽守护幼崽那样从一头走到另一头,从窗口走到门口,一会儿摸摸这个,一会儿摸摸那个。房间里到处是灰尘,肯定有好几个礼拜没有打扫了。琼善于抓住一切能让她希望大增的迹象。她从这凌乱肮脏的房间中看出他为了省钱已不得不把仆人给辞掉了。

她朝卧室里望了望,发现他的床铺得很不像样,一看便知是男人铺的。她又注意听了一会儿,确信里面没人后便冲了进去,开始翻他的衣柜。几件衬衫、几条领子、一双沾满泥巴的鞋子……卧室里空空的,就连衣服也没有几件!

她悄悄回到起居室,这时她才发现他一直比较珍爱的几件小玩意儿都不见了,包括他妈妈留给他的那只钟,挂在沙发上方的一副望远镜,两张旧的但确实比较值钱的哈罗公学的版画,那是他父亲曾经上过的学校,最后还有她送给他的那件日本陶器。统统不见了!看到这个世界竟然把他逼到这般地步,她那颗总要打抱不平的心又一次让她义愤填膺,不过她也有点高兴,觉得这些东西的消失预示着她的计划有希望大获成功。

就在她看着原来摆放那件日本陶器的地方时,她忽然有一种异样的感觉，觉得肯定有人在背后监视她。她一转身，看见艾琳站在开着的房门口。

两人默默站着，对视了约莫一分来钟。琼走过去伸出手来，但艾琳没有表示。

看到对方不愿意握手，琼把手缩了回来，放到身后。她怒气冲冲地瞪着艾琳，等她先开口，一面细细打量着这位曾经是她最要好的朋友的容貌、服饰和身材，心里不知有多少嫉恨、疑惑和不解。

艾琳穿着一件灰色的毛皮长大衣，头上戴了一顶旅行帽，帽子下面露出了一缕卷曲的金发，挂在额前。缩在蓬松柔软的大衣中的那张脸看上去很小，就像是一张孩子的脸。

跟气得满脸通红的琼正好相反，她的双颊毫无血色，白得就跟象牙似的，也像是给冻的。她眼圈发黑，一只手里握着一束紫罗兰。

她也看着琼，脸上却没有一丝笑容。在那双又大又黑的眼睛的注视下，琼尽管又气又恼，却还能隐约感到那原有的魅力。

最后还是琼先开了口。

"你来干什么？"刚一问，她就觉得似乎也在问自己，便接着说，"这个案子真倒霉，我来告诉他——他输了。"

艾琳没说话，眼睛却一刻也没离开过琼的脸，急得琼大声说：

"别像石头人那样站着啊！"

艾琳笑了一声说："我倒希望真是个石头人。"

琼转过身去，"别说了！"她喊道，"不要告诉我！我不想听！我不想知道你为什么来这里。我不想听！"她情绪激动，开始在房间里快步走动。突然，她又大声说：

"是我先来的。我们不能一起在这里等他！"

艾琳的脸上浮现出一丝笑意，但立刻像闪烁的火苗那样消失了。她站着不动，这时，琼在这个柔弱但坚定的女人身上看到了那种不顾一切的决心。那种不肯善罢甘休的精神和一股极其可怕的力量。她脱下帽子,用双手把古铜色的头发从额头上往后一捋。

"你没有资格在这里!"她毫不客气地说。

艾琳回答道:"我在哪儿都没有资格了。"

"什么意思?"

"我离开索姆斯了。你不是一直这样劝我的吗?"

琼用双手捂住了耳朵。

"别说了!我什么也不想听,我什么也不想知道!我不想跟你斗!你干吗这么站着?你为什么不走?"

艾琳的嘴唇稍稍动了一下,似乎在说:"叫我去哪儿呢?"

琼转身朝向窗外,看到下面街上有一只钟。快四点了,他随时都可能回来。她转过脸来看着艾琳,气得脸都歪了。

可是艾琳仍原地不动,戴着手套的手不停地转动和摆弄着那一小束紫罗兰。

愤怒和失望的泪水沿着琼的面颊滚滚而下。

"你怎么好意思来这儿的?"她说,"你不是我真正的朋友。"

艾琳又笑了一声。琼发现这一招也不顶用,终于再也控制不住了。

"你为什么要来呢?"她抽泣着说,"你毁了我的生活,现在又要来毁掉他的!"

艾琳的嘴角也抽了几下。当她的目光和琼的目光相遇时,眼睛里充满了忧伤。还在抽泣的琼见了,连忙喊道:"别这样,别这样!"

艾琳低着头,下巴垂到了胸口。突然,她猛一转身,快步往外走去,一面用那束紫罗兰挡着嘴唇。

琼跑到门口,听到不断往下走的脚步声。她大声喊道:"回来,艾琳,回来!"

脚步声渐渐消失了……

琼站在楼梯顶端,内心痛苦,不知所措。艾琳为什么要走呢?为什么要把地盘让给她呢?这是什么意思呢?她真的把他还给她了吗?还是她……博西尼还没回来,她不知道出了什么事,心乱如麻……

老乔里昂现在几乎每天都要去威斯塔里亚大街他儿子家待上几个小时。那天下午大约六点钟光景,他从那里回来,一进门便问孙女是否在楼上。在得知她也刚到家后,立刻派人上去把她请下来,他有话跟她说。

他决定告诉琼他已经和她的父亲和好了。今后谁也不许再提过去那些事。他也用不着独自一人,或者说几乎独自一人,住在这座大房子里了。他要把它卖掉,然后到城外给他儿子买一栋,大家可以住在一起。琼要是不愿意,也没关系。她可以得到一份津贴,可以单独住。这对她来说也无所谓,反正她已经好久没有跟他亲近过了。

琼从楼上下来,满面愁容,可怜兮兮,眼睛里充满了不安和忧伤的神情。她跟往常一样,坐到椅子的扶手上依偎在她爷爷身旁。见此情景,他说话的口气变了,不像他原先仔细想好的那样干脆有力又多少带点怨气。他心里很不好受,就像鸟妈妈看到自己的小鸟在学飞时碰伤了翅膀一样难过。他吞吞吐吐,仿佛在为自己辩护为什么在儿子的问题上他最终未能坚持德行为重,为什么会不顾常理而感情用事。

他感到紧张,生怕自己的想法说出来后会给孙女树立一个不好的榜样。现在既然非说不可,就得说得十分婉转,不能直截了当地说"你不喜欢就一个人住好了"这样的话。于是他改口道:

"亲爱的,万一你觉得跟他们真的合不来,那也没关系,我有办法。你爱怎样就怎样。我们可以在伦敦租一个小套让你住下。我可以隔三差五去看你。不过,那两个孩子,"他接着说,"真的非常可爱。"

他一本正经地把这一新的想法告诉了琼,说得清清楚楚,眼睛里还闪烁着得意的光芒。"我这样做非把蒂莫西那个神经脆弱的家伙吓个半死不可。这个活宝对此肯定有话要说,不信找我!"

琼一直没开口。她坐在椅子的扶手上,头比他高,所以他看不到她脸上的表情。过了一会儿,他感到她暖呼呼的小脸贴到了他的面颊上。他知道他刚才宣布的那个方案没让她感到特别吃惊,于是他胆子大了起来。

"你会喜欢你父亲的,"他说,"他和蔼可亲,从不咄咄逼人,非常好相处。你还会发现他很有艺术气质。"

说到这里,老乔里昂想起他卧室里还藏着他儿子十来幅水彩画呢。现在他儿子就要成为有房产的人了,他也不像以前那样瞧不起这些画了。

"至于你的——你的寄母嘛,"他说"寄母"二字时觉得有些别扭,"我认为她是个很有修养的人,虽然有点像高米芝太太①,但深爱你的父亲。还有那两个孩子,"他又一次提到了他们,"的确非常可爱!"他在给琼讲道理时,语气一直很严肃,可是说这句话的时候,他简直就像在唱歌。

琼哪里知道这句话真切地体现了她爷爷对幼童,对稚嫩弱小的生命的怜爱。当年正是这份情感促使他为了娇小可爱的自己而抛弃了他的儿子,而今天,还是这种情感要把他从自己的身边夺走。

琼始终没说话。老乔里昂觉得有点奇怪,急忙问:"说说看,你有什么想法?"

琼把身子往下一滑,趴到他的膝盖上,开始诉说她的想法。她认为一切都会很好的,她看不出有什么不妥,也不在乎别人怎么想。

老乔里昂挪了一下身子。哼,这么说还有人要说闲话。他以为这么多年过去了,该不会有人再说三道四了吧!可是别人要说,他也没办法,然而,他孙女的话他是不能同意的。她应该在乎别人怎么想。

不过他没有说出口。他百感交集,复杂的心情难以言表。

可是琼还是说她真的不在乎。这关别人什么事呢?她只有一个要求。琼一边说,一边把脸颊贴到老乔里昂的膝盖上。老乔里昂立刻意识到这个要求一定非同小可。果然,琼的要求是既然爷爷要在城外买房

---

① 英国小说家狄更斯的长篇小说《大卫·科波菲尔》中脾气有点古怪的寡妇。

子，那么为了让她高兴，何不就把索姆斯在罗宾山的那栋漂亮的房子买下来呢？房子已经造好了，而且绝对棒。现在不会有人去住了，他们可以一起住过去，会很开心的。

老乔里昂立刻警觉起来。这么说，那个"大房产主"不会搬到新居去住了！他现在只用"大房产主"这个绰号来称呼索姆斯。

琼说是的，他不会搬过去住了，她有数！

她怎么会知道呢？

她不能告诉他，但她就是知道，而且几乎可以肯定，绝对不可能了，因为情况发生了变化。她耳边还响着艾琳的话呢："我和索姆斯分手了，叫我上哪儿去呢？"

但是她没有把这话说给老乔里昂听。

只要她爷爷肯买下那栋房子，替菲尔还掉那笔本不该由他承担的倒霉的债务，不仅皆大欢喜，也许一切都可以迎刃而解了！

琼在她爷爷的额头上用力一吻，老乔里昂则立刻从这亲昵的表示中挣脱开来，脸上的表情就跟他处理公务时的表情一样严肃认真。他问这是什么意思？他觉得这话背后肯定有名堂。她刚才是不是见过博西尼了？

琼说："没有，不过我去过他家。"

"去过他家了？谁带你去的？"

琼镇定地看着她爷爷："我自己去的。他的官司输了。我不管是对还是错，我得帮他。一定得帮他。"

老乔里昂又问："你见到他了吗？"他锐利的目光似乎要从琼的眼睛里一直穿透到她心里。

琼再次回答说："没见到。他不在家。我等了一会儿，可他没回来。"

老乔里昂动了一下，觉得放心了一些。这时，琼已经站起来，正低头看着他。她是那么娇小，那么轻盈，那么年轻，可又那么坚定，那么顽固。他心里很乱，很烦，可他无法回避她那专注的目光。他突然觉得自己被打败了，失去了控制。他老了，他累了！

"我看啊，"他最后说，"什么事情你都由着性子来，总有一天要自作自受的。"

接着他又发了一通议论，还加了一句："你生来如此，到死都改不了！"

他在跟生意人，跟董事会的人，跟形形色色的福赛特之流和不同于福赛特的人打交道中，从来都是他说了算。可是现在面对自己这个不屈不挠的小孙女，他却不知说什么好。不过，他在她身上看到了他打心底里欣赏的那种品格。

"你知道别人在说些什么吗？"他慢吞吞地问。

琼涨红了脸。

"知道，也不知道。反正我不在乎！"她跺了一下脚。

"我敢说，"老乔里昂垂下双眼说，"就算他死了，你也会跟他好的？"过了好一会儿，他接着说：

"至于买房子的事，没你想的那么简单，明白吗？"

琼说她明白，但只要他愿意买，就一定能买下来，而且只要付造价就可以了。

"造价！你瞎说。我不会去找索姆斯的。我不跟那个家伙打任何交道。"

"你不一定找他呀，你可以去找詹姆斯叔公嘛。要是你不肯买那房子，那么你愿不愿意替他付那笔赔偿金呢？我知道他现在很困难，我看见了。你可以从给我的钱里扣嘛！"

老乔里昂觉得很可笑，眨了眨眼睛说："从你的钱里扣！真是个好办法！可是请问，你没有钱了怎么办？"

其实，老乔里昂心中已经开始盘算怎样把那栋房子从詹姆斯和他儿子手中挖过来。他在"福赛特情报交流所"那里听过不少关于这栋房子的议论,其中不乏似是而非的赞誉,比如"好是好,就是太艺术化了"等等。从那个"大房产主"手中夺走他最心爱的东西,无疑是在詹姆斯身上取得一场大胜,也是用实际行动表明,他要让自己的儿子成为真正的"大房产主",要恢复他应有的地位,并且让他站稳脚跟。有些人曾把他儿子说成是穷光蛋,是被扫地出门的人,现在该是跟他们算总账的时候了,这叫恶有恶报!

他得想想,好好想想。这事也许根本办不成,他才不会为此付出天价呢。但只要有可能,那么他也许真的会把它买下来。

其实他心里明白,更为隐蔽的一个理由是他无法拒绝孙女的要求,只是说不出口而已。但他并未作出任何承诺,他对琼说他要好好想想再说。

第八章 博西尼惨死轮下

老乔里昂从不仓促决断,要不是琼的脸色告诉他除非他立即行动,他将永无宁日,在买下罗宾山那栋房子的问题上他可能还会迟疑不决。

第二天早晨吃早餐时,琼问他几点钟给他备车。

"备车?"他装出一头雾水的样子,说,"干吗备车?我不出去呀!"

她回答说:"您得早一点出门,要不就没法赶在詹姆斯叔公去市中心之前见到他了。"

"詹姆斯!你詹姆斯叔公怎么啦?"

"房子的事呀。"她答道,那口气已不容老乔里昂继续装聋作哑了。

"我还没想好呢。"他说。

"您一定得同意,非同意不可!爷爷,您得为我想想啊!"

老乔里昂不高兴地嘀咕道:"为你想想?我一直在为你着想,可你从不为自己考虑。你也不想想这会给你增添多少麻烦。唉,好吧,十点备车。"

十点一刻,他就到了公园路,进门后把伞往伞架上一插,但不脱帽子,也不脱外套。他对管家沃姆森说他要见他的主人,可没等沃姆森禀告后请他进去,便径直来到书房里坐下。

索姆斯早餐前又来找他的父亲,这时父子俩还在餐厅里说话。詹姆斯一听来客是谁,立刻紧张地嘟哝道:"咦,他来干什么?"

他站起来对索姆斯说:"你先别着急,别瞎来,第一件事是打听出她在哪里。我会向斯坦纳①求援的,他们是行家,他们要找不到她的话,那就谁也找不到了。"忽然他变得柔肠寸断,自言自语道"可怜的小心肝,我不知道她心里是怎么想的",一面擤着鼻子往外走去。

老乔里昂见弟弟过来,没有起立,只是伸出手去,按福赛特家的习惯握了一下。

詹姆斯在桌旁另一把椅子上坐了下来,用手托着下巴。

"你好吗?"他问,"我们现在不常见到你了!"

老乔里昂没理会他。

"埃米莉好吗?"他问道,但没等对方回答又接着说,"我是为博西尼的事来找你的。听说他盖的那幢新房子中看不中用,成了一大累赘。"

"我没听说什么累赘不累赘的,"詹姆斯说,"我只知道他的官司打输了,要破产了。"

老乔里昂立刻抓住了这个时机。

"是的,我一点也不怀疑。"他赞同道,"可要是他破产了,那个'大房产主'——我是说索姆斯——就得赔钱了。我有一个想法,假如

---

① 伦敦一家私人侦探所。

他不打算搬到那儿去住……"

看到詹姆斯眼睛里既惊诧又疑惧的神色,他连忙改口道:"我不想打听什么。我想艾琳已经拿定主意不搬了……当然这跟我没什么关系,不过我正好想在离伦敦不远的郊区弄一栋房子。如果这房子合适,我愿意去看看,谈谈价钱。"

詹姆斯怀着十分复杂的心情听完了他大哥这一番话,既有疑虑,因为他不知道他葫芦里卖的是什么药,又很放心,因为他依然和从前一样,对他大哥的诚意和眼光坚信不疑。当然他对老乔里昂到底听说了什么,又是怎样听到的,也很担心。不过,他又觉得还有一线希望,因为如果琼跟博西尼已经彻底决裂,很难想象她的爷爷还会如此热心来帮那个小子忙。总之,他摸不清来者的真实意图。他既不想流露这一点,也不想作任何表态,所以他只说:

"听说你在修改遗嘱,改得对你儿子更有利一些。"

其实没人跟他说起过此事,他只是把两件事情联系在一起罢了,一件是他曾经见过老乔里昂和儿孙在一起,另一件是老乔里昂把遗嘱从他的律师事务所取走了。但詹姆斯这一枪居然击中了要害。

"是谁告诉你的?"老乔里昂问。

"我真的想不起来了,"詹姆斯说,"我记不住人名——我只记得有人跟我说起过这件事。索姆斯的确在那栋房子上花了不少钱。除非有人肯出高价,他是不会出手的。"

"那好,"老乔里昂说,"可要是他以为我会出大价钱,那就大错特错了。我可不像他那么有钱,可以大把大把地乱花。就让他按强制拍卖的价格出售吧,看看结果会怎样。我听说这房子并不是人见人爱的。"

詹姆斯心里也有同感,但他还是说:"这是给有身份的人住的。你想见索姆斯的话,他就在这里。"

"不,不,"老乔里昂说,"现在还没到非要见他这一步,再说,我也不一定想见他。照现在,拿这种态度对我,我是不会见他的。"

詹姆斯有点心虚了。他在谈生意时，一接触到具体的数字，他心里就有底，因为这时候他是在跟事，而不是跟人打交道。可是今天这样的意向性交涉让他非常紧张，因为他不知道应该掌握什么分寸。

"好吧，"他说，"反正我什么也不知道。索姆斯什么也不跟我说，我想他会考虑的。不就是个价钱问题吗？"

"噢！"老乔里昂说，"我可不要他给我什么面子！"他怒气冲冲地把帽子往头上一戴。

这时门推开了，索姆斯走了进来。

"外面来了一名警察，"他似笑非笑地说，"要见乔里昂伯伯。"

老乔里昂没好气地看着他，詹姆斯则急忙问儿子："警察？警察来干什么？我想你应该知道。"他满腹狐疑地看了老乔里昂一眼，接着说："我看你最好去见见他！"

一名警官表情木讷地站在门厅里，厚厚的眼皮底下露出一对浅蓝色的眼睛，正瞅着詹姆斯家里那些精致的老式英国家具，这些东西都是他在波特曼广场有名的马夫罗雅诺大减价时淘回来的。詹姆斯对他说："我哥哥在里面。"

警官毕恭毕敬地把手举到鸭舌帽的帽檐行了个礼，进了书房。

詹姆斯见他进去，心里有一种说不出的滋味。他对索姆斯说："得，看来我们只好等着瞧了。你伯父刚才是来谈房子的事的。"

他和索姆斯一起回到餐厅里，但一直放心不下。

"他来干什么呢？"他又低声问自己。

"你说谁呀？"索姆斯问，"那个警察吗？他是从斯坦厄普门那边派来的，我就知道这些。我看准是乔里昂伯伯家那个'怪里怪气的人'有小偷小摸的行为。"

不过尽管他表面上很平静，心里也是七上八下的。

十分钟后，老乔里昂进来了。他走到桌子旁，一声不响地站在那里，不停地捋着他长长的白胡子。詹姆斯张着嘴望着他大哥，他还从未见过他如此失魂落魄。

老乔里昂举起一只手说，慢吞吞地说：

"博西尼在大雾中被车子撞倒后压死了。"

他低着头，深陷的双眼看着他的弟弟和侄儿。

"听说是自杀。"他补充了一句。

詹姆斯的下巴垂了下来。"自杀！他为什么要自杀？"

老乔里昂板着脸回答说："要是你们父子都不知道，那就只有天知道了！"

詹姆斯没接话。

所有上了年纪的人，包括所有上了年纪的福赛特之类的人，一生中都遇到过挫折。外人只看到他们的外表，譬如他们墨守陈规、腰缠万贯、生活安逸等等，无论如何也不会想到他们的人生道路上也有过这样那样的阴影。对每一个上了年纪的人来说，甚至包括沃尔特·本瑟姆爵士本人，轻生的念头一生中至少有一次走到过他心灵的外室，等在门口，随时准备进入，只是被某件偶发的事情，或者被某种隐约的恐惧或痛苦的希望所阻止，才未进入内心。对福赛特这类人来说，要他们最终放弃财产是很难的，真的很难！他们不大可能做到这一点，也许永远做不到。不过他们有时不也走到只有一步之遥的地方了吗？

就连詹姆斯也有这种时候！此时他脑子里一片混乱，脱口就说："对了，我昨天在报上看到过。标题是'大雾中被车辗死'，但他们不知道死者是谁。"他心慌意乱，不知所措，来回看着其他几张面孔。他从一开始就本能地排斥自杀这个说法，他也不敢朝这方面去想，因为这对他本人，对他的儿子，对福赛特家的每一个人都极为不利。他要极力摆脱这个念头。凡是他无法心安理得地接受的东西，他都会不假思索地加以抛弃，这是他的本性，所以他渐渐克服了一时的恐惧。这应该是一次车祸，肯定是车祸！

老乔里昂打断了他的沉思。

"他当场就死了，昨天在医院里放了整整一天。他们没有找到任何东西来证明他身份。我马上过去，你跟你儿子最好也走一趟。"

见没人反对他的决定，他带头走出了房间。

这是一个天气晴朗、风和日丽的日子。早先从斯坦厄普门驱车前往公园路的途中，老乔里昂掀开了车篷，靠在厚厚的软垫上，一面抽着雪茄，一面享受这清新凉爽的空气，看着熙来攘往的车辆和人群。这是一连几天的迷雾和淫雨之后的第一个晴日，伦敦居然如此热闹，几乎可以跟巴黎媲美了。他已经有好几个月没有像今天这样心情舒畅了。他不再去想跟琼坦白的那些话，想的只有将来要和儿子，尤其是孙子孙女一起过的开心日子。他已约好当天上午在大杂烩俱乐部与儿子再次见面，讨论今后的安排。此外，还有一件令他兴奋不已的事，那就是在那栋房子的问题上，他马上要跟詹姆斯和那个"大房产主"好好较量一番，让他们成为手下败将。

可是现在他拉下了车篷，无心欣赏车外的繁华景象。再说他也不能让人看见福赛特家的人竟和一名警官坐在同一辆马车里。

车上，警官再次讲述了事故的过程：

"其实雾不算很大，看，就在那个地方！车夫说那位先生应该有足够的时间察觉到要发生的事情，可是他好像是自己撞上去的。看样子，是个穷人。我们在他的房间里找到了几张当票。他的银行账户已经透支了，还有今天报上登的这个案子。"他那双冷峻的蓝眼睛来回看着车上这福赛特家的三个人。

老乔里昂坐在车厢的一个角落里，他注意到他弟弟变得更加愁容满面了。听了警官那番话，詹姆斯的疑虑和恐惧又一股脑儿涌上了心头。穷困、当票、账户透支……这些东西在他的生活中向来都是遥远的噩梦，却让博西尼可能是自杀这一猜测变得格外可信，不过，这是他无论如何也不愿意接受的。他望着儿子的眼睛，但目光凝重、神情严肃的索姆斯既不说话，也不看他的父亲。坐在一旁的老乔里昂望着他们，心想这父子二人会不会在暗暗订立攻守同盟。这时,他多么希望自己的儿子此时此刻也在自己身边,仿佛这次认尸之行是一场战斗,而他不得不单枪匹马,以一对二。与此同时,他也一直在琢磨怎样避免把琼牵扯到这件事情中来。詹姆斯有儿子壮胆,他为什么不能把乔也叫来呢?

于是他拿出名片盒,用铅笔在一张名片上写了几个字:

"马上过来,我已派车去接你。"

下车后,他把名片递给车夫,要他尽快赶到"大杂烩"俱乐部。如果乔里昂·福赛特先生在那里,就把名片给他,并立刻把他拉到这儿来。如果还没到,就在那里等他。

他跟着一起来的几个人慢慢走上台阶,支着雨伞歇了口气。警官说:"太平间到了,先生,不着急。"

在一间空荡荡、四周皆为白壁的房间里,一道阳光照射在一尘不染的地板上。房间里除了一具用白布遮盖起来的尸体外,一无所有。警官用稳健有力的大手抓住盖布的边缘,掀起一角。一张已经什么也看不见的脸朝上对着他们。福赛特家的三个人站在这张什么也看不见,却依然不肯屈服的脸的两侧,低头望着它,每个人的感受、恐惧和遗憾只有他们自己心里明白。他们心潮起伏,犹如这白壁外起起落落的大千世界,可是这个世界及其种种理想和欲望与躺在白壁内的博西尼却永远无缘了。与生俱来的秉性这一奇妙的本源使福赛特家的人的想法和做法看似差别甚微,却大不一样,甚至相去甚远。但是今天,他们却不可思议地站到了一起,面对着死亡,一个个低头不语。

警官轻声问道:

"你们认出这位先生了吗?"

老乔里昂抬起头来点了一下。他看着站在他对面的弟弟,看他弯下瘦长的身子对着死者发愣,脸色暗红,神色紧张。他又看了看站在他父亲身旁的索姆斯,脸色苍白,一动不动。在这具代表死亡、裹着白布的横尸面前,他对这父子二人的所有反感忽然烟消云散了。死亡从何而来？又如何降临到我们每个人头上？死亡能突然颠倒过去的一切，无情地扑灭生命之火，把人推上一条不知通往何方的不归之路。这是人人都必须经历，必须清楚看到，也必须勇敢面对的打击，沉重又残忍。人啊，就跟昆虫一样，渺小得不值一提。想到这些，老乔里昂脸上刹那一亮。这时，索姆斯轻轻跟警官说了几句话，悄悄走了出去。

詹姆斯忽然抬起眼皮，惴惴不安的眼神中透露出一种不寻常的目光，仿佛在说："我知道我不是你的对手。"他掏出一块手帕，擦了擦前额，对着死者弯了一下细长的身子，然后忧伤地转过身子，匆匆往外走去。

老乔里昂一动不动地站着，也像死了一样，两只眼睛紧盯着面前这具尸体。谁也不知道此时此刻他在想些什么。想他自己？想他的头发跟眼前这个年轻的死者的头发一样是棕色的那个时候？想他开始奋斗的那个时候？想他一直乐此不疲的那场漫长的奋斗？想这个年轻人尚未开始就过早结束的奋斗？想他的孙女及其破灭了的希望？想另外那个女人？想这件事有多么离奇，又多么令人遗憾？还是想这一不可理解和痛苦不堪的结局所具有的讽刺意味？报应！这是报应！可是人无所谓报应，因为人永远是蒙在鼓里的。

也许按他的逻辑，最好的办法就是抛开这一切，最好一了百了，就跟眼前这个可怜的小伙子一样……

有人碰了碰他的手臂。

泪水涌上他的眼眶，湿润了他的睫毛。"行了，"他说，"我在这儿也没用，还是走吧。你要尽快来见我，乔。"说完低着头出去了。

现在站在死者旁边的只有小乔里昂一人。他仿佛看到福赛特家所有的人都屏住了呼吸，匍匐在这具横尸的周围。这一打击来得太快了！

所有的悲剧都是由种种不可抗拒和错综复杂的因素酿成的。它们相互碰撞，相互融合，最终导致极具讽刺意味的结局，并在霹雳一声中击中了主要的受害者，也击倒了他身旁所有的人。

至少小乔里昂似乎看到了这幅景象：一个个趴在博西尼的遗体的

四周。

他要求警官把事情的经过给他复述一遍。于是警官像一个难得有这种机会的人那样，又把他所知道的前前后后详细地说了一遍。

"不过事情并非如此简单，先生，"他接着说，"我不相信是自杀，也不纯粹是车祸。我看更像是这个家伙心事重重，没有注意到周围的情况。你也许了解一些情况，看看这是什么。"

他从口袋里掏出一小包东西，放到桌上，然后小心翼翼地把它解开。里面是一方女人的手帕，叠得整整齐齐，还别着一枚退色的镀金别针，上面的一颗宝石已经脱落。小乔里昂闻到了一股干紫罗兰的香味。

"这是在他胸口的袋子里找到的，"警察说，"名字已经剪掉了。"

小乔里昂显得有点为难，回答说："这个忙我恐怕帮不了。"不过他眼前立刻活灵活现地浮现出他曾见过的那张脸，那张一见博西尼过来就立刻高兴和激动得粲然一亮的脸。这时他脑子里想得更多的是这个女人，而不是自己的女儿，也不是其他任何人。他想起了她忧郁柔和的目光，清秀含蓄的脸庞，以及她焦急等待眼前这个死者的样子。也许此时此刻她仍在阳光下，静静地，耐心地等着他呢！

从医院前往他父亲家的路上，他心情十分沉重，觉得这件事可能导致福赛特家从此分崩离析。这一打击确实绕过了他们的道道防线，击中了他们家族这棵大树的要害。表面上，他们也许还能维持原来那种兴旺气象，在全伦敦人面前依然装得若无其事，但这棵树的树干已经死亡，已经被击倒博西尼的那一击所摧毁，今后取而代之的将是一些小树苗，但毫无疑问，每一棵树苗依然是财产至上这种观念的卫道士，不过是换成了新的一代而已。

好哇！小乔里昂心想，好一片由福赛特之类的人构成的树林，他们是这个国家最优秀的栋梁之材啊！

至于博西尼的死因，他们全家无疑会极力否认自杀之说，因为这必然连累到他们自己。他们会把它说成是车祸，是命运。他们心里甚至觉得这是上帝的惩罚,是报应。博西尼不是已经威胁到他们最珍贵的两件无价之宝了吗?一个是钱,一个是家!所以一提起此事,他们一定会说:"哎呀,小博西尼那次不幸的车祸……"不过他们也许什么也不会说,还是沉默为好!

至于他本人,他根本不相信那个车夫对这次事故的描述。热恋中的人是不会因为缺钱而自杀的,况且博西尼也不是那种把一时的窘迫很当一回事的人,所以他也不相信他是自杀这一说法,何况死者的脸清清楚楚说明了这一点。博西尼就这么年纪轻轻夭折了,被一桩意外的事故硬生生地斩断了他的满腔激情,这在小乔里昂看来实在太可悲了。

接着,他仿佛看到了索姆斯家现在的样子和今后必定会呈现的样子。那是在没有肌肤的遮掩下彻底暴露在外的一副骨架子,一根根骨头和它们之间狞笑般的空隙在雷电闪光中,显得阴森可怕。

儿子进来时,老乔里昂独自坐在斯坦厄普门家的餐厅中那把扶手椅里,显得十分疲惫。他的目光沿着墙壁游动,看着墙上一幅幅静物画和那幅代表作《夕阳下的荷兰渔舟》,但他似乎也在巡视他自己的一生,曾经有过的希望,收获和成就。

"啊,乔,你来啦?"他说,"我已经把情况告诉琼了,这孩子真可怜,但事情还没完。你是不是要去索姆斯那里?我觉得她是自作自受,不过我怎么也不忍心看她一个人把自己关起来。"他举起一只爆满青筋的手,紧紧一握。

第九章　艾琳无奈暂归

在医院的太平间里与詹姆斯和老乔里昂分手后,索姆斯漫无目的地走街串巷，行色匆匆。

博西尼惨遭身亡，把一切都改变了。原来那种哪怕耽误一分钟也可能误大事的紧迫感没有了，现在他也无须在死因调查清楚之前就急于公开他妻子出走的事。

那天早晨，他起得特别早，邮差还没来就已经起来了。后来他又亲自到信箱里去取当天送达的第一批邮件。尽管没有艾琳的只字片言，他还是借着看信的机会对女仆比尔森说她的女主人到海边去了，还说他自己可能也要去几天，从礼拜六住到下个礼拜一。这样一来，他就有了喘息的机会，有了想尽办法把妻子找回来的时间。

可是现在博西尼已经死了，死得很蹊跷。他一想起这件事就觉得心头的一块石头落了地，心情平复了许多，也不用急着找对策了。这样，他反而不知道这一天该如何打发，只好在街上东游西荡，看着一张张被各种烦恼折磨得愁眉苦脸的面孔。

他一面走，一面想着那个再也不可能在街上转悠徘徊，再也不会像幽灵一样出没在他家里的人。

下午他走过报亭时就看见公布死者身份的大海报。他买了几份报纸，想看看报上是怎么说的。他真想叫这些人闭嘴。随后，他来到金融区的事务所，关起门来和合伙人博尔特待了很长时间。

回家途中，约四点半光景，在路过乔布森拍卖行门口的台阶时，他碰见了乔治·福赛特。乔治把一份晚报递给索姆斯，说：

"给，看见那个可怜的小土匪出事的消息了吧？"

索姆斯冷冰冰地回答说："看到了。"

乔治瞪着他。他向来不喜欢索姆斯，现在更是认为索姆斯应该对博西尼的死负责。是索姆斯害了他，是索姆斯上次对艾琳强行丈夫的权利那件事害了他，气得那小土匪在那个倒霉的下午在街上发疯似的乱窜。

他在想："肯定是那个可怜的家伙妒火中烧，报仇心切，才会在那该死的大雾中听不见公共马车向他驶来的声音。"

就是这个索姆斯害了他！乔治的眼神毫不含糊地表明了他的判断。

"报上说他是自杀，可这说不通啊。"他最后说。

索姆斯摇了摇头，轻声说："是车祸。"

乔治握紧报纸，一把塞进口袋里。分手前他忍不住还要捅索姆斯一下。

"嗯，家里一切都好吧？有小索姆斯了吗？"

索姆斯气得脸色煞白，白得就像乔布森拍卖行门口的石头台阶一样。他翘起嘴唇，真想怒吼一声，但他克制住了，赶快擦过乔治身旁，一闪而过。

到家后，他用钥匙打开大门，进了亮着灯光的门厅。他第一眼看到的就是他妻子那把伞柄上镶金的雨伞横放在地毯柜上。他急忙脱下毛皮大衣，冲进客厅。

天黑了，客厅里的窗帘都已拉上。用雪松干柴点燃的炉火在炉膛里烧得很旺。借着火光，他发现艾琳坐在她经常坐的那张沙发的角落里。他轻轻把门关上，向她走去。她一动不动，仿佛根本没有看见他。

"你回来了？"他说，"为什么不点灯？"

这时他看到了她的脸，苍白又木然，仿佛她全身的血液已经停止流动。她睁大着眼睛，像只受惊的猫头鹰。

她蜷缩在一件灰色大衣里，靠在沙发的靠垫上。不知为什么，她看上去真的就像一只关在笼子里的猫头鹰，披着一身柔软的羽毛，贴在笼子的铁丝网上。她原来挺拔婀娜的身材不见了，仿佛她已被残酷的磨难所摧垮，仿佛再也没有必要保持优美，轻柔和挺拔的体态了。

"你回来了。"他又说了一遍。

她既不抬头，也不说话，只有火光在她纹丝不动的身上飘忽闪烁。

突然她想站起来，但被他一把按住。这下他彻底明白了！原来她是像一头受了致命伤的动物，不知道逃往哪儿，也不知道怎么办才好，所以只好回家。看看她蜷缩在大衣里那副样子就什么都明白了。

现在他可以肯定博西尼就是她的情人,而且相信她也看到了他的死讯,也许跟他一样,是在冷风飕飕的路口买了一份报纸后看到的。

这么说,她是自愿回来的,回到她连做梦都想逃离的这只笼子。想到这一切是多么意味深长时,他恨不得对她大喊:"你给我滚,我不想看到你这可恶的身影,尽管我还是那么喜欢它,我也不想看见你这张苍白的、惨兮兮的脸,尽管那么残忍,却又那么温柔。你快滚,再不滚我就要把它掐扁了。我再也不想见到你了!"

可是这些话尚未出口,他仿佛看见艾琳又想起身离开,像一个拼命想从一场噩梦中醒来的人那样,爬起来就往外跑,跑到黑暗的寒夜里。她没有理会他,甚至连他就在边上也没有意识到。

于是他喊了一声:"站住!别走!"这跟他刚才想说而没说出口的话正好相反。他转身离开她,坐到火炉另一侧他常坐的那把椅子上。

他们相对而坐,一言不发。

索姆斯心想:"怎么会弄成这个样子?我凭什么要受这份罪?我做了什么啦?我没做错什么呀!"

他又看了她一眼,见她像一只中弹后蜷缩着等死的小鸟,胸脯因呼吸困难在喘息,忧伤的眼睛望着你这个射手,那眼神渐渐变得黯淡无光,有气无力,仿佛在跟所有美好的东西诀别——阳光、空气和伴侣。

就这样,他们一人一边坐在炉火旁,一句话也不说。

索姆斯本来非常喜欢燃烧的雪松冒出的烟雾,现在这烟雾却呛得他难以忍受。他走到门厅里,一把推开大门,深深吸了一口迎面吹来的凉风,然后迈出大门,来到广场上,既没戴帽子,也没穿大衣。

一只没吃饱肚子的野猫蹭着花园外墙的栏杆向他走来。索姆斯心想:"真是活受罪!我的痛苦何时能了?"

一个叫拉特的熟人站在路对面的一扇大门口,正在擦鞋底。那神态好比在说:"我是这儿的主人。"索姆斯继续往前走。

一阵钟声穿过清新的空气从远处传来,飘荡在车马声的上空。那是他跟艾琳举行婚礼的教堂正在为迎接圣诞节试钟。他突然非常想喝烈酒,喝得酩酊大醉,喝得麻木不仁,喝得大发酒疯。他多么想挣脱自己,挣脱缠绕着他的这张大网,这是他有生以来从未有过的感觉。他多么想说服自己:"跟她离婚,赶她出去!她忘了你,你也忘了她!"

可他又多么想说"随她去吧,她也受够了"。

他多么想实现"叫她屈服,随我摆布"这一欲望。

可他又多么希望能突然意识到"算了吧,没什么大不了的"。

暂时别想这些了,别去想自己的行动会有多大的作用,也别去想无论做什么他都必须付出代价。

要是能一时冲动,管它三七二十一地豁出去了,那该多好!

可是他什么也放不下,也不能按所想、所预见和所希望的那样去行事。这一切太可怕了,把他团团围住,简直就是个冲不破的笼子。

广场的另一侧,几个报童在叫卖晚报,刺耳的吆喝声跟教堂的钟声混杂在一起,很不协调。

索姆斯用手捂住耳朵,脑子里忽然闪过一个念头,假如惨死轮下的不是博西尼而是他自己,那么她非但不会像受伤的小鸟那样蜷缩在那里,黯然神伤,也许还……

他的双腿碰到了一个软绵绵的东西,原来是那只饿猫在他腿上磨蹭。他猛地抽泣了一下,牵动了全身。接着,黑夜中又是一片寂静,所有的房子似乎都在注视着他,每一栋里都有自己的男女主人,上演着一幕幕或悲或喜的人间戏剧。

突然他发现自己家的大门敞开着。在门厅灯光的衬托下,一个男人的黑影背对着他。他心里一怔,轻轻从他背后靠上前去。

他已经看到了他那件挂在雕花橡木椅子上的毛皮大衣,看到了波斯地毯、银制餐具、沿墙摆放的一排排瓷盘,也看到了站在那里的这位不速之客。

他厉声问道:"先生,你有什么事吗?"

来访者转过身来,原来是小乔里昂。

"门是开着的,"他解释说,"我能见一下你夫人吗?我有一封信要交给她。"

索姆斯用怀疑的目光斜视着他。

"我妻子谁也不见。"他说得很轻,但斩钉截铁。

小乔里昂非常客气地说:"要不了一分钟。"

索姆斯从他身旁挤过去,拦住了他的去路。

"她任何人也不见。"他重复了一遍。

小乔里昂朝索姆斯背后的门厅望去,索姆斯赶紧回头,看见艾琳站在客厅门口,双眼充满了不顾一切又不知所措的神情。她张着嘴,伸出了双臂,可是一见这两个男人,急切的表情顿时消失了,双手也垂到了两侧,像一块石头站着不动。

索姆斯再回过头来,正好对着小乔里昂的目光。看到后者的眼神,他不禁大吼一声,然后咧着嘴,阴阳怪气地装出一副笑脸。

"这是我的家,"他说,"我的事我自己管。我已经跟你说了,现在再说一遍:我们不会客!"

说完,他冲着小乔里昂的脸,砰的一下关上了大门。

插　曲

夕阳无限好，只是近黄昏

（老乔里昂愉快宁静的晚年）

"夏季出赁的时日又未免太短。"

——莎士比亚（《十四行诗》 第十八首）

献　　给
安德烈·谢弗里荣[①]

---

① 安德烈·谢弗里荣（1864—1957），法国散文作家，文学史家，批评家，一九二〇至一九五七年为法兰西学院院士。高尔斯华绥之挚友。

一

这是九十年代①初一个五月的最后一天。傍晚六点钟光景,老乔里昂仍坐在他罗宾山那栋房子的平台前那棵橡树下。不到成群的蠓虫出来叮咬他时,他是绝不肯放弃这午后的灿烂阳光的。他手上夹着一个雪茄烟头,这手又瘦又黄,暴出了一根根青筋,手指的指尖渐渐变细,还留着长长的指甲。这种尖尖的、上了光的指甲是他保留至今的一种早期维多利亚时代的时尚。那个时候,有身份的人从不自己动手做事,连手指头也不会翘一下。一顶棕色的旧巴拿马草帽,遮住了他穹顶般的脑门,浓密的白须,瘦削的脸颊和瘦长的下巴,挡住了西下的夕阳。他跷着二郎腿,整个神态悠闲恬静,高雅脱俗,完全是一个每天早晨要在丝手绢上洒几滴古龙水的老绅士派头。他的脚边趴着一条毛茸茸的,棕白毛色相间的小狗,貌似一条波美拉尼亚犬②。这就是那条名叫巴尔撒泽的小狗。这些年来,它和老乔里昂之间已冰释前嫌,建立起了非常亲密的感情。离他座椅不远的地方有一座秋千,上面放着霍利的一个布娃娃,叫"小笨蛋爱丽丝"。她的上身匍匐在自己的双腿上,把一张哭鼻子的脸埋在一条黑色的短裙里。这个布娃娃从来没有得宠过,所以坐相好不好也就无所谓了。从橡树脚下开始,草地顺着一个斜坡往下展开,一直延伸到一处长满蕨草的地方。再往前便是一片田野,又慢慢下倾,直到一个小池塘和一片矮树丛边上。这就是五年前斯威辛驱车带着艾琳来看房子

---

① 指十九世纪末九十年代。
② 或称波马拉尼狗,产于中欧原波美拉尼亚地区(今波兰、德国边境一带)的一种尖嘴、竖耳、毛长的小狗,供玩赏。

的那天,坐在这棵橡树下所看到的"美不胜收"的田园景色。老乔里昂曾耳闻他兄弟的那次壮举,因为这曾是"福赛特情报交流所"里最热门的话题之一。可是现在斯威辛已经不在了,他是去年十一月去世的,才七十九岁。这使得老乔里昂又一次对福赛特家的人能否长生不老产生了疑问。上次安姑奶奶去世时,他就有过这种疑问,那是第一次。现在他们两个都走了,只剩下乔里昂和詹姆斯,罗杰和尼古拉斯,还有蒂莫西、朱莉、赫斯特和苏珊。老乔里昂想:"我已经八十五了!可我并不觉得老,就是有点腰酸背疼。"

他继续回忆往事。三年多前,他买下了他侄儿索姆斯这座多灾多难的房子,在罗宾山定居下来。从那时起,他不但没觉着自己上了年纪,反而有一年比一年更年轻的感觉。现在他跟儿子和孙子孙女,也就是琼和乔的第二个妻子所生的两个小家伙乔利和霍利一起住在郊外,远离伦敦城里的喧嚣和"福赛特情报交流所"里的饶舌。他也不用去开董事会了,可以沉浸在无须工作、只顾享乐的轻松气氛中。不过他还是有做不完的事情。这房子和周围二十英亩的土地需要锦上添花,日臻完美;两个小家伙的种种要求也得尽量满足。的确,琼跟索姆斯和他的妻子艾琳,还有那个可怜的小博西尼之间的那桩旷日持久的纠葛是很不幸的,在他的心里结下了许多疙瘩,也产生过许多恩怨。可现在疙瘩解开了,恩怨消除了,就连琼最终也走出了这件事情的阴影,不再郁郁寡欢了。眼下她正在西班牙跟父亲和继母一起开心度假,这就足以证明这一点。他们走后,家里安静得出奇。可是尽管快乐清静,但总感空虚,主要是因为儿子不在身边。如今,乔是他最大的安慰,最大的快乐。他是个非常随和可亲的人,可是,不知为什么,女人,哪怕是最好的女人,总叫人有点受不了,当然除非你真心喜欢她们。

远处传来了布谷鸟的叫声,一只斑鸠在田头第一棵榆树上咕咕啼叫。上次割草后,草地上又长出了许多白色和黄色的野菊花。天刮起了西南风,令人神清气爽,心旷神怡。他把帽子轻轻往上一推,让太阳晒到他的下巴和脸颊上。不知为什么，他今天特别想有一个伴儿来陪陪他，特别想有一张漂亮的脸蛋让他看看。人们总以为人老了就一无所求了，其实他那套与福赛特家的传统观念格格不入的人生哲学，时常在他内心作怪，仿佛一直在对他说："人永无满足之时，就算一只脚踏进了棺材也不会罢休，我觉得这很正常。"现在，没有公务缠身了，他觉得他的孙子孙女，还有这个小天地里的一草一木和树上的鸟儿，更不用说天上的太阳、月亮和星星，仿佛日日夜夜都在对他说："芝麻，开门，芝麻，开门！"① 芝麻果然开门了，可是开得多大，他也许并不清楚。他对人们现在所说的"大自然"一向非常敏感，感受真切，有着近乎宗教般的热忱。然而，不管景色多么迷人，他从来不会胡思乱想。日落就是日落，景色就是景色。可如今这大自然却让他躁动不安，他也切切实实感到了这一点。白天越来越长了，明媚又安详。他每天都要拉着霍利的小手一起悠闲散步，小狗巴尔撒泽走在他们前面，一路走，一路嗅，却什么也没找着。他们一边走，一边看看绽放的玫瑰花，墙头上露出的尚未成熟的果子，沐浴着阳光的橡树叶子和矮树丛中的小树苗；或者看看睡莲展开露珠晶莹的荷叶和唯一一块麦田里银色般的麦苗，再听听八哥和云雀的歌声和奥尔德尼奶牛② 一面慢悠悠地甩着末梢带有一簇短毛的尾巴，一面咕噜咕噜反刍的声音。这些美好的日子每一天都使他陶醉，使他心神不宁，蠢蠢欲动。这也许是因为他在心灵深处已经意识到不会有太多的时间来享受这一切了。想到也许不到十年后，甚至不到五年后的某一天，在他尚未完全丧失享受这一切的能力之前就要失去这一切，他就觉得这是天大的不公，而这种前景已经依稀可见了。就算有来世，也不一定是他想要的，不会有罗宾山这座房子，不会有鲜花和鸟儿，也不会有漂亮的脸蛋。现在他身边就没有多少漂亮的脸蛋了！他年

---

① 阿拉伯故事集《一千零一夜》中的《阿里巴巴与四十大盗》中叫开强盗洞门所用的咒语。
② 原产于英吉利海峡中奥尔德尼岛的良种奶牛。

纪越大就越讨厌一本正经的伪装。他六十年代恪守的那种正统观念，好比他那个时候心血来潮留过的络腮胡子一样，早已不复存在了。现在他只崇拜三样东西——美、正直的人品和财产意识，其中尤以美为要。他的兴趣一向很广，现在还很喜欢看《泰晤士报》，可是只要一听到画眉鸟的叫声，他必定会放下报纸，专心倾听。正直的人品和财产意识现在多少已让他感到厌倦，可是画眉鸟和日落从未让他产生厌倦，反而给他一种只嫌不够、多多益善的感觉。凝望着这宁静的黄昏中的余晖和草地上金黄色和白色的小花，他突发奇想：这天气多么像《俄耳甫斯》①的音乐啊！不久前他在科文特加登歌剧院②听过这出歌剧。好听极了！不像梅耶贝尔③，也不怎么像莫扎特④，但有自己的特色，甚至更优美，真有那么一点古典风格和那个"黄金时代"⑤的味道：纯洁简朴又柔和甜美。那两个拉沃格里⑥"几乎可以跟老一代的歌唱家媲美"。这是从他口中能听到的最高赞誉了。歌剧描写的是俄耳甫斯渴望重新得到他失去的美，从阴曹地府中救出他心爱的妻子。其实，在现实生活中，爱情和美也在消失。俄耳甫斯在优美的音乐声中唱出的那种渴望和依恋之情实在让人感动，那歌声甚至在这景色迷人的黄昏中还余音缭绕，牵动着他的心。他下意识地用软木底、松紧帮的靴子的鞋尖轻轻捣了捣小狗巴尔撒泽的胸肋，把它弄醒了。小狗开始浑身捉跳蚤。尽管它身上应该不会有

---

① 德国歌剧作曲家格鲁克（1714—1787）创作的歌剧（1762），描写古希腊传说中俄耳甫斯与妻子欧律狄刻的生死恋。
② 位于伦敦科文特加登广场的剧场，建于一七三一年，一八五八年后成为皇家歌剧院，也上演戏剧和哑剧。
③ 德国歌剧作曲家（1791—1864）。
④ 奥地利作曲家（1756—1791），音乐神童，维也纳古典乐派的杰出代表，上承海顿，下启贝多芬。
⑤ 指古典文学中虚构的一个充满正义、丰衣足食和无忧无虑的时代。
⑥ 指一八九〇年在科文特加登剧院隆重上演的《俄耳甫斯与欧律狄刻》中扮演主角的女中音裘利亚·拉沃格里（1866—1940）和女高音索非亚·拉沃格里（1865—1910）。

这种东西，可它总是不放心。抓完后，它把刚挠过的那个部位在它主人的小腿上蹭了几下，然后又趴下来，把下巴搁在刚才捣它的那只靴子的鞋面上。老乔里昂忽然想起三周前他在歌剧院见到的一张脸。那是艾琳——他那个宝贝侄儿，那个"大房产主"索姆斯的妻子！他上次见到她的时候，还是在他斯坦厄普门的旧居，那一天他举行了一次阖家"大团圆"来庆祝他的孙女琼和博西尼那场后来极为不幸的订婚。虽然此后他没再见到过她，但他一眼就认出了那张脸，因为他心里一直很喜欢这个长得十分俊俏的女人。唉，她后来实在不该成为博西尼的情妇。博西尼死后，听说她立刻就与索姆斯分手了。谁也不知道她后来一直在做什么。尽管他当时看到的这张脸只是一个侧影，就在他前面一排，但这可以说是三年来唯一证明她还活着的证据。没人提起过她，只有乔有一次跟他说过一件事，让他万分震惊。他相信乔是从乔治·福赛特那儿听来的，因为博西尼出事那天，乔治在大雾中见到过他。这件事就是索姆斯对自己的妻子强行了丈夫的权利，实在令人发指。也正是这件事使得博西尼痛不欲生。那天下午，博西尼不幸身亡的消息传出后，乔也见到了艾琳，但只有一会儿，说她当时"不顾一切又不知所措"。这幅景象一直萦绕在老乔里昂的脑际。第二天，琼克制着自己的情绪，也去了艾琳家，可女仆哭着告诉她，太太夜里无声无息地出走后就不见了踪影。真是太惨了！但有一点是可以肯定的——索姆斯此后再也没法对她下手了。现在他住在布赖顿，常常来回跑。活该，这个"大房产主"！老乔里昂一旦讨厌上什么人，比如他的这个侄儿，他的态度是不会改变的。他依然记得在听到艾琳出走的消息后，他着实松了一口气。假如她还得像囚犯那样生活在那个家里的话，那简直太可怕了。乔看见她那天，她确实在家，不过那只是她在街上看到"建筑师惨死轮下"的消息后，像一只受伤的小动物逃回窝里暂时歇一下而已。那天晚上，他在歌剧院里看到她时，她的那张脸深深打动了他，比他记忆中的模样还要漂亮，但是又像戴了一副面具，背后隐藏着一些东西。还很年轻啊——也许才二十八岁。现在她很可能又有情人了。不过，这个念头有悖正道，因为结过婚的女人不应当再有恋情，哪怕一次也不行，所以一想到此，他把脚背一抬，巴尔撒泽的头也随之抬了起来。这小狗很有灵性，跟着站了起来，望着主人的脸，仿佛在说："散步去？"老乔里昂回答道："走，老朋友！"

和往常一样，他们在各色野花中慢慢穿行，一直走到长着蕨草的那块地方。这里的蕨草虽然还没长多少，但地势恰到好处地低于那片草地，以便再次慢慢上升到另一片草地，给人一种错落有致的感觉。这在园艺学中特别重要。小狗巴尔撒泽喜欢在这些石头和土堆中窜来窜去，有时还能找到个把鼹鼠。老乔里昂每次必定要从这里经过，倒不是因为这里的风景特别美，而是因为他打算让它有一天变得很美。他常想："我一定要叫瓦尔①来这里看看，他比毕奇内行。"人和房子有问题时，要请最好的专家，听听他们有什么看法，植物也一样。这里蜗牛很多，如果孙子孙女在身边，他一定会指着一只蜗牛跟他们讲一个小孩的故事。那个小孩问他的妈妈："妈妈，李子有腿吗？""没有的，孩子。""不好了，那我刚才准是吞下一只蜗牛了。"当孙子孙女牵着他的手又蹦又跳，想着蜗牛在那小孩的喉咙口滑下去的情景时，他会开心得双目发光。走出蕨草丛后，他推开一扇柳条门，一步跨进了第一块田地。那是一大片跟公园差不多的地方，用砖墙围出了一个菜园子。老乔里昂此时无心于此，便继续前行，向坡下的池塘走去。巴尔撒泽曾在这里见过一两只河鼠，开心得在他前面乱蹦乱跳，但一看这步态便知这是一条上了年纪的狗，而且天天都走这条老路。来到池塘边上之后，老乔里昂停下步子，发现仅仅过了一天，又开了一朵睡莲。明天他一定要指给霍利看。霍利这孩子体质较弱，午饭时吃了一只番茄就觉得不太舒服。明天等她好了，他一定要指给她看。现在乔利已经上学了，刚上第

---

① 瓦尔和下面的毕奇都可能是当地有点名气的园艺师。

一学期，所以霍利几乎成天和他在一起。这时他非常想念这个孙女。近来他常常感到左侧疼痛，有一种牵扯不爽的感觉。他回头朝山头望去。凭良心说，可怜的小博西尼盖的这座房子真的不错。要是还活着，他会干得更加出色。可现在他在哪里呢？他的阴魂也许还在这里出没，出没在他最后一件作品的地方，出没在见证了他那段不幸的恋情的地方。不过他的阴魂也可能早已烟消云散了，谁知道呢？瞧这狗的腿上弄了多少泥巴！他继续向矮树丛走去，那里曾有一大片非常好看的蓝铃花，他知道现在还有几处尚未凋谢，看上去像是穿过树木，洒落在太阳照不着的阴影处的小片蓝天。他走过盖在那里的鸡窝、牛棚，沿着一条狭窄的小道进了树丛深处，朝着一片蓝铃花走去。又一次走到他前面的巴尔撒泽突然低吼了一声。老乔里昂用脚碰了碰它，可它站在无法通过的地方就是不动，背脊上的绒毛也慢慢竖了起来。不知是因为小狗那一声低吼和竖起的绒毛，还是因为人在树林中常有的那种感觉，老乔里昂也感到毛骨悚然。小道拐了一个弯，前面出现了一截长满青苔的断木，上面坐着一个女人，背对着他。老乔里昂心想："她这是私闯民宅啊，我得竖块警示牌子！"就在此时，那个女人转过脸来。天啊！这正是他在歌剧院里看到的那张面孔，正是他刚才还一直在想的那个女人！他一时不知所措，眼睛也模糊起来。他仿佛见到了一个精灵——真是怪事——但这也许是斜阳照在她紫灰色裙子上产生的效果吧！她站了起来，稍稍歪着脑袋对他微笑。老乔里昂心想："真漂亮！"她没说话，他也不问，但他立刻明白她为何在此，因而对她更有好感。不用说，她是来这儿回忆往事的，所以她不想做任何无聊的解释来打断自己的思绪。

"别让狗弄脏了你的裙子，"他说，"它的爪子是湿的。喂，别过去，快过来！"

可是巴尔撒泽不听，反而向那位客人走去。那位客人也用手轻轻抚摸着它的脑袋。老乔里昂急忙说：

"那天晚上我在歌剧院看见你了，不过你没看见我。"

"不，我看见了。"

他觉得这话多少带点奉承的味道，仿佛还有"谁都不会不注意到你的"的意思。

"他们都去西班牙了，"他唐突地说，"我一个人在家里，所以进城听了一场歌剧。那两个拉沃格里唱得真不错。你见过我们这里的牛棚吗?"

在这如入梦境和近乎动情的氛围中，他不假思索地向牛棚走去。她走在他边上，微微晃动着身子，跟最优美的法国女人的身材一样优雅。她衣服的颜色也是法国人喜欢的浅灰色。他注意到她琥珀色的头发中已有几根银丝，这头发跟她乌黑的眼睛和乳白的脸色形成了奇妙的对照。她突然斜眼朝他温柔一瞥，令他心慌意乱。这目光仿佛来自遥不可及和深不可测的地方，来自一个生活在另一个世界，至少是不完全生活在这个世界上的人。他呆板地问：

"你现在住在哪儿?"

"我在切尔西① 有一个小套间。"

他不想知道她在做什么，什么也不想知道，却脱口问了一个不该问的问题：

"一个人住?"

她点了点头，这多少让他宽心了一些。他想要不是命运的作弄，这片小树丛的主人应该是她，现在领着他这个客人参观这些牛棚的也应该是她。

"都是奥尔德尼奶牛，"他喃喃说，"这种牛产的奶最好。瞧这一头，多棒啊！喂，默特尔② !"

这是一头毛色浅黄的奶牛，棕褐色的眼睛跟艾琳的眼睛一样温柔。

---

① 伦敦西部的一个区。
② 显然是那头奶牛的名字。

由于好些时候没有给它挤奶了,所以它直挺挺地站着不动,只是从那双明亮又温和、却略带嘲讽的眼睛的眼角里瞄着这两个人,同时让一条唾沫的细流从它发灰的唇边慢慢流下,滴到干草堆上。这干草、香草和阿摩尼亚混杂在一起的气味弥漫了昏暗阴凉的牛棚。老乔里昂说:

"你一定要上我那儿跟我一块儿吃顿晚饭。饭后我派车送你回去。"

他看出她内心在斗争。这很自然,那么多的往事,一点不奇怪。但他迫切希望她来陪陪他——多漂亮的脸蛋,多迷人的身材,真是太美了!再说,整个下午他一直是孤身一人,无人作陪。也许是看到了他眼睛里那种渴望的神情,她回答说:

"谢谢,乔里昂伯伯,我非常乐意。"

他搓着双手说:

"太好了!我们走吧!"于是他们跟在巴尔撒泽后面,一起穿过田野,上了土坡。这时太阳几乎平照在他们脸上,他不仅看见了她头上的那些银丝,还看见了一些皱纹。皱纹不深,刻在她那张漂亮的脸上,就像硬币上刻出的头像那样精细。这些白发和皱纹让人一看便知她一直过着单身日子。"我要从平台那儿带她进屋,"他心想,"不能把她当一般的客人对待。"

"你整天干些什么呢?"他问道。

"我教音乐。我还有一项爱好呢!"

"你还工作?"老乔里昂说,一面拾起秋千上那个布娃娃,用手理了理她的黑裙子,"是啊,没有比工作更开心的了,对吧?我现在不工作了,我年纪大了。你那项爱好是什么呢?"

"帮助那些遭遇不幸的女人。"老乔里昂没听懂,重复了"遭遇不幸的"这几个字,但他立刻恍然大悟,也大吃一惊。她指的肯定就是他同样会用这几个字来指的那种人。帮助伦敦城里悔改自新的妓女!这是多么不可思议又多么让人害怕的爱好啊!可是好奇压倒了他本能的反感,于是问道:

"为什么？你为她们做些什么呢？"

"不多。我没有多余的钱给她们，我只能安慰她们，有时给点吃的。"

老乔里昂的手下意识地摸了摸他的钱包，急忙问："你是怎么找到她们的呢？"

"上医院去找。"

"医院！嘀！"

"最让我痛心的是她们几乎个个都有过一定的姿色。"

老乔里昂把布娃娃扶直了，冒出一句："姿色！哈！是啊！红颜薄命嘛！"说完便朝房子走去。他走在前头，穿过一扇尚未收起百叶窗的落地窗，进了屋子。他常在这里看《泰晤士报》和一份农业杂志的插页，上面全是甜菜之类的大插图，正好给霍利当学画的材料。

"晚饭半小时之后就好。你先洗洗手吧，我带你去琼的房间。"

他看见她迫不及待地四下张望。自从她上次来看这房子之后，这儿的变化可大了。她是跟她丈夫，还是跟她的情人，还是跟他们两人一起来的，他并不知道，也说不清楚。反正一切都过去了，他也不想重提。但是这里的变化确实很大。来到门厅后，他说：

"我儿子乔会画画。他很有品位，当然跟我的不一样。不过我从不干涉他。"

她站着，纹丝不动，四下打量着大天窗下这间已将原来的门厅和琴房合二而一的大房间。老乔里昂觉得她的神态有点反常。她是不是想从这昏暗的刷成珠灰色和银白色的房间里，招魂般地唤出个什么人来？他本人更愿意把这一间刷成更为活泼和更有分量的金黄色，可是乔喜欢法国情调，结果弄得这样朦朦胧胧，像是笼罩在他不停抽烟所喷出的烟雾中，只有几处点缀着刺眼的红红绿绿。他一点也不喜欢这种格调。他心里觉得他已经把他那些镶着金框的静物画挂在这里了。这些画都是他在那个什么都是越多越好的年代里买来的，现在都到哪里去了呢？都一钱不值地卖了,因为他跟福赛特家的其他人不一样,他喜欢紧跟时代。正是这一特点提醒他不必煞费苦心去保留那些东西了。不过他还是留下了那幅《夕阳下的荷兰渔舟》,挂在自己的书房里。

他的腰间又开始隐隐作痛,只好慢慢带她上楼。

"这几间是浴室,"他说,"也包括其他用途。我给它们铺上了瓷砖。孩子的卧室在那边,这一间是乔和他妻子的。这几间都相通,我想你应该记得。"

艾琳点了点头。他们继续往前走,过了走廊,进入一间只有一张小床和几扇窗户的大房间。

"这一间是我的。"他说。墙上挂满了孩子的照片和一些水彩画。他不好意思地说:"这些都是乔画的。"

"这儿望出去景色很美,"他接着说,"天气好的时候,还能看到埃普索姆跑马场①的大看台。"

太阳已经落到房子背后,那"美不胜收的景色"像是蒙上了一层明亮的薄纱,透射出晴朗又漫长的一天过后的余晖。看不到几处房子,可是田野和树木微微发光,伸向渐渐模糊的草地。

"乡村在变,"他突然说,"不过我们都走了之后,它依然存在。你看那些画眉,这儿一大清早各种鸟叫非常好听。我终于告别了伦敦,真高兴。"

她的脸靠近窗口。他见她愁容满面,深受触动,心想:"我真希望能让她笑口常开,多好看的一张脸啊,可惜郁郁寡欢。"他拎起一壶热水,走出房间,回到走廊。

"这就是琼的房间,"他一面说,一面打开隔壁房间的一扇门,然后放下手中的水壶,"我想你要用的东西自己会找到的。"

---

① 位于大伦敦西侧萨里郡的著名跑马场,每年五月和六月分别在此举行欧克斯马赛和德比马赛。

艾琳进去后,他关上房门,又回到自己房里。他一面用两只黑檀木大发刷刷头发,在额头上抹了点古龙水,一面在想她来得怎么这么巧,这么神秘,甚至这么浪漫,就像显灵一般,好似他希望有个漂亮的人来陪陪自己的心思,正被专门满足这种心思的东西满足了。他在镜子前挺了挺依然十分挺拔的身子,轻轻刷了刷两撇大白胡子,又在眉毛上擦了点古龙水,然后摇响了铃。

"我忘了跟他们说有位夫人要在这里和我共进晚餐。让厨师做些好吃的,再叫比科姆十点半把车马备好,今晚送客人回城。霍利小姐还没醒吧?"

女仆说可能醒了。老乔里昂踮着脚尖,沿着走廊轻轻走到小孩的卧室,推开了房门。他在房门的铰链上特地抹了些油,以便晚间轻轻进出时不至于吵醒小孩。

霍利还在睡觉,像是躺着的小圣母玛利亚,而且是那些老一代的画家画好后连自己也分不清到底是圣母还是维纳斯的那种圣母像。她又长又黑的睫毛贴到了她的脸颊上,无忧无虑的小脸平静又安详。显然,她那点小毛病已经没有问题了。老乔里昂站在这半明不暗的房间里,对着这张可爱又庄重的小脸看了又看,真是越看越喜欢。他特别善于与孩子相处,且能从中得到返老还童的乐趣,这是他的福气。在他看来,孩子代表他的来生,也许是他那种本质上非正统的观念所能预见的来生。你瞧她,今后的日子一片光明。他的血液有一部分就流淌在她细细的血管中。瞧她有多可爱!他要尽一切努力让他这个心肝宝贝永远快活,让她心中只有爱!他离开房间时,心潮起伏,但尽量不让漆皮靴子发出响声。来到走廊后,他突然有一个十分离奇的念头:怎么天真无邪的孩子也可能变成艾琳刚才说的那种她正在帮助的女人呢?真是不可思议!这些要帮助的女人不也曾经是可爱的小女孩吗?不就像睡在这里的这个一样吗?"我一定要给艾琳开张支票,"他心想,"一想到这些人,我心里就难受。"他从来不忍心去想这些可怜的、遭到社会遗弃的人。她们深深刺伤了他那颗纯洁高尚的心,这种内心的真实情感不过是被他为了遵从财产意识而不得不保持的一层层外表所掩盖罢了。她们也狠狠刺伤了深埋在他心底的另一样东西——那颗爱美的心。就在此时此刻,想到马上要和一位漂亮的女士共度良宵,这颗爱美的心也会怦怦直跳。他从楼上下来,穿过一扇双开门,来到房子后面的部分。酒窖里有霍克酒[1],一瓶至少值两镑。还有施泰因贝格[2],要比任何一种约翰内斯堡[3]都好喝,甘美香醇,甜似蜜桃,真可谓琼浆玉液。他取出一瓶,像抱婴儿那样捧在手里,又平伸双臂,对着亮光照了照。瓶子外面虽有一层浮灰,可从细细的颈瓶中看到的陈年佳酿色泽柔和,让他无比欣喜。从城里搬来这里后,又有三年没动它了,现在该是最好喝的时候了!这酒是他三十五年前买的。感谢老天爷,这些年来,他品酒的能力丝毫不减当年,完全有资格来品尝这瓶美酒。她也会喜欢的,这酒一丁点儿都不酸。他擦了擦瓶子,亲手拔出软木塞,低下头去闻了闻酒香,然后回到琴房。

艾琳站在钢琴旁,已经脱下帽子,也解下了刚才一直围着的纱巾,一头金发赫然在目,还有一段洁白的脖子。在紫檀木钢琴的衬托下,一袭灰裙的她在老乔里昂眼里简直妩媚无比。

他伸出手臂让她挽着,一起缓步进入餐厅。这间原来可供二十四人舒舒服服用餐的房间现在只放了一张小圆桌。最近他孤零零地留守在家,那张大餐桌让他感到压抑,所以他让人抬走了,等儿子回来后再搬回来。这些日子他常常一个人在此用餐,陪伴他的只有墙上两幅非常逼真的拉菲尔圣母像[4]的临摹画。这是入夏以来他一天中唯一不开心的时刻。他本来就吃得不多,不像那个大块头斯威辛,也不像西尔瓦努斯·海思罗普和安东尼·桑沃斯那几个老朋友。他觉得一个人在圣母像

---

[1] 一种德国产白葡萄酒。
[2] 另一种德国产白葡萄酒。
[3] 德国约翰内斯堡出产的上等葡萄酒。
[4] 指意大利文艺复兴盛期画家拉斐尔(1483—1520)所作圣母像。

的俯视下吃饭是一件很难受的事,所以他总是吃得很快,草草了事,以便早一点去喝杯咖啡和抽一口雪茄,好得到一点精神上的享受。可是这一晚上非同寻常!看着小圆桌对面那个人,他眼睛里闪烁着喜悦的光芒。他谈到了意大利和瑞士,讲了一些他去那儿旅行的故事和其他一些没法再跟儿孙讲的事情,因为他们早已听腻了。现在有这么一位新的听客,真是难得。他不像有些老人,喜欢东拉西扯谈往事。这种人很快就会让他感到乏味,感到疲劳,所以他也本能地避免让别人感到乏味和疲劳。再说他一见到美的东西就心动,这一本性使他在与女性的交往中反而特别谨慎。他很希望能逗她多开口说话,可是尽管她面带笑容,低声细语,对他的话也似乎很感兴趣,但他总觉得她神秘莫测,遥不可及。她的魅力其实有一半就在于此。那些一面对你扭着肩膀,挤眉弄眼,一面唠叨个没完的女人让他受不了。他也无法容忍那些口气生硬,说一不二,仿佛比你懂得还要多的女人。女人身上只有一样东西是他最喜欢的,那就是女人的魅力,而且越是含蓄他越喜欢。眼前这一位就极富魅力,就像他喜欢的那些沐浴在午后的阳光中的意大利山冈和山谷那样影影绰绰。此外,他觉得她目前这种好比与世隔绝的状态,似乎让她变得更加容易亲近,成为他特别理想的伴侣。人到了很老的时候,在竞争中很少有胜出的机会,所以一般都不希望有年轻的对手。这样他就有一种安全感,觉得在漂亮的女人眼里他仍然是最棒的。他喝着霍克酒,注视着她的双唇,几乎找到了一点年轻时的感觉。趴在地上的小狗巴尔撒泽也一直盯着她的嘴唇,对他们不吃东西,老是停下来说话十分不解,对他们不时举起绿莹莹的杯子,把里面它压根儿不喜欢的黄色液体直往嘴里倒也十分纳闷。

他们回到音乐室时,天色刚暗下来。老乔里昂嘴里叼着雪茄,说:
"给我弹一曲肖邦[①]吧!"

[①] 波兰作曲家、钢琴家(1810—1849)。

男人抽什么雪茄，喜欢哪些作曲家，都可以反映他的内心世界的品质。老乔里昂不喜欢很凶很呛人的雪茄，也不喜欢瓦格纳的音乐。他喜欢贝多芬①和莫扎特，亨德尔②和格鲁克，还有舒曼③。另外，不知为什么，他也喜欢梅耶贝尔的歌剧。不过近年来，就像在绘画中他迷上了波提切利④一样，他迷上了肖邦。他知道喜欢这两个人的风格说明他已经偏离了黄金时代的正统。波提切利和肖邦的韵味不同于弥尔顿⑤、拜伦和丁尼生⑥的诗歌，不同于拉菲尔和提香的画作，也不同于莫扎特和贝多芬的音乐，这种韵味仿佛蒙上了一层面纱，不会向你直面扑来，倒是像用手指在你的肋间又抓又挠，直捣你的心窝。他不知道这算不算一种健康的感受，不过他一点也不在乎，只要能欣赏到他们当中一个人的画和另一个人的音乐就行。

钢琴就在一盏有珠灰色花彩灯罩的电灯底下。艾琳在钢琴旁坐下，老乔里昂则坐在一张能够看得见她的扶手椅里，跷着腿，慢悠悠地抽着他的雪茄。她把双手搭在琴键上坐了一会儿，显然在考虑给他弹什么曲子好。过了一会儿，她开始弹奏起来。老乔里昂听着听着，心中无限惆怅，又无比快慰。这种感觉非常独特，可以说无与伦比。他渐渐听得入了神，着了迷，要隔很长时间才把雪茄烟从唇间抽出来，再放回去。她还在，肚子里的霍克酒还在，雪茄烟的味道也还在，但他仿佛也看到了其他许多东西——阳光灿烂的世界渐渐变成了月色迷蒙的世界，池塘的水面上有几只白鹳在游动，上面青蓝色的树上开满了一团团耀眼的酒红色的玫瑰花，乳白色的奶牛在淡紫色的田地里吃草，还有一个虚幻缥缈的女子，乌黑的眼

---

① 德国作曲家（1770—1827），维也纳古典乐派大师，一生创作大量乐曲，为人类留下了宝贵的音乐遗产。
② 德国作曲家（1685—1759），后加入英国国籍。
③ 德国作曲家（1810—1856），浪漫主义乐派的代表人物之一。
④ 意大利文艺复兴时期画家（1445—1510）。
⑤ 英国诗人（1608—1674）。
⑥ 英国诗人（1809—1892）。

睛,洁白的脖子,微笑着向他伸出双臂,忽然一颗星星在充满乐声的夜空中坠落下来,挂在一头母牛的牛角上……他睁了睁眼睛。真好听,简直是天籁之音,弹得真棒,就像天使在弹奏!他又闭上了眼睛,觉得有一种奇妙的感觉,既悲又喜,悲喜交集。这种感觉和一个人站在盛开着蜜黄色菩提花的菩提树下那种感觉一模一样。他并不想返老还童,只想站在那里,舒舒服服地陶醉在一个女人向他投来的微笑中,沉醉在这美妙的花香中。他的手抖了一下,原来小狗巴尔撒泽伸着脖子舔了它一下。

"太好听了!"他说,"继续弹下去,还弹肖邦。"

她又开始弹起来,又一次让老乔里昂觉得她和肖邦的音乐何其相似。他注意到她弹奏的姿势跟她走路的姿势一样轻盈飘逸,听着她选择的这首夜曲,看着她温柔乌黑的眼睛,还有她秀发上的光泽,像是洒满了金色的月光。简直勾魂摄魄!不过无论是她身上,还是她弹奏的乐曲中一点也没有黛利拉①的味道。一缕青烟从他的雪茄上袅袅升起,慢慢消失在空中。"人就是这么慢慢消失的!"他心想。"美也会消失!有什么不会消失呢?"

艾琳又停了下来。

"想听点格鲁克吗?他常在阳光灿烂的花园里进行创作,身旁还会放一瓶莱茵酒。"

"想听,很想听,就弹《俄耳甫斯》吧!"这一次出现在他眼前的是开满金花银花的田野,阳光下轻轻摇曳的白色身影,开心地飞来飞去的小鸟,一片仲夏景色。幸福和惆怅的余波还在他心中此起彼伏,难以平静。一些雪茄烟灰撒落到他身上,他抽出一块丝手帕把它掸掉,同时闻到一股像是鼻烟和古龙水混在一起的味道。"啊!"他心想,"这不过是回光返照的小阳春罢了!"他对她说:"你还没给我弹'我失去了我心爱

---

① 《圣经·士师记》中古犹太人参孙的腓力斯情妇,妖冶恶毒,受腓力斯人收买,将参孙出卖,象征淫荡、背弃。

的尤丽狄西怎么办?'① 这一段呢。"

她不说话,也不弹了。他立刻意识到情况不妙,一定是他这句话让她不开心了。看到她突然站起来转过身去,他心里一阵内疚。真是笨嘴拙舌!跟奥菲欧一样,她当然也在记忆中寻找她失去的心上人。他心乱如麻,也从椅子上站了起来。她已经走到房间尽头的大窗前,双手握着搁在胸前。他战战兢兢地跟了过去,但只能看到她的面颊——非常苍白!他深情地对她说:"好了,好了,亲爱的!"这是他脱口说出的,因为霍利不舒服的时候他也经常对她这么说。可是这话刚出口,立刻产生了更加严重的后果。她举起双臂,挡着脸哭了起来。

老乔里昂站在她边上,用年老后更加深陷的双眼注视着她。她也似乎为自己一时失控而感到羞愧,因为这和一贯自持平和的她判若两人,也因为她从未在别人面前如此失态过。

"好了,好了!别哭了,别哭了!"他低声说,同时很有礼貌地伸出手去拍了拍她。她转过身来,把仍然遮住脸的双臂靠到他身上。老乔里昂站着不动,把一只干瘦的手搭在她肩上。就让她痛痛快快地哭一场吧!哭出来就好了!小狗巴尔撒泽不明白这是怎么回事,坐在地上不停打量着他们。

窗还开着,窗帘也未拉上。从窗外映入的最后一点日光与室内微弱的灯光交织在一起。室内还有一股刚刚割过的青草的气息。经验老到的老乔里昂一言不发,他知道此时此刻,无论说什么都无济于事。即便因悲伤而哭泣,也有哭完的时候。只有时间能治愈心灵的创伤,时间最了解人间的喜怒哀乐,时间能抚平一切。他想起了一句话:"恰似雄鹿渴盼清泉。"② 不过这句话对他已不适用。他闻到了紫罗兰的香味,知道她

---

① 歌剧《俄耳甫斯和欧律狄刻》最后一幕中俄耳甫斯所唱的咏叹调"我失去了我心爱的尤丽狄西怎么办?"。
② 《圣经·旧约》中《赞美诗》卷的第四十二篇第一句的上半句,下半句是"主啊,我的心灵也在渴盼着你"。

在擦眼泪。他伸出下巴,把胡子贴在她的前额上。他感到她全身颤抖了一下,就像一棵小树在抖掉树叶上的雨滴。她把他的手贴到自己的嘴唇上,似乎在说:"现在没事了,请原谅我!"

这一吻让老乔里昂浑身舒坦。他拉着她回到她刚才无限伤感的地方。小狗巴尔撒泽紧跟在后面,把他们吃过的一块肉排的骨头衔到他们的脚边。

他急于想让她摆脱刚才那种心情,他知道最好的办法莫过于向她展示自己收藏的瓷器。于是他带着她一个一个柜子慢慢看过去,还不时拾起一两件德累斯顿、洛斯托夫特或者切尔西①生产的瓷器,在手中来回摆弄。这双干瘪和布满青筋的手上有不少淡淡的色斑——完全是老态毕露了!

"这一件是我从乔布森拍卖行买来的,"他说,"花了我三十英镑呢!年代相当久了。瞧那小狗,到处乱扔骨头!这只老'船碗'是在那个臭名昭著的浪荡儿,那个侯爵家道破落后举行的拍卖会上弄到手的,不过你是不会记得了。这又是一件非常精致的切尔西瓷器。还有这一件,猜猜看,是什么?"

他觉得她很有艺术鉴赏力,对这些东西真的产生了兴趣。这样,他就放心了。的确,还有什么比猜一件来历不明的瓷器更能让人安神定心的呢?

当他听到马车车轮嘎吱嘎吱的响声时,他说:

"你一定要再来,来吃午饭,我可以在白天给你看这些东西,还有我那可爱的小宝贝,实在讨人喜欢的小宝贝。瞧,这狗好像也喜欢上你了。"

这时,知道客人快要离开的巴尔撒泽正用身子在她的小腿上来回磨蹭。出门来到门廊下时,他对她说:

---

① 三处均为著名瓷器产地,第一处在德国,后两处均在英国。

"一小时十五分钟之后就能把你送到家。替你保护的那些人把这个收下吧。"说着,他把一张五十英镑的支票塞到她手里。他看到她眼睛一亮,还听到她轻轻说了一声:"啊,乔里昂伯伯。"他感到无比欣慰,她肯收下,这意味着至少一两个可怜的人能够得到一点帮助,也意味着她会再来。他把手从马车的窗口伸了进去,再一次握了握她的手。马车走了,他在原地站了一会儿,抬头望了望明月,又看了看树影,心里对自己说:"夜色真美!她也……"

二

下了两天的雨,阳光和煦的初夏如期而至。老乔里昂一如既往,天天跟霍利散散步,说说话。他先是觉得自己长高了一些,充满了新的活力;后来便心神不定,坐立不安起来。他几乎每天下午都要带着霍利去那片矮树丛,一直走到那根断木前。"唉,还是没来,当然不会来了!"他心里总要这么嘀咕一下。这时他又会觉得自己矮了一点,然后一手按着左腰,拖着两条腿上坡回家。他不时会有这样的疑问:"她真的来过吗?莫非是我做了个梦?"想着想着,他会直愣愣地凝视着前方,而小狗巴尔撒泽则会呆呆地凝视着他。她当然不会再来了!每当他拆开西班牙的来信时,他也不像原来那么兴奋和激动了。他们要到七月份才回来,但奇怪的是他并不觉得有多难熬。每天晚餐时,他都要眯起眼睛,看着她上次坐过的那个位子。可是人去椅空,再眯着看也没用,所以他又把眼睛睁大。

到了第七天下午,他对自己说"我得进城去买双靴子",便叫车夫比科姆备车,准备立刻出发。在从普特尼到海德公园的途中,他寻思道:"我何不自己去切尔西看看她呢?"于是对车夫喊道:"把我拉到那天晚上你送那位女士去的地方。"车夫转过又红又胖的脸,咂着嘴问:"是穿灰衣服的那位女士吗,老爷?"

"对,就是穿灰衣服的那一位。"难道还有别人吗?这个蠢货!

马车在一幢小三层公寓楼前停下,离河边不远。阅世很深的老乔里昂一看便知这是一处廉租住房,心想:"一年顶多六十来镑。"他一进大门便查看住户的姓名牌子,发现上面没有"福赛特"这个姓,但在一层三室下面写着"艾琳·赫伦夫人"。噢,她又启用婚前娘家的姓了!不知为什么,对此他反而感到高兴。他一手摸着腰,慢慢上楼。在按响门铃前,他歇了一会儿,以免显得太累和上气不接下气。她恐怕不在家,这样的话,他就去买靴子。真是活见鬼!这把年纪了还买什么靴子?家里多得都穿不过来呢!

"你家女主人在家吗?"

"在家,先生。"

"就说乔里昂·福赛特先生求见。"

"好的,先生,请进。"

老乔里昂跟着一个非常年轻,也许还不到十六岁的女仆进了一间非常小的会客室,这里拉下了遮阳百叶窗,除了一架竖式小钢琴外,几乎没有多少东西,但有一股淡淡的幽香和十分高雅的情调。他手握礼帽,站在房间中央,心想:"我估计她的境况一定很糟。"壁炉上方有一面镜子,他在镜子里看到了自己——一个不折不扣的老人!这时他听到一阵窸窣声,立刻转过身来。她站得很近,他的胡子几乎触到了她几丝银发下的前额。

"我正好进城,"他说,"顺便过来看看你,问问你那天夜里回来的路上可好。"

看到她的笑容,他一下放心了。也许她真的很愿意见到他呢!

"你想不想戴上帽子跟我一块儿去海德公园兜兜风?"

可是当她去戴帽子时,他皱起眉头,开始犹豫起来。去海德公园?那儿有詹姆斯和埃米莉,有尼古拉斯的老婆,也许还有他那个宝贝家里的其他什么人,都可能在公园里神气活现地进进出出,然后摇唇鼓舌,到处去说看见他和她在一起的事。算了,还是别去那儿吧!他不想让过去那些事情再一次在"福赛特情报交流所"里响起。他把一根白头发从扣得严严实实的礼服大衣的翻领上弹掉,又用手从上到下摸了摸脸和胡子,一直摸到他四四方方的下巴上,发现颧骨下面那两块地方摸上去好似有两个空洞。最近他吃得太少了,最好让给霍利看病的那个自命不凡的家伙给他开点滋补品。这时艾琳戴好帽子回来了。上车后,他说:

"我们去肯辛顿花园坐坐吧,你看好吗?"然后眨了眨眼睛说,"那儿没熟人来来往往。"仿佛她已经知道了他刚才的顾虑。

下车后,他们来到那些专门划出的区域内,慢慢走到水池边上。

"我看见你又用上娘家的姓氏了,"他说,"我觉得很好。"

她把手轻轻伸到他手臂下:"琼原谅我了吗,乔里昂伯伯?"

他柔声回答道:"当然,当然,为什么不原谅你呢?"

"那您呢?"

"我?我一知道事情的真相后就原谅你了。"这也许是真话。不过,凡是漂亮的人,他都能原谅,这是他的本性。

她深深吸了一口气:"我从未后悔过,我不会后悔的。您也深深爱过什么人吗,乔里昂伯伯?"

这个奇怪的问题把老乔里昂给愣住了。他深深地爱过什么人?他似乎想不起有过这种经历,可是他不想对这位把手搭在自己臂膀上的少妇这么说,更何况这个人的生活似乎一直停留在对一段不幸恋情的回忆中。他心想:"我年轻时要是碰上了你,我——我兴许会干出荒唐的事情来的。"为了掩饰自己,他只好不着边际地泛泛而谈。

"爱情是很奇妙的东西,"他说,"常常是命中注定的。是希腊人,对吧？是他们把爱情说成女神。我相信他们是对的，不过他们那个时代是黄金时代。"

"菲尔非常崇拜他们。"

菲尔！这个名字让他听了很刺耳。凭借他细致入微的洞察力，他忽然明白她为什么如此迁就他。原来她希望有个人来跟她聊聊她的情人！也罢！只要她开心就行！于是他说："哦，我看他颇有雕塑家的气质。"

"一点不错，他喜欢匀称，喜欢对称；他特别欣赏希腊人对艺术的那种全身心的投入。"匀称？算了吧！如果他没记错的话，那家伙一点儿也不匀称。至于对称就更不用说了，虽然还算五官端正，可是那双怪模怪样的眼睛，还有那高高的颧骨——这也叫对称？

"您也是那个黄金时代的人，乔里昂伯伯。"

老乔里昂掉头看了她一眼。她是在取笑他吧？不像，瞧她的目光是那样的温柔！那么她是在奉承他？如果是，为什么呢？从他这么一个老头儿身上她能得到什么呢？

"菲尔也是这么认为的。他常说我只是没有机会向他表达我对他的敬重。"

啊！又来了！又是她那个死去的情人，又要把他当作话题来谈了！他拍了拍她的手臂，对她老是回忆过去那些事情有些反感，但又很感激，因为他知道正是这些回忆把他们联系了起来。

"他是个很有才华的小伙子，"他低声说，"太热了，我现在怕热。我们坐一会儿吧。"

他们在一棵栗树下的两把椅子上坐下，宽大的枝叶挡住了午后平静的晴空。坐在这种地方看着她，而且知道她也很乐意和他做伴，真是一件快事！他多么希望她能多陪陪他，于是他接着说：

"我想他一定让你在他身上看到了我从未看到的东西。和你在一起时，他一定会展示自己最好的一面。不过，他对艺术的看法在我看来多少有点标新——"他把"立异"两个字咽下了肚。

"是的,不过他常说您最懂得什么是真正的美。"老乔里昂心里在想:"鬼才相信呢!"不过他眨了眨眼睛说:"我当然懂,要不我也不会和你坐在这儿了。"她莞尔一笑,那眼神让她更加楚楚动人!

"他认为您是那种童心未泯的人。菲尔看人不会错的。"

她是为了有个机会聊她死去的情人,聊聊他们的往事才这么说的,这种奉承话是骗不了他的,一点也骗不了,然而听起来却那么顺耳,因为她不仅让他看着舒服,也让他那颗永不变老的心感到满足,真是赏心又悦目。这是不是因为他自己从未像她和她死去的情人那样爱得死去活来过呢?是不是因为他这个人过于迂腐和四平八稳了呢?不管怎么说,至少这颗不老的心让他在八十五岁的时候还有能力去追求美。他想:"要是我是画家或雕塑家就好了!不过我就是个可怜的老头儿了,还是抓紧时间趁热打铁吧!"

一对恋人手挽着手在他们面前树阴边的草坪上走过。无情的阳光照在他们年轻的脸上,显得那么苍白、疲惫和邋遢。"我们是一伙丑陋的人。"老乔里昂忽然说,"可是爱情不计较这些,我觉得太神奇了!"

"爱情可以不顾一切!"

"只有年轻人才这么想。"他喃喃地说。

"爱情不分年龄,没有止境,也不会死亡。"

她显得很激动,白净的脸上泛起了红晕,胸脯起伏不止,乌黑的大眼睛温柔无比,简直就是维纳斯①再世!她这番慷慨激昂之词立刻引起了老乔里昂的反应。他眨了眨眼睛说:"对,要是有止境的话,我们何必来到这世上呢?不过,说真的,爱情得承受多少东西啊。"

他脱下礼帽,用一只袖子口捋了一遍。这只又大又笨重的东西压在他头上,让他脑门冒汗。近来他常常有一股热血直冲脑门的感觉。他的

---

① 罗马神话中爱和美的女神。

循环系统大不如前了。

她坐着不动,凝视着前方。突然轻声说:

"没想到我居然活下来了。"

他想起了乔的那句话,说她那天"不顾一切又不知所措"的神情。

"对了,"他说,"我儿子看到你的——就在那天,但只有一会儿工夫。"

"那是您儿子吗?我听见门厅里有声音,我一时以为是菲尔来了呢。"

老乔里昂发现她的嘴唇在颤抖。她用手捂了一下又放了下来,平静地接着说:"那天夜里,我跑到泰晤士河的河堤上去了。一个女人拉住了我的衣服。后来她给我讲了她自己的身世。知道别人受的是什么样的苦之后,就会为自己连这点苦也受不了感到羞愧。"

"她就是你说过的那种人吗?"

她点了点头。老乔里昂震惊不已。他从来就不知道什么叫绝望挣扎,他本不想问下去,但忍不住轻声说:"跟我说说,好吗?"

"我当时觉得死活都无所谓了。人到了这种地步,命运反而不让你死。她一连照顾了我三天,寸步不离。我那时没有钱,所以我现在要尽我所能帮帮她们。"

老乔里昂在想:"没有钱!"还有什么比没有钱更倒霉的呢?所有的运气都少不了钱。

"你来找我就好了,"他说,"为什么不来呢?"艾琳没有回答他。

"我想大概是因为我姓福赛特吧?还是因为琼的关系你不愿意来?你现在的境况怎样?"他下意识地从上到下打量了她一下,也许她现在还很……不过她倒不瘦,一点也不瘦!

"嗯,我一年有五十镑,刚好够用。"这一回答并未消除他的顾虑,反而让他更不放心。哼,索姆斯这家伙!他正想骂他几句,可是他的正义感压倒了他对索姆斯的谴责。对!她宁死也不会伸手跟他要一分钱的。别看她纤细柔弱，她身上一定有一股力量。对，一股力量，还有对爱情的忠贞不渝。可是博西尼那小子为什么偏偏给压死了，让她落到这般田地呢？

"这样吧，"他说，"以后你无论有什么事，一定来找我，否则我会生气的。"他戴上帽子，站起来说："我们去喝点茶吧。我叫那个懒鬼让马休息个把小时，然后直接去你家接我。我们现在叫一辆车吧，我没有从前那种走路的本事了。"

他们慢慢向肯辛顿一侧的花园走去。身旁陪着这么一位身材迷人，容貌姣好的人，听着她说话的声音，看着她不时瞥你一眼的眼睛，他心里别说有多高兴。他们在高街的卢菲尔茶座高高兴兴地喝了茶，出来时，他的小拇指上还吊着一大盒巧克力。在去切尔西的马车里，他抽着雪茄，心情特别舒畅。她已经答应下个礼拜天去他那里再给他弹几首曲子。他脑子里也已经在想要给她多采一些康乃馨和小玫瑰，好让她带回城里。能让她开心就是一件开心事，只要她觉得他这么一个老头儿也能让她开心就行。他们到达时，老乔里昂的马车已经在她家门口等他了。这家伙今天怎么啦？平时要他的时候他总迟到！老乔里昂进门去和艾琳告别，他在昏暗的小门厅里闻到一股刺鼻的广藿香油味道，发现在靠墙的一条长凳上坐着一个人，这是门庭里唯一的一件家具。他又听见艾琳轻轻说："请稍等一下。"他们进了小会客室把门带上后，他严肃地问："刚才那个是你的保护对象之一吗？"

"是的。现在多亏有了你，我能给她一点帮助了。"

他瞪眼站着，摸着他刚劲有力，曾令许多人望而生畏的下巴。看到她果真与这样一些遭唾弃的人来往，他既难过又害怕。她能为她们做些什么呢？什么也做不了！恐怕只会损害自己的名声，还会连累自己。所以他说："你要多加小心啊，亲爱的，这个世界上到处都有陷阱。"

"我知道。"

她默默一笑，这倒使他不好意思起来，觉得刚才的话未免欠妥。"那就这样,礼拜天,"他低声说,"再见!"

她凑过脸来让他吻别。

"再见了,"他又说了一遍,"多保重。"他往外走去,看也不看坐在长凳上的那个人。回家途中,他要车夫从哈默史密斯大街走,好让他在他熟悉的一个地方停下来,叫他们给她送去两打上好的勃艮第[①]。她有时也需要借酒来提提神的!马车到了里士满公园时他才想起这次进城本来是想给自己买双靴子的,同时也为自己竟然想出这么一个拙劣的借口感到好笑。

三

老人的日子往往充满了对往事的零星和片断的记忆,可是在星期天到来之前的七十来个小时里,这些"小精灵"都很少在老乔里昂的头脑里露头了,这是从未有过的事。取而代之的是另一类"小精灵"——对未来的企盼,而且是一个因充满未知数而变得格外神秘的未来。这一次,他没有坐立不安的感觉了,也不往断木那边跑了,因为他知道她肯定会来吃午饭的。约人吃饭的好处是说定后一般不会有变,用不着提心吊胆,因为除非身不由己,一般来说谁也不会放过一饱口福的机会。他跟霍利在草地上玩了好几次板球;他掷球,霍利击球,这样等乔利回来度假时,他也可以这样掷球给他打。霍利不能算福赛特家的人,乔利才是,而福赛特家的人个个都应该是击球手,还要一直打到八十五岁打不动的时候为止。小狗巴尔撒泽给他们当球童,先是跑过去接球,再一趟

[①] 指产于法国勃艮第的葡萄酒。

一趟给他们送回来，忙得它满脸通红，像秋分时节的满月。随着约会时刻的临近，日子却变得一天比一天长了，当然也一天比一天有盼头了。星期五夜里，他服了一颗保肝丸。其实他是腰疼，而且不在肝这一侧，但这颗药丸却比什么都灵。近来，谁要对他说生活中找到了新的乐趣固然很好，但过分激动对身体没有好处的话，谁家必定遭到他的白眼。他那双深陷的铁灰色的眼睛会用咄咄逼人和不以为然的目光盯着人家，似乎在说："我的事我自己最清楚。"他一贯如此，今后也难改。

星期天早晨，霍利跟女家庭教师去教堂做礼拜后，老乔里昂带着小狗巴尔撒泽去了草莓圃。他在那里仔仔细细翻了半天，终于采到至少两打熟透了的草莓。他已经不适合弯腰了，不久就头昏眼花，脸上发热。他把草莓装在餐桌上的一只盆子里，洗过手后又在前额上抹了不少古龙水。他站在镜子前，发觉自己瘦了一些。年轻时他就是个瘦高个子，他不喜欢胖子，觉得身材苗条一点好，不过看看他现在的脸，也未免太瘦了点吧！她会乘火车过来，十二点半到达，然后一路走过来，从矮树丛尽头经过盖奇的庄子的那条小道进来。他先到琼的卧室去检查热水是否准备好了，之后便出门去迎她。他走得比较慢，因为他的心跳已经开始加快。空气真新鲜，百灵鸟在歌唱，埃普索姆跑马场的大看台也看得清清楚楚。这是一个无可挑剔的好天。六年前，想必也是在这样一个日子里，索姆斯带着博西尼来这儿，为他打算建造的房子选址。琼多次对他说过，最终的位置是博西尼敲定的。近来他时常想起那个小伙子，总觉得他阴魂不散，依旧出没在他最后这一件作品的周围，就想找个机会再见到她。博西尼是唯一占有了她全部感情的男人，也是她心甘情愿为之献出了一切的人！当然，到了他这把年纪，不该想入非非了！可是他心里总隐隐约约有一种说不出的欲望在蠢动，有点像忌妒，却又说不清忌妒谁。另一方面，他却很大度，为那场短命的爱情感到惋惜。才短短几个月就彻底结束了！唉！真没想到！进入矮树丛前他看了看表，才十二点一刻，还要等二十五分钟呢！可是他刚拐了个弯，一眼就看见她坐在他上一次见到她的地方——那根断木上。他立刻意识到她一定是搭乘上一班火车过来的,而且已经独自在这儿坐了至少一两个小时了。这么说他本来可以和她多待上两个小时,却白白失去了!是什么往事让她对那根断木如此情深呢?一定是他的表情流露了他的疑惑,所以她立刻说:

"请原谅,乔昂伯伯,我就是在这里第一次意识到我爱上他的。"

"知道了,知道了,你什么时候想来坐坐,就来好了。你气色不太好,一定是教琴教得太多了。"

她不得不靠教点课来贴补家用这件事一直让他感到歉疚,尤其是去教只会笨手笨脚地敲出几组音阶的一帮小丫头。

"你在哪儿给人上课呢?"他问道。

"多数是犹太人家庭,幸好如此。"

老乔里昂瞪大了眼睛。在福赛特家所有人的眼里,犹太人个个怪异,个个可疑。

"她们喜欢音乐,人也很和气。"

"这就好!"他抓住她的胳膊,因为上坡时他的腰总会隐隐作痛。他说:

"你见过这么好看的野菊花吗?一夜就全开了。"

她的目光就像蜜蜂见到了鲜花,急着要采蜜那样在田野上飞舞。"为了让你看这些花,我到现在还不许他们把牛放进来。"过了一会儿,他想起她也许是想找个人跟她聊聊博西尼才来这儿的,于是他指着马厩上那个钟楼对她说:

"我相信他是不会同意我把这个东西竖在这里的。如果我没记错的话,他这个人缺乏时间观念。"

可是他没想到她把他的手臂往身边一拉,继续谈花。他知道她这么做无非是不想让他看出她是为死去的情人而来的。

"我要给你看的最漂亮的一朵花,"他得意洋洋地说,"就是我那个心肝宝贝。她马上就要从教堂回来了。她身上有些地方让我多少想到你。"他觉得这么说没有什么不妥,因为他说的不是"你身上有些地方让我多少想到她"。啊!瞧!她来了!

霍利从那棵橡树下向他们跑来,那位上了年纪的法国女家庭教师紧紧跟在后面,脸色非常难看,因为二十二年前斯特拉斯堡被围困时[①]她急出了胃病。霍利在十几码之外停下步子去拍拍巴尔撒泽,装出旁若无事的样子。老乔里昂知道她的心思,便说:

"过来,小宝贝。这一位就是我跟你说的今天一定会来的穿灰衣服的女士。"

霍利直起身子抬头望着。老乔里昂看着她们,开心得两眼闪光。艾琳在微笑,霍利先是一本正经地向客人问好,接着也羞涩地笑了起来,而且越笑越有感情。这孩子眼力好,看得出什么叫漂亮!看到她们两个亲吻起来,他甭说有多高兴。

"这位是赫伦夫人,这是波丝小姐。噢,对了,波丝小姐,今天的布道有意思吗?"

现在他自知来日无多,所以对教堂的兴趣仅限于布道中涉及现世的部分。波丝小姐伸出一只戴着黑色小羊皮手套的手,手指又细又长,活像蜘蛛的腿;她的脸又瘦又黄,那双忧郁惨淡的眼睛似乎总在问:"你这叫有教养吗?"她在许多大户人家做过家庭教师。霍利或乔利经常会做一些她不喜欢的事,每当此时,她就会教训他们说:"戴勒家的小孩从不这样,他们都是很有教养的孩子。"乔利很讨厌那几个小戴勒,而霍利听了之后,总要伤心地问自己怎么就不如人家乖。老乔里昂觉得这位波丝小姐就是个"干瘪老太婆"。

午饭吃得很开心。蘑菇是他亲手摘的,草莓也是他本人挑的。这次他又开了一瓶施泰因贝格葡萄酒,喝得他醉意朦胧,心想明天肯定要长湿疹了。饭后,他们一起坐在橡树下喝土耳其咖啡。波丝小姐每个礼拜

[①] 指普法战争期间,斯特拉斯堡被围困五十天之后被德军占领。

天都要给她姐姐写信,所以告退了,他一点也不在乎。波丝小姐的姐姐过去曾把一枚别针吞下肚子,危及她的生命。这件事每天都被波丝小姐用来教育两个孩子,要他们吃饭时细嚼慢咽。土坡下,霍利和巴尔撒泽在一块马车毯子上逗趣打闹。树荫下,老乔里昂跷着腿,舒舒服服地品尝着他的雪茄烟,一面望着坐在秋千上的艾琳,望着那个娇小的、轻轻晃动着的身影。阳光照在她灰色的衣服上,留下闪闪烁烁的点点光斑。她微启双唇,稍稍低垂的眼皮下露出一对温柔乌黑的眼睛。她的情绪看来不错,这说明来看他是对的,对她有好处。他不像有些老年人那样只顾自己开心,他能为别人高兴而感到高兴,还能意识到他想得到的东西虽然很多,却不是最最重要的。

"这里很安静,"他说,"当然,你要是觉得太沉闷,就不一定过来了。不过,能见到你我特别开心。除了你,另一个让我一看就开心的人就是我那个小宝贝。"

从她的微笑中,他能看出她也喜欢别人的恭维,这让他放心不少。"这不是假话,"他接着说,"我从不对我不喜欢的女人说我喜欢她。说实在的,我除了过去对妻子说过我喜欢她外,还没有对第二个女人说过这种话。妻子往往都很有意思,"他停了一会儿,突然接着说:

"她总指望我反复对她这么说,其实,有时候我都不想说了。你看,问题就在这里。"不知何故,艾琳的脸色变得十分难看。他害怕自己说错了话使她伤心,便急忙说:

"将来我的小宝贝结婚时,我希望她能找个懂得女人心思的男人。反正我是看不见了,不过婚姻中乱七八糟的事我见得多了,我希望她不要碰上这些事。"说到这里,他立刻意识到自己错上加错了,连忙补充了一句:"小心!那条狗会抓人。"

随之而来的是一阵沉默。这位丽人在想什么呢?这个天生应该得到爱情却偏偏失去了爱情,还毁了自己一生的人到底在想些什么呢?也许哪一天他死后她会再找到一个伴侣,但千万不要像那个被马车压死的家伙那样邋遢。对了,她的丈夫不知怎样了?

"索姆斯后来没再找过你的麻烦吧?"他问道。

她摇摇头,立刻沉下脸来。尽管她温柔无比,身上却有一种永不妥协的精神。他开始意识到两性一旦交恶是很难和解的。他的老脑筋还属于比他的年龄更老的早期维多利亚时代,所以他从未认真想过这种人类最原始的本能。

"那我就放心了,"他说,"今天能看得见那个大看台。我们一块儿去转转,怎么样?"

他领着她穿过花果园,高高的外墙边上长着一排桃树和油桃树,经过修剪,都能照到阳光。接着他们又穿过马厩、葡萄园、蘑菇房、芦笋圃、玫瑰花坛,一直来到花园凉亭。他甚至带她去了菜园,去看那些小青豆。霍利最喜欢用手指把小豆子一颗颗从豆荚里抠出来放在小掌心上,然后用舌头舔进嘴里。他带她看了好多好玩的东西。霍利和小狗巴尔撒泽一会儿在他们前面蹦蹦跳跳,一会儿又跑到他们跟前,好让他们别忘了自己。这是他一生中难得这么快乐的一个下午,但他确实累了。回到音乐室坐下后,她给他倒了杯茶,他才觉得好一些。霍利的一个特别要好的小朋友来找她玩。这个把金黄色的头发剪得很短,像个假小子的小姑娘,跟霍利在楼梯上、楼梯下,又在走廊里互相追逐,嬉戏玩耍。老乔里昂说他想听听肖邦,她便弹了肖邦的几首练习曲、玛祖卡[①]和华尔兹[②]舞曲。两个孩子被这优美的琴声所吸引,悄悄靠了过来,站在钢琴腿边上,低着头用心倾听。老乔里昂看见后说:

"你们两个给大家跳个舞吧!"

两个孩子扭扭捏捏地跳了起来,一开始步点有些凌乱。她们虽不熟

---

① 一种活泼的类似波尔卡的波兰民间舞蹈,玛祖卡舞曲用 3/4 拍或 6/8 拍写成,第二拍为重拍。

② 一种起源于奥地利的轻快或优雅的舞蹈,舞曲多为第一拍为重拍的 3/4 拍乐曲。

练，却十分认真，随着圆舞曲的旋律转着圈子，一上一下地晃动，一次又一次绕过他的坐椅。他看看她们，又看看那位转过脸来对着两个翩翩起舞的孩子不停微笑的弹琴人，心想:"这样欢乐的场面我已经很久没有看见了。"突然有人厉声喊道：

"霍利！怎么回事？你在干什么？跳舞？礼拜天跳舞！过来，快过来！"

可是两个孩子却走到老乔里昂身边，知道他会帮她们说话的，所以都盯着他那张像是"被逮个正着"的脸。

"开心的日子就该开心一下，小姐。是我让她们跳的。孩子们，快去吧，喝茶去吧！"

她们走了，后面跟着一餐不落的巴尔撒泽。老乔里昂眯着眼睛对艾琳说：

"看见了吧？多可爱！你的学生中也有小孩吗？"

"有三个，其中两个也非常可爱。"

"长得好看吗？"

"好看极了！"

老乔里昂叹了一口气。他对小孩疼爱至深，从不讨嫌他们。"我那个小宝贝，"他说，"非常喜欢音乐，将来能成为音乐家。我想你大概不愿意告诉我她弹得好不好，是吧？"

"我当然愿意。"

"那你愿不愿意——"他把下面想说的"来给她上上课"这半句话咽下了肚。尽管他并不乐意让她来给霍利上课，但只要她肯来，就意味着他能经常见到她。艾琳离开钢琴走到他椅子旁，说：

"我非常愿意，可是琼——他们什么时候回来？"

老乔里昂眉头一皱说："要到下月中才回来。这有什么关系吗？"

"您说琼已经原谅我了，可是那件事她是不会忘记的，乔里昂伯伯。"

必须忘掉！他要她忘掉，她就必须忘掉！

可是艾琳摇了摇头，仿佛在说："您知道她忘不了；有些事情是永远忘不了的。"

还是那件倒霉的事！他有点不耐烦，但坚定地说：

"那我们看着办吧！"

他们又聊了一个多小时，谈到了那两个孩子和许多琐事，直到马车过来送她回家。她走后，他回到座椅里，轻抚着自己的脸和下巴，回味着这美好的一天。

晚饭后他进了书房，取出一张白纸，但没有提笔就写。过了一会儿，他站起来走到《夕阳下的荷兰渔舟》前。这时他想的不是这幅画，而是自己的生命。他决定在遗嘱里给她留点东西，这个想法激活了他沉睡多年的记忆。他要把一部分财产留给她，还有他的一部分理想、成就、品质和实干精神——这些都是他成功致富的法宝。他也要留给她一部分他自己因循规蹈矩，一心致富而从未享受过的东西。唉！他到底牺牲了多少享受呢？"荷兰渔舟"茫然不答。他转身走到落地窗前，把窗帘拉向一边，一把推开窗户。已经起风了！去年落下的一片橡树叶居然逃过了园丁的扫帚，在暮色中随风飘起，掠过平台的石板时，发出轻轻的沙沙声。除此之外，一片寂静。他闻到了刚浇过水的向日葵的气息。一只蝙蝠一掠而过；一只小鸟回窝前叽叽叫了几声；第一颗星星已在橡树梢头闪烁。歌剧中那个浮士德[①]为了换取几年青春岁月出卖了自己的灵魂。太荒唐了！这种交易是不可能的。不过，也许这才是真正的悲剧。算了，别再胡思乱想了，别再为爱情，为生命或者其他什么东西而妄想返老还童了！什么也别做了，还是乘自己还行的时候遥遥叹慕这位

---

① 德国中世纪传说中的一名术士，为获得青春、知识和魔力，将灵魂出卖给了魔鬼摩菲斯特。德国诗人歌德曾据此写有著名诗剧。这里的歌剧指法国歌剧作曲家古诺根据歌德诗剧的第一部分所作歌剧，一八五九年首演于巴黎，一八六三年首演于伦敦。

丽人吧,再在遗嘱里给她留点东西。可是留多少呢?也许他觉得面对窗外这宁静的田园夜色他无法计算出一个合适的数字,便转身走向壁炉的炉台。那里陈列着他珍爱的一批铜雕:有胸口挂着一条小毒蛇的克利奥帕特①,有苏格拉底②,一条和小狗仔嬉戏的大猎犬,还有一个勒着几匹高头大马的大力士。"它们倒能长命百岁。"他心想,心里不禁一阵凄怆。它们还有一千年好活呢!

"给多少呢?"无论如何,一定要足够她保持青春,不致未老先衰。要尽量不让皱纹爬上她的秀容,也不让白发玷污她的金丝。他也许还能再活五年,那时她也该三十开外了。"到底留多少呢?"她不是他的亲骨肉!自他结婚成家以来的四十余年中,他一直恪守的一条原则此时向他发出了警告:不是亲骨肉就没有继承权!那么他刚才的想法就算是偶一为之的享受吧,就算是一次自我放纵吧,就算是老人心血来潮和出于溺爱做出的一件傻事吧!他真正的未来必须寄托在他的亲骨肉身上,这些才是他死后仍能继续活在他们心中的人。他把目光从铜雕身上转向那把旧的皮扶手椅,他曾坐在那里抽过无数的雪茄烟。突然他仿佛觉得坐在椅子上的人是艾琳,一袭灰衣、香喷喷、软绵绵地靠在那里,坐姿优美,一双妩媚动人的黑眼睛朝上看着他。说真的,她根本就没有把他放在心上,她心里只有她死去的那个情人。可是只要她出现在眼前,不管她是否出于自愿,她的美貌和风度总能让他心动。可是总不能强迫人家来陪一个老人吧!总不能白白叫人家来给你弹琴,让你观赏而一点报答也没有吧!这个世界上,快活都是用钱买来的。"给多少呢?"钱是有的,而且不少。他的儿子,还有三个孙子孙女也不会在乎少拿这一丁点。再说,这钱是他挣的,几乎每一个铜板都是如此。他想给谁就给谁!好吧,那就让自己随心所欲一回吧!他回到书桌旁,一面给自己打

---

① 古埃及托勒密王朝最后一位艳后(公元前68—公元前30),相传用毒蛇自尽。
② 古希腊哲学家(公元前469—公元前399年)。

气:"行,就这么定了。他们爱怎么想就怎么想吧。我就这么干了!"他坐了下来。

"多少呢?"一万,两万——到底多少呢?这些钱若能买回一年,哪怕一个月的青春该有多好啊!这个念头让他自己也吓了一跳,于是他赶紧挥笔疾书:

赫林先生:请给我准备一份遗嘱附件,大意如下:"我留给我的侄媳妇艾琳·福赛特,原名和现名均为艾琳·赫伦,一万五千英镑,免交遗产税。"

您的忠实的
乔里昂·福赛特

他封好信封,贴上邮票后,回到窗口深深吸了一口气。天很黑,但星斗满天。

四

他两点半就醒了。长期的经验告诉他这个时候醒来,最容易胡思乱想,那些古怪的念头能离奇得让他感到害怕。经验还告诉他只要再睡到八点钟醒来,这种害怕就变得幼稚可笑了。这天凌晨,在他脑子里迅速膨胀起来的一个念头是假如他病了,就没法见到她了。在他这个年龄,这种可能性不是没有的。继而他又想到一旦儿子和琼他们从西班牙回来,他就没法继续跟她来往了。他有什么理由让他们相信他非要一个曾"偷走"(对不起,人在一大清早不会拐弯抹角地说话)琼的未婚夫的女人来陪伴自己呢？现在这个未婚夫虽然死了，可是琼这个孩子脾气倔强，人虽热情友好，但固执得像一块顽石。再说，她也不是一个轻易忘事的人。下个月中旬他们就要回来了，他只有短短五个星期的时间来享受余生中这一新的乐趣。说来也怪，天这么黑，可他对自己的真实感情却看得清清楚楚，一点也不含糊。他喜欢长得漂亮的人，渴望见到他喜欢见到的人。这当然有点可笑，毕竟这把年纪了！可是，还能找到什么别的理由非要让琼来承受痛苦的回忆呢？又有什么办法不让他的儿子儿媳觉得他在想入非非呢？看来他只好偷偷溜到伦敦去看她，可是这太累人了。再说，只要身体稍有不适，就连这一点也难以做到。他睁眼躺着，咬紧牙，虎着脸，仿佛这样就能防止生病。他笑自己是个老傻瓜，同时觉得心跳加剧，忽而又有突然停止跳动的感觉。他已经从窗缝里看到了黎明的曙光，听到了小鸟叽叽喳喳的叫声和公鸡报晓的啼鸣。不久他又睡着了，再次醒来时，他感到浑身乏力，但头脑清醒了许多。还有五个星期呢，到时候再发愁也来得及，可是在他这个岁数，五个星期是何等的漫长！不过这天清晨他的这番担心还是起了作用，多少坚定了他这个一贯一意孤行的人的决心。他一定要经常见她，什么时候想见就什么时候见！既然这样，那么为什么不亲自进城一趟，到律师那里当面交代遗嘱附件的事情呢？为什么要写那封信呢？再说，她也许还想去听听歌剧呢！但是一定得坐火车去，他可不想让比科姆那个老胖子在他背后咧着嘴笑他。仆人都不是东西，而且他们对艾琳和博西尼以前那些事情十有八九了解得一清二楚。仆人什么都知道，不知道的就瞎猜。那天早晨起床后，他给艾琳写了这样一封信：

我亲爱的艾琳：

明天我得进城，如果你想听歌剧，先跟我一起安安静静吃顿饭……

上哪儿去吃呢？除了在俱乐部或朋友家外，他已经很久很久没在伦敦其他地方吃过饭了。对了！科文特加登歌剧院附近有一家很新潮的地方……

明天上午请你在皮耶蒙旅馆给我留个便条，好让我知道是否要七点钟在那里等你。

你慈爱的
乔里昂·福赛特

她会明白他这样做不过就是让她开开心而已，因为他总觉得不能让她看出他如此心急火燎地想见她，那是很不合适的。一个年纪这么大的人还一反常态地到处寻找美的东西，特别是在女人身上猎艳，总不是什么体面的事。

第二天进城的路程其实不远，可是去过律师那里之后，他就感到累了。天气也很热，所以换上准备吃晚餐的礼服后，他便躺在房间里的沙发上想休息一会儿。他一定是昏昏沉沉晕过去一阵，因为醒来时有一种很不舒服的感觉。他勉强爬起来，摇响了铃。不好！七点已过！可他还在房里，而她一定等急了。突然又是一阵眩晕，他不得不再次倒在沙发上，不过还是听见了女侍的声音："先生，您打铃了吗？"

"是的，你过来。"他两眼迷迷糊糊，看不清面前这个人的模样，"我不太舒服，请给我一点嗅盐。"

"好的，先生。"女侍的声音显得有些惊慌。

老乔里昂挣扎了一下。

"等一等。请你给我的侄媳妇捎个口信，她在大堂里等我，穿灰衣服的。就说福赛特先生不太舒服，天太热了。说他很抱歉，如果他不能马上下去，叫她别等他吃饭了。"

女侍走后，他浑身乏力，心想："我为什么要说穿灰衣服呢？她可能穿任何颜色的衣服啊。嗅盐！快，嗅盐！"这次他虽然没有昏过去，却不知道艾琳怎么会站在自己身边，手里握着嗅盐瓶凑在他的鼻子底下，又在他脑后垫了一个枕头。他听见她焦急地问："亲爱的乔里昂伯伯，您怎么啦？"还隐隐约约感到她的嘴唇在自己的手背上轻轻碰了一下。他深深吸了一口嗅盐，一下感到了它的威力，打了一个大喷嚏。

"哈，"他说，"没事了！你怎么上这儿来啦？下去吃饭吧。戏票在梳妆台上。我过一会儿就会好的。"

他感到一只冰凉的手按在他的前额上，又闻到了紫罗兰的香味。他心里十分矛盾，既希望一直这样快乐地躺着，又希望赶快恢复过来。

"怎么！你果真穿的是灰衣服！"他说，"来，扶我起来。"他刚站好就抖擞了一下。

他心想："我不应该出这种洋相啊！"一面缓缓走到镜子前。啊，这副样子真可怕，简直跟死人一样！从他背后传来了她轻轻的话音：

"您不能下楼了，伯父，您必须休息。"

"瞎说！一杯香槟酒就能让我马上恢复过来。我不能让你错过这场歌剧。"

可是走廊里那一段路就让他走得十分吃力。这些时髦的旅馆里铺的都是些什么地毯哟！这么厚，走一步就要绊一下。进了电梯后他注意到她真的非常替他担心，于是勉强笑着说：

"瞧我这个主人怎么当的。"

电梯停下时，他不得不紧紧抓住椅子，以免滑下来。的确如他所说，喝完汤和一杯香槟酒之后，他觉得好多了，甚至开始庆幸自己得了这点小毛病，要不他怎么知道她会对他如此关心呢？

"我真希望有一个像你这样的女儿。"他突然说。看到她眼睛里的笑意，便接着说：

"你现在这个年龄，不该老想过去的事，等你到我这般年纪时，够你想的。你这件衣服真好看，我就喜欢这式样。"

"是我自己做的。"

好！女人能给自己做漂亮的衣服，说明对生活尚未丧失兴趣。

"你应该抓紧时间开开心心过日子，"他说，"把它喝完吧，好让我看到你脸上有点血色。我们不该浪费生命，这样不好。今天晚上唱玛格丽特①的是个新人，但愿不是个胖子。还有那个靡菲斯特——我想不出还有什么比胖子扮演魔鬼更可怕的了。"

他们最终未能去听歌剧，因为吃完晚饭站起来时，他又感到一阵头晕。她坚持不让他再走动，要他早点上床休息。在旅馆门口分手时，他把车费给了车夫，叫他把她送到切尔西。然后他独自坐了一会儿，回味着她刚才说的那句话："您对我真好，乔里昂伯伯。"是啊，谁不喜欢她呢？他真想再多待一天，带她去动物园玩玩。不过要她一连两天都陪着他，她肯定会觉得乏味的。不行，还是忍到下一个星期天吧。她已经答应来看他，他们还要商量给霍利上课的事，哪怕上一个月也好。这肯定很有意思，那位干瘪的波丝小姐肯定不高兴，可她有什么办法，只能忍着。他把那顶旧折叠礼帽压在胸口，找电梯上楼。

第二天早上，他乘车去滑铁卢②，心里却一直在斗争，要不要叫车夫把他拉到切尔西。不过他是个懂得分寸的人。再说他现在还觉得有点摇摇晃晃，不想再次冒险，不想发生昨天晚上那种一时神志不清的事，况且不在家里。另外，霍利还在等着他呢！他包里还装着准备送给她的东西呢！这孩子特别重感情，完全不是为了讨好他才跟他这么亲热的。想到这里，老人常有的猜疑心理使他脑子里闪过一个念头：艾琳对他如此百依百顺，会不会是讨好他呢？不可能，她也不是那种人。实际上，她连什么对自己有好处都不清楚，一点财产意识也没有，真可怜！另外，他还没跟她提起遗嘱附件的事呢。还是别提吧，今天的事情已经够

---

① 法国作曲家古诺（1818—1893）的著名歌剧《浮士德》（1852—1859）中的女主角。
② 伦敦的一个火车站。

多的了。

去车站接他回家的是一辆四轮敞篷马车,车上霍利一直在叫小狗巴尔撒泽不要胡闹。看着他们互相逗乐和亲热的样子,老乔里昂一路乐得笑个不停。那天到家后和第二天的大部分时间里,他的心情一直很好,无忧无虑。由于天热,他大部分时间坐在树阴下休息,看着迟迟不肯落下的太阳把草地和鲜花照得一片金黄。可是到了星期四晚上独自一人吃饭时,他又开始掐算时间了。还要等上六十五个小时才能再次下到矮树丛中去接她,然后跟她一起穿过田野,并肩走回来。他本想请医生过来看看他上次昏厥的毛病,但那个家伙肯定要他安心静养,不要激动等等。他可不愿意让这些束缚他的手脚,也不想知道自己得了什么病。就算得了,也不能在这个时候,不能在刚刚开始享受这一新的欢乐时听到这样的消息。他在给儿子的信中也特别注意不提昏倒的事。他们要知道了,肯定会赶回来的。他没有去想不提这件事在多大程度上是出于不要破坏他们的游兴,又在多大程度上是为了他自己。

那天晚上,他在书房里抽完雪茄烟之后正要迷迷糊糊睡着时,忽然听到衣衫的沙沙声,还闻到一丝紫罗兰的幽香。他睁开眼睛,看到她身着灰衣站在壁炉边上,伸着双臂。奇怪的是这弯曲的双臂虽然什么也没抱着,却似乎搂着什么人的脖子,而她自己则仰着头,张着嘴,闭着眼。忽然,她消失得无影无踪,眼前只剩下那个炉台和摆在上面的铜雕。可是刚才看见她的时候,明明只有壁炉和墙壁,没有那些铜雕和炉台啊!他吓了一跳,觉得不妙,便站了起来。"我得吃点药了,"他心想,"我一定是病了。"他感到心跳加快,胸口气憋,便走到窗口把窗推开,吸了几口新鲜空气。远处传来狗吠声,肯定是小树丛那边盖奇庄上的那条狗。夜色迷人,万籁俱寂,一片漆黑。"我睡着了,"他对自己说,"肯定是睡着了。但我敢发誓我的眼睛是睁着的。"这时,他仿佛听到一声叹息般的声音,像是在应答他。

"什么声音?"他厉声问道,"是谁在那儿?"

他一手按着胸口,让心跳平缓下来,同时一脚跨上平台。一件软绵绵的东西在黑暗中从他面前一窜而过。"嘘!"原来是那只大灰猫。"博西尼就像只大猫!"他想,"就是为了他,她才,她才……而到现在他还占据着她的心!"他走到平台边上,低头望着下面黑咕隆咚的一片,能看见的只有未经修整的草坪上一些零星的野花。今天还开着,明天就谢了!月亮已经升起,人间的一切都逃不过月亮的眼睛:年轻人变老,活人死去,可月亮无动于衷!不久就要轮到他了。他多么希望用全部残年去换取青春一天!他转过身来对着房子,看着上面那间小孩卧室的窗口。他的小宝贝一定进入梦乡了。"希望那条狗不要吵醒她。我们会爱,也会死。到底是什么在主宰着我们呢?我得去睡了。"

他穿过月光下发灰的石板平台,回到了屋子里。

五

人老了,只好如梦般地重温美好的往日,要不这日子怎么打发呢?可是这样做无论如何也无法激起热情,而只能像冬日的阳光那样惨淡无力。老人的躯壳只能承受往事的轻叩。他不能相信现在,更不能指望未来,即便坐在浓密的树阴下,他也必须注意观察慢慢照到他脚趾的阳光。如果是盛夏的烈日,他可千万不要误以为这是残夏的煦日而贸然走到阳光底下。这样,他说不定会静静地、慢慢地、不知不觉地衰惫下去,直至早已等得不耐烦的自然之神一把掐住他的喉咙,让他在某个清晨人不知鬼不觉地窒息而死。然后人们会在他的墓碑上写上"寿终正寝,福寿双全"之类的话。是啊,福赛特家的人只要安分守己,不越雷池,死后定会英名长存!

对于这些道理,老乔里昂自然心中有数,可是他身上偏偏具有福赛特家恪守的信条所不容的东西。福赛特家的人不得把爱美置于尚理之上,也不得随心所欲而损害健康。这些都是不言而喻的。可是近来他一直觉得内心有一种东西在搏动,而且每一次搏动都在折磨他日渐虚弱的躯体。他是明白人,肯定知道这意味着什么。但他同时也知道要它不搏动是办不到的,就算能办到,他也不愿意这样做。不过若是有人对他说他是在吃老本,他必定会两眼瞪得你不敢抬头。不对,不对,人不能靠吃老本过日子,这是不行的!过去那些乱七八糟的东西怎会比眼前发生的一切更真实呢?他从来就反对吃老本,因此无法容忍别人用如此粗俗的话来说他。寻欢作乐是健康的表现,美的东西就是好看,他就是要在年轻人身上找回年轻的感觉——否则活着还有什么意思呢?

他做事向来有条不紊,现在也一样,把日子安排得井井有条。每逢星期二,他坐火车进城,跟艾琳共进晚餐后再一起去听歌剧。星期四则坐马车进城,把胖车夫和马车打发走后,便去肯辛顿公园和她约会,分手后再坐马车回家,正好赶上吃晚饭。现在他已用不着假装这两天要进城办事作为借口了。星期三和星期六,艾琳会过来给霍利上音乐课。和她在一起时,他越是开心就越发谨慎,千方百计表现出他不过是一个和蔼可亲的长辈而已。他心里确实也是这么想的,因为年龄毕竟摆在那里。然而,只要她来晚了,他就会坐立不安,要是没来,他的目光会像一条老狗的眼睛那样黯然神伤,他还会失眠。这种情况发生过两次。

一个月就这样过去了。这是他入夏以来在外面跑动得最多的一个月。他心里自然也跟夏天一样火热,不过他也不免感到疲劳。几个星期之前,谁也不会相信他一想到儿子和孙女要回来就感到紧张和害怕。可是最近这几个星期,天气特别好,他饱尝了自由的美好滋味,仿佛又找回了男人成家前所享受的那种独立感,更何况身边还有这么一位从不提出任何要求,始终让人捉摸不透,因而更富神秘魅力的人作伴。这种感觉好比一个长期喝了白开水，几乎忘了酒能让人热血沸腾，能使大脑迷迷糊糊的人猛然喝了一大口酒之后那样飘飘欲仙。花儿变得更加鲜艳了，花香和音乐，还有阳光，都有了新的生活意义，而不仅仅勾起对旧时欢乐的回忆。现在生活中有了目标，他就不断有所期待。他要过瞻前，而不是顾后的生活。对他这样一个老人来说，这种生活态度的转变尤为重要。在饮食方面，他向来很有节制，从来没把吃什么看得很重，现在则更加无所谓了。他吃得很少，而且食而不知其味，因此一天天消瘦下去，面容憔悴，又变成了"瘦高个子"。不过，他那宽阔的前额和两侧凹陷的太阳穴，在他瘦削的身子的衬托下，倒增添了几分威严。他很清楚应该请个医生看看，可眼下这份自由太可贵了。他不能因为常常有些气短和腰疼就牺牲自由啊！在这一新的诱惑出现之前，他看过一些农业杂志，里面有大幅的甜菜插图，非常逼真，于是他吃过一段素食。现在要他回头去过那种日子？不行！他连雪茄烟的限量都放宽了。过去他规定自己一天只抽两支，现在却是一天三支，有时甚至四支。人在充满创作激情时都会抽得更多。但他也常常告诫自己："我必须戒烟了，还要戒咖啡。我也不能再这么老往城里赶了。"可他就是只说不做，当然也没有谁胆敢提醒他，所以这是天赐良机！家里的几个仆人也许能猜出几分，但他们自然看在眼里放在肚里，不会说什么。波丝小姐对自己的肠胃病尚且顾不过来，再说她的"教养"也不允许她对别人的事说三道四。霍利只知道跟他玩，认为他是最了不起的人，当然看不出他身上发生的变化。因此，反而只有艾琳一人有时劝他多吃一点，要他在最热的那段时间好好休息，要吃些滋补品等等。她自然不会对他说他的消瘦跟她有关，因为人往往看不到自己正在造成的破坏。八十五岁的老人是不会有多少激情了，但是美能唤起他的激情，这一点始终没有变，只有死神才能闭上他那双渴望见到美的眼睛。

七月的第二周的第一天，他收到了儿子从巴黎发出的一封信，说他们将于星期五一起回来。这本是意料中的事，可是老人都有一种可悲的心理,他们只顾眼前,凡事能拖就拖,以为拖到最后总有办法。过去他不承认自己有这个毛病,现在他不得不面对现实,也不得不赶紧想想办法了。他已经无法想象失去这一新的乐趣之后,他的日子会是什么样子。但是没有想到的并不等于不会发生。福赛特家的人始终都在为此付出代价。他坐在那把旧的皮扶手椅里,把信叠好,唇间夹着一支尚未点燃的雪茄烟,像在不停地咀嚼。从明天起,他就没法每星期二进城一趟了。也许每周还能去一次,就说去见他的律师,但这也得看他的身体能不能吃得消。他们一回来肯定又要小题大做,这也不让他动,那也不许他做。不过霍利的音乐课是一定要继续上下去的。艾琳必须打消一切顾虑,琼也必须做到不露声色。琼已经做到过一次,就是在得知博西尼噩耗的那一天。既然那一次能做到,现在肯定也能做到。让她受到极大伤害的那件事,其实已经过去四年了,念念不忘旧恨的人不是好基督徒。琼很有主见,但他比她更有主见。他一定要坚持己见,因为他来日无多了。艾琳心肠软,为了他肯定会同意的,不管她内心多么不情愿,也决不会让他为难。所以音乐课必须上下去,而只要上下去,他就放心了。他点上雪茄,开始琢磨怎么向儿孙们开口,怎么解释这段不寻常的亲密关系,又怎么把内心的真实感受掩盖起来,那就是见不到这位丽人,他会痛苦得无法忍受。哦,对了!靠霍利!霍利喜欢她,喜欢她来给她上课。他这个小心肝宝贝能帮他!想到这里,他豁然开朗,觉得没有什么可担惊受怕的了。是的,他不能再操心了,每次过后他都觉得累个半死。

晚饭后,他又有一阵眩晕,但没有昏厥过去。他不愿意打铃喊人,因为他知道只要一喊,别人又要大惊小怪,这样,明天进城就会格外引人注目。人一老,所有的人都会串通起来限制他的自由,这是为什么呢?无非是想让他多活几天,可是他决不愿意为了这几天而付出如此大的代价。只有小狗巴尔撒泽目睹了他怎样凭借自己的力量慢慢从眩晕中恢复过来。它焦急地望着它的主人走到边柜前喝了一口白兰地,却没有给它扔一块饼干。过了一会儿，当老乔里昂终于觉得有足够的力气爬楼梯时，便上楼去睡了。第二天早晨，他仍很虚弱，但一想到晚上的事，又有了支撑下去的力量。每次请她美美地吃上一顿饭，都是一桩快事。他甚至怀疑她平时一个人在家时根本吃不饱肚子。听歌剧时，她那双炯炯发亮的眼睛和情不自禁挂在嘴角的微笑，都让他感到无比欣慰。她没有享受过太多的乐趣，而今晚是他最后一次能让她好好享受一番的机会了。当他拿起手提包收拾东西时，他暗暗希望今晚最好免了饭前更衣这一非常累人的事，也不要花力气去告诉她琼快要回来这件事。

当晚的歌剧是《卡门》[①]。他选择在最后一次幕间休息时把这个消息告诉她，而且本能地等到下一幕快要开始时才开口。奇怪的是，她的反应异常平静。其实在音乐声忽然再次响起，大家不得不安静下来之前，他并不知道她有何反应。她脸上仿佛戴了一个面具，掩盖着许许多多他看不见的思想活动和情感变化。她无疑需要时间考虑一下。他也用不着现在就催她，因为明天下午她要来上课，那时等她想好了再问也不迟。在马车里，他只谈那个唱卡门的人。他曾听过几个唱得更好的，不过这一个也不错。当他拉着她的手说晚安时，她突然俯身向前，在他的前额上吻了一下。

"再见，亲爱的乔里昂伯伯，您对我真好。"

"那就明天见，"他说，"晚安，好好睡一觉。"

她轻轻回答说："您也睡个好觉。"马车已开始移动，他从车窗里看见她掉过头来面朝着他，还伸出了一只手，一副依依不舍的样子。

他慢慢摸回旅馆里自己的房间。他们从不给他固定的一间。这些房间里都整整齐齐摆着一尘不染的新家具，地上铺着青灰色的地毯，上面撒满了粉红色的玫瑰花。住在这种地方，他很不习惯。他辗转反侧，那

[①] 法国作曲家乔治·比才（1838—1875）根据梅里美（1803—1870）的小说创作的歌剧，描写一西班牙吉卜赛女郎充满传奇色彩的爱情故事，一八七五年首演，一八七八年首演于伦敦。

曲恼人的"哈巴涅拉"①还在他脑子里响个不停。他的法文从未达到能听懂每个字的程度,可是他能抓住大意。如果没有听错的话,歌剧说的是一个吉卜赛人——一个狂放不羁的吉卜赛女郎的故事。的确,生活中总有一种力量能破坏你精心策划好的一切,让你不得不听从它的摆布。他静静躺着,睁大深凹的双眼,对着这不可捉摸的黑暗。你以为你掌握着自己的命运,可它溜到了你的背后,一把揪住你的颈背,一会儿要你到东,一会儿要你往西,然后十有八九把你一把掐死。他相信命运对待天上的星星也如出一辙,先把它们聚在一起,然后一把撒开。这种玩笑它百开不厌。在这座拥有五百万人口的大都市里,没有一个人不听从命运的摆布,他们就像一块板上的许多小豆子,只要在板上猛击一拳,它们就乱蹦乱跳。不过他本人是跳不了多久了——他真希望好好睡一觉,睡一个长觉,那该多好啊!

楼上真热,还这么闹!他觉得前额发烫。她刚才吻他的地方正好是经常作痛的地方,似乎她早已知道这就是需要她用亲吻来为他解除痛苦的地方。然而,她的双唇留下的却是一片凄怆。她从未用这种声调跟他说过话,从未做过那种依依不舍的手势,也从未在他的马车启动后还要回头看他一眼。他从床上下来,把窗帘拉开。他的房间面朝泰晤士河,外面虽然没风,可是那源源不断,静静流淌的河水还是让他稍稍平静了一些。他对自己说:"最主要的是要适可而止,别让人家讨嫌。好了,现在想想霍利小宝贝吧,也许就能慢慢睡着了。"过了很久,伦敦炎热、躁动的夏夜才慢慢让位给清凉、安静的清晨,让人睡上片刻,但老乔里昂只打了一个盹。

第二天一到家,他便去了花园,在特别爱花的霍利的帮助下,采了一大把康乃馨。他对霍利说这些花是给那位"灰衣女士"采的——他们

---

① 源于哈瓦那的一种节奏较慢的四二拍舞蹈,十九世纪传入西班牙。这里指比才的歌剧《卡门》第一幕中卡门出场时边唱边跳的那支著名的哈巴涅拉。

之间一直用这个称呼来指艾琳。他把花插在书房中的一只大盆里,准备艾琳一到就把她带到这里,告诉她琼就要回来了,再跟她商量今后上课的事,这些又香又好看的花一定会有所帮助的。午饭后他觉得很累,便躺了一会儿,反正要到下午四点钟马车才会把她从火车站接到家里。快到四点时,他就坐不住了,老往霍利上课的房间跑,因为从那里可以看到门口的车道。遮阳的百叶窗已经拉下,挡住了七月闷热的暑气。霍利和波丝小姐一起在屋里喂桑蚕。老乔里昂天生讨厌这些规规矩矩的东西。它们的头和身子颜色使他想起大象的鼻子。它们把好好的绿叶啃得千疮百孔,而且发出一股他觉得很难闻的气味。他在铺了一块印花布的窗台上坐下,这样既可看到车道又能吹到一点凉风。天热时喜欢趴在印花布上的小狗巴尔撒泽,立刻跳上来伏在他身旁。一架竖式小钢琴上罩着一个紫色的防尘套,已经几乎退成了灰色,上面放着一盆刚长出的熏衣草,整个房间里弥漫着它的香味。房间里很阴凉,但也许正因为如此阴凉,他迟钝的知觉反而强烈地感受到了生命的活力。从百叶窗的缝隙里透进来的一束束阳光刺得他的眼睛非常难受;巴尔撒泽身上的气味很重;熏衣草的香味让他窒息;那些青灰色的、身子不停地一拱一拱的桑蚕显得特别活跃。霍利低头看着它们,黑黑的头发上似有一层丝绸般的光泽。对一个风烛残年的人来说,最美妙,却又是最残忍的东西莫过于生命的诱惑。生命似乎在用它的万种风情和勃勃生机嘲弄你。最近几个星期以来,他一直有一种过去从未有过的奇怪感觉,仿佛他的一半正心甘情愿地被生命之河冲往远方,而另一半则留在岸上,无奈地望着那流失的一半。只有当他和艾琳在一起时这种双重感觉才会隐退。

霍利转过脸来,用小拳头指着钢琴——因为波丝小姐告诉过她用手指头指东西是没有教养的表现——调皮地问:

"爷爷,您看,'灰衣女士'今天多漂亮啊!"

老乔里昂心头一怔,眼前霎时一片模糊。稍稍定神后,他眉开眼笑地问道:

"是谁给她打扮的?"

"是波丝小姐。"

"霍利,别胡闹!"这是波丝小姐严厉的声音。这位不苟言笑的法国老小姐,还在为有人抢了她的音乐课而耿耿于怀。生气也没用,他的小宝贝霍利是他和艾琳两人唯一共同的朋友,让艾琳给她上课是他们两人都同意的。他决不能动摇,无论如何也不能动摇。他轻轻抚摸着巴尔撒泽头上暖烘烘的绒毛,听到霍利说:

"妈妈回来后,还是原来的老师给我上课,是吗?您知道妈妈不喜欢家里有生人。"

孩子的话似乎给老乔里昂提了个醒。他觉得他可能会遇到冷冰冰的反对意见,他刚获得的这份自由也将面临威胁。这么说,他要么自认老朽,听凭家人来关爱和照顾他,要么不顾一切去留住这份弥足珍贵的新友情,可是这么做非把他累死不可。不过,他决心已下,他把枯槁消瘦的脸一板,坚定有力的下巴一翘。对!这是他的家,这是他的事,他决不能动摇!他看了看那块已经跟随他五十年,跟他一样又老又单薄的怀表。四点已过!他该下楼到大厅去等她了。走过霍利身旁时,他在她头顶上亲了一下。他要赶在艾琳上楼去给霍利上课前就截住她。他听到了车轮的声音,立刻跨出大门来到门廊下,却发现马车是空的。

"火车到了,先生,可是夫人没来。"

老乔里昂抬起头来狠狠瞪了他一眼,仿佛要把那个肥头大耳的家伙向他投射过来的好奇的目光一下瞪回去,不让他看到他极度失望的表情。

"知道了。"他说,然后转身进屋,来到书房坐下。他浑身发抖,犹如风中的一片树叶。这是怎么回事?她一定是误了这趟车,可他心里明白不是这么回事。"再见了,亲爱的乔里昂伯伯。"为什么要说"再见"而不是"晚安"?还有那只迟迟不愿放下的手,还有那一吻!这是什么意思?他大为吃惊又非常生气,马上站起身来,在窗口和墙壁之间的土耳其地毯上来回走动。这分明是要甩掉他啊！绝对没错，可他毫无办法。本来嘛，一个老头子还贪恋女色！太可笑了！他的年龄让他无话可说，也无力反抗。一切温馨美好的东西都与他无缘了！除了怀旧和忧伤外，什么都没有他的份了！他不能去求她，老人也有自尊心嘛。简直束手无策！足足一个小时，他在屋里踱来踱去，完全忘却了疲劳。他亲手采摘的那盆康乃馨似乎也在用它发出的阵阵幽香嘲笑他。对一个一贯我行我素的人来说，最不能忍受的恐怕就是意志的屈服了。生老病死这一自然规律已把他收进了它的网里。他像一条不幸落网的鱼，拼命朝网上乱钻，可就是找不到网眼，找不到突破口。五点钟的时候他们给他送来了茶点和一封信。他立刻又满怀希望，急忙拿起抹黄油的小刀把信拆开，读了起来：

最亲爱的乔里昂伯伯：

我真不愿意写任何让您感到失望的东西，可是昨天晚上我没有勇气跟您说。我觉得我不能再去您那里给霍利上课了，因为琼就要回来了。有些事情在人的记忆里埋得很深，是永远不会忘记的。能见到您和霍利，我非常高兴。也许您什么时候进城时，我们还能相见，可我觉得这对您不好。我看得出您太劳累了。我认为天气这么炎热，您应当静养。现在您的儿子和琼都要回来了，您一定会很快乐的。您对我的好意是说一万次谢谢也感激不尽的。

爱您的
艾琳

原来如此！他想过几天开心的日子，想做他最喜欢做的事，难道这反而对他不好？他想尽量推迟那种万事皆有终的感觉，想叫死神放慢偷偷靠近他的步子，难道这对他也没有好处？怎么连她也看不出正是她给他的生活带来了新的乐趣，成了正在从他身边慢慢消失的所有美好的东西的化身呢?

　　他的茶凉了,雪茄烟也忘了点上。他不停地来回走动,痛苦地在保住面子和不顾一切去继续享受生活之间徘徊。他不想就这样慢慢被排挤在外,连个说话的权利也没有,在那些一心用无微不至的关爱压得你喘不过气来,从而操纵你的意志的人手下苟且偷安,这种日子是没法过的。他倒要看看跟她实话实说会有什么结果。干脆跟她说他更需要的是经常能见到她,而不是这样一天天挨日子。他在旧书桌旁坐下,拿起笔来,可又不知如何下笔。要他求人,求她继续让他欣赏她的秀色,实在说不出口。这等于承认自己年老昏聩。绝对不行!相反,他的回复是这样写的:

　　　　我原希望不要让那些宿怨妨碍我和我的小孙女得到能使我们快乐和受益的东西。不过老人都懂得不能想入非非,他们不得不如此,就连想活下去的愿望也迟早得放弃,也许越早越好。

请接受我对你的爱
乔里昂·福赛特

　　"尖刻了一点,"他想,"可没法不这么写。我已经精疲力竭了。"他把信封好后投进邮筒里,让晚班邮件带走寄出。听到信落到邮筒底的一声响,他的心也随之一沉:"我日夜盼望的一切就此结束了。"

　　那天的晚饭他几乎一口未吃,雪茄烟也只抽了一半,因为他觉得抽了头昏。他一步一步缓缓上楼,轻轻走进小孩的卧室,坐到窗前的椅子上。室内只点了一盏夜明灯,刚好让他看清熟睡的霍利的小脸蛋垫在一只小手上。一只早来的金龟子在糊着日本和纸的窗格上嗡嗡作响,马厩中有匹马在不停地蹬腿。能睡得像这个孩子一样香该有多好啊!他用手指把软百叶窗的两片叶片稍稍分开,往外看去。血红的月亮正在升起。

他从未见过这么红的月亮。外面的树木、田野也在夏日最后一抹余晖中渐渐入睡。这时他眼前又出现了那个美丽的身影,像幽灵一般在晃动。"我活得够长了,"他对自己说,"什么好的东西没见过?我也该心满意足了。我这辈子见过许许多多美好的东西,可怜的小博西尼也说我有审美感。啊,今晚的月亮真圆啊,像一张人脸。"一只飞蛾从他眼前飞过,接着是第二只,第三只。"灰衣女士啊,灰衣女士!"他闭上眼睛,突然有一种再也不想睁开的感觉。他听凭这种感觉越变越强,听凭自己慢慢昏沉下去。接着他突然一振,用力抬起眼皮。他肯定是生病了,而且病得不轻,最终还得去请医生。其实现在也无所谓了!月光即将悄悄映入那片小树丛,里面会有两个身影,他们是这个时候唯一没有入睡的生灵。没有飞鸟,没有野兽,没有鲜花,没有昆虫,只有这两个身影,不停晃动的身影,一个是"灰衣女士"!他们将跨过那根断木,说起悄悄话来。是她和博西尼吗?好奇怪的念头!青蛙和其他小动物不也在窃窃私语吗?屋里这只钟老是这么滴答滴答响个不停;外面血红的月光怪可怕的;里面也很可怕,那盏夜明灯,那滴答滴答的钟声,还有保姆挂在屏风边上的那件罩衣,活像个女人的身影。"灰衣女士"!突然,一个十分古怪的念头困扰着他:真有她这个人吗?她真的来过这里吗?还是说她不过是他曾经喜欢过的,而现在却不得不很快割舍的所有美好的东西的化身而已?这个紫灰色的、长着一双黑黑的大眼睛和一头琥珀色头发的幽灵只有在月光下和黎明时分才会出现,是不是也会在开蓝铃花的时节出现呢?她是什么?她是谁?真有她这个人吗?他站起来,扶着窗台站了一会儿,这多少给了他一点现实感。他踮着脚尖向门口走去,经过床边时停下了步子。霍利似乎感觉到他的眼睛盯着自己,动了一下,轻轻呼了口气,又把身子蜷得更紧,像在保护自己。他继续踮着脚尖往外走,穿过漆黑的过道,来到自己的卧室。他立刻脱下衣服,换上睡衣站在镜子前。简直骨瘦如柴,像个扎在田里的稻草人,深陷的太阳穴,两条细腿!他不敢看自己的影像。哼,大家串通一气要把他搞垮,就连自己在镜子里的影像也不例外。可是他没垮,至少现在还没垮。想到这里,他脸上露出了自豪的神情。上床后,他久久未能入睡,努力想接受这一现实。他很清楚烦躁和懊恼对他的健康有百弊而无一利。

早晨醒来时他感到浑身乏力,便请来了医生。医生仔细检查后,沉着脸严肃地命令他卧床休息,不许吸烟。这好办,反正起来也没事;再说他一生病,抽烟也没有味道。整个上午,他就这样懒洋洋地躺在这间拉下了百叶窗的房间里,来回翻阅泰晤士报,但没有看进去多少。小狗巴尔撒泽一直趴在他床边。仆人给他送来了午餐,同时捎来了一份电报,上面写道"来信收悉,今日午后前来探望,四点半到。艾琳"。

要来了!终于要来了!这么说真的是她!他也没有被抛弃!要来了,要来了!一股热流顿时传遍了他全身,脸上火辣辣地发烫。喝完汤后,他推开身前的托盘桌,静静地躺着,等他们来把盘子收走。他们走后,他兴奋无比,两眼闪烁着喜悦的光芒。马上就要来了!他的心一会儿蹦蹦直跳,一会儿似乎又停止了跳动。三点钟一到,他起床更衣,不慌不忙,轻手轻脚。霍利和波丝小姐一定在上课的那间屋里,而仆人则肯定睡午觉去了。他小心翼翼地推开房门来到楼下,看见小狗巴尔撒泽孤零零地趴在大厅里。他带着它进了书房,然后出门来到午后的烈日下。他本想下到小树丛那边去接她,但一股热浪立刻使他意识到自己力不从心,只好坐到橡树下的秋千旁。小狗巴尔撒泽也怕热,趴在他边上。他面带笑容,心想这是多么快乐的时刻啊!昆虫的嗡嗡声和鸽子的咕咕声是多么的悦耳啊!真正的夏天就该这样,太美了!他感到快乐,快乐得像个卖沙的孩子,不管这到底是什么意思,反正她没有抛弃他,而且就要来了!现在,他生活中最渴望的东西又回来了,但愿自己能争气,不要这么气短,这里也不要老像有块石头压着。只要她一走出那片小树丛,他就能见到她,一个紫灰色的人影,轻轻晃动着身子,穿过开满野菊花和蒲公英的草地,草地上还长着许多野花,酷似头上戴着花圈的"小哨兵"。他不用起来,她会朝他走过来对他说:"对不起,亲爱的乔里昂伯伯。"然后坐上秋千，好让他一面看着她，一面对她说他一直不太舒服，可现在没事了。小狗也会上去舔舔她的手。这狗很有灵性，知道主人喜欢这位来客。

树下相当阴凉，太阳晒不着他，但把他周围的一切照得很亮。他能看到远处埃普索姆赛马场的大看台，看到牛在田野里啃食红花草，一面甩着尾巴赶走叮在身上的苍蝇。他闻到了菩提花和熏衣草的香味。啊！难怪有这么多的蜜蜂。它们一定跟他现在一样激动，一样忙乱。它们采足了蜜，高兴得昏昏沉沉，和他现在的心情一模一样。夏天——夏天——它们似乎在呼喊。大蜜蜂、小蜜蜂和苍蝇都在这么呼喊！

马厩上那只钟敲了四下。再过半小时，她就要到了！他近来睡眠不足，就乘这个间隙打个盹儿吧，过一会儿也好精神饱满地和她在一起，精神饱满地去享受青春和美貌的化身，那个在阳光下穿过草地向他走来的"灰衣女士"！他闭上双眼靠在椅子里。一团在微风中飘动的白蓟花冠毛，徐徐落到了比它更白的老乔里昂的胡子上。他没有感觉到，但他的鼻息轻轻拂着附着在他胡子上的这簇茸毛。一束阳光穿过枝叶照在他的靴子上。一只蜜蜂歇在他巴拿马草帽的顶上，爬来爬去。一阵惬意的睡意在草帽底下的脑袋里渐渐弥漫开来。接着，这脑袋朝前一冲，搁在了他的胸前。夏天——夏天的嗡嗡声仍在响个不停。

四点一刻，马厩上的钟又敲响了。小狗巴尔撒泽伸了个懒腰，抬头看了看它的主人。那团白冠毛不动了。小狗把下巴搁到它主人被阳光照亮的靴子上。那脚也不动了。小狗立刻缩回下巴，站起来跳到主人的大腿上，对着他的脸汪汪叫了几声，然后跳了下来，一屁股坐在地上，仰天长号。

那团冠毛依然死一般地静止不动，小狗的老主人的脸也是一样。

夏天——夏天——夏天！你无声无息地走过了这片草地！

导　读[1]

◎ 约翰·高尔斯华绥

《福赛特世家》原为该书第一卷《有产者》的书名。现在拿来用于整部家史，足见我们人人身上皆有福赛特家族那种锲而不舍、不愿轻易放弃的精神。有人可能不同意用"世家"[2]一词，因为"世家"令人想起英雄伟业，而本书中鲜有这种英雄气概。不过，反其意而用之亦未尝不可，毕竟这一漫长的故事说的尽管是身着盛装艳服的男男女女和开始发行金边债券的时代，却不乏激烈冲突的基本要素。古老传奇中的人物，就像童话和传说中描写的那样，个个都是远古时代嗜血成性的庞然大物，但就其占有欲这一本性而言，他们无疑都是福赛特式的人物，而且也跟斯威辛、索姆斯乃至小乔里昂一样，很难抵御美色和欲念的诱惑。如果说在那个蒙昧混沌的时代，造就英雄人物的方式似乎不适用于维多利亚时代的福赛特之流，我们仍可断言"部族意识"即使在那个时候也是首要的动因；"家庭"、家庭观念和财产意识也和今天一样受到器重，尽管近来有人试图"贬低"它们。

许多人纷纷来信或撰文，声称他们的家庭便是福赛特家族的原型，令人几乎不得不相信虚构的人物居然亦有代表性。然而风俗流变，时尚翻新，因此"贝斯沃特街蒂莫西家"的那伙人，如今除其本质犹可信外，其他一切皆不可信以为真了。我们再也无法看到其同类，包括詹姆

---

[1] 此文乃约翰·高尔斯华绥于1922年为《有产者》写的作者序言。
[2] Saga一词在英语中既有长篇多卷本世家小说的意思，又指古代，尤其是北欧民族神话般的英雄传奇。

斯或老乔里昂那样的人物。然而保险公司的数字和法官的言论天天都在向我们保证我们这个人间天堂依旧是块宝地,只是美色和欲念这两个凶猛的攻击者总要偷偷潜入,在我们的眼皮底下夺走我们的安宁。诚如狗在听到铜管乐队演奏时会发出一阵狂吠,人性中具有索姆斯的本性的那一面,在所有权面临解体之虞时也会不安地起来反抗。

如果过去真会消逝,那就"让往事随时光湮灭"[①]吧。但是过去总是不肯隐去,而每个新时代又不肯承认这是一笔既是喜又是悲的财富,在登上历史舞台时总要口口声声扬言自己开创了一个崭新的时代。

不过,完全崭新的时代是没有的!人性纵然以千变万化的伪装和面貌出现,但不管现在还是将来,骨子里还是福赛特家人那种秉性,甚至可能更坏。

《福赛特世家》大体描绘了维多利亚时代由昌盛到式微和"没落"的过程。回顾这一段历史时,我们不难发现今天的状况未必有所改善,甚至每况愈下。很难有充分的理由证明一九一三年的英国比一八八六年老乔里昂召集福赛特全家庆祝琼和菲利普·博西尼订婚的那个时候要好。到了一九二〇年,当全家再次团聚来庆祝弗勒和迈克尔·蒙特喜结良缘时,英国的状况依旧很糟,破产的破产,倒闭的倒闭,与上世纪八十年代那种经济滞涨、指数下降的状况相差无几。如果这部家族史是从科学的角度来研究时代的变迁,那么它还应该包含更多的内容,比如自行车、汽车和飞行器的发明,廉价出版物的出现,乡村生活的解体和城市的兴起,还有电影的诞生等等。其实人类很难驾驭自己的这些发明,顶多只能提高能力来适应这些发明带来的新变化。

不过,这个漫长的故事不是对某个历史时期的科学研究,而是通过活生生的例子来说明美色会给人的生活带来烦恼。

读者也许已经注意到,艾琳这个人物总是通过书中其他人物的感官

[①] 此语出自美国诗人亨利·沃兹沃斯·朗费罗(1807—1882)的诗歌《人生礼赞》。

出现在读者面前的。这个人就是美色可以把一个贪得无厌的世界搅得永无宁日的具体例子。

我们注意到，读者在阅读这部家史的过程中，往往对索姆斯表现出愈来愈多的同情，并且认为这是跟作者的本意相左的。非也！作者对索姆斯同样深表同情，并且认为他一生的悲剧其实非常简单，却不可避免。他就是不讨人喜欢，就连他的女儿弗勒也无法照他希望的那样去喜欢他，然而他的脸皮又没有厚到对此木然无知的地步，可悲也就可悲于此。当然，读者在可怜索姆斯的同时，也会对艾琳产生反感。他们认为索姆斯毕竟不是坏人，也没有错，应当得到她的原谅等等。

一旦有了偏袒，这些读者就会无视贯穿全书的一个简单的道理，即只要夫妻双方中有一方彻底地丧失了性吸引力，那么无论多少同情心，多少大道理，多少责任感或其他任何理由，都无法克服由此产生的恶感，这就是天性。这里无所谓应该不应该，因为这种恶感根本就克服不了。如果说艾琳在布洛涅森林或古本诺画廊里显得不近人情，甚至有些残忍的话，这不过是一种非常理智、非常现实的表现罢了，因为她深知稍作让步，对方就会得寸进尺，让你感到厌恶，让你无法忍受。

对于这部世家的最后一部分的批评主要是针对艾琳和小乔里昂提出的，认为二人作为"财产至上"这种观念的叛逆者，实在不该在精神上控制自己的儿子乔恩。但是从故事的发展逻辑来看，这一批评显然过头了，因为他们作为父母，绝不可能让儿子在不知情的情况下与弗勒结婚。因此决定乔恩态度的不是其父母的劝阻，而是事实的真相。再说，小乔里昂的劝说并非为他自己，而是为了艾琳，而艾琳的劝说不过就是再三告诫儿子："别考虑我，多考虑考虑你自己吧！"乔恩在了解实情后自然能够体谅母亲的苦衷，这一点很难令人信服地用来证明艾琳与福赛特之流原是一丘之貉。

尽管《福赛特世家》的本意是描写美色和争取自由的思想对这个巧取豪夺的世界的冲击，但它也难逃指责，比如有人说它在替上层中产阶级涂脂抹粉，以防变腐。正如古埃及人要在木乃伊周围放些来世所需的物品一样，我也尽量在安、朱莉和赫斯特三位姑奶奶，在蒂莫西和斯威辛、老乔里昂和詹姆斯以及他们的儿子身旁摆上一些确保他们有个来生的东西，用一点来自基列的防腐香脂①让他们得到安慰和救赎。

如果上层中产阶级连同其他阶级都注定要"慢慢成为"含糊不清的概念，那么它在本书中已被"腌渍"起来，陈列在包罗万象却凌乱无序的文学博物馆的玻璃柜中供人观瞻。它安息于此，保存它的正是其自身的原汁：财产意识。

（钱佼汝 译）

---

① 源于《圣经·创世记》37：25："他们坐下吃饭，举目观看，见有一伙以实玛利人从基列过来，用骆驼驮着香料、香脂、没药，要带到埃及去。"

企鹅经典丛书书目

第一辑

长夜行	【法】塞利纳
大都会	【美】唐·德里罗
纪伯伦经典散文诗	【黎巴嫩】纪伯伦
磨坊文札	【法】都德
去吧,摩西	【美】福克纳
人间失格	【日】太宰治
苏菲的选择	【美】威廉·斯泰隆
丧钟为谁而鸣	【美】海明威
神曲	【意大利】但丁
人间天堂	【美】菲茨杰拉德

第二辑

我是猫	【日】夏目漱石
看不见的人	【美】拉尔夫·艾里森
流浪的星星	【法】勒克莱奇奥
微物之神	【印度】阿兰达蒂·洛伊
漂亮冤家	【美】菲茨杰拉德
玻璃球游戏	【德】赫尔曼·黑塞
绿房子	【秘鲁】马里奥·巴尔加斯·略萨
炼金术士及其他鬼故事	【英】蒙塔古·罗兹·詹姆斯
老虎!老虎!	【英】吉卜林
小王子	【法】圣埃克絮佩里

第三辑

契诃夫短篇小说选	【俄】契诃夫
死屋手记	【俄】陀思妥耶夫斯基

双城记	【英】狄更斯
洪堡的礼物	【美】索尔·贝娄
局外人	【法】加缪
一九八四	【英】乔治·奥威尔
世界末日之战	【秘鲁】马里奥·巴尔加斯·略萨
圣殿	【美】福克纳
魔山	【德】托马斯·曼
暗店街	【法】帕特里克·莫迪亚诺

第四辑

飘	【美】玛格丽特·米切尔
海底两万里	【法】儒勒·凡尔纳
罪与罚	【俄】陀思妥耶夫斯基
了不起的盖茨比	【美】菲茨杰拉德
交际花盛衰记	【法】巴尔扎克
少年维特的烦恼	【德】歌德
一个女人一生中的二十四小时	【奥地利】斯蒂芬·茨威格
奥吉·马奇历险记	【美】索尔·贝娄
美妙的新世界	【英】阿道斯·赫胥黎
英国病人	【加拿大】迈克尔·翁达杰

第五辑

简·爱	【英】夏洛蒂·勃朗特
虹	【英】D.H.劳伦斯
坟墓的闯入者	【美】福克纳
雨王亨德森	【美】索尔·贝娄
汤姆·索亚历险记	【美】马克·吐温
你好，忧愁	【法】萨冈
茵梦湖	【德】施托姆
上尉的女儿	【俄】普希金
莎士比亚悲剧选	【英】莎士比亚
施尼茨勒中短篇小说选	【奥地利】阿图尔·施尼茨勒